Luis Zueco (Borja, Zaragoza, 1979) es director de los Castillos de Grisel y de Bulbuente, dos fortalezas restauradas y habilitadas como alojamientos con encanto y como sede de eventos. Además, es ingeniero industrial, licenciado en Historia y máster en Investigación Artística e Histórica, miembro de la Asociación Española de Amigos de los Castillos y colaborador, como experto en patrimonio y cultura, en diversos medios de comunicación. Ha logrado el éxito internacional de crítica y público con su fascinante Trilogía Medieval: *El castillo*, *La ciudad* y *El monasterio*, tres novelas que nos llevan a través de adictivas tramas de intriga ambientadas en los escenarios arquitectónicos más importantes de la época. Sus novelas posteriores, *El mercader de libros* (2020), *El cirujano de almas* (2021) y *El tablero de la reina* (2023), lo han consagrado como uno de los escritores de novela histórica más leídos y reputados de nuestro país.

Papel certificado por el Forest Stewardship Council®

MIXTO
Papel | Apoyando la
silvicultura responsable
FSC® C117695

Penguin
Random House
Grupo Editorial

Primera edición en este formato: noviembre de 2023

© 2011, Luis Zueco
© 2019, 2023, Penguin Random House Grupo Editorial, S. A. U.
Travessera de Gràcia, 47-49. 08021 Barcelona
Diseño de la cubierta: Penguin Random House Grupo Editorial
Fotografía de la cubierta: © Jose Ferre Clauzel

Printed in Spain – Impreso en España

ISBN: 978-84-1314-818-2
Depósito legal: B-14.855-2023

Impreso en Novoprint
Sant Andreu de la Barca (Barcelona)

BB 4 8 1 8 2

Rojo amanecer en Lepanto

LUIS ZUECO

*A mi familia, que me acompaña siempre
en todas mis aventuras*

*A Elena, sin la que ningún amanecer
tendría sentido*

Fuit homo missus a Deo, cui nomen erat Ioannes.

Hubo un hombre enviado por Dios, que se llamaba Juan.

Evangelio de San Juan 1, 6

Campamento de los tercios cerca de Namur,
junio de 1578

El frío se te mete en los huesos en este país de herejes, la humedad hace que nunca consigas entrar en calor. Este pedazo de tierra es una herencia que nuestro rey está pagando demasiado cara.

Las noticias de la evolución del gobernador general no son buenas, la fiebre no remite. Los hombres de los tercios —españoles, italianos, tudescos y flamencos— rodean la tienda donde descansa el que muchos consideran el paladín de la cristiandad.

Pero por difícil que sea la batalla, por numerosos que sean nuestros enemigos, siempre estaremos preparados para luchar. Como aquel amanecer en que teñimos de rojo las aguas del golfo de Lepanto.

PRIMERA PARTE

Relación de personajes

Alejandro Farnesio, quien les va a contar esta gran historia, príncipe de Parma, además de nieto del emperador Carlos V y el papa Paulo III.

Don Juan de Austria, mi gran amigo, hijo del emperador Carlos V y una mujer flamenca, Bárbara Blomberg.

Felipe II, mi tío, hijo del emperador Carlos V, hermano de don Juan de Austria.

Príncipe Carlos, hijo de Felipe II, heredero de la Corona española.

Honorato Juan, humanista, discípulo de Luis Vives y profesor en la Universidad de Alcalá de Henares.

Don Luis de Quijada, mayordomo del emperador Carlos V, padre adoptivo de don Juan de Austria.

Magdalena de Ulloa, noble castellana, esposa de don Luis de Quijada, madre adoptiva de don Juan de Austria.

Margarita de Austria, mi madre, hija del emperador Carlos V, gobernadora de los Países Bajos.

Octavio Farnesio, mi padre, hijo del papa Paulo III, segundo príncipe de Parma.

Miguel de Cervantes, amigo, escritor y bravo soldado.

Isabel de Valois, reina de España, esposa de Felipe II e hija de Catalina de Médici, reina de Francia.

Duque de Alba, el militar más importante de la primera época del reinado de Felipe II.

Ruy Gómez de Silva, noble portugués, hombre de confianza de Felipe II y marido de la princesa de Éboli.

Princesa de Éboli, miembro de una de las familias más poderosas de Castilla, los Mendoza.

El maestro Carranza, profesor de esgrima.

Doña Juana, hermana de Felipe II, viuda del rey de Portugal.

Sánchez Coello, pintor de cámara de Felipe II.

Sofonisba Anguissola, dama de honor de Isabel de Valois.

1

Los tres príncipes

Palacio Arzobispal de Alcalá de Henares,
agosto de 1560

Corría el final del verano cuando bajé caminando por las escaleras del Palacio Arzobispal impaciente y ansioso por conocerle. Se había convertido en una de las personas más intrigantes del imperio. La curiosidad me invadía por dentro desde el día en que supe que íbamos a estudiar juntos. Se oían comentarios sobre él en todos los rincones de Madrid. Muchos se burlaban llamándole a escondidas Jeromín, apodo que le habían puesto en su niñez sus padres adoptivos. Otros rumoreaban sobre quién era su madre, si una noble flamenca o una plebeya protestante. Demasiados rumores acerca de un mozo de tan solo catorce años, por mucho que fuera hijo de mi abuelo materno, el emperador Carlos V. Algunos no entendían que hubiera aparecido de repente, ¿por qué el emperador había desvelado el secreto? ¿Qué razones podía tener?

La mayoría no le tenía en consideración, ¿qué se podía esperar de alguien educado en los campos de Leganés?

Mi bisabuelo, el sumo pontífice Paulo III, me aconsejó una vez que no juzgara a nadie ni por sus orígenes ni tampoco por los medios con los que había logrado sus fines. Según me enseñó, cada cierto tiempo surgen hombres excepcionales, que no pueden ser juzgados ni por su procedencia ni su edad, son individuos capaces de cambiar el rumbo de la historia. Mi bisabuelo había sido el cardenal más joven de su época, gracias a que su hermana Julia fue la amante del papa Alejandro VI, el papa Borgia.

A pesar de sus consejos, la realidad de este siglo XVI era que los apellidos pesaban más que en ninguna época anterior. Yo era buen ejemplo de ello, ya que he de reconocer que parte de mi fama venía de un hecho sin parangón en toda la historia de la cristiandad. Por mis venas corría sangre real y pontificia. Por parte materna, mi abuelo era el emperador, Carlos V, y por la familia de mi padre, mi bisabuelo era el sumo pontífice, Paulo III.

Mientras caminaba hacia el encuentro, recordé que hacía unos meses había visto un retrato del muchacho que estaba a punto de conocer. Lo había realizado, a finales del año pasado, el portugués Alonso Sánchez Coello, pintor de cámara del rey. Aquella pintura había sido muy importante, ya que había tenido la misión de presentar al nuevo hijo del emperador a toda su familia. Y según lo que había pintado el maestro, no había duda de que el hijo secreto de Carlos V era un Habsburgo.

Antes de terminar de bajar la escalinata ya divisé la comitiva esperándome. En ella estaba el hijo de nuestro gran rey Felipe, el príncipe Carlos. El rey había insistido en que los tres estudiáramos juntos en la Universidad de Alcalá de Henares. Al príncipe parecía encantarle la idea. El heredero al trono de España no era una persona fácil, ni solían agradarle en demasía los personajes de la corte, pero por una vez en su vida iba a elegir a un buen amigo. Quien, llegado el día, le haría el mejor regalo que su alma y su país podían desear.

El resto de la comitiva estaba formada por Honorato Juan, destacado humanista y supervisor del plan de estudios universitarios; el rector de la universidad y el director del colegio mayor de San Ildefonso. Todos ellos aguardaban mi llegada para ir al salón principal.

El príncipe me miró sonriente; él ya le conocía. Según me comentó días atrás, lo había visto por primera vez en la fiesta de bienvenida que se dio a la reina Isabel de Valois en Guadalajara, aunque no llegaron a intercambiar palabra.

Entramos en el salón principal del Palacio Arzobispal, una hermosa sala con una techumbre de madera policromada. El palacio fue construido hace medio siglo por el cardenal Jiménez Cisneros, al igual que la propia universidad. En medio del salón había un grupo de cortesanos, entre quienes destacaba un hombre moreno, con el pelo muy corto y peinado hacia atrás, que tenía una expresión recta y seria, con una mirada tan melancólica como llena de fuerza. Esa mirada que con el tiempo me acostumbré a ver en todos los soldados de los tercios y en mi propio rostro, y que era mezcla de tristeza y el más estricto sentido del honor. Vestía un traje completamente negro y austero, al más puro estilo castellano. Se trataba de don Luis de Quijada, ayudante de cámara del emperador, y que se había encargado de cuidar, en secreto, del muchacho en Villagarcía de Campos, cerca de Valladolid.

El rey Felipe le había pedido personalmente que llevara al joven a Alcalá. Al llegar ante la comitiva, detrás de don Luis de Quijada apareció un mozo casi de mi misma edad, de piel pálida y cabello rubio, de buen aspecto y con un indudable parecido al emperador; se trataba de don Juan de Austria.

El rector saludó a su excelencia don Juan, quien no había recibido el grado de alteza por parte del rey. Algo extraño de entender, ya que se le había aceptado en la familia real. Por el contrario, más extraño era que se le hubiera concedido ya el medallón del Toisón de Oro, la orden de caballería más prestigiosa de Europa, a la temprana edad de trece años.

Había sido una noticia que se había comentado en todos los rincones de la cristiandad. Nada más y nada menos que la mítica Orden del Toisón de Oro, que fue creada en el siglo XIV por el rey borgoñés Carlos el Temerario. ¿Sería aquello una señal del destino? El tiempo, que lo juzga todo, nos lo haría saber muy pronto.

Don Juan saludó a Honorato, al rector y a Su Alteza de manera tan firme como inapropiada. Sin duda, no había sido educado para tan riguroso protocolo. Cuando me llegó el turno, se acercó a mí y me miró profundamente a los ojos.

—Buenos días, don Juan —le dije en tono solemne—. Soy Alejandro Farnesio, príncipe de Parma y sobrino de vuestra excelencia.

—Es un placer, don Alejandro, tengo entendido que vamos a estudiar juntos en esta universidad por deseo del rey.

—Eso me han dicho. ¿Y qué vais a estudiar? —le pregunté intrigado.

—No lo he decidido aún, ¿qué me aconsejáis?

—Juan estudiará teología, como le hubiera gustado a su padre —intervino el rector.

—Estudiará lo mismo que sus altezas, así me lo ha indicado personalmente Su Majestad —señaló don Luis de Quijada.

Don Luis de Quijada mantuvo sus ojos clavados en los del rector; parecía que el castellano no iba a permitir que apartaran a su protegido de la carrera militar y política. El hombre que había educado a don Juan desde que llegó a

Valladolid, proveniente de los campos de Leganés, iba a intentar protegerlo también en Alcalá de Henares.

—Venga, don Juan, vayamos a comer, ¡tengo hambre! —afirmó Su Alteza, don Carlos, ajeno a la discusión.

El príncipe parecía vivir siempre en un mundo propio, indiferente a todo lo demás.

Acudimos al comedor principal del Palacio Arzobispal, donde se había preparado una espléndida comida para la ocasión. Don Juan se sentó al otro lado de la mesa, y permaneció todo el tiempo junto a don Luis de Quijada. En medio de la comida nos intercambiamos varias miradas.

Yo me preguntaba cómo sería aquel chico tan pálido, que resultaba que era mi tío, ya que mi madre era hija ilegítima del emperador, exactamente igual que él. No sé si eso influyó, o fue nuestra edad similar, ya que solo nos llevábamos dos años, pero desde aquel primer día presentí que íbamos a entendernos muy bien.

No conocía Alcalá de Henares. La primera ciudad española que visité fue Valladolid, y mi primer recuerdo de España son los amplios campos de Castilla, regados por el sol más abundante que mis ojos llegaron a ver nunca. ¡No hay un cielo más hermoso que el de Castilla! Sin embargo, no todo fueron buenas noticias a mi llegada a tierras castellanas, ya que asistí a uno de los más grandes autos de fe que se recuerdan, y eso es mucho decir en el país de la Santa Inquisición.

Fue el 8 de octubre de 1559, y no hubo piedad con los infieles, no debía haberla. Allí vi lo implacable que podía llegar a ser el rey Felipe II con los enemigos de Dios. La lucha contra la herejía era el único punto en común que habían tenido el emperador Carlos V y los españoles. Este entendimiento entre los Austrias y el pueblo parecía que no se rompería nunca. La lucha implacable contra la herejía, o toda mínima aproximación a ella, fue durísima. La época de la tolerancia medieval quedaba ya muy lejos. Expulsados los judíos y los moriscos, ahora el peligro lo suponían los cristianos nuevos, descendientes de conversos, que la Inquisición buscaba, vigilaba y castigaba. El hombre que personificaba la más dura cara de la Inquisición era precisamente el nuevo inquisidor general, Hernando de Valdés, arzobispo de Sevilla.

Durante todo ese primer día no pude apartar la vista de don Juan. Aquel rostro pálido y perdido escondía muchos secretos. Si mi corta vida ya estaba llena de viajes y aventuras, la de don Juan era comentada en todas las cortes de Europa. Era hijo ilegítimo del gran emperador Carlos V y una mujer llamada Bárbara Blomberg, de la que nada bueno se decía en la corte ni en ningún lugar del imperio. Había permanecido oculto durante sus primeros años en su natal Ratisbona, en el sur de Alemania. Al cumplir los tres años, el emperador ordenó trasladarlo en el más absoluto secreto, cerca de él, y el niño fue confiado al hogar de un violinista de la corte en el pueblo de Leganés.

Los primeros días en Alcalá fueron tranquilos, las clases teóricas empezaban la semana siguiente, por lo que todavía existía la posibilidad de disfrutar del tiempo libre. Algunos de los estudiantes aprovechaban para salir a cabalgar por la ribera del Henares, otros salían a cazar al norte, cerca de Guadalajara, o incluso hasta la Alcarria.

Una de esas tardes, fui al establo con la última carta que mi madre me había escrito desde Bruselas. La situación en Flandes empeoraba por momentos, era como una enfermedad que avanzaba lentamente y de la que por entonces solo se sentían algunos leves síntomas.

Mientras los estudiantes montaban los caballos con una

estimable destreza, me senté en un banco que había cerca del establo con la carta de mi madre entre las manos. Había empezado a leerla cuando oí unos pasos que se acercaban. No presté mucha atención, pensé que sería alguno de los mozos que venía a dar de comer a los caballos, pero al poco tiempo vi una sombra proyectándose sobre mí.

—¿No montáis, Alejandro? —preguntó don Juan al tiempo que intentaba ver qué estaba leyendo.

—No, hoy no tengo ni las ganas ni las fuerzas.

—¿Malas noticias? —Don Juan pronto adivinó que era una carta lo que se hallaba en mis manos—. ¿Quizá de vuestro padre?

—No, de mi madre.

—Vos sois italiano, ¿verdad?

—Así es —respondí, extrañado por la pregunta.

—No he estado nunca allí. ¿Cómo es la vida en Italia?

Pronto me di cuenta de que don Juan era muy curioso.

—¿Por qué lo preguntáis?

—Porque vos sois príncipe de Parma y tengo gran interés en saber por qué los Estados italianos se odian entre sí. —Y me sonrió.

No pude más que reír. Además de curioso parecía que aquel muchacho era bastante gracioso. Y no andaba descaminado en sus comentarios, ya que era bien cierto que las guerras, los celos y las maquinaciones cobraban en Italia un sentido diferente al del resto del mundo.

Don Juan se sentó a mi lado y aguardó mi respuesta.

—Es más sencillo de lo que parece; el enfrentamiento entre las dinastías de los Habsburgo y de los Valois ha encontrado en Italia el teatro perfecto para sus representaciones bélicas. A los italianos nos gusta pelear, aunque sea entre nosotros.

—Yo pensaba que se os daba mejor la pintura que la guerra.

—Je, je. Nos gustan ambas por igual —le dije sonriendo—. También nos gustan las mujeres.

—Entonces no os diferenciáis tanto de los españoles —dijo don Juan devolviéndome la sonrisa.

Seguíamos hablando cuando don Luis de Quijada se acercó para despedirse de su protegido.

—¡Juan! Debo marcharme, espero que os comportéis tal y como yo os he enseñado. El rey os tiene en gran estima y no podéis defraudarle —le dijo en tono muy serio—. ¿Entendéis?

—Confiad en mí —respondió don Juan.

—Hasta pronto —se despidió don Luis de Quijada.

La cara del viejo castellano tuvo una leve intención de mostrar algún tipo de gesto de tristeza, pero aquel rostro había sido esculpido en los duros campos de batalla de Italia y Francia, y ya no era capaz de expresar sentimientos. Sin embargo, no dudé de que don Luis de Quijada sintió una gran tristeza al separarse de su ahijado.

Al mirarle a los ojos, pude ver la enorme sombra de melancolía que inundaba a don Juan, quien, al darse cuenta de que le estaba observando, intentó cambiar la expresión de su rostro.

—¿Le tenéis mucho aprecio a ese hombre? —le pregunté.

—Ese hombre es lo más cercano a un padre que yo he conocido, Alejandro —me respondió con un gesto de rabia en el rostro.

Cuando volvíamos a cenar nos alcanzaron por el camino el príncipe Carlos y sus criados.

—¿Qué tal están vuestras mercedes? —preguntó el príncipe.

—Muy bien, alteza —respondí yo.

—Ha sido una tarde terriblemente aburrida —comentó el príncipe.

—¿Qué os parece una carrera hasta el palacio? —le preguntó don Juan a Su Alteza.

—¿Una carrera? —El príncipe dudó unos instantes—. ¡Claro! ¡Puede ser divertido!

Antes de que pudiera darme cuenta los dos salieron corriendo en dirección al palacio, con los criados de don Carlos persiguiéndolos. No hice ninguna mención de seguirlos, pero oía perfectamente los gritos y las risas del príncipe, algo que no solía ser muy habitual en Su Alteza.

Cuando llegué al palacio, los dos estaban tirados en el suelo de la explanada entre los dos torreones, exhaustos por el esfuerzo.

—¿Quién ganó? —pregunté.

—¡Yo! ¡He ganado yo, Alejandro! —respondió el príncipe, que se levantó con ayuda de sus criados.

El príncipe era de constitución débil y muy delgado. Solía enfermar con facilidad. Me extrañó mucho que él hubiera ganado a don Juan.

—¿Os habéis dejado batir? —le pregunté en voz baja cuando el príncipe ya se había adentrado en el palacio.

—¿Yo? En absoluto —contestó mientras él también entraba en el edificio.

Pasaron rápidamente los primeros días en Alcalá y las clases empezaron. La universidad era apasionante, había sido una gran idea enviarme aquí; don Juan era un estupendo compañero de estudios. En las clases más teóricas era evidente que mi nuevo amigo se aburría, pero en las de retórica y, sobre todo, en las de carácter deportivo, como la esgrima y la hípica, era tan bueno o más que yo. El príncipe Carlos acudía exactamente a las mismas clases que nosotros, pero su nivel intelectual era bastante bajo. Había veces que nos daba lástima, cuando no podía seguir una argumentación, o cuando no entendía una cuestión. No era mal jinete, sin duda, pero su constitución era débil y a veces temíamos por su físico, en especial cuando intentaba seguirnos. Nos sentíamos con la obligación de protegerle, no en vano era el heredero a la Corona de España.

El príncipe no era excesivamente inteligente, pero nos tenía mucho aprecio, y siempre nos trataba con cariño. Nunca tenía una mala palabra con nosotros; en cambio, era frecuente que se volviera como un animal con los criados y que los azotara. Sabíamos que no paraban allí sus arrebatos de violencia, en parte porque él mismo nos los confesaba. Como, por ejemplo, cuando vino un día afirmando que había cortado el cuello a doce gallinas, u otro día que nos aseguró que iba a matar a un estudiante porque le había mirado mal. Pero también porque había días que le veíamos azotar a su caballo sin compasión, y después continuar con uno de sus sirvientes personales como si de un animal se tratase. El príncipe Carlos era terrible cuando se enfadaba.

La ciudad estaba llena de universitarios, casi todos hijos de hidalgos y nobles. Gente de bien que esperaba hacer carrera en los reinos de España. En aquel momento España era el mayor imperio del mundo conocido; el oro y la plata llegaban en barcos bien cargados al puerto de Sevilla bajo la vigilancia del Consejo de Indias. Los franceses, siempre molestos, estaban perdiendo fuerza en Italia, que era donde se luchaba. Por otra parte, los ingleses habían roto la vieja alianza que desde la época de los Reyes Católicos sostenían con España. Enrique VIII se casó con una de sus hijas, Catalina de Aragón, antes de perder el juicio y abandonar la fe católica y crear la herejía anglicana. La muerte de María Tudor, esposa de Felipe II, había sido la excusa final para que la alianza saltara en pedazos. Los ingleses empezaron a simpatizar con los herejes luteranos, sobre todo con los flamencos, aunque no parecían suponer un gran problema para el gran Imperio español.

Una de las últimas tardes de septiembre, en la cual habíamos salido a pasear, caminábamos cerca del hospital cuando vimos que un zagal de nuestra edad saltaba desde la ventana de una casa con una destreza digna de envidiar. Cayó con sus dos pies bien firmes en el suelo y acto seguido empezó a correr sin mirar atrás.

—¡Miguel! ¡Miguelín! ¿Dónde estás? ¿No te habrás vuelto a escapar? —gritaban desde dentro de la casa mientras el zagal corría hacia nosotros.

—Por favor, no digáis nada. Es mi madre, me quiere matar.

—¿Y eso por qué? ¿Qué has hecho? —le preguntó don Juan.

—Escribir —respondió el zagal, asustado.

—¿Cómo has dicho? ¿Escribir? —Don Juan no entendía nada—. ¿Qué hay de malo en eso?

—A veces las palabras son más peligrosas que el más afilado de los aceros. En principio no tiene que haber nada de malo, pero el problema es qué se escribe y para quién se escribe. —El muchacho parecía muy nervioso—. Y yo he escrito una carta que no debía escribir para una persona que no la puede recibir.

—Explícate, por Dios —repliqué yo.

—Le he escrito unos sonetos a Leonor, nuestra vecina, que me dobla la edad.

Don Juan y yo no pudimos evitar echarnos a reír sin parar.

—¿Y qué hay de malo en escribirle una carta a una vieja mujer? —le pregunté yo—. No creo que se vaya a enfadar.

—Yo tampoco creo que se enfade, pero no es vieja, sino más bien joven y dulce. Y su marido es un animal y no creo que esté tan contento de que haya escrito a su mujer.

—Entendido. Ven con nosotros —le dijo don Juan mientras seguíamos oyendo los gritos de la madre de aquel zagal—. Vamos hacia el Palacio Arzobispal, allí no te encontrarán.

El muchacho era simpático y alegre, muy nervioso en su forma de hablar, aunque sus palabras tenían un sabor especial. No sé si escribía igual que hablaba, pero en los veinte minutos que tardamos en llegar al Palacio Arzobispal, Miguelín nos contó acerca de las muchas veces que había tenido que escaparse de conventos, tabernas y burdeles, que por su edad no debía frecuentar.

Según decía deseaba ser soldado, aunque su padre era cirujano. Afirmaba que se le daba mejor el tirar de espada que manejar el cuchillo, y que no había manera más noble de ganarse la vida que disparando arcabuces contra todo infiel que se precie.

Hicimos tan buenas migas con Miguel que quedamos al día siguiente por la mañana para ir a pescar y a montar a caballo. Fue un día divertido, pero Miguel tuvo que marcharse pronto porque tenía que ver a un amigo suyo y ayudarle a escribir una carta para una tal María Clarisa. Antes nos recomendó un lugar para ir a beber un buen vino, una taberna en el centro de Alcalá que todo el mundo llamaba la taberna de El Tuerto y que se encontraba en el callejón del Peligro, llamado así por la cantidad de duelos que se celebraban allí.

—¿Cómo vamos a ir nosotros a una taberna? —Miré a don Juan, que contenía una maliciosa risa.

—Si queremos saber qué piensa el pueblo, debemos mezclarnos con él.

—No, no podemos ir a un sitio así.

—Lo que no pueden es reconocernos. Buscaremos ropas más humildes y llamaremos poco la atención.

—¿Sabéis qué podría pasar si nos descubren?

—Eso no pasará, confiad en mí —insistió don Juan.

Yo terminé aceptando; don Juan era así, costaba decirle que no.

Aquel local era un lugar pequeño y sucio, con clientela

muy variopinta, donde los profesores no solían acudir. Era el típico lugar donde nosotros no debíamos estar, por eso nos encantó y empezamos a acudir con frecuencia.

Tenían vino manchego, de Toledo, porque el dueño era de La Mancha, un viejo soldado que había perdido un ojo en San Quintín. El vino no era malo con avaricia y corría en abundancia, así que nos servimos dos buenas jarras y nos sentamos en una mesa al fondo de la taberna.

Hablamos un poco de nuestro nuevo amigo Miguel y de las clases, pero don Juan pronto desvió la conversación hacia asuntos más importantes.

—Tengo curiosidad, Alejandro, ¿cómo logró vuestra familia el ducado de Parma? —me preguntó don Juan mientras daba un trago a un vaso de vino.

Me sorprendió la pregunta. Don Juan era así de imprevisible; sin embargo, parecía que todo lo que hacía tenía siempre algún fin.

—Mi bisabuelo, el pontífice Paulo III, siempre pretendió para su familia el ducado de Milán.

—¡Milán! No era vuestro bisabuelo precisamente corto en sus ambiciones —dijo sonriendo don Juan—. Por algo llegó a ser Papa.

—En efecto, no lo era —le respondí riéndome—. Aquello era ciertamente imposible.

El Milanesado era uno de los pilares de la política de España, era y es objeto de disputa permanente con Francia, la cual también lo consideraba de su propiedad.

—¿Y qué pasó? —siguió preguntando don Juan.

—Como es lógico, el emperador Carlos V se negó a entregar una de sus más preciadas posesiones al hijo del Papa. Pero mi bisabuelo era tan buen siervo de Dios como político, y consiguió obtener de la Iglesia los territorios que le negó el emperador.

—¿De Roma? —preguntó don Juan.

—Sí, el pontífice consiguió que la Iglesia cediera en el año cuarenta y cinco los ducados de Parma y Plasencia a su hijo Pedro Luis de Farnesio, mi tío —le respondí mientras buscaba mi vaso de vino para volver a llenarlo.

—Hace apenas quince años —puntualizó don Juan algo sorprendido.

—Por supuesto, el emperador y el propio Colegio de Cardenales estallaron en cólera. Incluso el gobernador de Milán amenazó con atacarnos. No en vano, esos territorios habían pertenecido a su ducado en el pasado.

—¿Y desde entonces están los ducados en vuestra familia?

—No, esa primera vez solo duraron dos años en mi familia.

—¿Dos años?

—Sí, el gobernador de Milán pagó para que unos asesinos acabaran con la vida de mi tío, Pedro Luis de Farnesio. —Di otro trago al vino—. Los italianos no nos andamos con tonterías.

En ese momento de la conversación decidí no contarle a don Juan toda la verdad, ya que estaba seguro de que su padre, el emperador, apoyó la conspiración del asesinato de mi tío. En cambio, le conté que los ejércitos imperiales entraron en el ducado de Plasencia y se dirigieron a Parma.

—El emperador intentó recuperar los ducados, pero los habitantes de Parma se levantaron a favor de mi padre, Octavio Farnesio —continué explicándole.

—¿Hubo enfrentamiento? —preguntó preocupado don Juan.

—No, mi padre me contó que, cuando estaba dispuesto a reconquistar Plasencia, llegó un emisario de mi bisabuelo que le obligaba a entregar el ducado de Parma y deponer la lucha.

—No sabía que Parma hubiera tenido tantos problemas

con España. ¿Cómo se resolvió el asunto? —quiso saber don Juan.

—Esta parte la recuerdo muy bien. Mi madre, Margarita de Austria, me llevó, a pesar de que yo era muy pequeño, a ver a mi bisabuelo, el pontífice, en su lecho de muerte. Él apenas podía hablar tras un fatal ataque de apoplejía.

Avanzaba ya la noche y llegaba la hora de volver al Palacio Arzobispal, pero don Juan seguía interesado en conocer algo más de mi familia mientras apurábamos el último vaso de vino.

—¿Cómo era el sumo pontífice?

—De mi bisabuelo solo recuerdo sus manos, viejas, llenas de valles y montañas, y ríos de sangre caduca que ya no fluían hacia ninguna parte.

A pesar de los años todavía me entristecía hablar de él.

—Antes de morir me miró a los ojos y, posando su mano sobre mi frente, me dijo unas palabras que no entendí muy bien, pero que mi madre me ha repetido más de mil veces: «Tú, hijo mío, serás príncipe de Parma. Tú, hijo mío, serás quien cabalgue al lado de quien nos guiará. Tú, hijo mío, serás quien nos salve cuando llegue la tempestad».

—Así ¿el pontífice ratificó en vuestra persona la concesión del ducado de Parma a la familia Farnesio? —preguntó don Juan, no muy seguro.

—Sí, así fue —le dije sonriendo—. Hacía tiempo de aquello, y desde entonces mi padre había demostrado sobradamente su valor y lealtad a los Austrias.

—¿Ha luchado vuestro padre junto al emperador?

—Por supuesto, en el desafortunado desastre de Argel y en Alemania, en la famosa batalla de Mühlberg, contra la Liga de Smalkalda —respondí orgulloso.

2

La vida en Alcalá

Honorato Juan era un hombre joven para el importante puesto que ocupaba en la universidad. Tenía un aspecto distinto al de todos los demás profesores, era bastante corpulento, con los ojos grandes y un gran mostacho que le daba un aspecto imponente. Cuando lo veíamos fuera de las clases vestía siempre con una capa azul que le hacía aún más singular. Era uno de los mejores profesores de la universidad.

Había tenido como maestro a Luis Vives, el más destacado de los humanistas españoles, y había sido elegido, a semejanza de Aristóteles con Alejandro, como responsable de la educación del príncipe Carlos. En sus clases siempre daba extraordinaria importancia a las artes y a la historia. «El futuro es un eco de nuestro pasado», solía decir. Sus clases eran fascinantes. No defendía la idea de que la historia era cíclica, pero sí que estaba convencido de que el conocimiento del pasado era la clave para entender el presente y el futuro. Así nos lo inculcaba en cada una de sus lecciones: «Todo príncipe debe conocer perfectamente la historia de su Estado y de todos aquellos que le rodean», nos repetía con asiduidad.

Don Juan, don Carlos y yo siempre insistíamos en que

profundizara en los temas bélicos y en la historia militar. Aquí debo decir que don Juan ponía muchas veces interés, pero muchas otras se ausentaba mentalmente durante las clases. Por otro lado, don Carlos también hacía todo lo que estaba en su mano para seguir las lecciones, pero sus limitaciones intelectuales le hacían perderse con facilidad en las explicaciones de Honorato Juan. Yo, por mi parte, reconozco que disfrutaba de aquellas clases.

Honorato Juan nos insistía en que la mejor manera de actuar era teniendo siempre que fuera posible la iniciativa. Que hiciésemos pensar a nuestro contrincante, que lo sacáramos de sus planes preestablecidos. Nos animaba a que tomáramos una decisión, un rumbo, una estrategia y que la continuáramos decididamente, pero que tuviéramos siempre la razón de nuestra parte. Para en un momento preciso saber rectificar. Había que ser firme en las decisiones, a la vez que flexible en los detalles, ya que un detalle puede determinar el devenir de una confrontación.

Cuando aquella mañana de mayo Honorato entró por la puerta, dejó unos libros sobre la mesa y escribió en su pizarra: «Alejandro III de Macedonia», el silencio se hizo en la sala. Don Juan, don Carlos, los otros diez alumnos que nos acompañaban y un servidor abrimos nuestro cuaderno y nos preparamos para la lección.

—Veo que a veces podéis llegar a guardar silencio si os lo proponéis —afirmó con ironía Honorato Juan—. Alejandro III de Macedonia, hijo de un gran rey, Filipo II, quien tuvo como principal maestro y mentor al mismísimo Aristóteles.

Sin duda el personaje despertaba la curiosidad de todos los presentes, pero sobre todo la de don Juan, a quien se le veía con la mirada iluminada.

—Alejandro no solo conquistó el mayor imperio de la Antigüedad, sino que lo hizo con una rapidez y lucidez increíbles. Y lo más importante, con una edad en la que la experiencia es simplemente una ilusión. —Honorato se mantenía muy serio durante toda la explicación—. ¿Sabéis cuántos años tenía cuando fue coronado rey Alejandro? ¿Lo sabéis vos, don Carlos?

—No, maestro —contestó el príncipe.

—¿Y vos, don Alejandro? —preguntó de nuevo Honorato Juan.

—Sí, veinte años —contesté con seguridad.

—Veinte años, y ya era el monarca de su pueblo; veinticinco años, y ya había vencido al todopoderoso rey persa Darío III; treinta años y la lejana India era suya —prosiguió el profesor.

—¿Cómo pudo hacer todo aquello tan joven? —preguntó don Juan.

Honorato miró a don Juan con complicidad; él era uno de los que mejor comprendía la forma de ser del joven Austria. Su ambición, su energía y su impaciencia.

—La mayor de las virtudes, joven don Juan, es conocer las limitaciones de uno mismo, sean las que sean. Y saber cómo superarlas. ¿Cuál era la limitación del joven Alejandro cuando fue nombrado rey de Macedonia? —Nadie respondió—. Su mayor limitación era la inexperiencia. Pero ¿qué hizo el joven rey para solucionar su inexperiencia?

La clase estaba muy atenta a las explicaciones, pero nadie contestó.

—Se rodeó de los generales de su padre, como el gran Parmenio. Utilizó la poderosa falange ideada también por su padre, a la que él incorporó una poderosa caballería pesada, basada en las tácticas de otro experto general tebano que había creado el ataque oblicuo, y que Alejandro supo poner en práctica de manera sobresaliente.

El profesor se tomó unos instantes para coger de nuevo aire y continuar su explicación.

—Alejandro solucionó su principal problema, la falta de experiencia, rodeándose de experiencia, es decir, de viejos como yo.

Toda la clase estalló en una risa unísona ante el comentario final de nuestro maestro. Entonces, el maestro se acercó a nosotros y, colocándose delante de la mesa de don Juan, hizo su habitual resumen final, ya en un tono mucho más solemne.

—Alejandro en la batalla de Gaugamela disponía de cuarenta mil soldados de infantería y siete mil jinetes. Darío III, de doscientos mil infantes.

Yo conocía perfectamente el relato de aquella batalla. Alejandro no se dejó intimidar y llevó desde el principio la iniciativa. Encabezó él mismo a su caballería cuando se lanzó al ataque de uno de los flancos de los persas. Mientras él luchaba, su falange aguantaba las embestidas del enemigo. Cuando hubo debilitado un ala persa se dirigió hacia el centro de la formación enemiga y atacó al mismísimo Darío.

—Debéis entender que una batalla es como una partida de ajedrez. Hay que saber situar las piezas, conocer sus movimientos, penetrar entre las líneas del adversario... pero al igual que en el ajedrez, quien domina el centro del tablero tiene muchas posibilidades de ganar, siempre que proteja sus flancos —continuó explicando Honorato Juan mientras todos los alumnos escuchábamos con atención—. Sobre todo, no olvidéis que vuestro objetivo es vencer al enemigo, no acabar con su ejército. ¿Me explico? En el ajedrez, el objetivo es matar al rey. Podéis ganar habiendo eliminado una sola pieza. No tenéis que comeros todos los peones, ni las torres, ni siquiera la reina. Debéis hacer un jaque mate al rey.

Era cierto que en una batalla al eliminar al general enemigo, aparte de dejar sin mando a sus tropas, el desánimo, la frustración y el miedo corren por las líneas enemigas como la pólvora.

—Si acabáis con su general, el enemigo no tardará en iniciar la retirada. Por eso, un buen general tiene que ser el mejor de los guerreros, y siempre buscará enfrentarse directamente con el jefe enemigo.

Las palabras de Honorato Juan no hacían sino incrementar mis ansias de entrar por primera vez en combate.

—Chis. ¡Alejandro! —don Juan me llamaba a escondidas.

—Sí, ¿qué pasa?

—He hablado con Miguel, nos espera detrás de la catedral.

—¿Cuándo?

—A la salida de clase.

—¿Y para qué?

—Dice que nos quiere enseñar una cosa, no me ha querido decir qué era, pero que fuéramos con los caballos.

—¡Don Alejandro! ¡Don Juan! Veo que no os interesa mi clase.

—Al contrario, señor. Precisamente comentábamos las tácticas de los macedonios —respondió don Juan.

La catedral de Alcalá era un bello edificio del siglo XV, mandado construir por el cardenal Cisneros en el lugar donde dice la tradición que fueron martirizados los niños Justo y Pastor. Cuando llegamos con nuestros caballos, Miguelín estaba esperándonos sentado al lado de la portada de entrada, flanqueada por dos torreones.

—¿Qué ocurre, Miguelín? ¿En qué lío andas metido ahora? —le pregunté nada más llegar frente a él.

—Me he enterado de que esta tarde hay una carrera entre varios jinetes cerca del río Henares, ¿queréis venir? —nos preguntó Miguel.

—No lo dudes —respondí.

La carrera estaba organizada por unos estudiantes de

último año, unos sevillanos, con familiares en el Consejo de Indias, que montaban bien a caballo y que hablaban demasiado. Don Juan y yo no desaprovechamos la ocasión y nos apuntamos a la carrera.

Eran unas cuatro leguas de recorrido. Había que subir una loma hasta una pequeña ermita que se veía a lo lejos y volver hasta el río Henares. Miguelín no podía participar, ya que era requisito necesario pertenecer a la nobleza. Nos pusimos en el centro, separados por varios estudiantes para no estorbarnos. La salida la iba a dar uno de los amigos de los sevillanos. Seríamos unos veinte jinetes, ¡veríamos quién ganaba!

Al dar la señal todos salimos lo más rápido posible. Los primeros metros no miré a mis lados, solo me concentré en que mi caballo no se desviara del camino y de no recibir ningún golpe. Cuando alcancé velocidad giré mi vista a la izquierda y vi que no tenía ningún jinete por delante. Entonces miré al otro lado y vi un jinete tres puestos más a mi derecha que me sacaba un cuerpo de ventaja. Debía superarlo en cuanto llegáramos a la ermita y diéramos la vuelta. Así fue, giramos en la ermita, y cada vez me fui acercando más a él, hasta ver que era uno de los sevillanos.

En los siguientes doscientos pasos fui ganándole terreno hasta alcanzarle, y sabiendo que mi caballo aún guardaba algo de fuerza le tiré fuerte del estribo y logré sacarle una cabeza de ventaja cuando ya quedaba poco para llegar a la meta. Pero entonces giré algo más la vista a la derecha y pude ver que había un caballo al final del todo que me sacaba al menos dos cabezas de ventaja; por supuesto, era don Juan. Le clavé bien las espuelas a mi montura y le grité con rabia. El animal respondió con todas las fuerzas que le quedaban y conseguimos acercarnos tanto a don Juan que casi estábamos a su mismo nivel. Pero para cuando pensé que quizá lo conseguiría llegábamos ya al punto de salida; me había ganado por menos de una cabeza. Bajé del caballo y fui hacia él. Se puso serio al verme llegar, pero no pude más que sonreírle y abrazarle mientras él hacía lo mismo.

—¡Habéis tenido mucha suerte! Veinte pasos más y os pasaba —le dije entre risas.

—Veinte más y nos caemos al río, Alejandro —me replicó él.

Enseguida llegó Miguelín para felicitarnos, exultante, y con una buena bolsa de monedas en las manos.

—¡Sois los mejores! ¡Sabía que podía contar con vuestras mercedes!

—¿Habías apostado por nosotros? —le pregunté.

—Sí, por los dos, no sabía quién de vuestras mercedes, pero estaba seguro de que si corríais alguno de los dos ganaría —confesó Miguelín radiante de alegría.

Nos miramos, y nos echamos a reír. Miguel nos había engañado bien. Entonces vimos que dos de los sevillanos se acercaban a nosotros.

—Habéis montado bien, habrá que repetirlo algún día —nos dijo uno de ellos, el más alto de los dos.

—Cuando queráis —se apresuró a responder Miguel.

—Tú, Cervantes, has tenido suerte de contar con tan bravos amigos como estos. Otro día no tendrás tanta fortuna —dijo el sevillano, mirando con desprecio a Miguel—. Ya nos veremos.

Sin duda, nuestro amigo tenía una gran habilidad para andar siempre metido en problemas.

La Universidad de Alcalá, que se había convertido en la más moderna de España, mantenía una dura lucha con la de Valladolid y Salamanca por alcanzar el prestigio de ser la mejor del reino. Aunque, sinceramente, la clase que a nosotros más nos interesaba era la de esgrima. Además, teníamos como profesor a uno de los mejores espadachines del imperio, el afamado maestro Carranza.

Era un viejo capitán de los tercios, natural de Valencia, que había aprendido esgrima en Nápoles, y que de ahí había pasado al servicio de los Doria en Génova. Había llegado a Madrid enviado especialmente para enseñar al emperador Carlos V sus habilidades.

No parecía un soldado, sino más bien un marqués o un conde, ya que vestía con elegancia. Con un sombrero recio, de ala ancha, adornado con unas plumas de ganso azules y verdes. Con un jubón amarillo que destacaba debajo de una capa de raso roja. En su pecho colgaba una cruz partida en dos que, según decían las malas lenguas, le había salvado de un estoque muy bien ejecutado por un irlandés en un duelo. Carranza era conocido por frecuentar camas ajenas y solucionar luego sus desliccs con la espada.

—Señores, como sabréis la esgrima moderna tuvo su punto de partida en España, a finales del siglo pasado, cuando varios españoles escribieron los primeros tratados de este arte. Si bien los italianos pronto nos copiaron y superaron.

La espada que se utilizaba en los reinos de España —con su cruz de largos y delgados gavilanes; su guarnición, de taza, conchas o lazo; su hoja, larga y estrecha— tenía elegancia y un gran equilibrio. Yo la conocía bien, era un arma letal y adaptada al combate real en duelo. Esta espada se la conocía como «espada ropera», *rapière* por nuestros enemigos franceses.

—Caballeros, esta espada es un arma con un uso exclusivo de punta, con hoja de sección estrecha y aguzada —continuó explicando Carranza—. Hay variadas guarniciones: como de lazo o de conchas, que van brindando una mayor protección de la mano que la empuña.

Estas guarniciones eran realmente eficaces para parar

cortes, pero en algunos casos la punta del rival podía introducirse entre los diferentes ramales y lastimar la mano que empuñaba el arma. Por eso se utilizaban guantes de cuero gruesos en combate.

—Señor —interrumpió uno de los alumnos—, ¿qué guarnición es la mejor? ¿La de taza?

—Esa es una modalidad donde lo más característico es el casquete semiesférico que podéis ver, por ejemplo, en aquella espada del fondo. —Y el profesor nos señaló al final de la clase de esgrima una sólida espada que colgaba de la pared.

Esa taza, que daba nombre a este tipo de guarnición, unida a los gavilanes y al guardamano, ofrecía un nivel de protección máximo de la mano, y, además, seguía resultando bastante ligera.

Las clases de esgrima se fueron haciendo cada vez más excitantes. Se me daba realmente bien este arte, aunque mi estilo era poco académico, ya que me encantaba pelear con dos espadas, una en cada mano. Nuestro profesor insistía en que era un gran defecto y que con una armadura encima luchar con dos espadas era correr demasiado riesgo. De todas las clases, la de esgrima era nuestra preferida.

Don Juan era el que más sobresalía en ellas. Era impulsivo y el más dotado militarmente de todos nosotros. A mí me apasionaba la diplomacia, estaba seguro de que se podía ganar una batalla sin derramar una gota de sangre, y que, sobre todo para ganar una guerra, había que hacer algo más que ganar batallas. Don Juan y yo solíamos discutir sobre cuál era el enemigo más importante de España.

—Francia siempre será nuestro enemigo. Llevamos todo el siglo XVI luchando con ellos, la paz actual es solo una tregua. ¡Pero si no dudan en aliarse con los turcos con tal de crear problemas a España! —me explicó don Juan.

—Los franceses están ahora muy débiles, no son peligrosos. Si tuviéramos una guerra ahora con ellos, lo único que conseguiríamos sería que se unieran. Debemos fomentar su división, y con el tiempo puede que incluso se incorporen a nuestra corona —le repliqué.

—Francia española, ¡estáis loco, Alejandro! —exclamó muy alterado mi amigo—. Inglaterra, esa sí que podría ser nuestra.

A don Juan se le iluminaban los ojos cuando hablaba de Inglaterra.

—Algún día volverá a haber un rey católico en el trono de Inglaterra —pensó en voz alta—. ¡Un español!

—Pero don Juan, los ingleses no aceptarían nunca a un rey español, ni los franceses, ni siquiera el Papa.

—Quizá no a Felipe II, después del desastre de su matrimonio con María Tudor —dijo en voz baja—. Pero si fuera otro miembro de la Casa de Austria.

—¿Cómo? —le pregunté.

—Sí. Igual que Carlos V permitió que su hermano Fernando fuera emperador y poseyera los territorios imperiales del este.

—Don Juan, la situación no es la misma, Inglaterra es un estado soberano, siempre lo ha sido, nunca aceptarán un rey extranjero —le decía yo.

—Estuvieron cerca cuando Felipe II se casó con María Tudor. La clave es Escocia. María Estuardo es católica, solo habría que invadir Inglaterra y vencer a Isabel I. —Don Juan hablaba muy en serio—. Luego, una unión matrimonial con ella y todos los católicos nos apoyarían.

—¿Qué? ¿Sois consciente de vuestras palabras?

—Un matrimonio con María Estuardo unificaría los reinos británicos y legitimaría la nueva situación. ¿Os imagináis, Alejandro? Poder ser rey, ¡rey de Inglaterra!

Aparte de las clases, salíamos mucho por Alcalá y frecuentábamos la taberna que nos había enseñado Miguel. Precisamente un día que entré en la taberna de El Tuerto, me encontré allí con Miguel y un amigo suyo. El joven era alto y fuerte, pero tenía un fino pliegue de piel que se cernía en torno a sus ojos. Vestía mucho mejor que Miguel, parecía el hijo de un rico comerciante. Desde que me vio no apartó su mirada de mí, y pude ver que se ponía más nervioso a cada paso que yo daba. Entre las patas de la mesa donde estaban, podía ver como su pierna derecha no hacía más que temblar, y cuando llegué hasta ellos vi que sus labios se movían, como si estuviera rezando.

—¿Cómo te va, Miguel?

—Muy bien, mi querido amigo Alejandro.

—¿Quién te acompaña esta noche?

—Un amigo mío, Julio Valdeón, hijo de un hidalgo segoviano, y que estudia teología en nuestra universidad.

El joven sacó su mano para saludarme y pareció tranquilizarse por un momento. Miguel también estaba algo inquieto, obviamente allí pasaba algo y, estando Cervantes de por medio, no podía ser nada bueno. Miguel, además de ser hábil con la lengua, la espada y la pluma, también tenía la habilidad de andar siempre en los asuntos que no debía con la gente menos indicada. Pero no iba ser yo quien lo juzgara, sobre todo si había entrado en aquel lugar nada habitual para gente de la corte. Dejé a Miguel con su amigo y fui a pedir a la barra una buena jarra de vino. Mientras esperaba a don Juan, Miguel y su amigo no pararon de hablar y gesticular. El tal Julio Valdeón estaba cada vez más nervioso y empezaba a sudar de manera visible.

Miguel era un individuo peculiar y un consumado liante. Al parecer, la familia de su padre había conocido la prosperidad, pero su abuelo comenzó una errática vida, dejando a su mujer y al resto de sus hijos en la indigencia. Debido a ello, el padre de Miguel se había visto obligado a ejercer ese oficio tan poco agraciado de cirujano.

Don Juan llegó algo tarde, se persuadió de la presencia de Miguel y del segoviano, y también de lo extraño de su conversación. Diez minutos más tarde, el amigo de Miguel se marchó de la taberna y este vino hacia nosotros.

—¿Ya se ha ido tu amigo? —le pregunté.

—Sí, ya se ha ido.

—¿Qué ocurre, Miguel? —preguntó don Juan—. ¿En qué andas metido?

—Yo, en nada; es él quien tiene problemas. No digáis nada a nadie, jurádmelo.

Y así lo hicimos.

—Buscando en los archivos de la biblioteca de la facultad, encontró una referencia a un antiguo pariente de un amigo suyo e, intrigado por el tema, buscó nuevas referencias hasta que salió para Toledo y regresó ayer con la terrible noticia. —Miguelín hablaba en voz baja y mirando continuamente a un lado y a otro—. En el registro de Toledo aparecía un antepasado que era, indudablemente, un converso. Su amigo no es un cristiano viejo y no sabe si denunciarlo.

—Pero ¿él es cristiano? —le interrumpí.

—Por supuesto, cree solo en Dios nuestro señor, y solo lee las Santas Escrituras. —Cuando se dio cuenta de que había subido el tono de voz se serenó.

—Si es así, no tiene nada que temer. La Inquisición sabrá ser tolerante —explicó don Juan.

—¿Tolerante, decís, don Juan? Lo que ha descubierto es que seguramente este antepasado era judío.

—¿Judío? Miguel, pero fueron expulsados meses después de la toma de Granada. Todos marcharon fuera de España por orden de los reyes Isabel y Fernando —le reprochó don Juan.

—Sí, pero había miles de conversos, cristianos nuevos,

que bajo su disfraz seguían practicando el judaísmo, circuncidando a sus hijos, rezando a escondidas —le corrigió Miguel.

—Tiene razón, don Juan. ¿O es que creéis que en Granada todos los moros que se convirtieron son ahora cristianos? De todos es sabido que siguen con sus costumbres, visten ropas de moro, hablan entre ellos en árabe. Muchos dicen que son la avanzadilla del sultán Solimán, que un día los turcos nos atacarán y que los primeros que se levantarán serán ellos.

—¡Tonterías! Es imposible una rebelión dentro de España.

—Excelencia, nada es imposible —dijo Miguel.

Con los cristianos nuevos había que tener mucho cuidado, la Santa Inquisición se encargaba de vigilarlos. Yo estaba seguro de que en España había mucho hereje disfrazado de cristiano. Habíamos sido los últimos de Europa en expulsar a los judíos. En las otras naciones europeas los habían echado hacía siglos, a finales del siglo XIII en Inglaterra, del XIV en Francia. Nosotros los habíamos tolerado hasta 1492. Bien es verdad que el duro trabajo de la Reconquista lo había hecho casi imposible. Igual que con los moriscos, hubiera sido una locura expulsarlos mientras la frontera avanzaba en España. Especialmente en los reinos de la Corona de Aragón, donde su delicada situación económica se hubiera tornado en una gran crisis sin la mano de obra de los moriscos y mudéjares. Pero una vez tomada Granada, se tuvieron las manos libres para alejar el peligro que suponían los judíos, sobre todo para los conversos, ya que les permitían seguir teniendo contacto con sus antiguas creencias.

Al día siguiente, cuando íbamos hacia la clase de esgrima, vimos que los soldados del rey acompañaban al inquisidor y al joven amigo de Miguel por las calles de Alcalá mientras las gentes le tiraban lechugas y tomates. Era una de tantas limpiezas de sangre; el amigo de Miguel había sido acusado de judaísmo, se había encontrado que un antepasado cercano era judío. Al parecer le habían delatado esa misma noche.

Eran malos tiempos para la clemencia. La Inquisición, por orden del inquisidor general, Hernando de Valdés, había convertido en objetivo a cualquiera sobre el que se albergara la menor duda de ser un posible hereje. Incluso había conseguido del Vaticano jurisdicción sobre los obispos. Valdés era un personaje oscuro y temido. Había conseguido incluso condenar al mismísimo arzobispo de Toledo, Bartolomé de Carranza, quien había sido representante de Carlos V en los inicios del Concilio de Trento y confesor de nuestro rey Felipe II, cuando Su Majestad era todavía príncipe. Se sabía que aquella condena había sido causa de los celos que desde la época universitaria tenía Valdés a Carranza, pero si había conseguido condenar a un arzobispo tan importante, ¿quién podía sentirse a salvo de sus acusaciones? Valdés era el inquisidor general más duro de la historia de la Inquisición, y eso que este tribunal tenía ya más de 150 años de historia.

Al día siguiente por la mañana el príncipe Carlos apareció gritando en el Palacio Arzobispal, al parecer no había pasado la noche allí. El príncipe tenía algunos momentos en los que se volvía muy agresivo, normalmente descargaba su ira con sus criados, que le temían y odiaban. No era extraño ver cómo les azotaba. A veces esto no era suficiente para él. Entonces cogía una espada e iba a algunos de los corrales que había detrás del palacio y no dejaba gallina con cabeza.

Después volvía jactándose de todos los cuellos que había cortado. Aquel día, por lo que se ve, no había encontrado alivio para sí.

Don Juan y yo nos levantamos con los gritos y lo llevamos rápidamente a sus aposentos. El príncipe Carlos estaba blanco, casi temblando y sudaba como un animal.

—¡Llama a los médicos de la universidad! —ordené a uno de los criados.

—Está muy pálido —dijo don Juan— y tiene fiebre.

El médico llegó rápidamente y nos pidió que abandonáramos la habitación. El rector y Honorato Juan llegaron después. La salud del heredero a la Corona de España no era ninguna broma, nuestro futuro estaba en sus manos.

3

La princesa de Éboli

Estar estudiando tan cerca de la corte era una inmensa alegría para mí. En Valladolid o Salamanca hubiéramos estado demasiado lejos de Madrid, y allí la universidad no hubiera permitido nuestras escapadas y aventuras. El rey era un habitual de las fiestas de palacio; la reina, Isabel de Valois, inundaba todo con su energía. Estaba claro que además de la paz con Francia, Isabel de Valois había traído con ella algo más de París. Llegó con catorce años y desde el primer momento, la hija de Enrique II, acudía a todas las fiestas y banquetes.

Tanto don Juan, el príncipe Carlos como yo nos convertimos en íntimos de la reina. Es más, don Juan y ella eran prácticamente como hermanos, se veía una confianza especial entre ellos. Ambos habían llegado al mismo tiempo y con la misma edad a la corte del mayor imperio del mundo, donde nunca se ponía el sol. Incluso habían coincidido en ser retratados casi al mismo tiempo por el pintor de cámara del rey, Sánchez Coello. La reina había sido pintada cuando la corte todavía residía en Toledo. Su madre, Catalina de Médici, reina de Francia, reclamaba un retrato de su hija. Por otro lado, el rey necesitaba presentarla a la corte de la mejor manera. Al igual que le urgía presentar al nuevo hijo del emperador. Casualmente Tomás Moro, que me había retratado hacía tres años, estaba trabajando en un nuevo retrato mío que debía enviar a mi madre en Bruselas. Así que no podía ocuparse de los retratos de la reina y don Juan. Entonces se eligió a Alonso Sánchez Coello, pintor portugués muy del gusto de la hermana del rey, doña Juana.

Sánchez Coello tuvo una importante responsabilidad al retratar a la reina, ya que gran parte de su futuro en la corte dependía de este cuadro. La pintó en un retrato de cuerpo entero, con un espléndido vestido de estilo francés, con una saya de brocado de raso asalmonado, bordado en oro. Debajo de esa tela había reflejado un tejido de damasco blanco, con mangas acuchilladas y las aperturas cerradas con puntas de oro. La saya tenía un gran escote a la francesa, tapado por una gorguera que terminaba en cuello abierto. La gorguera estaba cubierta por una tela de rejilla compuesta por perlas y piedras. El tocado y el cinturón tenían perlas y rubíes incrustados en oro, que se repetían en el propio tocado. Pero en el retrato sobre todo destacaba su collar, donde pendía en su centro la joya más preciada de las reinas de España, la perla *Peregrina*. En el lienzo, la reina, que estaba apoyada junto a una ventana desde donde se veía Toledo y el Tajo, solo tenía catorce años. Cuando vi el cuadro me quedé impresionado: la reina de España era realmente hermosa y aquel retrato fue su mejor carta de presentación posible.

La amistad entre don Juan e Isabel creció cuando este la ayudó en un complejo y delicado asunto, ganándose así la confianza del rey y subiendo en importancia dentro del escalafón de la casa real.

Por todos era conocido que Felipe II tenía una amante, Eufrasia de Guzmán, hecho que no se solucionó con el matrimonio con Isabel de Valois, que era demasiado joven para poder tener cualquier tipo de relación sexual.

Así las cosas, llegó un punto en el que el rey tuvo que dejar a su amante, motivado en gran medida por el hecho de haberla dejado embarazada.

Para zanjarlo, se arregló la boda de esta mujer con Antonio de Leyva, príncipe de Áscoli, cerrando así cualquier tipo de sospecha. Para hacer el enlace más oficial, pidió a Isabel de Valois que fuera la madrina de la novia y eligió a don Juan para que fuera el padrino. Fue un gran apoyo para que Isabel accediera, realizando así un gran favor al rey y consiguiendo la amistad sincera de la joven reina.

Desde el primer día que los vi juntos en el baile de palacio, observé una especial relación entre Isabel y don Juan. Seguramente ya se habían visto antes, cuando la reina llegó a España, en la recepción que se realizó en Guadalajara ese mismo año. En el baile de palacio, los dos estuvieron bastante tiempo juntos. Aquella celebración fue una de las más importantes en varios años, ya que la propia reina había puesto mucho empeño en ello.

Don Juan había sido toda una atracción, ya que hacía poco tiempo que había sido reconocido como hijo por Carlos V. Pero siempre que les recordaba aquel asunto del baile, Isabel me insistía en la primera vez que me vio a mí:

—Juan, teníais que haber visto a Alejandro. Fue increíble...

—Isabel, otra vez no, por favor —recriminé a Isabel—. No empecéis de nuevo, majestad, os lo ruego.

—Dejad a la reina que lo cuente —dijo don Juan.

Mi amigo se reía mucho con la anécdota, porque la reina la contaba muy bien. Yo no soportaba oírla tantas veces.

—Habiendo llegado yo a España, y habiendo entrado en esa ciudad tan castellana que es Toledo, el rey decidió hacer un torneo a caballo y, tras dividir a los caballeros en dos bandos, eligió a Alejandro en el suyo. —Isabel se ponía muy seria cuando contaba la historia—. Entre tantos soldados del rey, vencedores de batallas en Italia y Francia, de conquistadores de las Indias y de caballeros de alta estima, nuestro amigo Alejandro no solo luchó con honor y aplomo, sino que fue quien recibió el máximo galardón del torneo como el mejor de los caballeros.

—No es verdad, Isabel —interrumpí a la reina.

—Estabais formidable, Alejandro —continuó Isabel.

—Gracias, majestad —dije algo avergonzado por los halagos.

—Puedo dar fe de que todas las miradas de la corte se posaron ese día en vos, Alejandro, sobre todo las de las damas.

Ante la mirada tierna de la reina, todos comenzamos a reír.

La reina era joven como nosotros y le gustaban las mismas aficiones, así que nuestra amistad no hacía más que crecer en aquellos dulces días.

Sin embargo, si había que hablar de una mujer en la corte, era de la princesa de Éboli. De ella se decía que era rebelde y apasionada, como lo eran los antiguos Mendoza; no en vano era bisnieta del gran cardenal Mendoza. Estaba casada con Ruy Gómez de Silva, un noble portugués que casi le doblaba la edad. Era hombre de confianza del rey, y había sido nombrado príncipe de Éboli ese mismo año. Ana de Mendoza había vivido dos años en el castillo de Simancas, acababa de regresar a Madrid y parecía que quería recuperar el tiempo perdido, así que se convirtió en la mejor anfitriona de fiestas y banquetes de toda la corte.

La primera vez que don Juan y yo nos la encontramos fue en una de las numerosas fiestas que se daban habitualmente en la casa de los príncipes de Éboli en Aranjuez. Nos quedamos asombrados ante semejante mujer. Habíamos acudido invitados junto con el príncipe Carlos y los archiduques de Austria. El rey no había podido asistir esta vez. Los turcos habían realizado un ataque cerca de Sicilia y había sido requerido con urgencia.

Nosotros, que solíamos ir a muchas fiestas en Aranjuez, nunca habíamos estado en aquel palacio, así que andábamos curiosos por los jardines de aquel lugar, hasta que alguien nos llamó:

—Muchachos, ¿adónde vais?

Don Juan enseguida se volvió y se quedó mudo ante la presencia imponente de la princesa de Éboli. Su parche en el ojo no hacía sino aumentar su misterio. Su rostro irradiaba seguridad. Estaba inmóvil junto a nosotros, con un abanico dorado en su mano izquierda con el que se tapaba el pecho. El vestido era azul y blanco, muy largo y ajustado en la cintura. Su pelo, rubio, estaba recogido, lo que estilizaba todavía más su figura. Su rostro era suave y pálido, dulce y a la vez duro. El parche que tapaba su ojo izquierdo producía un contraste que la hacía todavía más bella.

¿Sería necesario aquel parche? ¿O tan solo era una manera de cautivar la atención?

—¿Nos conocemos? —nos preguntó Ana de Mendoza.

Don Juan, esta vez, no podía o no quería responder.

—Excelencia, soy Alejandro Farnesio, príncipe de Parma. Hijo de Margarita de Austria, gobernadora de los Países Bajos, y Octavio Farnesio, gobernador de Parma. Mi amigo es don Juan de Austria, hijo del emperador Carlos V, hermano del rey.

La princesa de Éboli nos miró desafiante. Era hermosa, terriblemente provocativa: habíamos descubierto la imagen del pecado que tantas veces habíamos leído en la clase de teología. El diablo vive en esta casa, el diablo es una mujer.

—¿Qué os ha pasado en el ojo? —preguntó don Juan.

—Mala suerte, un golpe desafortunado en una clase de esgrima —contestó la dama.

Se comentaba que no había sido exactamente así, que había sido con una espada, pero no practicando esgrima. Lo del duelo era cierto. Algún pretendiente había osado insultarla, y la Tuerta no dudó en sacar una espada y enfrentarse a él. La princesa perdió un ojo, pero se decía que el hombre había perdido la vida.

—La suerte es importante en la vida —afirmé.

—Os equivocáis en eso, querido Alejandro, la suerte carece de la más mínima importancia —puntualizó la princesa de Éboli—. En esta España nuestra, nada ocurre por casualidad. Solo el pueblo cree en la suerte. Nosotros, en cambio, no podemos darnos esos lujos. Solo podemos creer en el honor, el dinero, el poder, o incluso en el amor, pero nunca en la suerte.

Aquella mujer tenía las cosas muy claras.

—La suerte no tiene nada que ver con que estéis hoy aquí, es la sangre que corre por vuestras venas la que determina vuestro futuro.

—Sin duda —contestó don Juan.

—Acompañadme, os enseñaré los jardines que dan a orillas del Tajo —dijo la princesa mientras se volvía a abanicar.

Hubiéramos seguido a aquella mujer hasta el mismísimo infierno, pero en ese momento nos conformábamos con pasear por el río que unía España y Portugal.

—¿Y qué planes tienen dos mozos tan apuestos como vuestras mercedes? —nos preguntó.

Ambos nos reímos.

—¿Por qué os reís? Pronto tendréis a cientos de damas deseando estar entre vuestros brazos y vosotros entre sus piernas.

—¿Y si lo que deseamos es estar entre otras... mi señora? —puntualizó don Juan.

Ana de Mendoza miró a don Juan fijamente y luego sonrió.

—Tenéis la lengua demasiado larga, espero que se acorte al mismo tiempo que crezca vuestra barba. Por palabras mejores que esas está el cementerio lleno de flores y de penas. Sois valiente, seguramente también seréis ambicioso. Creo que vuestro padre hizo bien en reconoceros como hijo suyo —terminó la princesa.

—Tenemos muchos planes, mi señora, por eso estamos estudiando en la Universidad de Alcalá —puntualicé yo.

—¿Y qué estudiáis? Si se puede saber —preguntó la dama.

—Esgrima, por ejemplo —contestó don Juan.

—¿Esgrima? ¿Eso os enseñan en Alcalá?

—Eso y mucho más —afirmé yo.

—¿Qué sabéis hacer con una espada? —preguntó.

Por todos era conocido que ella manejaba la espada como el mejor de los hombres.

—Supongo que movimientos básicos ¿Me equivoco? —preguntó de nuevo.

—Nuestro profesor es el maestro Carranza —respondí.

—Mmm. Ese sevillano tiene buena fama. ¿Y qué aprendéis con él? —volvió a preguntar la princesa mientras nos desafiaba con su mirada.

—El uso de la espada ropera, la destreza vulgar —respondió don Juan, que no le quitaba el ojo de encima a la princesa.

—La destreza vulgar se compone de algunos movimientos básicos, comunes a muchas otras escuelas. Guardias y desplazamientos, así como de una serie de elaboradas tretas, treinta de espada sola, cinco de espada y daga; y dos de espada y capa.

—Veo que entendéis de esgrima —comentó sorprendido don Juan.

—Es sencillo, al final solo son algunos movimientos, desvíos, paradas, estocadas... Las mujeres sabemos mucho más de eso que cualquier hombre.

La princesa de Éboli era toda una caja de sorpresas. Nos impresionó con todos aquellos conocimientos relacionados con la esgrima.

—¡Juan! ¡Alejandro! —nos llamó la reina.

Isabel venía a buscarnos. Al encontrarnos con la princesa de Éboli, se detuvo y cuidó sus modales, que tanto olvidaba a nuestro lado.

—Majestad, soy Ana de Mendoza, princesa de Éboli —se presentó, agachando levemente la cabeza.

—Sí, por supuesto —dijo la reina.

—Creo que estos muchachos os pertenecen —afirmó la princesa mientras se abanicaba.

—No más que al rey —respondió la reina mirando fijamente a la princesa.

Era evidente cierta tensión entre las dos damas. Ana de Mendoza era tan atractiva como la reina, pero mucho más experimentada y perspicaz. Isabel parecía sentirse intimidada ante su presencia, pero pronto cambiaría ese ambiente de tensión y desconfianza entre ambas damas.

Al mismo tiempo que acudíamos a las frecuentes fiestas de la princesa de Éboli, nos íbamos haciendo más populares en la corte. Sin embargo, moverse por la corte de España no era tarea fácil. El rey era una persona cada vez más inaccesible, poco a poco fue acudiendo a menos eventos públicos. Aunque tenía varios secretarios, se decía que no quería dar excesivo poder a ninguno de ellos, como sí había hecho su padre. Aparte del rey, había otra gente con mucho poder en Madrid, en especial dos grupos sobre los cuales se agrupaban los nobles del reino.

El primero de ellos era el de los partidarios de la Casa de Alba, se trataba del partido del Gran Duque de Alba, conocido como «los halcones». Frente a este grupo había un partido opuesto, liderado por el marido de la princesa de Éboli, conocido en determinados círculos como «las palomas». Obviamente, el marido de la princesa de Éboli, el portugués don Ruy Gómez de Silva, no tenía mucho poder fuera de Madrid. Pero sí su mujer, ya que la mayor parte de los Mendoza eran partidarios suyos.

El invierno en Alcalá duró más de lo previsto. Un aire frío llegaba desde las montañas de Navacerrada y Somosierra, e invitaba a no salir de palacio a pesar de encontrarnos ya en primavera.

El príncipe Carlos enfermó al mismo tiempo que se teñían de blanco las montañas. Su Alteza sufrió unas fiebres muy altas que le tuvieron en cama varias jornadas. Tan alta llegó a ser la temperatura del heredero que le hacía ver visiones y, además, se levantaba a altas horas de la madrugada gritando. Nosotros solíamos ir a verlo todas las tardes, y llegamos a estar verdaderamente preocupados por su salud. La salud del príncipe era un asunto de Estado, y debíamos guardarla en secreto. Así que tanto en la universidad como cuando nos encontrábamos con Miguel, debíamos guardar silencio sobre él.

En la universidad era difícil, ya que todos hacían muchas preguntas, pero con Miguel todo era más fácil, puesto que nunca nos preguntaba por asuntos de la corte. Era un descanso poder estar con él sin ningún tipo de presión. Miguel era la típica persona que no podía estar encerrada en ningún sitio; para él la libertad era lo más importante, era muy diferente a la gente de la corte. Sin haber ido a ninguna universidad tenía grandes conocimientos y era un muchacho muy inteligente que solía pasar largas horas leyendo algún libro en los campos de Alcalá, en la ribera del Henares.

Mientras el príncipe estaba en cama, vino don Luis de Quijada a visitar a don Juan.

—¿Frío, decís? —preguntó don Luis—. ¡Por todos los santos! Venid a Valladolid y conoceréis el verdadero significado de esa palabra.

Don Luis estaba indignado por nuestras quejas sobre el tiempo en Alcalá.

—Es una ofensa llamar frío a este aire tan agradable —continuó diciendo don Luis—. ¡Qué juventud!

Nosotros echamos a reír.

—¡Os estáis ablandando, Juan! —le dijo—. ¡Y vos, Alejandro! Me parece que esa sangre italiana que corre por vuestras venas necesita venirse a Castilla unos días para que se torne totalmente española.

—¡No, no, don Luis! Tan solo es que nos ha cogido por sorpresa este cambio del tiempo. Hasta el príncipe ha caído en cama con una fiebre muy alta —le comenté.

—La salud del príncipe es otro menester.

El castellano cambió el gesto de su rostro al hablar del príncipe, como si algo le disgustara.

—Doña Magdalena os envía saludos, Juan. Recibió vuestra última carta y pronto os responderá.

El castellano adoptaba un papel totalmente paternal cuando hablaba con don Juan. Y se mostraba muy interesado por todo lo referente a la universidad y nuestra vida en Alcalá. Era difícil adivinar qué pasaba en cada momento por la mente de aquel hombre, además de su imponente figura, su gesto serio, su atuendo siempre de color oscuro y su aire melancólico. Don Luis parecía atento ante todo, en guardia ante cualquier circunstancia y dando la impresión de que siempre ocultaba algo. No me extraña que el emperador le hubiera confiado, en secreto, el cuidado de don Juan.

—Me habéis dicho que el príncipe está enfermo por culpa de este tiempo, ¿verdad? —siguió preguntando don Luis.

—El príncipe lleva tres días en cama con fiebre alta —respondió don Juan.

—No podéis imaginaros lo importante que es que ambos permanezcáis al lado del príncipe. Es el heredero de la corona, el único hijo varón del rey, no lo olvidéis nunca —nos dijo don Luis con un gesto aún más serio de lo normal en él—. El futuro del imperio depende de él, para bien o para mal.

Esas últimas palabras de don Luis y su actitud denotaban algún tipo de preocupación.

—Bueno, debo irme. Os dejo disfrutando de este estupendo clima, yo me vuelvo al norte. Tengo que visitar el castillo de Coca y Olmedo antes de llegar a Villagarcía de Campos.

Don Luis se marchó sin más dilación, no era un hombre propenso a las despedidas sentimentales.

—Cuidaos los dos. Y cuidad del príncipe —dijo antes de irse.

El príncipe reposó diez días en cama y hasta el decimoquinto no se recuperó totalmente.

A finales de mayo fuimos invitados a acompañar al príncipe a pasar el fin de año a Segovia junto al resto de la corte. Segovia era un lugar que frecuentaba el rey debido a su cercanía con los bosques serranos donde abundaba la caza. Esta era una de sus grandes aficiones. Era conocido por todos el hecho de que tres o cuatro veces por semana iba en carroza al campo para cazar con ballesta el ciervo o el conejo. Además de por la caza, Segovia había sido elegida por la belleza y seguridad militar que le proporcionaba su alcázar. Salimos al alba, una comitiva formada por nosotros tres, unos veinte criados y unos setenta soldados de la Guardia Real, que protegían al príncipe. Cruzamos la sierra de Guadarrama y el río Manzanares, descansando en Los Ángeles de San Rafael y Navas de Riofrío. Llegamos al atardecer del día siguiente a Segovia, donde la silueta de su alcázar nos deslumbró a lo lejos.

La fortaleza se adapta al cerro sobre el que se levanta, con una bella torre de homenaje cuadrada, con cuatro garitas donde destacaban unos ventanales geminados. Se encontraba en obras, ya que el rey había ordenado cubrir las techumbres con agudos chapiteles de pizarra al estilo de los castillos alemanes.

En la mesa, el rey y el príncipe compartían los puestos centrales y el duque de Alba y Ruy Gómez de Silva estaban al lado de ellos. Nosotros dos nos encontrábamos al final de la mesa. La comida fue bastante tranquila. Su Majestad estaba muy contento con las obras que se estaban realizando en el alcázar. Mostraba mucho entusiasmo por ver terminados los nuevos tejados que se estaban construyendo, y comentaba que podría ser muy interesante remodelar el patio para darle un estilo más moderno y palaciego.

Nosotros nos dedicamos a identificar a todos los comensales. A la mayor parte los conocíamos ya, si bien alguno se nos escapaba. Supongo que nosotros éramos fácilmente reconocibles, sobre todo don Juan.

La princesa de Éboli permanecía al lado de su marido. La diferencia de edad era aún más notoria cuando los dos se encontraban juntos. Ana de Mendoza hablaba con fluidez y sabía destacar en aquel tipo de celebraciones. Mientras, su marido era una persona mucho más pausada, lo propio en una persona tan importante como él.

Antes de terminar la cena, la princesa de Éboli se acercó hasta nosotros.

—Mirad a quiénes tenemos aquí. Pero si son Juan de Austria y Alejandro Farnesio —comentó casi sin mirarnos, pero paseándose delante de nosotros para que admiráramos su vestido.

—Así es doña Ana de Mendoza —respondió don Juan.

—Veo que no os perdéis una fiesta.

—Es nuestro deber —contesté yo.

—Vuestro deber, ¿el qué? ¿Acudir a todas las fiestas? —preguntó irónicamente.

—No, acompañar al príncipe Carlos —contestó don Juan.

—El príncipe Carlos. Es cierto, olvidaba que estudiáis los tres juntos. Los tres príncipes, qué gracioso.

—Doña Ana, yo no soy príncipe —intervino molesto don Juan.

—Pero os gustaría serlo, ¿verdad?

En ese momento se acercó el marido de la princesa de Éboli, don Ruy Gómez de Silva.

—Espero que mi querida esposa no os esté molestando —dijo el noble portugués.

—La princesa de Éboli nunca puede ser una molestia —alegué yo.

—Se ve que no la conocéis muy bien —respondió don Ruy Gómez de Silva—. Ana, el rey os reclama.

Entonces entendimos que era mejor alejarnos de allí.

—Qué agradable sois cuando queréis —le recriminó irritada la princesa de Éboli.

—Debo permanecer en Segovia unos días. Si deseáis, podéis esperarme en Manzanares —le dijo a su esposa.

—Nosotros nos tenemos que retirar —sugerí mientras daba un golpe en el codo a don Juan para que me siguiera—. Hasta pronto, doña Ana.

Don Ruy Gómez de Silva era un hombre muy poderoso y no convenía ganarse su enemistad por ningún motivo.

Permanecimos un día más en Segovia antes de volver a Alcalá. Lo hicimos los dos solos, el príncipe permaneció allí. Como regresábamos sin la Guardia Real y sin criados, pudimos aprovechar para tomar un itinerario distinto y parar donde creyéramos conveniente.

—Tiene que estar detrás de esa colina —dijo don Juan.

—Eso espero.

Al llegar a la colina divisamos a lo lejos el castillo de Manzanares el Real, perteneciente a la familia de los Mendoza. El gran Diego Hurtado de Mendoza fue el primer señor de la fortaleza. Ahora estaba en manos del IV duque del Infantado, tío de Ana de Mendoza. Al acercarnos al castillo pasamos por la iglesia de Nuestra Señora de las Nieves. La fortaleza tenía forma cuadrada y constaba de tres torreones redondos y uno octogonal, que defendía la entrada. Cada uno de los cubos de las tres torres cilíndricas estaba coronado por nuevas torretas también cilíndricas y la torre del homenaje se coronaba con otra torreta de planta octogonal. El cuerpo del castillo tendría treinta pasos de lado. Todo el conjunto estaba rodeado por una barbacana perimetral, con una única entrada a través de una bella puerta orientada a poniente, flanqueada por dos robustos cubos defendidos por matacanes de piedra. Las aspilleras de la barbacana del castillo estaban esculpidas en forma de cruces de Jerusalén en honor al Gran Cardenal Mendoza. Además, grandes ventanales de arcos de medio punto decoraban su fachada. Era una mezcla de castillo y palacio.

Llegamos hasta la puerta y, al identificarnos, los dos guardias que protegían la entrada nos dejaron pasar. Al entrar nos encontramos con un patio porticado y una hermosa galería en el primer piso.

—¡Qué sorpresa! —dijo la princesa de Éboli al vernos llegar.

—Volvíamos a Alcalá y hemos pensado que podíamos descansar aquí antes de proseguir —contestó don Juan.

Ambos estábamos convencidos de que era imposible hacer ver a Ana de Mendoza que aquello era una casualidad, así que no insistimos en explicar nuestra presencia allí.

—Hermosa fortaleza —comenté en voz alta.

—Sí, la construyó mi familia. El primer duque del Infantado decidió trasladar el viejo castillo a un cerro próximo y levantar uno nuevo de mayores dimensiones en el mismo lugar. Para ello utilizó los materiales de la vieja fortaleza.

—Para ahorrarse trabajo de cantería, muy inteligente —contesté.

—Sí, para eso. Aunque también para evitar que el primer castillo, una vez desalojado, pudiera caer en manos de los enemigos de nuestra familia —puntualizó la princesa de Éboli.

Acompañamos a la princesa al interior del castillo, mientras sus criados se llevaron nuestros caballos hacia los establos.

—¿A qué se debe vuestra visita? —preguntó la princesa—. Es toda una sorpresa.

—Simplemente nos cogía de camino —respondió don Juan.

—De camino, decís. ¡Ah, claro!, ¿por qué si no estaríais aquí?

La princesa de Éboli nos pidió que comiéramos con ella. Su tío, el duque del Infantado, estaba todavía en Segovia, al igual que su marido. Nosotros no teníamos ningún objetivo especial con nuestra visita, pero sabiendo que estaría sola en el castillo y sin su marido, no podíamos evitar pasar por allí.

La comida con Ana de Mendoza fue fantástica: la dama

era una excelente conversadora, a la par que misteriosa e intrigante, además de hermosa e inteligente. Se mostró interesada en nuestros gustos y, sobre todo, en nuestras ambiciones. Quizá demasiado, como si estuviera intentando descubrir si podíamos resultarle de alguna utilidad, cosa que era difícil teniendo en cuenta que su marido era una de las personas de máxima confianza del rey y su familia una de las más poderosas de Castilla. Sin embargo, algo me decía que la princesa de Éboli nos tenía entre sus planes.

—Tengo intención de dar una gran fiesta de disfraces en Aranjuez en invierno o primavera, no podéis faltar.

—¿Y de qué os disfrazaréis vos? Si puede saberse —le pregunté.

—Tendréis que venir para verlo —respondió la princesa de Éboli—, pero os adelanto que os gustará.

Después de la comida partimos de inmediato, no fuera a ser que su marido acudiera antes de lo previsto al castillo. Nos despedimos y agradecimos la hospitalidad. Salimos rumbo a Alcalá, con el deseo de llegar antes del anochecer.

4

El príncipe Carlos

El segundo año en la universidad fue mucho más intenso que el primero. Se suponía que nuestra formación duraría cuatro años, así que Honorato Juan nos exponía a largas lecciones para proporcionarnos amplios conocimientos con el objetivo de que al terminar nuestro periodo universitario pudiéramos cumplir con el rey, ocupando puestos de gran responsabilidad.

Fue en aquella época cuando pude empezar a ver más claramente que en los pensamientos de don Juan ardía un poderoso deseo de ambición. El no haber recibido el título de alteza, sino simplemente el de excelencia, le dolía. Ni siquiera llevar colgada del cuello la insignia de la Orden del Toisón de Oro conseguía apaciguar sus ansias de reconocimiento. Don Juan no se iba a conformar con un puesto menor; yo tampoco. Pero él parecía no poner límites a su ambición. Militarmente estaba tan dotado como yo, quizá él montaba peor a caballo, pero con la espada era más rápido y, sin duda, más dado que yo a la oratoria. Poseía todo lo que el heredero a la Corona de España, el príncipe Carlos, no tenía.

En uno de los primeros días de aquel segundo curso en Alcalá sucedió un grave malentendido entre el príncipe Carlos y don Juan. Fue el único enfrentamiento que hubo entre nosotros tres, pero tuvo gran relevancia, ya que motivó la intervención del rey.

Estábamos jugando a la pelota cerca del Palacio Arzobispal, cuando hubo una jugada dudosa en la que estaban involucrados el príncipe y don Juan. No sé quién tenía razón, pero mientras don Juan mantuvo en todo momento la calma y razonó con el príncipe, este, impulsado por su carácter intemperante y compulsivo, volvió de forma poco cortés la espalda a don Juan.

—No puedo discutir con vuestra merced, porque no somos iguales en nacimiento —le dijo el príncipe.

Bastó oír esto y don Juan saltó como una fiera y agarró al príncipe, derribándolo con tanta facilidad que parecía un muñeco en sus manos.

—¡Mi madre es una gran señora alemana! ¡Y mi padre ha sido mucho más de lo que es el vuestro!

La reacción y, sobre todo, las palabras de don Juan sorprendieron a todos los presentes, que no supieron cómo reaccionar. La triste acción del príncipe había sido contestada de manera tan inesperada como firme. Don Juan dejó en el suelo al príncipe y se marchó a su cámara.

Cuando le vi al día siguiente, no hablamos del tema, y durante una temporada el príncipe se mostró distante con don Juan, no sé si por miedo o por odio. La situación duró pocos días. El rey, enterado del altercado, se presentó en la universidad y fue el propio príncipe quien sacó el tema a relucir, pidiendo un castigo para don Juan.

—Don Juan tiene razón... su madre es una gran señora alemana; y su padre, el emperador, fue mucho más grande de lo que yo lo he sido ni podré serlo nunca —afirmó don

Felipe—. Notad bien, don Carlos, que en lo único que no os iguala nadie es en soberbia y mala crianza.

El asunto quedó resuelto.

Honorato Juan seguía dándonos una formación humanista, si bien poco a poco fue entendiendo que nuestro destino estaba en las armas. Las clases de esgrima seguían siendo nuestras preferidas; el maestro Carranza nos tenía entre sus alumnos más aventajados, y nos apreciaba en gran medida por nuestras habilidades. Carranza nos enseñó pronto los avances que se habían introducido en la esgrima, todos ellos llegados desde Italia. Los italianos parecían haber heredado su tradición de intrigas, engaños y traiciones para usarlas en el arte de la espada. Habían tomado enseguida el relevo de España como cuna de la esgrima, y durante este siglo se había desarrollado allí una técnica propia. Multitud de escuelas surgieron en las principales ciudades. Habían introducido el uso de la daga, en la mano no armada, y también habían generalizado la técnica de envolver el brazo en una manta.

En España había dos escuelas de esgrima propiamente españolas. La primera se remontaba a finales del siglo anterior y había nacido con la espada ropera, que era más delgada y larga que su hermana de guerra.

—¿Sabéis por qué es más larga? —preguntó el maestro Carranza.

—Porque solo tiene que enfrentarse a tela y carne, maestro —respondió uno de los alumnos.

—Así es, corazas y otras armaduras están prohibidas entre los civiles y los soldados que no están «en disciplina». Pero todas las técnicas de la espada ropera sirven para la espada militar, a pesar de ser algo menor en tamaño. Basándose en esta espada, existe la primera escuela de esgrima, que se llama de «destreza vulgar o común». Y que ya conocemos muchas de sus series de tretas o movimientos —continuó explicando el maestro Carranza mientras sostenía en una mano una espada ropera.

El maestro Carranza era el creador de la otra gran escuela, la conocida como «destreza verdadera». Él había extendido esta técnica como sistema de combate con la espada ropera, sistema que estaba en dura competencia con la destreza vulgar. La «destreza verdadera» era realmente mortífera y eficaz, los italianos tenían mucho cuidado de luchar contra españoles, temerosos de que fueran de esta escuela. Los espadachines españoles eran justamente temidos en toda Europa.

Por aquel año, marchó nuestro buen amigo Miguel de Cervantes a Sevilla, ya que habían nombrado a su padre médico en un hospital de la ciudad del Guadalquivir, donde llegaba el oro y la plata de las Indias, siempre que corsarios y piratas no atacaran nuestros buques.

Nos despedimos de Miguel en la taberna de El Tuerto. Miguel parecía contento con su marcha, no era alguien que se asustara fácilmente y tenía tantas ganas de coger las armas como nosotros. En Sevilla esperaba enrolarse pronto en alguna compañía del ejército.

—Bueno, Miguel. Esperamos que te vaya muy bien por el sur. Ten cuidado con esa pluma tan afilada que tienes —le dije.

—¿A cuál de las dos os referís? —dijo.

El comentario de Miguel nos hizo reír a los tres.

—Esperamos volver a verte pronto —dijo don Juan—. En España o en cualquier otra parte.

—Y a ser posible enfundando una espada —interrumpió Miguel.

—Eso espero —dijo don Juan—. No sabes cómo envidiamos que puedas entrar ya pronto en combate.

—No seáis así, excelencia, pronto vuestras mercedes mandarán un ejército, y yo seré un simple soldado a vuestras órdenes.

—Que Dios te oiga, Miguel —respondió don Juan.

La marcha de Miguelín era una gran pérdida para nosotros; él nos había permitido estar en contacto con los habitantes de Alcalá de Henares, evitando así aislarnos en esta gran universidad que había construido el cardenal Cisneros. Además, era frecuente que Miguelín se colara en el Palacio Arzobispal con la ayuda de una de las amas de llaves, a la que al parecer había cortejado. Sea como fuera, estaba tan dotado para la guerra como para la escritura, y para ingeniárselas para entrar y salir de donde le apeteciera sin ser descubierto.

Sin Miguel la vida en Alcalá amenazaba con ser más aburrida, pero pronto encontramos cómo distraernos. Así, mientras don Juan cortejaba a una joven de Alcalá, yo hacía lo propio con dos damas de la corte, cuyo nombre no puedo decir por mi honor y, sobre todo, por el suyo. Hasta don Carlos parecía que se había enamorado, de la hija del portero del Palacio Arzobispal.

El príncipe parecía contento en Alcalá, había mejorado su carácter. Nosotros le habíamos convencido de no atacar a los criados. La propia reina había influido también en la mejora del heredero y las clases habían conseguido que fuera poco a poco adquiriendo conocimientos. Y, ahora, su reciente romance parecía hacerle feliz.

Si bien don Carlos mostraba cierta mejoría a mis ojos, había otros que no pensaban lo mismo. Según me había comentado Miguel, en ciertos círculos se rumoreaba que el heredero estaba enloqueciendo. Don Juan también había recibido la misma información de otras fuentes. Para nosotros el príncipe tenía problemas, pero no insuperables, y menos ahora que estaba más feliz que nunca.

Su Alteza no había tenido una niñez fácil: había permanecido en España mientras su padre residía en Bruselas y Londres. Hasta los catorce años no lo había vuelto a ver. Su madre, la primera esposa del rey, María de Portugal, murió al darle a luz a la temprana edad de dieciocho años. Se decía que el emperador había renegado de su nieto, que se había opuesto a verlo en su retiro en Yuste, aterrorizado por su aspecto enfermizo y su alocado temperamento. Para mucha gente, aquel muchacho era un peligro, no solo por el hecho de que sus padres eran primos, sino, sobre todo, porque ambos eran nietos de Juana la Loca, con todo lo que ello suponía.

A pesar de esta terrible herencia, el príncipe fue reconocido como heredero al trono por las Cortes de Castilla el mismo año que iniciamos nuestros estudios. Aquel nombramiento debía haber sido suficiente para cerrar muchas bocas, y más aún con la evidente mejoría que el príncipe estaba logrando en la universidad.

En aquellos meses llegaron noticias de los ataques que habían sufrido las costas italianas. Don Juan y yo esperamos impacientes el siguiente altercado con los turcos para entrar por fin en combate, así que decidimos ir a Madrid e intentar hablar con el rey sobre nuestra posible participación en alguna expedición militar.

En Madrid, la corte se hallaba alojada en el Alcázar Real. Un castillo-palacio articulado en dos cuerpos, herencia de la estructura de la fortaleza musulmana sobre la que se asentaba. Más que un palacio parecía una fortaleza, además de por su aspecto, por su situación. Estaba situado en un terreno escarpado de gran valor estratégico, ya que permitía la vigilancia del camino fluvial del Manzanares. El emperador decidió ampliar el edificio para adecuarlo a la función de palacio, sin derruir el incómodo y anticuado castillo medieval, iniciativa que hubiera podido parecer demasiado radical.

Se renovaron las dependencias antiguas, articuladas alrededor del Patio del Rey. La aportación más valiosa fue la construcción de unas nuevas salas para la reina. Asimismo, fue edificada la Torre de Carlos I. Y se dotó al alcázar de un pasadizo que lo comunicaba con el convento de la Encarnación, de tal manera que la familia real podía asistir a misa sin tener que salir a través de este pasadizo volado que cruzaba la calle.

Felipe II había proseguido con las ampliaciones al trasladar la corte a Madrid. Deseaba dotarlo de un aspecto claramente palacial, aunque no debía estar muy convencido del resultado final, ya que estaba construyendo un nuevo palacio en la sierra de Guadarrama. Cuando llegué al alcázar pude ver las obras de la llamada Torre Dorada, situada en la fachada sudoccidental, con vistas sobre el río y hacia la sierra. De ahí que tuviera gran cantidad de balcones.

Cruzamos la entrada del alcázar y subimos por la gran escalinata. Cuando entramos en el despacho del rey, Su Majestad estaba reunido con el arquitecto don Juan Bautista de Toledo. Era conocido que el rey era un apasionado de los libros, la pintura y el coleccionismo de obras de arte. Sin embargo, desde la victoria de San Quintín en 1557, estaba más interesado en la arquitectura. Al parecer, buscaba un lugar idóneo para construir un monumental monasterio y convertirlo en la nueva sede de la corte, que además albergara un panteón real donde poder enterrar a su padre, como el gran emperador merecía.

La sala estaba llena de planos, croquis y bocetos; los había en la mesa, en el suelo y hasta en los armarios. Don Juan Bautista de Toledo estaba recogiéndolos con sumo cuidado, ajeno a nuestra presencia.

—Juan, Alejandro, pasad —nos indicó Su Majestad—. Os presento a don Juan Bautista de Toledo, ayudante de Miguel Ángel en la construcción de la basílica de San Pedro en Roma. Y que va a construir la obra arquitectónica más importante de Europa aquí, en Madrid.

—Así es, majestad —dijo orgulloso el arquitecto.

—Como prometí después de la batalla de San Quintín, quiero elevar un palacio para Dios y una choza para el rey —explicó Felipe II—. Decidles cuántas torres tendrá el monasterio.

El rey parecía una persona totalmente distinta cuando hablaba de su gran obra. Mucho más entusiasta y alegre que de costumbre.

—Cuatro torres, majestad, de sesenta y dos varas castellanas de altura cada una que se levantarán en los cuatro ángulos del edificio, entre los que se alzará una cúpula de ciento doce varas de altura, junto con dos campanarios más pequeños.

El arquitecto tenía el edificio claramente dibujado en su cabeza.

—Orientado perfectamente a los cuatro puntos cardinales, la fachada principal estará presidida por una estatua de san Lorenzo, ya que fue en su festividad cuando vencimos en San Quintín, y por otra de Su Majestad.

—¿Cuántos patios tendrá el edificio, don Juan Bautista de Toledo? Decídselo a mi hermano y a mi sobrino —insistió el rey.

Nosotros escuchábamos atentos la descripción del palacio sin poder absorber la cantidad de datos que el arquitecto explicaba, animado por el rey, que disfrutaba con aquellas palabras. No era aquel el comportamiento normal de Su Majestad, un hombre prudente, serio y disciplinado, con fama de no dejarse llevar por las emociones, pero que ante aquel proyecto parecía tener la ilusión propia de un niño.

—Dieciséis patios, majestad, y ochenta y ocho fuentes, trece capillas, nueve torres, quince claustros, ochenta y seis escaleras, más de mil doscientas puertas y dos mil seiscientas ventanas.

El orgullo con que el arquitecto decía las palabras nada tenía que envidiar a las del rey. Ambos estaban exultantes de alegría con la gran obra.

Felipe II quería hacer un edificio para la historia, para conmemorarla, para recordar a su padre y las victorias españolas, pero también para que posteriormente lo recordaran a él. Don Juan Bautista de Toledo era el arquitecto español más importante de Europa. Había conseguido gran fama en Madrid con sus trabajos en el Palacio Real de Aranjuez y en la fachada del convento de las Descalzas Reales de Madrid.

—No estoy seguro de a qué orden encomendar su cuidado, quizá a la Orden de los Jerónimos.

—Va a ser un edificio colosal —le dijo don Juan.

—Ha sido excelente haber seguido las descripciones del templo de Salomón —interrumpió el arquitecto.

—Sí, las tenemos gracias a un historiador romano. Obviamente hemos tenido que adaptarlas a las necesidades del programa monástico y a las múltiples funciones que ha de albergar, pero sigue la misma estructura del sagrado templo —explicó Su Majestad.

El rey se movía por su despacho de una manera como nunca le había visto hacerlo antes. Nervioso a la vez que emocionado.

—Sus funciones serán múltiples: desde panteón a basílica, por supuesto, convento, colegio, biblioteca y palacio real.

Todo en un mismo edificio, pero siempre al servicio de Dios —relataba orgulloso el rey.

Don Juan Bautista de Toledo se marchó con su gran colección de planos y Felipe II nos dedicó unos minutos. Pero Su Majestad estaba más interesado en el futuro monasterio que en nuestra preocupación por entrar en combate. Así que más que responder a nuestras preguntas, nos hablaba y hablaba del monasterio y de su parecido con el templo del rey Salomón en Jerusalén.

—El lugar lo he escogido yo mismo, en la ladera sur de la sierra de Guadarrama, en el centro geográfico de España, a mil metros de altura, a media distancia entre Guisando y Manzanares el Real. A los pies del monte Abantos, muy cerca de la corte de Madrid —relataba el rey orgulloso—. Hemos encontrado una explanada fantástica, con abundante agua, leña, caza y, sobre todo, con madera, granito, cal y arena para realizar la construcción. Se ubicará en el centro de España, donde con más comodidad pueden acudir de todas partes los súbditos de todos mis reinos y desde donde dar instrucciones más fácilmente.

Era imposible hablar con el rey en aquel momento, así que nos mostramos lo más interesados posibles en las obras del nuevo palacio, e incluso le hicimos preguntas arquitectónicas de toda índole, pero nos fuimos de su despacho sin conseguir hablar con él de una futura marcha a Italia.

Salimos del Alcázar Real y nos dirigimos de vuelta a Alcalá, no sin antes aprovechar y pasar a ver a la reina, que según tenía costumbre acudía a misa en el convento de las Descalzas Reales.

El edificio estaba fuera del recinto de la villa de Madrid, formando parte del arrabal de San Martín que había crecido alrededor del viejo convento dedicado a este santo, y que estaba en las inmediaciones mismas del Alcázar Real. Al entrar al convento, la reina nos esperaba junto a una de sus damas de compañía en uno de los salones contiguos a la iglesia. Era un pequeño salón profusamente decorado con retratos de miembros de la familia real. Pero lo que más me llamó la atención no fue ni la reina ni los cuadros, sino la joven que la acompañaba, de quien me era imposible apartar los ojos. Se trataba de una mujer de increíble belleza, de grandes ojos azules, con el cabello rubio recogido en la nunca, muy a la moda.

—Buenos tardes —nos saludó la reina.

Nosotros le hicimos una reverencia.

—¿Cómo os encontráis, alteza? —le preguntó don Juan.

—Algo cansada. Y vuestras mercedes, ¿de dónde vienen?

—De ver a Su Majestad.

—Al rey. ¿Y os ha atendido?

—La verdad es que no nos ha prestado mucha atención, está ocupado atendiendo a las cuestiones de Estado.

—De Estado... —se quejó la reina— más bien diréis que está con los planos del palacio que está construyendo en la sierra.

No dijimos nada, era obvio que algo disgustaba a la reina.

Yo seguía sin poder quitar los ojos de la hermosa dama que la acompañaba, y la reina pronto se dio cuenta.

—Dejadme que os presente a mi nueva dama de corte. Es de Cremona y su nombre es Sofonisba Anguissola.

Ese nombre me era conocido.

—¿A que no sabéis cuál es su mayor virtud? Además de su indudable belleza.

—Es pintora —contesté.

Sofonisba me miró sorprendida y la reina no pudo evitar reír, mientras don Juan me miraba atónito.

—¿Cómo lo sabéis, don Alejandro? —preguntó Isabel de Valois.

—Recuerdo haber oído ese peculiar nombre en Parma —respondí mientras Sofonisba me miraba fijamente—. Decían que había una mujer que era capaz de pintar con la misma destreza que los hombres.

—¿Como los hombres? —preguntó la reina molesta—. Y mucho mejor también, ¿verdad, Sofonisba?

—Me ruborizáis, alteza; no pinto tan bien —respondió la joven.

—Cremona está muy cerca de Parma, ¿verdad? —preguntó la reina.

—Así es, majestad —respondí.

—Ha sido el duque de Alba quien me la ha recomendado. En su visita a Milán, el gobernador de la ciudad, el duque de Sessa, se la presentó.

—¿Le hicisteis un retrato al duque de Alba? —le preguntó don Juan.

—Sí —respondió tímidamente Sofonisba.

—Y el duque quedó encantado, y persuadió al rey para que la llamara a la corte y fuera mi nueva dama de compañía.

—No es fácil impresionar al duque —dijo don Juan.

—¿Y ese nombre tan peculiar? ¿No es italiano? —le pregunté.

—Yo nací en Cremona, soy italiana, pero mi padre es bastante original y nos puso a mi hermano y a mis cinco hermanas nombres relacionadas con la antigua Cartago.

—¿Cartago? —pregunté extrañado.

—Sí, mi padre se llama Amilcare; mi tío, Aníbal, y mi hermano, Asdrúbal —explicó de manera muy segura—. Sofonisba era el nombre de una de las hijas del general cartaginés Aníbal.

—¿Y os enseñó a pintar?

—Sí, a mí y a mis cinco hermanas.

—¿A todas?

—A todas. Al no poder asegurar, por falta de dinero, una buena dote para nosotras, pensó en facilitarnos una buena educación y un buen bagaje cultural.

No pudimos conversar mucho con ellas, porque doña Juana, la hermana del rey, no nos dejó mucho tiempo. Pronto se llevó a la reina a recibir otra visita, que comentó que era muy importante.

Al parecer, el inquisidor general, el arzobispo de Sevilla, se encontraba en el convento. El inquisidor se había convertido en un elemento esencial para la corona, dadas sus brillantes campañas en defensa de la ortodoxia. La colaboración entre la Iglesia y el rey era total. El peligro de una penetración del protestantismo en España era muy real, así que se multiplicaron las defensas, y la lista de libros prohibidos se hizo cada vez más larga. Entre las medidas más duras estaba la prohibición de que ningún español estudiara en universidades extranjeras, por miedo a un potencial contagio.

Al marcharnos no pude evitar dedicarle una sonrisa a Sofonisba y desear poder volver a verla muy pronto.

Salimos por la puerta de Santo Domingo. Madrid era una ciudad peligrosa de noche, conservaba su complicado entramado de calles de herencia musulmana, que nada tenía que envidiar al laberinto de las calles de la Toledo imperial. Además, desde que la corte se había instalado en Madrid se decía que toda la inmundicia de Europa había venido a España, sin que hubiera quedado en Francia, Alemania, Italia, Flandes, y aun en las islas rebeldes, cojo, manco, tullido ni ciego que no hubiese venido a Castilla.

Desde Peligros tomamos Cedaceros y salimos a la Puerta del Sol, y desde allí seguimos por el camino de Alcalá. Pasamos cerca de la casa de las siete chimeneas, que era una mansión mandada construir por un montero de Felipe II para una hija suya. La dama se casó con un capitán de la Guardia amarilla, descendiente de la antigua y noble familia madrileña de los Zapata. Sin embargo, la vivienda no pudo ser habitada durante mucho tiempo por ambos, ya que el marido, cumpliendo obligaciones militares, había marchado en la última guerra a Flandes, donde murió. La esposa, sumida en la pena por el esposo perdido, quedó sola en la casona hasta que una mañana apareció muerta en su lecho, cuando todavía era joven y bella. Y desde su muerte, se decía que por las noches una figura de mujer, vestida de blanco, andaba por el tejado de la casa con una antorcha en la mano.

La mente de los castellanos era tan católica como presta a las fantasías. Por ejemplo, en la parroquia de San Pedro el Viejo se encontraba una campana tan grande que nadie se explicaba cómo podía haber sido izada hasta el campanario. Y se había creado una leyenda que decía que los obreros que debían izarla, al no encontrar la manera de hacerlo, dejaron la campana reposando contra uno de los muros de la iglesia. A la mañana siguiente, todos despertaron debido a los sonidos de la gigantesca campana, que había sido colocada en el campanario sin que nadie supiera cómo. Pero quizá el mayor de los misterios de la villa de Madrid era el de su santo patrón, san Isidro.

En aquella época, la Santa Inquisición había prohibido su veneración bajo pena de excomunión y cárcel. No se sabe bien por qué, pero la Iglesia intentaba dejar en el olvido los prodigios y milagros del santo, al igual que su esposa, santa María de la Cabeza. Porque esa era otra de las peculiaridades de Madrid, sus dos santos eran marido y mujer, ¡increíble!

Cuenta la leyenda que san Isidro paseaba por el campo y tenía sed, dio un golpe en el suelo y brotó un manantial, y de esta agua la gente bebía porque pensaban que tenía propiedades milagrosas. De pequeño, Felipe II tenía mucha fiebre, se le llevó agua de este manantial y sanó. En agradecimiento su madre mandó construir al lado del pozo una ermita en honor a san Isidro. El santo se casó con santa

María de la Cabeza, quien, a su muerte, fue enterrada en su pueblo natal, Torrelaguna. Un día desenterraron el cuerpo y vieron que algunos trozos estaban intactos, y para verificarlo sacaron la cabeza y la enseñaron, de ahí el nombre... santa María de la Cabeza.

Llegamos un poco tarde a la universidad y fuimos directamente al Palacio Arzobispal con la esperanza de encontrar al príncipe Carlos en su dormitorio. Queríamos contarle nuestra visita al rey y de lo poco que nos había servido. Dejamos los caballos en el establo y nos dirigimos discretamente a la entrada del palacio. No queríamos que nadie descubriera que volvíamos tarde aquella noche. Los criados no se alertaron al vernos llegar, y sin apenas llamar la atención nos dirigimos a la planta más noble del palacio, donde estaban los aposentos del príncipe. Cuando llamamos a la puerta no contestó.

Llamamos a sus criados, pero no sabían dónde se encontraba. La situación era extraña, ya que el príncipe estaba controlado en todo momento.

—¿Qué hacemos? —le pregunté a don Juan.

—No sé. ¿Dónde estará?

—Debería estar en su habitación —sugerí.

Los criados nos miraban nerviosos, esperando que nosotros resolviéramos la situación. Decidimos entrar en el dormitorio, pero la puerta estaba cerrada, así que pedimos a dos criados que nos ayudaran. Cogimos un banco de madera del pasillo y lo utilizamos como ariete para abrir la puerta. Esta aguantó tres envestidas, y a la cuarta cedió y la puerta se abrió con violencia.

No había nadie en el dormitorio, pero la ventana estaba abierta. Me asomé por ella y pude ver que había una escalera de madera que llegaba hasta el suelo del jardín que había a espaldas del palacio. El príncipe había escapado de su dormitorio.

La situación era de extrema gravedad, el heredero se encontraba solo y en paradero desconocido. Honorato Juan y el rector no tardarían en hacer acto de presencia. Había que encontrarle antes de que ellos llegaran.

—¿Qué vais a hacer, Alejandro? —me preguntó don Juan.

—Pues bajar —le respondí—, ¿qué queréis que haga?

Don Juan me sujetó la escalera mientras yo bajaba sus peldaños que apenas veía. Cuando llegué al suelo, me encontré con el cuerpo del príncipe Carlos, que yacía en el suelo con la cabeza llena de sangre a causa de un golpe que se había dado contra uno de los muros del palacio.

—¡Juan! ¡Deprisa, llamad a un médico! —grité muy alterado con las manos llenas de sangre del príncipe Carlos—. ¡El príncipe está malherido! ¡Deprisa!

La noticia corrió por Alcalá, por la corte, por Madrid y por todas las Españas como la pólvora. El rey se apresuró a venir junto al duque de Alba y el príncipe de Éboli. Mandaron a médicos de Salamanca y de Valladolid para que sanaran a su hijo, pero nada lo hacía despertar.

Don Juan y yo pasábamos largas horas velando por él. Y cuando no lo hacíamos, estábamos rezando y suplicando en el convento de Jesús y María por él, ante fray Diego, un santo del que el príncipe era devoto. Él mismo nos había pedido entre delirios que fuéramos a pedirle su salvación y así lo hicimos.

En el día 2 de mayo era tal la gravedad del príncipe, con una pierna paralizada y la cara totalmente hinchada, que el rey mandó administrarle los sacramentos. En aquellos difíciles días el príncipe mostró su cara más humana, pidiendo en todo momento la presencia de Honorato Juan, al que estimaba enormemente, y sobre todo la nuestra. El rey nos pidió que estuviéramos al pie de la cama de don Carlos día y noche.

Pasaron los días, y el 8 de mayo los médicos comunicaron al rey que la muerte era inminente. Su Majestad no pudo soportar la noticia y la posibilidad de ver a su hijo morir, y partió de Alcalá, dejando al duque de Alba y al príncipe de Éboli allí, con las oportunas instrucciones para organizar los funerales del heredero a la corona de la monarquía hispánica.

Aquella noche fue una de las más largas de mi vida.

En la cámara del príncipe no nos movimos don Juan, el duque de Alba, el príncipe de Éboli y yo hasta que salió el sol. Entonces, don Juan, que llevaba horas agarrando la mano del príncipe, se levantó y se acercó al duque de Alba.

—Excelencia, os ruego me acompañéis al convento de Jesús y María, para pedir por última vez a fray Diego la salvación del príncipe.

El duque de Alba le miró unos segundos y asintió con la cabeza. Después me guiñó un ojo, y salimos los tres hacia el convento.

Entramos dentro de la iglesia del convento hasta llegar ante las numerosas capillas del templo, entre las cuales destacaba especialmente la de san Diego.

Los tres nos arrodillamos para rezar por el príncipe delante del santo, pero después de un buen rato el duque de Alba se incorporó y mandó llamar a dos sacerdotes y a su mayordomo personal.

—¡En nombre del rey! ¡Abrid la tumba del santo! —ordenó con su voz fuerte y ronca el duque de Alba a los sacerdotes.

—Pero, excelencia... es la tumba de don Diego —le dijo uno de ellos.

—Precisamente por eso. El príncipe se muere, y bien sabe Dios que no lo permitiré —respondió el noble castellano.

A continuación, dio una orden con su mano a su mayordomo como si se encontrara en pleno campo de batalla. La autoridad y la capacidad de hacerse obedecer del duque de Alba me dejaron asombrado.

Al mediodía llegamos en procesión ante el Palacio Arzobispal, con todo el pueblo de Alcalá a la cabeza clamando a Dios misericordia. Nos seguían centenares de penitentes con sayales, capirotes y las espaldas desnudas, donde se flagelaban cruelmente. A continuación, varios frailes del convento llevaban en unas parihuelas el cuerpo del santo, que venía en un ataúd, envuelto en su sudario, con el rostro incorrupto y descubierto para que todos pudieran verlo.

Don Juan y yo llevábamos el ataúd, con el rostro cubierto por un capirote y los pies desnudos y ensangrentados por los guijarros del camino. Detrás de nosotros venía el poderoso duque de Alba, quien había congregado tras él a la mayor parte de la comunidad estudiantil, además de un sinfín de religiosos, nobles, gremios... que habían acudido a nuestra llamada de ayuda para salvar la vida del heredero a la Corona de España.

Al llegar la procesión con el cuerpo de fray Diego al Palacio Arzobispal, el duque de Alba nos mandó subirlo a la cámara donde yacía el príncipe. Entramos en la sala donde don Carlos yacía bocarriba, con los ojos cerrados por la fuerte hinchazón de sus párpados, la boca muy abierta y la piel muy blanca. El duque de Alba nos hizo un gesto con la mano para que bajáramos el cuerpo, y lo dejamos sobre la cama, tocando al cuerpo del príncipe. Entonces uno de los frailes franciscanos que nos acompañaba se acercó a la cama, cogió la mano inerte del santo y la posó sobre el pecho del príncipe, dentro de un profundo silencio de todos los presentes. Ante la sorpresa de todos, el príncipe reaccionó volviéndose hacia el ataúd del santo. Lo sobrenatural del acto nos conmocionó a todos; incluso algún noble presente dejó caer lágrimas por su rostro, lágrimas de esperanza. El príncipe dio un profundo suspiro que pareció limpiar su estropeada garganta, para luego volverse de nuevo hacia el otro lado de la cama. Entonces, el duque de Alba nos miró y don Juan me hizo un gesto con la cabeza. Fuimos hacia la cama y levantamos de nuevo el ataúd con el cuerpo del santo, llevándonoslo fuera de la habitación.

El príncipe durmió seis largas horas hasta que despertó; don Juan y yo esperábamos a los pies de su cama. La alegría de ver sus ojos después de que desapareciera la hinchazón de sus párpados fue enorme. Su Alteza alzó la mano y llamó a don Juan, que se acercó inmediatamente y el príncipe le susurró algo al oído. Don Juan le miró y tiernamente le acarició el cabello.

La noticia de la curación del príncipe corrió por todo el reino. España era el más católico de los países, pero también el que más leyendas y supersticiones tenía. Nadie dio importancia a que al mismo tiempo que el príncipe sanaba, el rey Felipe II había llamado traer al médico flamenco Andrés Vesalio, que ya había estado al servicio del emperador Carlos V.

Esa misma noche le pregunté a don Juan por las palabras que le había dicho don Carlos nada más despertarse.

—Me dijo que durante su largo sueño había visto a don Diego de Alcalá vestido con el hábito franciscano y una cruz con una cinta verde en la mano, y que este le había dicho «que no iba a morir».

Y el príncipe no murió.

Aunque su mente se volvió más inestable que antes; ya ni siquiera nosotros podíamos hablar con él.

5

Sofonisba Anguissola

Después del accidente del príncipe Carlos nada fue igual en Alcalá de Henares. El príncipe quedó afectado tanto física como mentalmente. Fue trasladado durante unos meses a Madrid para luego volver por sorpresa a Alcalá, pero ya no podía seguir las clases de Honorato Juan como hacía antes. Por su parte, don Juan permaneció en Alcalá, pero estaba más preocupado de lo que sucedía en Flandes y en el Mediterráneo que de la universidad. Yo, por la mía, fui requerido por la reina, que me convenció para un asunto que me sorprendió gratamente. El rey quería un retrato mío para el palacio de El Pardo, y la reina le había convencido de que el mejor pintor que podía hacerlo era una mujer, su dama de compañía, Sofonisba Anguissola.

Ya me habían hecho dos retratos, los dos Antonio Moro. Pero el hecho de que me fuera a pintar una mujer me parecía una novedad increíble. No conocía a ninguna otra que pintara. O al menos ninguna que lo hiciera tan bien como se decía de Sofonisba. La reina había comentado que había retratado al duque de Alba, dejándolo impresionado.

El encargo de mi retrato llegó en un momento en que había varios pintores compitiendo por alcanzar la fama en la corte. Por un lado estaba el pintor de cámara del rey,

Alonso Sánchez Coello, artista portugués que vivía en la Casa del Tesoro con su familia, adonde acudían Felipe II y los grandes de España y menos grandes para ser retratados. Los retratos en la corte tenían una gran importancia; un mal retrato podía hundir la reputación de cualquiera.

Sánchez Coello era el más importante de todos los pintores, y gran parte de culpa de ello la tenía doña Juana, hermana del rey. Ella había quedado viuda a los diecinueve años de su marido el príncipe Juan de Portugal, quien había muerto al caer de su caballo cuando ella estaba embarazada. Su muerte se le ocultó durante tres semanas, hasta que nació el príncipe heredero de la Corona de Portugal, don Sebastián. La marcha de Felipe II a Inglaterra para su boda con María Tudor le había obligado a dejar a su hijo en Portugal e ir a Valladolid para ser la regenta de Castilla en ausencia de su hermano. Y allí, en la ciudad castellana, había conocido a Sánchez Coello, discípulo de Antonio Moro, que había llegado después de su aprendizaje en Bruselas.

El pintor portugués se había ganado a doña Juana con un retrato del príncipe Carlos, quien había quedado a su cuidado con la marcha del rey. Le retrató a la temprana edad de doce años, en un lienzo de un metro de altura donde se representaban tres cuartas partes de su cuerpo, donde su mayor virtud estaba en haber logrado disimular las deficiencias físicas del príncipe con admirable destreza. Se decía que no lo había retratado de cuerpo entero porque tenía las piernas desiguales. Con una capa sobre los hombros para ocultar su escoliosis, no en vano tenía una pequeña joroba que disimulaba bastante bien. Portaba un birrete sobre la cabeza para ocultar que la tenía desproporcionada con respecto al cuerpo. Lo único que no logró mimetizar fueron sus manos, que aparecían escuálidas, como si fueran garras, tal y como las tenían los disminuidos. Pero por muy buen pintor que fuera y por muy joven que fuera el príncipe, su complexión débil y su carácter cruel eran imposibles de ocultar totalmente.

Otro de los pintores que competían en la corte era Jorge de la Rúa, especialista en pintar trajes. Por esa razón fue reclamado para pintar a la reina, Isabel de Valois, haciendo un magnífico trabajo. La había retratado con un hermoso vestido de raso rojo, con la pletina bordada en oro, al igual que las mangas y la parte superior del vestido, la cual estaba además adornada con botones con perlas incrustadas. El vestido era espléndido y destacaba, además de por la belleza de su color rojo, por las manguillas de real «a la española».

Sofonisba Anguissola era una dama noble, con cultura e influencia sobre la reina, de la que era su maestra de dibujo. El dibujo era una de las aficiones preferidas de la reina y la razón de que Sofonisba hubiera venido a la corte. El duque de Alba había hablado a sus majestades de las habilidades de una noble italiana que le había pintado un retrato en Milán. Felipe II pronto vio en ella a la perfecta dama de compañía para su nueva esposa, que agradecería tener a una mujer joven como ella a su lado, con la que compartir sus inquietudes y aficiones, y que hiciera su estancia en España más feliz.

El entendimiento entre Isabel de Valois y Sofonisba fue inmediato, ya que hablaban lenguas similares y compartían su amor por el arte y la música. Era conocido que ambas solían tocar la espineta juntas.

Sofonisba era bella, inteligente, culta y no pintaba por dinero, sino por placer y movida por el inmenso talento que poseía.

Acudí a una habitación en la zona oeste del alcázar que había sido habilitada como estudio de Sofonisba. Al llegar me abrió su criada, una joven también italiana. La habitación era sencilla, la luz entraba por un ventanal en su lado derecho que incidía directamente sobre una zona donde había depositado un lienzo blanco sobre un caballete. Avancé unos pasos y detrás del lienzo surgieron los cabellos rubios de Sofonisba. Vestía un traje azul claro y oro, con un pequeño escote. Me sonrió.

—Buenos días, Sofonisba.

—Buenos días, excelencia.

—Llamadme Alejandro, por favor.

—Como gustéis. ¿Podéis colocaros cerca de la luz? —me preguntó—. Así podré veros mejor.

—Sí, por supuesto.

Me puse delante del lienzo, donde la luz de la ventana me iluminaba toda la cara.

—Perfecto, don Alejandro.

Sofonisba se quedó mirándome fijamente durante varios segundos. No decía nada. El tiempo pasaba, Sofonisba seguía sin hablarme y yo me fui impacientando.

—Perdonad...

—Silencio.

Me mandó callar y no supe sino obedecerla. Sofonisba permaneció un largo tiempo callada, mirándome, estudiándome.

—Habladme.

—¿Cómo?

—Necesito que habléis para que pueda percibir mejor vuestro carácter —respondió.

—¿Y de qué queréis que os hable? —pregunté.

—¿No sabéis de qué hablar a una dama? Esperaba mucho más de don Alejandro Farnesio —dijo Sofonisba, burlándose de mí.

—Es difícil hablar delante de unos ojos tan hermosos.

—Estad tranquilo, que van a ser estos ojos los que me digan cómo debo pintaros.

Durante casi dos horas permanecí delante de Sofonisba, mientras ella me pintaba. Aquella dama era diferente a todas las que había conocido. Se mostraba segura de sí misma, como si nadie pudiera hacerle daño. A la vez era tierna y dulce, en cierto modo me recordaba a la reina. Sin embargo, Sofonisba era más enérgica que ella, se veía que tenía un corazón fuerte y duro, y que no se dejaba doblegar con facilidad. Pudo influir que los dos fuéramos italianos, Cremona no estaba tan lejos de Parma; pudo ser nuestra similar edad, o que los dos conociéramos bien a la reina. Pero aquellas dos horas en su taller fueron algo especial que no pude olvidar nunca.

—¿Puedo ver el cuadro? —pregunté.

—Por supuesto... que no.

—¿No?

—¡No! Solamente cuando esté terminado —dijo sonriéndome.

—Me encanta tener una excusa para volver a veros.

Salí del taller deseando regresar pronto.

Las clases de esgrima con el maestro Carranza habían acabado en la universidad. Ahora las más interesantes, sin duda, eran las de estrategia militar. La pieza básica de nuestro ejército eran los tercios. Ningún rugir de tambor se temía tanto como el de los tercios cuando se preparaban para entrar en combate. Estratégicamente eran perfectos. Primero los piqueros, armados con una pica, una lanza larga de veintiséis o veintisiete palmos de buena vara española. Un arma defensiva, muy útil contra cargas de caballería, pero inútil en el cuerpo a cuerpo. Su longitud impedía el fácil movimiento y no era apta en terrenos montañosos ni en bosques. Los arcabuceros estaban armados con un arma de fuego llamada arcabuz, que tenía un cañón de cuatro palmos y medio de vara, que requería el uso de mecha para ser disparado. Su alcance útil era de cincuenta pasos, aunque se disparaban entre los quince y veinte. Existían varios tipos de arcabuces. En el ejército de nuestro rey tenían la culata plana y se disparaban desde el hombro, «a la española», en contraposición con los de culata curva, que se disparaban desde el pecho, «a la italiana». El problema era cuando llovía, ya que la mecha se solía apagar. Sobre todo en acciones de sorpresa nocturnas, ya que la mecha delata al atacante.

La tercera unidad de nuestros temidos tercios eran soldados con mosquete, que era un arma de fuego con cañón de seis palmos de vara española que requería el uso de la horquilla para apuntar. Era más preciso y tenía más alcance que el arcabuz, de unos cien pasos. Aunque como nos enseñaban en clase, era realmente efectivo alrededor de los sesenta pasos, ya que era capaz de atravesar armas fuertes como rodelas, morriones... Pero también tenía desventajas como el arcabuz: requerían el doble de tiempo para ser cargados y eran mucho más pesados.

—Alejandro, ya que habéis vuelto a nuestras clases, ¿nos podríais decir quiénes forman una compañía? —preguntó el profesor de estrategia militar, un viejo capitán con más cicatrices en la cara que kilos de más.

—Una compañía es una unidad pequeña, consta de trescientos hombres, al mando de un capitán —respondí.

—¿Qué otros mandos tiene?

—Un alférez y un sargento. El alférez tiene por misión guardar la bandera. La bandera es el símbolo del honor de la compañía. El sargento es el encargado de formar a los hombres.

—¿Qué más tiene una compañía, don Juan? —insistió el profesor.

—El tambor, que se debe saber tocar e interpretar para las formaciones.

—¿Qué diferencia hay entre una compañía de arcabuceros y otra de piqueros? ¿Alguien lo sabe?

La diferencia estaba en el volumen. Una compañía de arcabuces tiene un sesenta por ciento de arcabuces y un cuarenta por ciento de picas, mientras que en la de picas la proporción queda invertida. Además, toda compañía disponía de unos quince mosqueteros.

—La realidad es que cada vez más las compañías se llenaban de arcabuces, pues existían más posibilidades de destacar —apuntó el profesor—. Por desgracia, la guerra ya no es lo que era. Antes los soldados acudían orgullosos y listos para morir, si era necesario. Pero ahora no. El miedo llena los campos de batalla, un miedo horrible. No miedo a morir, sino miedo a no saber que vas a morir. Hasta que apareció el arcabuz los soldados luchaban unos frente a otros, con armas que ellos mismos podían realizar. Era un arte, sabías quién era tu enemigo y no tenías miedo. Ahora, los soldados andan por los campos de batalla aterrorizados, con miedo a morir sin ver ni siquiera la cara de quien le quita la vida, con terror a que una bala rasgue su triste existencia.

El profesor parecía seriamente afectado cuando decía esas palabras.

Los tercios se componían de diez compañías, es decir unos tres mil hombres. Al mando de un maestre de campo, que a su vez era el capitán de su propia compañía y disponía de guardia personal. Existía un Estado Mayor del tercio compuesto por un sargento mayor, que dominaba el arte de «escuadronar», realizar las formaciones; un tambor mayor que debía saber tocar e interpretar los toques propios y los extranjeros, a modo de espía en el campo de batalla; un furriel mayor, un capitán, policía militar, capellán, cirujano y médico.

—Supongo que os preguntaréis cuál es la razón de la superioridad de nuestros tercios sobre los demás ejércitos. Pues bien, esta superioridad radica en que mientras, por ejemplo, los suizos, que hasta hace poco eran considerados los mejores soldados, forman sus bloques de infantería en cuadro compacto, utilizando como principal arma la espada, los españoles colocamos por delante de cada lado del cuadro las picas. ¿Por qué?

—Porque impiden acercarse al enemigo, y permiten la salida oportuna de quienes combaten a espada, protegidos por aquellos —respondió don Juan

La pica era la base del éxito de los tercios. Además de la pica normal existía la partesana o pica rematada por una media luna, era el arma que manejan los sargentos y soldados más distinguidos. Servía para evitar la aproximación de los caballos enemigos al escuadrón o cuadro.

—Pero lo que debéis tener muy claro, señores, es que un verdadero soldado sobre el que se asientan los tercios es el conocido como «pica seca». Estos soldados llevan, además de su pica, una espada y una daga, la «vizcaína», que permite combatir cuerpo a cuerpo según las técnicas que mi buen amigo el maestro Carranza os habrá enseñado.

En Alcalá me enteré de los intentos de mis padres por casarme con la hija de Maximiliano II, quien acababa de ser nombrado emperador. Por si esta opción fallaba, también iniciaron negociaciones para mi enlace con Lucrecia de Este, hermana del duque de Ferrara. Pero el rey no daba su aprobación a ninguno de ellos. A pesar de que yo sabía que mi boda estaba cercana, había una mujer en Madrid que no conseguía quitarme de la cabeza. Se trataba de Sofonisba, la dama de compañía de la reina, la pintora.

La veía acompañando a la reina y siempre que le preguntaba por mi retrato sonreía.

—Os avisaré cuando esté terminado, no seáis impaciente.

—Sofonisba tiene razón, debéis tener más paciencia. Los hombres sois demasiado impacientes en todo —añadió la reina.

—No todos, majestad —respondí.

—Os habéis enterado de la fiesta que prepara la princesa de Éboli.

—¿Fiesta?

—Sí, una fiesta de disfraces en Aranjuez.

—Ah, nos habló de ella cuando la visitamos en...

—¿En dónde? —preguntó intrigada la reina.

—Cuando la vimos en Segovia.

Nadie sabía de nuestra visita al castillo de Manzanares el Real.

—Como os había dicho, los hombres sois muy impacientes.

Y las dos damas se marcharon dejándome con la palabra en la boca.

Un día acudí a un almuerzo en el Palacio Real de Aranjuez, a la afueras de Madrid. Viajé solo porque don Juan no se encontraba bien y prefirió quedarse en Alcalá de Henares. Aquel lugar era residencia habitual de la corte en verano y en días de mucho calor. Era un lugar mucho más fresco que la capital; estaba de camino a Toledo, y Felipe II lo había mandado ampliar y decorar recientemente, ya que en su origen era un simple pabellón de caza. Aunque el palacio no era muy grande, las vistas eran hermosas, rodeado de campos de maíz, alcachofas e incluso fresas. Y sobre todo con el río Tajo muy cercano. Era un lugar ideal para relajarse y disfrutar. Incluso el riguroso protocolo de la corte se olvidaba allí.

Antes de llegar a Aranjuez me detuve en Chinchón, a pocas leguas de distancia. Era un pueblo hermoso, donde destaca su plaza circular. Pero caminando por este pueblo, lo que más me llamó la atención fue una hermosa dama de la corte vestida con un hermoso vestido verde que andaba sola por la plaza de Chinchón. La palidez de su piel reflejaba los rayos de sol y los habitantes de Chinchón no podían evitar mirarla asombrados por su belleza. Se trataba de Sofonisba.

—Disculpadme, señora —la llamé.

Al darse la vuelta y descubrirme, la hermosa joven se sorprendió. Sus ojos azules me parecieron más intensos que la primera vez y su pelo rubio brillaba más que nunca con la luz de aquel día.

—¡Don Alejandro!

—¿Qué hacéis aquí sola? —le pregunté.

Sofonisba no sabía qué decir, parecía que escondía algo.

—¿Qué os ocurre? —insistí.

—Nada.

—¿Cómo que nada? Estáis asustada y os tiemblan las manos.

—No estoy asustada.

Ambos permanecimos sin decir nada algunos segundos más.

—¿Me permitís entonces que os acompañe?

—¿Adónde?

—Eso no lo sé, decidme vos adónde vais y gustoso os acompañaré, allí y al fin del mundo.

Por fin conseguí que Sofonisba sonriera y convencerla para que me dejara acompañarla por las calles de Chinchón.

—¿Cómo va mi cuadro?

—Lo estoy terminando.

—¿No podéis decirme nada más?

—No.

Según me contó, la reina le daba bastante libertad para salir. Además, ella necesitaba comprar a menudo pinturas y aceites para sus lienzos, y le gustaba salir ella misma a buscarlos.

—¿Qué tal en la corte? —le pregunté.

—Mejor no podría estar, la reina es una mujer extraordinaria, muy generosa.

—Estoy de acuerdo. Es una suerte para el rey y para España. Esperemos que pronto dé un heredero fuerte para que algún día reine.

—Eso espero.

—Tengo muchas ganas de ver mi retrato.

—Lo sé.

—Y si lo sabéis, ¿por qué no me lo mostráis?

—Os lo mostraré solo cuando esté terminado.

—¿Es verdad que pintáis tan bien como dicen?

Sofonisba se echó a reír; tenía una risa clara, casi contagiosa, dulce y libre a la vez.

—¿Qué dicen de mí?

—Que el propio pintor de cámara del rey, Sánchez Coello, tiene envidia de vuestro arte. Y que no hay ahora mismo mejor pintor que vos en toda España.

—Exageran.

—También dicen que sois hermosa y bien puedo dar fe de que es cierto.

Sofonisba sonrió.

—Debo irme.

—¿Ya?

—La reina me espera.

—¿Os acompaño?

—Mejor no.

La hermosa joven se marchó sin decirme nada más. Sentí que se iba como lo hace la vida, que se escapa entre nuestras manos sin darnos cuenta. Cuando estaba con aquella joven sentía algo que no puedo explicar.

La princesa de Éboli organizó, por fin, la gran fiesta de disfraces. Fue en su palacio de Aranjuez y a ella acudieron todos los grandes de España. Los reyes no asistieron, pero sí el príncipe y los archiduques de Austria, los grandes de España y muchos otros personajes importantes.

Don Juan y yo tuvimos un serio problema: qué disfraz ponernos. Después de mucho discutirlo, decidimos ir de dioses romanos. Él de Marte, dios de la guerra, y yo de Mercurio. Para ello me vestí con un pétaso, que es un sombrero griego, redondo con borde ancho y llano. Además, para caracterizarme mejor, me até una bolsa con cordeles. Y mandé hacerme un caduceo, con una rama de olivo adornada con guirnaldas, y unas sandalias con alas. Don Juan, por su parte, lo tenía más fácil: con armadura, un yelmo y una espada podía decir perfectamente que iba disfrazado de Marte o de un simple soldado griego o romano.

El palacio de Aranjuez estaba precioso, como no podía ser menos sabiendo lo importante que eran las fiestas para Ana de Mendoza. Había disfraces de todo tipo: mitológicos, como los nuestros; antiguos, como los de egipcios o romanos; exóticos, como los de la India o los orientales; de animales, y un largo etcétera. Había muchas damas que vestían hermosos vestidos y que simplemente se cubrían el rostro con máscaras. También había bufones y disfraces de caballeros medievales, de brujos y de magos. Y en medio del salón principal estaba la princesa de Éboli, disfrazada de pirata. Estupendamente vestida con una pechera, un chaleco de color rojo, una camisa grande y blanca, unos collares dorados, un pendiente de aro, un pañuelo en la cabeza y su parche. Estaba insultantemente hermosa y provocativa. Al vernos llegar sacó una espada y la dirigió hacia el pecho de don Juan.

—¡Alto ahí! —Y clavó la punta de su espada en la armadura de mi amigo—. Estáis en mis dominios, deberéis pagar un tributo para salvar la vida o cortaré vuestra cabeza con el filo de mi espada.

—No sabía que había piratas tan hermosas —respondió don Juan.

—Ni yo que dejaban entrar en esta fiesta a soldados romanos.

—¡Soldados! Soy Marte, dios de la guerra —dijo enojado don Juan—. ¿Por quién me habíais tomado?

—Si vuestra merced lo dice —dijo Ana de Mendoza, riéndose—, pero parecéis un legionario más que el dios de la guerra.

La verdad es que tenía razón, era difícil identificar que don Juan iba disfrazado de Marte.

—Y vos, Alejandro, ¿de dónde habéis sacado ese sombrero tan curioso? —continuó burlándose la princesa de Éboli—. No me lo digáis; si él dice que es Marte, vos debéis de ser Mercurio.

—Así es. Sin duda la que mejor ha elegido el disfraz de toda la fiesta sois vos.

—¿Por qué lo decís? —me preguntó—. ¿Por mi parche, acaso?

—No. Porque los piratas son temibles y no hay nadie más peligrosa que vos en toda esta fiesta.

—Así que me consideráis peligrosa.

—Entre otras muchas cosas.

Entonces se acercó a nosotros Ruy Gómez de Silva con el príncipe Carlos. El marido de la princesa de Éboli iba disfrazado de soldado medieval, con una armadura, una cota de malla y una gran espada. Don Carlos, en cambio, había elegido un disfraz de vikingo, con un casco con cuernos y una piel de oso sobre los hombros.

—¿Cómo se encuentran nuestros invitados? —preguntó Ruy Gómez de Silva—. Tened cuidado con este pirata, es muy peligroso.

—Lo tendremos, excelencia —respondí.

—Es una gran fiesta —dijo el príncipe Carlos.

—Me alegro de que os guste, alteza —respondió la princesa de Éboli.

—Va a empezar el baile, vayamos junto a los músicos, Ana —dijo en tono muy serio don Ruy Gómez de Silva—. Debemos iniciar el baile.

—Claro.

Los príncipes de Éboli se marcharon. Nos quedamos con el príncipe, que parecía estar disfrutando de la fiesta. El baile duró toda la noche, fue una de las mejores fiestas de la temporada.

La vida en la corte de España era demasiado lujosa, y con el tiempo eso me provocó un gran problema. Mi madre, Margarita de Austria, me enviaba dinero desde Flandes, pero no el suficiente. Mi padre, ya de por sí bastante avaro, no tenía mucho que enviarme desde el pequeño ducado de Parma, y las partidas que había destinado para mí Felipe II eran del todo insuficientes. Así que pronto me encontré en la necesidad de encontrar dinero para mantener mi alto nivel de vida en la corte. La única manera que vi de conseguirlo fue con el favor de algunas damas de alto linaje, que conseguí seducir con bastante facilidad.

Era fácil entablar conversación con ellas en un baile o durante un torneo, montando a caballo o simplemente mediante una nota. Yo ya tenía experiencia sobrada en fiestas y banquetes. Junto con don Juan habíamos acudido con frecuencia a todas las que se realizaban en Madrid y no creo que en Valladolid, Toledo, Sevilla o Zaragoza fuera a ser muy diferente. Pronto conseguí regalos de algunas admiradoras que me permitieron sobrevivir en la corte, pero por desgracia los reinos de España eran tan católicos como dados a hacerse eco de cualquier noticia, más aún si en ella había la hija de un grande de España y de un príncipe italiano sobrino del rey.

Así que un día recibí una carta de Bruselas y otra de Parma. Ambas eran parecidas; en lo único que mis padres se ponían de acuerdo era en los asuntos referidos a mí. Me avisaban de lo que mi conducta podía suponer en un ambiente tan conservador como el castellano. Como solución mi madre solicitó al rey la necesidad de agilizar las gestiones para darme estado. Sin embargo, mi matrimonio no iba a ser nada fácil, y se convirtió en un enquistado problema para mis padres y también para Felipe II.

Mientras mis padres presentaban candidatas al rey, quien tenía la última palabra en estos casos, yo volví a Alcalá durante unos meses para continuar la formación. Don Juan me ayudó rápidamente a ponerme al día.

Por un tiempo me alejé de cualquier mujer, incluso de Sofonisba. Con mis padres buscándome darme estado con alguna importante princesa europea, no convenía que se me viera con ninguna dama. Menos aún con una tan hermosa como Sofonisba, que además era dama de compañía de la reina.

6

La isla de Malta

Era una mañana fría en Madrid, el viento que venía de la sierra casi te cortaba la respiración. Pasamos por los Caños del Peral a beber algo de agua y aprovechamos para jugarnos cuatro reales a las cartas con dos mozos que, por supuesto, desconocían quiénes éramos. Después seguimos por la calle Mayor, allí nos esperaba un enviado de Ruy Gómez de Silva, que nos debía conducir hasta el palacio de El Pardo, donde el rey daba una recepción en honor a los archiduques de Austria. Salimos de Madrid y cabalgamos hacia el palacio.

El Pardo era una zona boscosa, donde abundaban unos árboles de pequeño tamaño, parecidos a los robles. El rey había reformado este antiguo castillo, convirtiéndolo en palacio. Al llegar, el rey nos esperaba en la Galería de los Retratos. Una espléndida sala donde estaban los retratos que representaban a grandes señores y príncipes, todos ellos pintados por Antonio Moro y Tiziano. En la galería contigua, no menos bella y espaciosa, había muchas y hermosas pinturas que trataban temas diferentes, algunas de el Bosco.

Después del paseo por el bosque, volvimos a la Galería de los Retratos, y allí me llevé una grata sorpresa al ver a Sofonisba junto a la reina.

—Quizá ya haya terminado vuestro retrato —me dijo don Juan.

—No sé qué pensar —respondí.

—Pues no penséis tanto y vayamos a saludar a Su Majestad la reina.

Nos acercamos hasta las dos damas y les hicimos una reverencia.

—¿Qué tal están vuestras mercedes?

—Muy bien, alteza —respondió don Juan—. Aunque don Alejandro anda algo preocupado.

—¿Y eso? —preguntó la reina.

—Está esperando algo que se le prometió —continuó don Juan.

—¿Algo que se le prometió? Dejadme pensar.

Yo permanecía callado, aunque no podía evitar sonreír ante el juego de la reina.

—Vos, Sofonisba, ¿tenéis idea de qué puede ser? —preguntó la reina.

—No sé, majestad. ¿Un cuadro, quizá? —respondió Sofonisba.

—Un cuadro, decís. Mmm... podría ser. Acompañadnos, señores.

Nos miramos y las seguimos por los pasillos del palacio de El Pardo hasta llegar a una pequeña sala. Entonces Sofonisba desapareció detrás de una puerta.

—Tenemos una sorpresa para vos, Alejandro —me dijo la reina.

—¿De qué se trata?

A lo que Sofonisba volvió con un lienzo cubierto con una sábana. Don Juan me miró y se rio.

—Alejandro, aquí tenéis vuestro retrato —dijo Sofonisba mientras levantaba la sábana.

Era un retrato de las tres cuartas partes del cuerpo. Con uniforme militar, serio y con toda la pompa necesaria.

Con un traje blanco, plateado y oro, sobre un fondo totalmente oscuro, que resaltaba todavía más mi uniforme. Me había retratado con un rostro amable y lleno de vida. Con un sombrero que me favorecía claramente. Había representado mi mano derecha como si estuviera ajustándome mi guante izquierdo, un movimiento que daba un aire espontáneo al cuadro.

—¿Por qué no me habéis pintado de cuerpo entero? —le pregunté.

Las damas sonrieron; don Juan también.

—¿Qué ocurre?

—No hubiera sido propio de una dama —respondió Sofonisba

—¿Cómo?

Don Juan pasó su brazo por mi nuca y me agarró por el hombro.

—Alejandro.

—¿Qué?

—¿No pensáis, que hubiera sido algo incómodo?

Las damas se echaron a reír. Entonces lo entendí, Sofonisba no me pintó de cuerpo entero para evitarse el apuro de pintar la bragueta de un hombre.

Seguimos toda la tarde allí y después volvimos a Alcalá de Henares. Mi retrato se quedó en El Pardo, ya que yo deseaba que fuera expuesto en la Galería de los Retratos del palacio.

Los meses siguientes estuvimos ocupados con Honorato Juan en Alcalá. Pero por fin tuvimos unos días libres para ir a Madrid. Pasamos por la puerta que la gente había empezado a llamar «del Sol», que ejercía de puerta de entrada y salida de la ciudad, orientada hacia el levante y donde aparecía pintado un sol. Bajamos por la calle Mayor —esta vía era bastante grande, había sido una ampliación realizada por Felipe II con la intención de unir el alcázar con el monasterio de los Jerónimos—. El monasterio de las Descalzas Reales no está demasiado lejos y, tras retroceder hasta alcanzar la calle Arenal, preguntamos por doña Juana, pero estaba rezando. Don Juan se quedó a esperar a que terminara sus oraciones para hablar con ella. Yo tenía audiencia con el rey y partí hacia el alcázar, que estaba a pocos metros.

Al llegar, Felipe II me recibió con una gran sonrisa. Estaba junto al cardenal Granvela y Ruy Gómez de Silva, marido de la princesa de Éboli, y el duque de Alba. Ya habían encontrado a la dama adecuada para darme estado: se trataba de María de Portugal, hija del infante don Duarte. La elegida no era precisamente una importante princesa europea, y mis padres se enojaron profundamente con la elección, pero esa fue la voluntad del rey. La boda sería al año siguiente, en 1565, justamente cuando iba a terminar mis estudios en la Universidad de Alcalá y ya tendría veinte años. Así que decidí aprovechar lo máximo posible mi último año de libertad, ya que darme estado suponía una serie de obligaciones y deberes que en nada me agradaban. Más aún cuando ni siquiera conocía a María de Portugal, la que iba a ser mi esposa. Era siete años mayor que yo y en nada beneficiaba mi matrimonio con ella a las ambiciones políticas del ducado de Parma.

Cuando el enlace se hizo oficial, mi futura esposa vino a Madrid acompañada por un generoso séquito. Doña Juana se encargó de todos los preparativos; la hermana del rey conocía a la nobleza portuguesa y se sintió en la obligación de cuidar de que todo estuviera a su gusto para cuando llegaran a Madrid.

Así que por fin llegó el día en que la conocería. Y cuando pude estar al lado de la que iba a ser mi mujer, me di cuenta de mi error. María de Portugal era una hermosa dama.

—Alejandro, dejadme que os presente a María de Portugal, vuestra futura esposa —dijo doña Juana.

La joven me hizo una reverencia, a la que respondí agachando levemente la cabeza.

—Sois realmente bella.

—Gracias —dijo un poco ruborizada.

Era morena, de piel suave y unos preciosos ojos verdes. Increíblemente tierna en sus movimientos, a la vez que delicada y piadosa. Hablamos toda la tarde y pronto me di cuenta de que era muy educada y de formación religiosa espléndida. Sin duda, había sido formada para ser una princesa perfecta.

A pesar de la belleza de María, había una mujer que todavía rondaba por mi cabeza, y esa no era otra que Sofonisba. No podía olvidar aquella tarde en su estudio, cuando posé para mi retrato, ni cuando me lo mostró en El Pardo. La belleza de Sofonisba era diferente a la de María. La de la pintora nacía en su interior y desde allí se propagaba por todo su cuerpo. En cambio, la de María parecía nacer de su angelical rostro.

Aquellos días me acordé todavía más de Sofonisba cuando me enteré de una terrible noticia: el gran maestro Miguel Ángel había muerto, el pintor de pintores dejaba este mundo. El arte sufrió un golpe letal, ya nada volvería ser igual. Sé que Sofonisba le admiraba y que todos los artistas de Europa se sintieron huérfanos sin el gran maestro.

La verdad es que mi boda era ya inevitable, así que decidí olvidarme de Sofonisba o, por lo menos, intentarlo. Pero antes de mi boda se produjo un acontecimiento en Europa que nos tuvo a don Juan y a mí totalmente ocupados.

El sultán turco había reunido para la toma de Malta la más grande flota vista hasta entonces. Se decía que había preparado doscientas naves, entre las que había más de ciento treinta galeras. Además, era de esperar que también transportaran un importante equipo de asedio, con hasta cien piezas de artillería.

Un mercenario había filtrado a la corte que entre ellas había cuatro enormes cañones que disparaban balas de hasta ciento treinta libras y un enorme pedrero que arrojaba proyectiles de siete pies de circunferencia. Ni yo ni don Juan conocíamos un asedio tan importante como el que se avecinaba. En los libros de historia que Honorato Juan nos recomendaba no se hablaba de ningún sitio así. Desde que la artillería se había empezado a utilizar no se había producido un asedio de las dimensiones del que se avecinaba.

Los caballeros de la Orden de Malta no eran más de quinientos, y aunque contaban con el apoyo de los malteses, gentes sin experiencia militar, y los esperados refuerzos que el virrey de Nápoles enviaría, no eran suficientes para soportar semejante asedio. Después del desastre de Yerba en 1560, en el que los otomanos tomaron la isla y se perdieron casi la mitad de las galeras de la flota española, la supremacía naval otomana era incuestionable. Nuestra única satisfacción había venido del conde de Alcaudete, que había logrado en 1563 contener a los musulmanes en Orán.

En la universidad, en la corte, en Madrid, en España y en toda Europa no se hablaba de otra cosa. En la mente de los castellanos y, sobre todo, en la de los reinos orientales, en la Corona de Aragón, todavía estaba muy fresco el recuerdo del ataque turco a Menorca en el año 1558. En este ataque, los otomanos dirigidos por el pirata turco Pialí, habían asediado Ciutadella durante una semana. La ciudad fue finalmente saqueada e incendiada, y todos los supervivientes de la ciudad y alrededores, apresados y trasladados a territorio otomano. Había supuesto una de las mayores ofensas que había sufrido la Corona española en su historia.

Después de la misa del viernes don Juan estalló y escribió al rey pidiéndole que ayudara a Malta, que él quería ir a luchar contra los turcos. Me enseñó la carta y yo firmé a su lado. El rey nos contestó tan amable como indiferente. «Éramos muy jóvenes», nos decía. Con el tiempo me di cuenta de que los únicos que critican la juventud son aquellos que ya no la tienen.

Si bien el rey tardaba en ayudar a los caballeros de Malta, a su socorro acudieron de forma espontánea españoles, italianos, griegos y sicilianos. La Iglesia animaba a los fieles a apoyar y defender Malta; no se podía abandonar a los caballeros, ¡Dios no lo permitiría!

Los archiduques de Austria me filtraron que eran más de cincuenta mil los soldados turcos que desembarcarían en Malta, entre ellos la élite: los temibles jenízaros, apoyados por cipayos de Rouania, varios miles de fanáticos religiosos y voluntarios, además de corsarios de Trípoli y Argel. Por otro lado, me informaron de que el capitán Vincenzo Anastagi había sido enviado por el gran maestre de la Orden de Malta para convencer al virrey de Sicilia de que los ayudase mandando tropas. El capitán intentó convencer al virrey de lo seguro de la victoria en caso de que enviara los refuerzos. Aseguró al virrey que las fuerzas de los turcos eran mucho menores, para intentar convencerle, pero no fue posible. Cuando empezó el asedio y se fueron conociendo las noticias, las temibles filtraciones de Balbi se hicieron realidad y el virrey de Nápoles no aceleró la puesta en marcha del socorro de Malta.

Por aquellos días se había presentado en la universidad un paisaje de Alcalá de Henares, dibujado a pluma y tinta seca por Anton van den Wyngaerde, donde se mostraba una maravillosa vista de toda la ciudad, destacando sus murallas y sus puertas. Estaba deseando comentar esta representación de Alcalá con don Juan, pero aquel día no lo vi.

No acudió a la clase de equitación. Era la primera vez que faltaba, incluso don Carlos acudía siempre.

Cuando terminó la clase y ya volvía a los establos apareció don Juan corriendo.

—¡Ya han salido! —venía gritando.

—¿Qué pasa, don Juan?

Intenté calmarlo y a la vez esconderlo de Honorato Juan y el profesor de equitación.

—¡Alejandro! ¡Han zarpado! ¿Lo entendéis? ¡Ya ha empezado!

La poderosa flota turca partió de Constantinopla en marzo, avistó Malta al amanecer del viernes 18 de mayo, pero no desembarcó inmediatamente, sino que costeó la isla hacia el sur y, finalmente, ancló en el puerto de Marsaxlokk, a unas diez leguas del Gran Puerto. Don Juan y yo estudiamos los planos de las defensas de Malta juntos, y enseguida entendimos que lo primero que intentarían tomar sería el fuerte de San Elmo, para dominar así el Gran Puerto y disponer de un lugar seguro para proteger la enorme flota del siroco, el temible viento de aquella zona.

Empezamos a ver la estrategia militar de la misma manera, ambos estudiábamos la situación y discutíamos sobre los posibles puntos débiles. Sin embargo, don Juan era mucho más apasionado que yo, y te contagiaba de su seguridad, de su ánimo y de su valentía. Era difícil decirle que no. Además, la ambición corría por sus venas más rápido que su propia sangre. En cuanto oía hablar de entrar en combate, su pulso se aceleraba y un aire, mezcla de valentía, osadía y honor, le irradiaba desde su corazón inundándolo todo a su paso.

Los días pasaban entre las últimas clases en Alcalá, donde hasta el propio Honorato Juan nos reclamaba información fresca sobre el sitio de Malta y la corte, donde todo eran noticias sobre el asedio. El rey había prometido mandar un gran ejército al auxilio de la isla, pero no se disponían ni de suficientes barcos ni de la suficiente agilidad administrativa. Su Majestad era precavido y no hacía nada sin tener todo muy atado. Don Juan ardía por dentro ante tanta lentitud y hablaba día sí y día también sobre embarcar hacia el asedio.

Aquel día llegaron noticias frescas de mano de don Álvaro de Bazán, de quien afirmaban que era el mejor almirante de toda la Armada española, y eso que se había criado en Toledo, y no creo que ninguna galera pueda navegar por el Tajo... Al parecer, habían existido discrepancias acerca de la estrategia a seguir entre el visir Mustafá y el antes pirata, ahora almirante, Pialí Bajá. Mustafá pretendía atacar la desprotegida capital vieja, Medina, que estaba en el centro de la isla, y lanzarse directamente sobre los fuertes de San Ángel y San Miguel por tierra, ya que, tras la caída de estos, poco resistirían las fortalezas menores. Se impuso el criterio de Pialí, quien prefería atacar el fuerte de San Elmo. Estaba seguro de que esta defensa apenas si resistiría un par de días.

Así, parece ser que el 24 de mayo habían comenzado el brutal asedio en torno al pequeño fuerte, instalando más de veinte enormes cañones para bombardear el lugar.

Don Carlos nos informó de que don Álvaro de Bazán no se creía el error del sultán turco Solimán de repartir el mando entre Pialí y Mustafá. Las sospechas de don Álvaro de Bazán se confirmaron al llegar información de que espías en Constantinopla confirmaban que el plan siempre había sido tomar el fuerte de San Elmo en primer lugar para controlar el Gran Puerto, justamente lo que nosotros habíamos imaginado.

A partir del inicio de este asedio, se hablaba más en Madrid de Malta que de ninguna otra parte del imperio. Las noticias volaban y se rezaban todos los días misas por los caballeros que luchaban contra los infieles. El pueblo se embriagaba de las historias de las batallas; los nobles y la Iglesia se movilizaban, todos decían lo mismo: «Hay que hacer algo para ayudar a los caballeros de la Orden de Malta».

El asedio al fuerte de San Elmo se convirtió en el centro de todas las conversaciones. Según contaban estaba defendido por cien caballeros y quinientos soldados, a los que La Valette, gran maestre de la Orden de Malta, había ordenado luchar hasta la muerte, y ya lo creo que lo harían, intentando así aguantar hasta que llegasen los refuerzos prometidos por el marqués de Villafranca, virrey de Sicilia.

Los bombardeos eran diarios, pero La Valette evacuaba los heridos y reaprovisionaba el fuerte de noche por el puerto, así que cada día que aguantaba el fuerte era celebrado en Madrid como una victoria. Pero el 10 de junio llegaron noticias terribles; los caballeros sitiados en el fuerte se encontraban al borde de la rendición y preferían salir y poder morir con la espada en la mano que por el impacto de los proyectiles de la artillería. El gran maestre dijo que podría relevarlos si tenían miedo de morir defendiendo el fuerte bajo los bombardeos y ellos respondieron que estaban dispuestos a morir como se les ordenara.

Al enterarse el pueblo de Madrid, las misas se multiplicaron en la capital. Un «viva a los caballeros» se podía oír, de repente, en cualquier rincón de Madrid.

No podíamos sentir más que admiración por el gran maestre, y también curiosidad. Así que no dudamos en acudir a pedir información a don Luis de Quijada, aprovechando que este estaba de visita en Madrid.

—Jean Parisot de La Valette, ¿queréis saber más sobre el gran maestre de la Orden de Malta?

—Sí —contestó don Juan—. Por favor, don Luis, contadnos qué sabéis sobre él.

—Veo que Juan sigue teniendo la misma curiosidad que de pequeño, y vos, Alejandro, no sois mal compañero. La Valette es el peor enemigo que podían haberse encontrado. Por si no lo sabéis, fue esclavo de los turcos y galeote durante más de un año.

El gran maestre de la Orden de Malta empezó a llamar nuestra atención.

—Pero eso no es todo. Anteriormente había sido uno de los corsarios más temidos del Mediterráneo, su ayuda fue vital cuando España tomó el peñón de Vélez. Sin duda es un gran estratega, un gran líder y, lo más importante, odia a los turcos más que nadie. Creedme si os digo que morirá antes de entregarles Malta.

Don Luis de Quijada no era precisamente propenso a exagerar las cosas, así que creímos cada una de sus palabras. Nuestra admiración por el gran maestre y su orden no dejó de crecer.

Un mes duró la guarnición del fuerte de San Elmo rechazando numerosos asaltos del enemigo. Los turcos consiguieron interrumpir la comunicación por el puerto, pero pagaron caro su esfuerzo. Dragut, enviado por el sultán desde Trípoli para dirigir el asedio, cayó muerto.

Mustafá Pasha, comandante de los ejércitos turcos, enfurecido por la muerte de Dragut y las numerosas pérdidas sufridas, decapitó a todos los caballeros de la orden que tenía prisioneros. Sus cuerpos sin cabeza fueron empujados con barcas hacia el otro lado del Gran Puerto, ante el estupor de los sitiados. El comandante turco deseaba que los defensores se desmoralizasen, que supieran que serían los siguientes y que una muerte horrible sería el único resultado si continuaban con la resistencia.

La respuesta del gran maestre, al ver a los caballeros decapitados, muchos amigos personales suyos, fue brutal. Ordenó que los presos turcos que retenían fueran decapitados y sus cabezas, lanzadas desde su más potente cañón hacia las líneas musulmanas. Cuando la noticia llegó a Madrid, se hizo popular la expresión «ser cabeza de turco» para referirse a alguien sobre quien recae toda la culpa.

El 23 de junio, los turcos consiguieron tomar lo que quedaba del fuerte de San Elmo, matando a todos los defensores. Aunque los turcos triunfaron en la empresa y la flota de Pialí pudo anclar en Marsamxett, el asedio al fuerte de San Elmo había costado a los turcos nada menos que seis mil hombres, incluyendo la mitad de sus mejores tropas, los jenízaros. El propio Pialí resultó herido en la cabeza. Fue una verdadera victoria pírrica, pues los hombres y el tiempo perdidos, casi un mes, cuando el mando turco calculó tres o cuatro días, fueron muy importantes. Y lo que es peor, los caballeros restantes prometieron morir antes de entregarse en honor a sus compañeros sacrificados. Por el contrario, los turcos comprendieron amargamente que deberían luchar hasta que no corriera ni una gota de sangre por las venas de los caballeros de La Valette.

Aunque el virrey de Sicilia aún no se había puesto en marcha con el prometido socorro y a pesar del férreo bloqueo turco, seguían llegando refuerzos a la isla desde todas las partes de la cristiandad; «no morirán solos», se decía en los puertos del Mediterráneo. En España el clamor popular llegó al máximo cuando corrió la noticia de que a plena luz del día, en un bote de remos, un comendador de la orden y un capitán español ganaron la costa a nado y se reunieron con los sitiados.

Al enterarse don Juan ardió por dentro; yo tenía miedo de que hiciera una locura. Sus discusiones con don Luis de Quijada eran por todos conocidas. El noble intentaba tranquilizar a su protegido, pero don Juan no atendía a razones. El propio rey Felipe II tuvo que hablar con él. Solo tenía diecisiete años, pero ya parecía decidido a entrar en combate y en su locura le seguían dos estudiantes de las clases de esgrima, Juan de Guzmán y José de Acuña, que embriagados del ímpetu de don Juan, le seguirían a cualquier parte, incluida Malta.

Por primera vez no compartía las inquietudes de mi amigo, en parte por la cercanía de mi futura boda, en parte por no enojar al rey. Don Juan, aunque algo disgustado al principio, fue poco a poco aceptándolo. Por otro lado, preferíamos mantener nuestras preocupaciones alejadas del príncipe, del que desconfiábamos en asuntos de esta índole.

Mustafá ordenó otros dos asaltos masivos simultáneos el 7 de agosto, uno contra el fuerte de San Miguel y otro contra la misma Birgu. En esta ocasión, los turcos lograron atravesar las murallas de la ciudad y, a pesar de que el gran maestre combatía en primera línea, su derrota parecía segura. Pero en el último momento, inesperadamente, los invasores retrocedieron. La razón fue que un capitán de caballería había atacado el desprotegido hospital de campo turco, masacrando a los enfermos y heridos y desorganizando la retaguardia turca. Los turcos, pensando que habían llegado los refuerzos cristianos desde Sicilia, interrumpieron el ataque.

Cuando fui a contarle la noticia a don Juan ya era tarde, había sucedido lo inevitable.

Aprovechando una salida de don Juan para cazar junto al duque de Medinaceli, mi amigo escapó de la cacería en dirección a Atienza. Allí lo esperaba un enlace y lo aguardaba otro en Sigüenza, donde había preparado a escondidas dos caballos junto a un cobertizo. Don Juan cambió de caballo y partieron los tres desde Sigüenza hacia Zaragoza, desde donde pretendían llegar hasta Barcelona.

El duque de Medinaceli en persona acudió a dar la noticia de la desaparición al rey. Felipe II y don Luis de Quijada pronto sospecharon de las intenciones de don Juan. El rey envió inmediatamente correos a Zaragoza con órdenes para que le detuvieran.

Estoy seguro de que ningún hombre hubiera evitado a don Juan cumplir sus planes, ni esta vez ni ninguna en el futuro. Sin embargo, cuando entró en el Reino de Aragón y pasó cerca de las murallas de Calatayud ya empezó a sentirse mal, pero unas fiebres no iban a detenerle. Llegó a Zaragoza, donde fue recibido por el virrey y el arzobispo Hernando de Aragón en el palacio de la Aljafería, un palacio fortaleza de época musulmana que los Reyes Católicos utilizaron a menudo. Don Juan se quedó muy impresionado con la Aljafería. Primero por la sucesión de torreones almenados de su fachada, que le daban un aspecto militar, y después por una gran torre rectangular, situada en su frente norte, llamada del Trovador.

El arzobispo, persona inteligente, consiguió convencer a don Juan de que debía descansar antes de continuar su viaje hacia Barcelona para embarcar luego rumbo a Messina. De nada serviría llegar a Malta si no iba a estar en condiciones de luchar. El hábil arzobispo lo condujo al palacio de los condes de Morata. El arzobispo pretendía entretener a mi amigo y no dudaba en impresionarlo. Cuando don Juan se dio cuenta de que estaba siendo retrasado, mandó a un correo que partiera rumbo a Barcelona a comprobar si las galeras permanecían fondeadas en el puerto como el arzobispo le aseguraba.

Don Juan no estaba seguro de si las atenciones del arzobispo de Zaragoza habían sido un truco o no, pero la verdad es que ya se sentía mejor, así que tres días después de su llegada partió rumbo a Barcelona.

Mientras, aquí en Madrid todo seguía igual; no se hablaba de otra cosa. Las noticias llegaban sin parar. En septiembre, en la festividad del nacimiento de la Virgen, los turcos habían embarcado su artillería y se preparaban para dejar la isla, habiendo perdido quizá un tercio de sus hombres debido a los combates y las enfermedades.

El día anterior, el marqués de Villafranca había desembarcado con casi diez mil hombres en la bahía de San Pablo, en el extremo norte de la isla. En tierra, las fuerzas españolas formaron rápidamente los temidos cuadros de los tercios, que nunca habían sido derrotados, y emprendieron una marcha de tres días. Las noticias que llegaron a Madrid es que los turcos al ver llegar los tercios huyeron desconsolados.

Mientras esto ocurría, don Juan estaba en Barcelona, y al igual que en Zaragoza había sido recibido con multitud de honores que no hicieron sino retrasar su marcha a Messina. Cuando finalmente don Juan quiso embarcar, las galeras habían partido. El rey Felipe II había obrado con innegable inteligencia; lo que no pudo hacer con la fuerza, lo había hecho sutilmente mediante correos a Zaragoza y Barcelona. El joven príncipe había sido engañado.

Don Juan conoció en Barcelona que Malta había sido finalmente liberada. La isla había perdido un tercio de sus caballeros y un tercio de sus habitantes. La Valette, agotado, llegó a pensar en abandonar Malta, arrasarla por completo, y que los caballeros se instalaran en un puerto siciliano, a ser posible Siracusa. Los españoles disuadieron al gran maestre de tal idea. El esfuerzo de La Valette había sido inhumano y no tardaría mucho tiempo en morir agotado.

Don Juan nunca olvidaría aquella hazaña en la que se le impidió participar.

7

Isabel de Valois

En el año 1565 don Juan se encontraba muy molesto con todo lo que le rodeaba. A pesar de sus dieciocho años todavía no había participado en ningún acontecimiento militar. Ni siquiera yo podía tranquilizarlo. En aquel estado solo había una persona que podía calmarlo, Isabel de Valois.

La reina había acudido en esos días como representante de España a tratar unos asuntos de Estado a Bayona con su madre Catalina de Médici, reina de Francia. En Bayona había recibido la concesión de la Rosa de Oro por parte del Papa. Era un honor con el cual se distinguía a las princesas católicas que habían demostrado gran virtud y apoyado a la Iglesia.

Al volver, don Juan fue la primera persona que la visitó, incluso antes que el rey.

—Juan, qué gusto veros, sois la única cara amable que me encuentro en mi vuelta a la corte.

—No es verdad, majestad. El rey seguro que está muy contento de veros —le respondió don Juan.

La reina bajó la cabeza.

—El rey está obsesionado con ese palacio, convento o monasterio, o lo que sea que está construyendo en la sierra de Guadarrama.

—Isabel...

—No lo entiendo, ni siquiera ha venido a recibirme. Además, aquello es una obra para conmemorar una victoria sobre Francia y yo, Juan, soy francesa.

—Majestad, tenéis que entender que ya no sois francesa, ahora sois la reina de España —la corrigió.

—Lo sé, pero todo es tan difícil.

—Majestad, no digáis eso.

—Menos mal que Sofonisba me ha acompañado a Bayona, y ha aprovechado para hacerme un retrato donde me ha pintado con una miniatura del rey en mi mano. Dice que simboliza que he negociado en Bayona en nombre suyo.

—Sofonisba es muy inteligente —dijo don Juan.

—No entiendo a mi madre. Es católica, siempre lo ha sido. Yo soy católica, los Médici siempre han sido una familia católica. No comprendo su comportamiento, siempre tan ambiguo. A veces no la reconozco. Parece más mi enemiga que mi madre —se quejaba la reina.

—Isabel, ella es la reina de Francia, al igual que vos sois la reina de España.

Isabel estaba muy pálida, más aún de lo normal en ella. Era una criatura tan débil y a la vez tan bella. Solía pasar de la alegría más jovial a la más triste melancolía. Nadie dudaba de que fuera la dama más dulce de la corte.

—Juan, a veces me siento tan desgraciada —le dijo la reina.

—Isabel no debéis estar tan triste. Sois la reina, tenéis muchas obligaciones, muchas responsabilidades, es normal que a veces os sintáis angustiada y desgraciada. Pero no hay de qué preocuparse, todos os quieren.

—¿Vos también, Juan? —preguntó la reina.

—Yo especialmente, majestad.

Solo don Juan la animaba, y solo la reina tranquilizaba a don Juan.

—No debéis ser tan impaciente, tenéis tiempo de sobra para entrar en combate —le decía la reina.

—Debería haber ido a Malta. Al menos espero que el rey me dé el mando de alguna armada, debemos luchar en la mar. Después de lo de Malta no podemos dejar que los turcos campeen por el Mediterráneo como si fuera su casa.

—Me encanta ver esa fuerza en vuestros ojos, Juan, cuánto necesito verla.

—Isabel, vos me entendéis, ¿verdad?

—Claro que sí.

Desde luego, la reina era más que una amiga para don Juan. Sin embargo, no todo el tiempo lo pasaba con ella. En la corte había muchas cosas que hacer y, sobre todo, muchas fiestas a las que acudir. De entre todas ellas las más famosas eran las de la princesa de Éboli, y a ellas solíamos acudir siempre que teníamos ocasión.

En las fiestas de la princesa de Éboli estaba toda la corte de Madrid. Se decía que se tomaban más decisiones allí que en el Consejo de Estado. Acudimos a la fiesta de las velas; se llamaba así porque la princesa de Éboli decoraba toda su hacienda con velas cuyo resplandor se veía casi desde Madrid. Aquella noche no me extrañó que Ana de Mendoza tuviera preparada una sorpresa para don Juan.

—¿De qué se trata, Ana?

—No seáis impaciente, excelencia, hay que saber esperar.

Ana se llevó a don Juan hasta una esquina del gran salón, junto a una bella y joven dama. Yo observaba la escena desde lejos, intentando no perderme ningún detalle.

—Don Juan de Austria, os presento a María de Mendoza, mi prima.

La joven era realmente hermosa, más joven que su tía, pero con la que compartía rasgos y belleza. Parecía una dama exquisitamente dulce y sensual. Difícil de resistirse a ella, incluso para don Juan.

Ana de Mendoza los dejó a solas durante unos instantes en los que los jóvenes intercambiaron sonrisas y miradas. La princesa de Éboli volvió y se llevó a la joven, que no dejó de mirar a don Juan. Parecía que la princesa de Éboli había puesto la miel en los labios a mi joven amigo para luego quitársela, era astuta. Don Juan se volvió hacia mí.

—¿Qué os parece, Alejandro?

—Es hermosa, sin duda.

—Sí que lo es —dijo don Juan, que no le quitaba la vista de encima a la joven dama.

Desde ese mismo día, la princesa de Éboli preparó encuentros a solas entre los dos jóvenes. Encuentros secretos donde don Juan y María se hicieron amantes con suma rapidez. María había aprendido muchas cosas de su seductora tía. Era muy hermosa, pero yo pensaba que don Juan no estaba realmente enamorado, no lo veía en sus ojos, si bien hay partes del cuerpo que no entienden de enamoramientos y sí de deseos. Y don Juan parecía desear a María de Mendoza. La relación era totalmente secreta, y la reina no tenía conocimiento ni podía tenerlo. Conociendo las escasas amistades y confidentes que tenía en la corte, muy al contrario que la princesa de Éboli, era difícil que alguien la informara de tal secreto.

Con el traslado de la corte desde Toledo a Madrid, algo extraño había sucedido en el entorno de la reina. De todos era sabido que la hermana del rey, y antigua regenta de Castilla, doña Juana, era el brazo más fuerte donde se apoyaba la reina. Doña Juana, princesa viuda de Portugal, era mayor que la reina y, además, era la hermana del rey, por lo que la reina no se sentía totalmente libre en su presencia. Sin duda doña Juana la ayudaba mucho, pero también es verdad que las diferencias de pensamiento y edad entre ellas eran muy grandes. Poco a poco se fue creando una cierta rivalidad entre ellas y sus damas de compañía.

Las damas de compañía de doña Juana y la reina se convirtieron en la mejor excusa para acudir a menudo al Alcázar Real. Bellas y jóvenes mujeres todas ellas, pertenecientes a la más alta nobleza, españolas y también francesas y portuguesas. Solamente la reina tenía cincuenta damas a su cargo, además de dueñas de honor, viudas y señoras. De entre todas ellas destacaba una, tanto por su belleza como por sus habilidades. Como no, se trataba de Sofonisba, a la que me costaba quitarme de la cabeza y que cada vez que la veía me regalaba una sonrisa.

La reina y la hermana del rey solían salir con sus damas a realizar paseos a caballo, cacerías, meriendas, mascaradas, juegos y fiestas. Saraos todos ellos a los que no faltaban otras damas importantes de la corte, como la princesa de Éboli.

Don Juan y yo no podíamos creer los rumores que nos llegaban sobre aquella nueva amistad entre las dos damas. Aún recordábamos su tenso encuentro en la primera fiesta a la que acudimos en Aranjuez. Pero pudimos comprobar la realidad cuando, un día, nos dirigíamos a Buitrago de Lozoya desde Alcalá.

Habíamos parado en Torrelaguna para arreglar un problema que don Juan tenía en el estribo de su caballo y allí nos habían informado de que la reina y la princesa de Éboli estaban cabalgando por la ribera del Lozoya. En cuanto salimos de Torrelaguna iniciamos una carrera a ver quién de los dos llegaba antes al lugar por donde cabalgaban las dos damas.

—Lo de siempre, Alejandro. Quien pierda deberá cumplir la apuesta y entrar montado hacia atrás en Madrid.

En qué mala hora se nos ocurriría iniciar esa estúpida

apuesta que tanto gustaba a don Juan. No me volvería a ganar, como aquella carrera en la que Miguel nos metió en Alcalá.

—¡Juan! ¡Mirad quiénes nos siguen!

Mientras mi amigo miraba atrás, engañado por mi treta, agarré fuerte el estribo y le clavé las espuelas a mi montura, que salió como un demonio al galope.

—¡Traidor! ¡Me las pagaréis! —Y Juan salió en mi captura.

Las damas no podían estar muy lejos; además, la reina no sabía cabalgar demasiado bien. La princesa de Éboli sí tenía fama de ser una buena jinete.

Don Juan se acercaba peligrosamente, y hube de meterme entre los árboles para evitar un rebaño de ovejas mientras el pastor nos maldecía y blasfemaba. Seguí al galope hasta una colina y desde allí pude ver a lo lejos dos monturas, y a cierta distancia una pequeña comitiva, seguramente de la Guardia Real que seguía a la reina. Al detenerme don Juan me alcanzó, pero mientras él miraba la comitiva, arranqué de nuevo. Esta vez don Juan fue más rápido y me seguía muy de cerca.

Los últimos metros fueron muy reñidos y, al vernos, la Guardia Real salió a nuestro encuentro pensando que queríamos atacar a la reina. Tuve que frenarme en seco cuando vi dos alabardas que buscaban mi cabeza.

—¡Esperad! ¡Somos don Juan de Austria, hermano del rey, y Alejandro Farnesio, príncipe de Parma! —gritó don Juan antes de que un soldado de la Guardia Real lanzará su ballesta contra su persona.

—¡Alto, soldados! —exclamó la princesa de Éboli—. ¡Dicen la verdad! ¡Que sean estúpidos no quiere decir que merezcan derramar su sangre! Si no no habría en España río capaz de llevar la sangre de tantos otros que, como ellos, tienen la cabeza llena de serrín.

—Pero ¡Juan! ¡Alejandro! ¿Qué demonios hacéis? —nos preguntó la reina con una cara de terrible preocupación.

—Nada, majestad, temíamos que os ocurriera algo malo y hemos venido para protegeros.

—Dijo el lobo a las ovejas —añadió la princesa de Éboli—. Lo siento, caballeros, pero no necesitamos vuestra ayuda.

—¿Adónde os dirigís, majestad? —preguntó don Juan.

—Hacia Buitrago de Lozoya, tengo allí preparada una sorpresa para mi amiga, Ana de Mendoza. Ha sido ella la que me ha ayudado a mejorar mi destreza al montar.

—¿Y lo ha hecho tan bien que merece tanta atención de Su Majestad?

—Comprobadlo vos mismo, don Juan.

La reina agarró los estribos de su caballo y le dio media vuelta. Al dar un grito el animal salió al galope rumbo hacia el norte. La reina, para sorpresa de todos, sabía montar. La princesa de Éboli, las damas de compañía, entre ellas Sofonisba, y la comitiva real salieron tras ella, y nosotros dos decidimos volver a Madrid.

Al llegar a la capital del reino entramos por la puerta de Guadalajara. Yo entré primero saludando a los alguaciles que custodiaban la entrada. Cuando se acercó don Juan, lo primero que apareció por la puerta fue la cabeza de su caballo, seguida por su capa y, finalmente, don Juan montando al revés.

Uno de los alguaciles que sostenía una botella de vino miró la botella y echó un trago. Volvió a mirar a don Juan y vio cómo este le saludaba mientras seguíamos por la calle Mayor. El alguacil miró de nuevo la botella y la rompió contra el suelo.

Esa misma tarde llegó la reina al alcázar cuando estábamos hablando con el embajador en Roma, don Luis de Requesens.

—¿Qué tal el paseo, majestad? —le preguntó el embajador.

—Muy bien, mi querido embajador. Ana de Mendoza es una estupenda compañía.

Don Juan se dirigió hacia la reina y la ayudó a bajar del caballo, haciéndole una leve reverencia cuando ella ya tenía sus dos pies en el suelo.

—¿Qué tal vuestra sorpresa? —preguntó don Juan.

—Mejor de lo que esperaba. Don Alonso Sánchez Coello nos ha tomado pose para un retrato a caballo a Ana de Mendoza y a mí. Ha dicho que en un mes lo tendrá preparado.

—¿Un retrato?

—Sí, quizá algún día nos retraten a los dos juntos, don Juan.

—Quizá, majestad.

Detrás de la reina marchaba Sofonisba, que me sonrió; quizá podía pedirle que me volviera a realizar un retrato algún día. Podría ser una excusa perfecta para estar con ella a solas de nuevo.

—Sofonisba, es un placer veros de nuevo.

—Gracias, Alejandro. ¿Cómo os encontráis?

—Bien, sin novedad. ¿Y vos?

—¿Sin novedad? Me han dicho que os vais a dar estado con María de Portugal.

—Así lo ha querido el rey.

—Si así lo ha decidido, bien hecho está —dijo Sofonisba con un aire de tristeza.

—Dejadme que os...

—Alejandro, debo irme —me interrumpió.

—Pero quería...

—No hay nada más que hablar.

—Por favor, escuchadme, os lo ruego.

—He dicho que no, me estáis importunando, Alejandro.

No lo intenté más. Sofonisba y la reina se marcharon dejándonos allí solos. Sentí que debía haber ido tras ella, haberle explicado lo que sentía. No fue así y en mi arrepentimiento está mi penitencia.

Al poco partí a mi boda. Mis cuatro años juntos en la Universidad de Alcalá de Henares habían sido fantásticos, habíamos recibido la más completa formación académica posible, el mejor adiestramiento militar, habíamos conocido la corte de Madrid y todo lo que la rodea. Teníamos una profunda amistad con la reina y el príncipe Carlos, quien me preocupaba en especial medida. Más aún ahora que había cogido como afición pasearse por los burdeles de Madrid con un arcabuz en la mano.

Don Juan fue pronto llamado para formar parte del Consejo de Estado, cuánto me alegré por él. Pero no esperaba que al poco estallara una terrible rebelión en Flandes. Mi madre, Margarita de Parma, sabía que iba a ser relegada del gobierno de Flandes. Así fue, el rey nombró al tercer duque de Alba gobernador de los Países Bajos para que acabara con la rebelión con la mayor rapidez posible.

El príncipe Carlos estaba presente en el consejo. El rey le iba a proponer que acudiera con el duque de Alba y él mismo a Flandes. Lo cual era un signo a favor del príncipe. Sin embargo, don Carlos no pudo aguantar su ira. El príncipe deseaba, ansiaba y quería el puesto ofrecido al duque de Alba.

—¡No habéis de ir! ¡Si vais os juro que os mataré!

Todos los allí presentes se quedaron paralizados ante la reacción del príncipe, según me relató por carta don Juan. El príncipe Carlos sacó una daga de su bota e intentó clavársela al duque. Pero el duque de Alba era un gran soldado y agarró del puño a don Carlos y lo empujó hacia atrás. Este no se detuvo e intentó por segunda vez clavar su daga en el pecho del noble castellano, quien de nuevo lo agarró del brazo y, retorciéndolo, con evidentes signos de dolor en el rostro del príncipe, hizo que su daga cayera al suelo.

El príncipe Carlos acababa de realizar el peor de los actos posibles. La cara del rey era más de tristeza que de enfado. La de los presentes era más de asombro y preocupación. ¿Qué se podía esperar de un heredero así? El rey no podía castigar a su hijo, así que intentó solucionar el problema a la vez que apaciguar su ira nombrándole presidente de los Consejos de Guerra y Flandes.

No pude creerlo, el príncipe Carlos estaba cada vez peor. ¿Qué más podía hacer en su actual estado?

Sin embargo, la peor noticia había sido el nombramiento de general jefe de los tercios que partían hacia Flandes a don Fernando Álvarez de Toledo y Pimentel, el duque de Alba, quien de inmediato se puso al mando de los tercios viejos de Lombardía, Nápoles, Cerdeña y Sicilia, que ya habían salido de Milán y se disponían a atravesar el camino español.

El «camino español» lo había ideado por primera vez cuando el rey Felipe pensó en visitar los Países Bajos. Se apuntó como más cómoda y segura la ruta que, partiendo de España vía Génova, le llevaría a Lombardía. Desde ese punto la ruta pasaría por Saboya, el Franco Condado y Lorena. Tal itinerario poseía una visible ventaja respecto a la ruta marina y se extendía casi enteramente por territorios de la Corona española.

Felipe II, como rey de España, era duque de Milán y gobernaba en el Franco Condado como príncipe soberano. Además, España tenía estrechas alianzas con los gobernantes de la mayoría de los territorios que separaban sus propios dominios.

Según me filtró don Juan, el duque de Alba estaba de acuerdo con el trazado del camino, pero no se fiaba de algunos pasos en los Alpes, sobre todo en los casos del monte Cenis y el Maurienne en invierno, y el pequeño San Bernardo y el Tarantaise en verano. El duque de Alba preparó el estudio intensivo del itinerario que debían seguir las tropas. Una vez trazado el mismo en sus líneas generales, enviaron a un ingeniero especializado con trescientos zapadores para ensanchar caminos en el empinado valle que sube desde Novalesa por Ferreira hasta el desfiladero del monte Cenis.

El camino estaba constituido por una cadena de puntos fijos obligados, pero el duque de Alba mandó hacer mapas detallados sobre el terreno. Así consiguió que se hiciera una minuciosa cartografía del Franco Condado. Pero de muchas otras etapas del camino español no había mapas. Así que se contrataban guías locales, que eran los encargados de conducir a las tropas por su propia región. El duque de Alba pensó hacer ese trayecto en seis semanas, mediante un sistema de etapas que establecía como centro un pueblo al que se llevaban y desde el que se distribuían las provisiones a las tropas. Si había que darles cama, se recurría a las casas del mismo pueblo y de los colindantes. Los encargados de cada etapa junto con los comisarios ordenadores, responsables del alojamiento de los soldados, emitían unos billetes especiales que determinaban el número de personas y caballos que habían de acomodarse en cada casa. Después de partir las tropas, los dueños de estas podían presentar los billetes al recaudador local de contribuciones y exigir su pago contra obligaciones por impuestos, pasados o futuros. Cada expedición que utilizaba el camino español era precedida de un comisario especial, enviado desde Bruselas o Milán para determinar con los gobiernos de Luxemburgo, Lorena, el Franco Condado y Saboya el itinerario de las tropas, los lugares en que habían de detenerse, la cantidad de víveres que había de proporcionárseles y su precio. Además de víveres, los diferentes pueblos del camino tenían que proporcionar a las tropas los medios para transportar la intendencia. En los valles alpinos el transporte era problemático y se necesitaban gran número de mulas. El duque llegó el 22 de agosto del año 1567 a Bruselas.

El duque de Alba consiguió llegar a Flandes por el camino español, al mando de un ejército formado por cuatro tercios, con once mil hombres, cientos de carros y mulas, y decenas de cañones. Además, en Parma se comentaba que en este gran viaje les acompañaron dos mil prostitutas. El duque de Alba había pensado que la relación ideal de hombres y fulanas era de ocho a una, y llevándolas consigo evitaba molestar a la población civil de los lugares por donde pasaba.

Mi madre intentó hacer ver al rey que la presencia del duque de Alba no era necesaria, pero el duque empezó a controlar toda la vida política de Flandes nada más llegar. Finalmente se vio obligada a dimitir de su cargo de gobernadora y marchar a Parma. A partir de ese día, el duque de Alba pasó a ser la persona más odiada por la familia Farnesio, y tanto mi madre como yo nos desentendimos de los problemas de Flandes.

8

1568: El *annus horribilis*

En los primeros días del año nuevo tuve serios problemas de salud que, por fortuna, los médicos de Parma supieron curarme a tiempo. Pasé una larga temporada en cama, donde me llegaban noticias de todo lo que acontecía en esos días en Europa. Pero la noticia más destacada, sin duda, era que la reina de Inglaterra había hecho prisionera a su prima, la reina de Escocia.

La hermosa María Estuardo tenía un aspecto envidiado por todas las mujeres de Europa: era más alta que la mayoría de los hombres, de rostro dulce y ojos claros. Decían que cuando sonreía ningún varón podía evitar caer enamorado de ella. Pero era mucho más que una mujer hermosa. Había permanecido en la corte de los Valois en Francia durante muchos años, donde había hecho amistad con nuestra reina. Todo hacía entender que iba a continuar en París, sin embargo, el devenir de los acontecimientos había cambiado su destino. María Estuardo había vuelto a Escocia al poco tiempo que su amiga, la reina de España, llegara a Madrid. Y lo había hecho con el único objetivo de defender la Iglesia católica frente el avance del protestantismo. Para ello, había hecho frente a los nobles con una gran audacia. Se había convertido en todo un símbolo para la cristiandad y en muchos rincones del continente se la conocía como «la heroína de la fe».

Después de varios años reinando en Escocia, una conjura de nobles había asesinado a su marido y la habían acusado a ella del crimen. María Estuardo había abdicado en su hijo y huido a Inglaterra esperando la protección de su prima, la reina Isabel. Sin embargo, su presencia en Inglaterra creaba un inesperado problema. La reina de Inglaterra no tenía ni marido ni descendencia, de ahí que la llamaran «la reina virgen», y María Estuardo podía ocupar el trono de Inglaterra en caso de que la actual reina de Inglaterra muriera. Isabel de Inglaterra había demostrado que era una digna heredera de la terrible fama de su padre, Enrique VIII, y de la perversa astucia de su madre, Ana Bolena, habiendo hecho prisionera a su prima, amenazando con ejecutarla en cualquier momento. Además de la Corona de Inglaterra, estaba en juego la fe del pueblo inglés, ya que María Estuardo representaba a todos los católicos de Escocia e Inglaterra, frente a Isabel, cabeza de la Iglesia anglicana.

Según me contaba en sus cartas, don Juan pasó los primeros meses del año 1568 en el Mediterráneo aprendiendo a comandar una galera, con la única idea de convertirse en un gran almirante. Para acompañarle en esta misión se había designado como su mayordomo a don Fernando Carrillo de Mendoza, sexto conde de Priego, un noble de toda confianza, amigo íntimo de don Luis de Quijada y de Su Majestad. No era tarea fácil para alguien que había vivido siempre en tierra firme que dominara los secretos de la navegación. La ambición que tenía le daba una fuerza fuera de lo común, así que don Juan no dudó en aprender todo lo posible de esta gran oportunidad. ¡Quién sabía en qué momento podría ser necesaria!

Las batallas navales no tenían nada que ver con los combates en tierra, si bien participaban los mismos soldados y armas, el medio lo cambiaba todo. Eso lo entendió pronto don Juan, así que nada más llegar a Valencia, donde había sido destinado al mando de seis galeras, preguntó por el marino más experto de su tripulación. El marino en cuestión era un tal Recio, hombre ya de muchas primaveras y muchos más inviernos, tuerto de un ojo y con cicatrices en medio cuerpo. Había luchado en el ataque de Orán cuando era un muchacho y había servido durante sus mejores años en Italia como capitán. Pero un enfrentamiento con el mismísimo duque de Alba lo había degradado a ser un simple marinero.

—Según me han dicho nadie sabe más que tú del arte de navegar, ¿es verdad? —le preguntó don Juan.

—Son ya muchos años en la mar. Si no supiera lo que es, su excelencia no me tendría aquí delante —contestó Recio.

Don Juan examinó de nuevo al marinero. Aquel hombre tenía más cicatrices en su cuerpo que pelos en la cabeza. Y dudaba mucho de que viera más por el ojo que tenía al descubierto que por el que le tapaba un viejo parche negro.

—A partir de ahora te quiero siempre a mi lado. Mi mayordomo, el conde de Priego, te pagará dos ducados más de tu sueldo si me ayudas bien, ¿entendido?

—Por supuesto, excelencia —respondió Recio.

El viejo marinero tenía, siempre que hablaba con don Juan, una gran sonrisa que dejaba ver los pocos dientes que todavía le quedaban.

Navegar por el Mediterráneo, incluso por el norte cerca de aguas catalanas, era muy peligroso. El mar estaba lleno de piratas berberiscos. La galera tenía un calado de un tercio de la manga. Los remeros se situaban lo más cerca posible de la superficie para conseguir un impulso mayor y para dar más estabilidad a la nave. Era un barco poco navegable que en situaciones de mar adversa tenía serios problemas de navegabilidad y era superado por otro tipo de embarcaciones. Pero en un mar tranquilo y de aguas poco profundas maniobraba realmente rápido y era perfecto para el abordaje. Disponían de una sola cubierta sobre la que estaba la pasarela de crujía, construida sobre cajones de un metro de altura, que comunicaba el castillo de proa y el de popa. El cómitre y sus alguaciles recorrían continuamente la crujía, encargados de marcar el ritmo de boga con tambores y trompetas, y fustigando con los rebenques a los galeotes.

—Cuéntame, Recio, ¿en cuántas batallas has participado? —le preguntó don Juan.

Ambos paseaban por cubierta.

—No sabría deciros, excelencia, son ya tantas... Aunque últimamente más que participar en batallas lo que hacemos es intentar huir de ellas.

—Eso va a cambiar —le dijo don Juan en un tono muy serio—, te lo aseguro.

—Ojalá, ojalá —respondió el marinero nada convencido del ímpetu del joven hermano del rey.

—¿Por qué una galera? Quiero decir, ¿por qué no otro tipo de embarcación?

—Je, je —rio el viejo—, las galeras son los mejores barcos para el abordaje, excelencia.

—Comprendo. ¿Cuántos remos tiene una galera? —preguntó don Juan, señalando a los remeros que se encontraban en el medio de la galera, en un hueco de unos cuatro metros de ancho.

—Unos veinticinco por banda, excelencia —respondió el viejo marinero.

Recio cumplía religiosamente las órdenes de don Juan y no se separaba de él en ningún momento.

—¿Con las velas no bastaría? —preguntó don Juan mientras señalaba los dos palos de velas latinas.

—Sí en condiciones normales, pero en combate, con la

mar en calma o en la entrada del puerto, es esencial utilizar los remos.

Don Juan escuchaba con atención al viejo Recio mientras miraba la gran vela latina que estaba atada a dos largas vergas unidas, y que se disponía de manera diagonal en un mástil bajo.

—La vela latina es eficiente con el viento a favor, pero cuando viene en contra pierde todas sus virtudes —explicaba Recio.

—¿Cuántos hombres por remo?

—Lo normal son cinco hombres para bogar en cada remo.

Los remeros eran condenados por sentencia judicial o esclavos turcos y berberiscos, aunque también había remeros voluntarios o galeotes que una vez cumplida su condena eran incapaces de encontrar otro trabajo, y volvían a la boga a cambio de una paga.

—Hay muchos galeotes, excelencia. Para identificarlos si escapan, les afeitamos la cabeza, aunque a los musulmanes se les suele permitir llevar un mechón de pelo, ya que según su creencia, al morir, Dios los cogerá del pelo para llevarlos al paraíso. Esos moros... —dijo Recio, negando con la cabeza.

—¿Cómo se utiliza a los remeros? ¿Se les hace trabajar a todos, se hace por turnos?

—Buena pregunta, excelencia. Se navega utilizando la mitad de los remeros, da igual si son los de delante o los de atrás. Se trabaja por turnos, y con los remos que no se utilizan en posición horizontal, preparados para entrar en funcionamiento cuando sea necesario.

Uno de los elementos más característicos de las galeras estaba situado a proa, a un metro sobre la línea de flotación. Era el arma más importante de que disponía la galera, el espolón. Una robusta pieza de madera y de hierro que sobresalía hasta veinte palmos. Se utilizaba para embestir al contrario, sirviendo, además, como puente de abordaje.

El viento de levante acompañó a don Juan en sus primeros días, y navegó rumbo al sur sin separarse mucho de la costa.

Nada más recuperarme de mis problemas de salud tuve una de las mejores noticias que recibí en toda mi vida. María estaba de nuevo embarazada, ¡qué gran noticia! La casa Farnesio necesitaba un heredero para fortalecer nuestra dinastía. Teníamos puestas todas nuestras esperanzas en que esta vez fuera un niño. Mi hija Margarita era la alegría de la corte de Parma, pero era necesario que pronto llegara un varón que asegurara el futuro del ducado de Parma y Plasencia. Mi padre estaba radiante, y mi madre también. Se había instalado a las afueras de Parma cuando vino de Bruselas, incapaz de convivir con mi padre. Si el niño fuera un varón, habría conseguido uno de mis objetivos y podría centrarme por fin en mi carrera militar y política. Escribí lo antes que pude a don Juan y a los reyes para comunicarles la noticia.

Don Juan seguía navegando al mando de las seis galeras, bien acompañado por el conde de Priego. Su mayordomo era un gran hombre, ayudaba a don Juan en los asuntos que menos le gustaban: la firma de documentos, la contabilidad, las provisiones... Estoy seguro de que aunque había sido designado por el rey, don Luis de Quijada había aconsejado su nombramiento, sabedor de que su protegido necesitaba ayuda en esos temas más burocráticos que militares. Además del conde de Priego, don Juan contaba con la inestimable ayuda de Recio. El rudo marinero se había convertido en un ayudante indispensable en el mando de las galeras.

—¿Dónde se suele colocar la artillería, Recio?

—Tras el espolón, en la tamboreta, esa pequeña cubierta triangular donde ahora están las anclas y los garfios de abordaje.

El marinero disfrutaba cada vez más con su función de instructor del hermano del rey. Don Juan había escogido bien.

—Los cañones están fijos, alineados con el eje del buque, por lo que la puntería se hace maniobrando el buque. Normalmente hay cinco o seis cañones a proa.

—¿Qué proyectiles pueden lanzar?

—Los más gruesos, que son los del centro, disparan proyectiles de treinta y seis libras. Los de los laterales, de ocho a dieciséis libras. Pero la artillería se suele cargar con metralla o proyectiles de piedra caliza.

Don Juan permaneció en silencio unos instantes mientras asimilaba la información que le proporcionaba Recio.

—Entonces, imagino que al quebrarse los proyectiles de caliza actúan como metralla, provocando un gran número de bajas. Y a continuación, con los enemigos debilitados, se pasa al abordaje, no me equivoco, ¿verdad, Recio?

—Así es, excelencia —respondió el viejo marinero.

Sin embargo, la artillería no era el arma principal de las galeras, lo que se buscaba era el asalto. Normalmente se ponía a proa al enemigo y a unos veinte o treinta metros se disparaba la artillería. A esa distancia ya no había tiempo para recargar las piezas, así que con toda la fuerza de los remos se embestía con el espolón al enemigo y los soldados pasaban al abordaje.

Don Juan fue asimilando todo el funcionamiento de una galera con el pasar de los días. En la carroza, que estaba a popa y era el lugar reservado al capitán de la galera, repasaba lo que aprendía ayudado por el conde de Priego.

Al mando de seis galeras, don Juan recorrió toda la costa del sur de Andalucía: Trafalgar, Puerto de Santa María, Tarifa, Conil, Rota... desde allí navegó hacia el Mediterráneo central. Sin embargo, no pudo llegar a Mallorca porque fue detenido por un correo del rey. Debía acudir de inmediato a Madrid. Las novedades procedían de que don García de Toledo, virrey de Sicilia y capitán general del mar, había dimitido de su doble cargo. Tras la lentitud e ineficacia del socorro del asedio a Malta era inevitable que abandonara. El rey había decidido recompensar a su hermano por su lealtad al igual que por su gran labor al frente de las galeras reales. Así que don Juan fue nombrado capitán general del mar en abril. Don Juan ya no era el simple almirante de las galeras reales, sino que era el jefe de la armada del Mediterráneo. Para ayudarle en tal importante cargo, el rey nombró vicealmirante a Luis de Requesens y Zúñiga.

Nada más saberlo me escribió una carta poniéndome al corriente, contándome cuánto me echaba de menos e informándome de que se disponía a ir a visitar a Isabel para comunicarle su nombramiento, aunque era probable que ella ya estuviera al corriente.

La reina se encontraba junto a su hija menor y la princesa de Éboli en el castillo de Pedraza, una elegante fortaleza en un pequeño pueblo amurallado situado sobre un cerro donde habían estado cautivos los hijos del rey Francisco I de Francia tras la batalla de Pavía. El castillo, situado en un extremo del pueblo, constaba de un foso y una gran torre del homenaje.

Las damas se encontraban en la torre, en el salón principal de la segunda planta, junto a unos tapices con escenas de caza.

Don Juan se presentó ante las dos damas, que se sorprendieron mucho al verle. La reina vestía un hermoso vestido verde y rojo, con una larga falda; la joven princesa llevaba un vestido blanco, tenía el pelo muy rubio y no paraba de moverse. Por su parte, la princesa de Éboli vestía de negro y su vestido tenía un elegante cuello blanco bordado.

—¡Don Juan! ¡Qué sorpresa! —exclamó la reina.

La princesa de Éboli también pareció alegrarse mucho de verle. La visita de don Juan era de un gran impacto para ella. Hacía mucho que no le veía, y no podía olvidar que su prima estaba en un convento para poder limpiar su reputación, después de haber tenido un hijo con don Juan y no haberse casado. Su boda, como la mía, era una cuestión de Estado, en la que nosotros poco teníamos que decir. Incluso yo en Flandes seguía pensando en por qué finalmente no le pedí a Sofonisba que me hiciera un nuevo retrato antes de irme de Madrid.

—¡El rey me ha nombrado capitán general del mar!

—¡Qué gran noticia! —dijo la reina.

—Espero partir pronto hacia poniente.

—Lo veis como era solo cuestión de esperar. El rey os estima en gran medida.

—Tenéis razón, majestad.

—¿Os acordáis cuando quisisteis partir hacia Malta?

—Je, je. ¡Claro que sí!

—Venid, quiero enseñaros una cosa —dijo la reina—. Ana, dejadnos unos minutos a solas, por favor.

La princesa de Éboli asintió con la cabeza, hizo una reverencia a la reina y miró a don Juan sin decir nada. Después salió del salón.

—Isabel, qué hermosa estáis.

—No me digáis eso, Juan, que me ruborizáis.

—No sabéis cuánto os he extrañado, alteza.

—Y yo a vos. ¿Tenéis que marcharos pronto?

—De inmediato.

—¿Y esta niña tan guapa?

La niña era Isabel Clara Eugenia, la segunda de las hijas de los reyes de España.

—Tiene vuestros ojos y es muy hermosa —dijo mientras le acariciaba el pelo.

La reina sonrió ante las palabras de ternura de don Juan, hacía tiempo que no sonreía. La alegría del nacimiento de sus dos hijas había desaparecido. El rey estaba siempre demasiado ocupado. Obsesionado con la finalización de las obras de El Escorial, con la paz con Francia, con los problemas en Flandes...

—Estoy preocupada por María Estuardo. Las noticias que me llegan desde Francia sobre su cautiverio en Londres no son nada alentadoras —le confesó la reina.

—Es un asunto difícil, majestad.

—He estado hablando con la princesa de Éboli. Me ha confesado que su marido es partidario de una intervención en Inglaterra. De liberar a María Estuardo y casarla con algún pretendiente católico, con el fin de restaurar el catolicismo en Inglaterra.

Don Juan se quedó unos instantes pensando.

—Comparto las ideas de don Ruy Gómez de Silva.

—Dicen que sería la mejor manera de solucionar los problemas en Flandes. Si Inglaterra fuera católica, no recibirían su apoyo —continuó la reina.

—Están en lo cierto, majestad.

Permanecieron hablando algunos minutos más, pero don Juan debía irse. Antes de salir, jugó un poco con la niña, y finalmente se despidió de la reina.

—Don Juan, cuidaos mucho. Tengo miedo de que os suceda algo —dijo la reina.

—No temáis, Isabel.

—Presiento que algo horrible está a punto de suceder.

—¿Cómo? ¿Por qué decís eso? —preguntó.

—No sé, tengo el mismo presentimiento que tuve antes de la muerte de mi padre.

Ante aquellas palabras don Juan permaneció en silencio.

—Debo marcharme.

—Tened mucho cuidado, Juan.

—No os preocupéis.

El joven Austria salió del salón y en el pasillo se encontró con la princesa de Éboli.

—Doña Ana.

—Don Juan.

Mi amigo hizo una leve reverencia y se disponía a marcharse cuando la princesa de Éboli lo interrumpió.

—Enhorabuena por vuestro nombramiento.

—Gracias.

—Estaba segura de que conseguiríais un puesto importante.

—Es una gran oportunidad.

Don Juan continuó su camino, pero la princesa de Éboli lo interrumpió de nuevo.

—Se avecinan tiempos difíciles, elegid bien a vuestros amigos.

—Así lo haré.

—Ya sabéis que nosotros siempre estaremos dispuestos a apoyaros.

—¿Nosotros?

—El envío del duque de Alba a Flandes ha sido un error. El rey pronto se dará cuenta —continuó la princesa de Éboli—. Nosotros hubiéramos preferido otra elección, un miembro de la casa de Farnesio.

Don Juan no respondió y se marchó del castillo de Pedraza. Durante el viaje de vuelta pensó en las palabras de la reina, él también pensaba que liberar a María Estuardo y conseguir que ascendiera al trono de Inglaterra sería lo mejor para España y el catolicismo. Él se creía capaz de conseguirlo, de invadir Inglaterra y de casarse con María Estuardo. Estaba convencido de que llegado el momento, la reina, el partido ebolista, el Papa y la mayoría de los católicos le apoyarían.

Antes de acudir a ver a Su Majestad se dirigió al convento de las Descalzas Reales; doña Juana le había pedido que fuera para un asunto personal. La hermana del rey deseaba un retrato de don Juan como generalísimo de los mares, antes de que este partiera a poniente. Se trataba del primer retrato oficial de don Juan desde su nombramiento y el pintor elegido fue, cómo no, Alonso Sánchez Coello.

Después de posar para el maestro Sánchez Coello, don Juan partió con prontitud. El rey le esperaba en El Escorial para darle instrucciones concretas sobre su mando.

Al llegar al palacio, Su Majestad parecía estar más ocupado en un joven pintor español que trabaja en Venecia, a las órdenes del gran Tiziano, que en hablar con su hermano.

—¿Qué os parece este pintor que se hace llamar el Greco?

—Majestad, no soy el más adecuado para juzgar su obra.

—Yo al que quiero es a Tiziano, no entiendo por qué se niega a pintar en Madrid y me manda a su discípulo —decía enojado el rey.

—No lo sé, majestad.

—¿Ignora acaso que yo soy el rey de España y que este va a ser el palacio más importante de Europa? ¡Ruy!

Ruy Gómez de Silva se acercó y le dio una carta al rey.

—Estas son vuestras instrucciones. Debéis reuniros con la armada en el puerto de Cartagena.

—Como ordenéis, majestad.

Don Juan partió primero a saludar y dar la noticia del nombramiento a su madre adoptiva, doña Magdalena, al castillo de Villagarcía de Campos. Después se dirigió hacia Madrid y en absoluto secreto acudió al convento de las Descalzas Reales a ver su retrato. Sánchez Coello lo había pintado de forma intachable. Con una imagen militar perfecta, armado, con bastón de mando y banda. Recordaba en cierta medida a los retratos que Tiziano realizó al emperador. Según le dijo doña Juana, sería colgado en la Galería de los Retratos del palacio de El Pardo.

Al día siguiente continuó el camino directamente hacia Cartagena. En su bolsillo derecho llevaba la carta del rey, en la cual Felipe II más que órdenes le daba consejos de todo tipo, relacionados con la fe, la disciplina, la comida y el mando. Fue la primera vez en la que don Juan sintió que el rey era su hermano mayor. Sin embargo, quien verdaderamente le preocupaba a don Juan era don Carlos. Yo esperaba que el príncipe estuviera mejor, pero no era así. Según me había contado don Juan en su última carta, el príncipe le había hecho una terrible propuesta nada más conocer su nuevo cargo.

Al llegar, el príncipe de Asturias lo mandó llamar al Alcázar Real. Allí lo esperaba en la torre más occidental.

Cuando entró en la sala, el príncipe estaba nervioso, moviéndose de un lado a otro. Al ver a don Juan fue rápidamente hacia él.

—¿Os han seguido?

—¿Seguido? ¿Quién me va a seguir? —preguntó don Juan.

—Espías.

—¿Espías? No, no me ha seguido nadie.

—Don Juan, escuchad bien lo que os voy a decir. Tengo a dos hombres de confianza en Flandes que están haciendo los preparativos. Ambos sabemos del egoísmo de mi padre, él no nos aprecia a ninguno de los dos. No nos ofrece lo que es nuestro, piensa que no somos dignos.

Don Juan estaba sorprendido de las palabras del príncipe.

—Alteza, vuestro padre nos aprecia, os ha nombrado presidente del consejo y a mí jefe de las galeras reales.

—Migajas, nunca os dará un reino, ni un ducado ni seréis gobernador. Y a mí nunca me dejará ser rey, aunque haya nacido para ello.

Aunque el príncipe podía tener parte de razón, don Juan no estaba de acuerdo con el cariz que estaba tomando la conversación.

El príncipe tomó asiento junto a la ventana y se derrumbó sobre la mesa.

—¡Juan, ayudadme!

—¿Qué queréis que haga, alteza?

—Quiero viajar a Flandes.

—¡A Flandes! ¿Para qué?

El príncipe se levantó de su silla y con voz profunda reveló sus planes a don Juan.

—Para tomar el gobierno de Flandes y declararlo un reino independiente.

Don Juan no podía creer lo que oía. Nunca hubiera pensado eso de su sobrino, ni en la peor de las situaciones.

—Ayudadme y desde Flandes tomaré el gobierno del resto de los reinos de España. Necesito vuestra ayuda, prestadme las galeras que necesito para llegar a Flandes y hacerme con el poder allí. Los flamencos me apoyarán cuando los libere del duque de Alba y me reconocerán como rey mucho mejor que a mi padre. Luego fácilmente me seguirán Sicilia, Nápoles, incluso Aragón.

—Don Carlos, no creo que...

—Os ofrezco a cambio el ducado de Milán o el reino de Nápoles, ¿qué os parece? Es mucho más de lo que mi padre os dará nunca.

El príncipe estaba desesperado, don Juan entendió que era imposible hacerle entrar en razón. Su corazón se llenó de desasosiego y le pidió tiempo para aceptar la proposición. Cuando salió de la habitación no sabía cómo actuar, pero por supuesto nunca traicionaría al rey. Dejó el alcázar y cabalgó a la máxima velocidad que podía su caballo, cruzando la sierra de Guadarrama hasta llegar donde se estaba construyendo el monasterio de El Escorial.

Allí estaba el rey, quien solía revisar las obras en persona muy a menudo.

Cuando don Juan, con todo el dolor del mundo, contó al rey las intenciones de su hijo, este pareció no sorprenderse. Le pidió que aceptara una nueva reunión con el príncipe Carlos para que su hijo no sospechara. Con el corazón partido aceptó las órdenes de su hermano, como me contó en sus cartas.

Nunca pensé que don Carlos, a pesar de todos sus problemas, llegaría a hacer una cosa así. Lamentaba profundamente no poder estar con don Juan en Madrid, pero mis obligaciones junto a mi mujer me lo impedían.

La siguiente reunión fue en Torrelaguna, cerca de Alcalá de Henares. Allí don Carlos reveló a don Juan que pensaba salir hacia Flandes el 18 de enero y que contaba con un confidente en la corte que estaba preparando todo, aunque no quiso revelar su nombre a pesar de la insistencia de don Juan. Ese mismo día el rey entró en los aposentos del príncipe Carlos junto a su guardia personal y mandó arrestar a su hijo. El heredero a la Corona de España se echó a llorar a los pies de su padre.

El príncipe fue encerrado en una de las torres del Alcázar Mayor. Las investigaciones para averiguar quién era su aliado dentro de la corte no dieron ningún fruto.

Don Juan salió para Cartagena días después siguiendo las órdenes del rey, pero pensando inevitablemente en la suerte del príncipe Carlos, quien, encerrado en el alcázar, amenazaba con quitarse la vida. Felipe II ordenó que no pudiese tener ningún tipo de objeto punzante, ni siquiera cuchillos ni tenedores. Al hacer público la reclusión del heredero, el rey fue ambiguo, pues por un lado debía justificarse y por otro tratar de no revelar las faltas de don Carlos, ya que perjudicarían la imagen de la monarquía.

Esta falta de transparencia alimentó los rumores y la propaganda negativa de sus enemigos, especialmente en Flandes.

Nada más llegar a Cartagena a finales de mayo, don Juan recibió una carta de su querida Isabel; la reina estaba de nuevo embarazada. La noticia de la llegada a Cartagena para tomar el mando de las galeras reales había causado una gran conmoción en la corte, sobre todo entre los nobles más jóvenes que veían en el nombramiento una oportunidad de ponerse bajo su mando y entrar en combate. Más aún cuando se corrió la voz de que don Juan, como capitán general del mar, iba a organizar una expedición contra los piratas y corsarios de las costas del Mediterráneo.

En todos ellos estaba el recuerdo de Malta. Después de aquella oportunidad perdida, la juventud de la corte no quería dejar escapar la posibilidad de hacer frente a los hombres del sultán, Selim II, que manejaba los hilos de los corsarios desde Estambul.

En su primer Consejo de la Armada del Mediterráneo se encontró con los más famosos capitanes de galeras de España; el marqués de Santa Cruz, don Álvaro de Bazán, a quien ya conocía de su breve instrucción en Valencia, y que venía de conquistar el peñón de Vélez; y otros cuatro grandes y expertos almirantes: Andrea Doria, Sancho de Leyva, Juan de Cardona y Gil de Andrade; además de don Luis de Requesens. De todos ellos el más famoso era el genovés Andrea Doria. Tan admirado como odiado, conocido en toda la corte tanto por su destreza en la mar como por sus amores en tierra firme. Le llamaban «el prudente», porque solo había perdido una galera en combate. Era un hombre imponente, tenía esa grandeza de los príncipes italianos del Renacimiento y una seguridad casi repugnante. Era moreno, vestía elegantemente, muy al gusto italiano, pero no hablaba mucho.

—Don Juan, es un honor servir bajo vuestro mando —afirmó don Álvaro de Bazán.

—El placer es mío, marqués de Santa Cruz.

—Luis de Requesens me ha informado del estado de la armada. A pesar del esfuerzo del rey, nuestra armada es mucho menos numerosa que la otomana.

—Sí, excelencia, las veintisiete galeras perdidas hace ocho años en el desastre de Gelves ante el almirante turco Djerba todavía nos pesan —señaló Gil de Andrade

—Además, a esas pérdidas debemos sumar las que sufrimos en el temporal en la zona de la Herradura hace cinco años —completó Sancho de Leyva.

—La armada dispone de treinta y tres galeras de veintiséis bancos de remeros —interrumpió don Álvaro de Bazán.

—Sin embargo, la corona se ha esforzado enviando treinta galeras de refuerzo, así que la armada está lista para actuar —afirmó don Juan ante la mirada de asombro de los presentes.

Don Juan se empezaba a hacer respetar en su consejo. Llevaba mucho tiempo esperando este momento y nadie iba a interponerse en su mando. Todos los capitanes parecían dispuestos a acatar las órdenes de don Juan sin ninguna queja, parecían confiar en él. Tanto porque era su deber, ya que Felipe II lo había nombrado, como porque empezaban a ser conscientes de las inigualables aptitudes para el mando de don Juan. Pero había una excepción: el más importante y a la vez más complicado almirante de la Armada española, el genovés Andrea Doria, no parecía estar tan convencido ni de las aptitudes ni de la personalidad de don Juan.

—Excelencia, ¿puedo haceros una pregunta? —preguntó Doria.

—Por supuesto, almirante.

—¿Qué experiencia tenéis, excelencia, en la armada?

Todos los allí presentes volvieron su mirada hacia don Juan. Obviamente todos conocían su prácticamente nula experiencia, limitada a su breve estancia con las galeras reales en aguas de Levante.

—Como vos y todos los demás sabéis, no tengo gran experiencia en la navegación. Sin embargo, cuento con los mejores almirantes de los reinos de España a mi lado, quienes suplirán mi inexperiencia con creces con todos sus años a las órdenes del rey de España. ¡Espero vuestra incomparable ayuda, don Andrea Doria!

En aquel momento, don Juan recordó las clases en Alcalá, en especial aquella de Honorato Juan sobre Alejandro. Y de cómo el macedonio supo rodearse de los mejores generales de su padre para superar su falta de experiencia.

—Estoy seguro de que entre todos podemos limpiar las aguas del Mediterráneo occidental de piratas e infieles. ¿No os parece, señores? —preguntó don Juan.

—¿Y cómo pretendéis limpiar las aguas del estrecho de Gibraltar, sin duda las más peligrosas? —preguntó Doria.

—Con la ayuda de Dios y de vos. —Todos rieron—. Dividiremos la armada en cuatro escuadras. Vos, Andrea Doria, permaneceréis en aguas italianas.

Don Juan quería mantener contento al genovés. Sabía que este no gustaba de enfrentamientos directos, ni tampoco de acercarse a las costas de África, donde solo había piratas y peligros. Prefería las costas italianas y si había de enfrentarse a alguien, hacerlo con los turcos.

Las otras tres escuadras se dividirían las aguas del estrecho de Gibraltar. Sancho de Leyva, con la escuadra de España; Juan de Cardona, con la escuadra de Sicilia, y Álvaro de Bazán, con la escuadra de Nápoles, en la que también navegaría don Juan. Luis de Requesens, siguiendo sus instrucciones, mejoraría las fortificaciones de Cádiz.

—Señores confío plenamente en vuestras mercedes —terminó don Juan.

Mi amigo me mantenía informado a través de sus cartas, a la vez que me pedía información de la situación en Flandes, sabedor de que los contactos de la casa Farnesio allí eran muy fiables. Después del consejo, don Juan fue a revisar su galera capitana y se quedó maravillado con tal hermosa nave. Se trataba de una embarcación de claro corte veneciano, con sesenta remos, ligera pero a la vez fuerte en el combate. El casco se había construido en los astilleros de Barcelona y la popa la habían realizado artistas sevillanos. Medía sesenta y ocho codos de quilla, ochenta y dos de eslora, veintidós de manga y doce de puntal. Estaba pintada de blanco, decorada con bellos frisos y algunos ornamentos, todos ellos con claro carácter simbólico, entre los que destacaba la figura de Jasón y las alegorías de la Prudencia y la Templanza a la derecha, y la Fortaleza y la Justicia a la izquierda. Con el dios Marte empuñando una espada y un escudo, y el dios Mercurio con el dedo sobre los labios haciendo ademán de silencio. Rodeando la nave las cadenas del Toisón de Oro, a imagen de las que llevaba el propio don Juan. En la proa una figura imponente de Hércules y, sobre ella, una gran farola de madera y bronce, dorada y rematada con una estatua de la Fama.

Cuando ya se encontraba navegando por el Mediterráneo, don Juan recibió una carta en la que se decía que su sobrino, amigo, y compañero en la Universidad de Alcalá de Henares, el príncipe don Carlos, había muerto en extrañas circunstancias, aunque no se revelaban detalles. Don Juan se sitió doblemente culpable por la traición a su sobrino y por no estar en Madrid para poder ayudarlo.

¿Qué habría sucedido realmente? Nadie lo sabía. El príncipe era una persona enfermiza y débil. Y seguro que el cautiverio en el Alcázar Real no le había sentado bien a su salud. Pero, por otro lado, ¿a quién convenía su muerte? Era un traidor, pero era también el heredero de la corona. Los rumores se desataron, sobre todo entre los enemigos de España. El primer acusado de la muerte fue el propio rey. La verdad es que un heredero débil era un gran problema para la dinastía de los Austrias, pero dudo de que el rey fuera capaz de ordenar matar a su propio hijo. Quizá no había sido Su Majestad, pero sí alguien de su confianza. ¿El duque de Alba? Era complicado que desde Flandes pudiera haber organizado tal acto. ¿Los partidarios de la princesa de Éboli y su marido? Difícil de saber, aunque a ellos no les beneficiaba en nada la muerte del príncipe. Quizá el príncipe hubiera fallecido de muerte natural; si lo pensábamos fríamente, aquello era totalmente verosímil. Lo único que era cierto con seguridad es que aquello había sido lo mejor que le podía haber sucedido a España y seguramente también al mismo príncipe Carlos, que en paz descanse. Don Juan había traicionado su confianza, pero había hecho lo mejor para su país y para nuestro amigo.

El principal problema para la seguridad de nuestras costas no eran los turcos como muchos pensaban, sino Argel. En esta ciudad todo tenía un precio. Los cautivos más relevantes valían, como mínimo, unos cinco mil ducados. El mecanismo del negocio era sencillo y muy eficaz. Los corsarios nos atacaban para capturar prisioneros que después, previo cobro del rescate, eran liberados y volvían a Europa. Los frailes de las órdenes de los trinitarios y los mercedarios solían encargarse de la intermediación. Según las malas lenguas, ciertos miembros de la Iglesia medraban con estos buenos oficios. Rara vez algunos prisioneros musulmanes de alto rango eran intercambiados por iguales cristianos cautivos en Argel. En el Viejo Mundo, la recogida de limosnas para liberar cautivos pobres era una actividad habitual. Todo el mundo sabía que la pobreza del prisionero resultaba ser un pasaporte al cautiverio permanente. Además, se daba una realidad a mediados del siglo XVI: la importante escasez de remeros en las galeras, tanto cristianas como musulmanas, lo que convirtió la captura de cautivos en un negocio muy lucrativo.

En realidad, el objetivo prioritario de la captura de prisioneros era utilizarlos como remeros, pero esto generaba un problema a la hora de hacer prisioneros. Había que mantenerlos vivos el mayor tiempo posible y, por supuesto, con el menor coste. Argel era propicio a todo tipo de negocios, y algunos carceleros se lucraban facilitando fugas. Por el contrario, en Europa aparecieron cristianos que montaban expediciones de rescate que solían ser financiadas por familias de cautivos.

Todo este tráfico hizo que Argel creciera infinitamente en el siglo XVI, convirtiéndose en cuartel general de los corsarios berberiscos. Además, disponía de un puerto seguro debido a sus imponentes murallas, lo que lo hacía una plaza estratégica en medio del Mediterráneo. Argel estuvo sometido en un principio a las presiones de los turcos, pero se las había ingeniado para gozar de una creciente autonomía. Además, la ciudad también se había convertido en lugar de refugio de muchos moros expulsados de España, esclavos cristianos, renegados y aventureros de todo calibre.

La realidad era que aunque comerciar con los musulmanes estaba prohibido en la Europa cristiana, ni la misma Roma se privaba de hacerlo. Para hacer dinero en Argel, la religión no era un obstáculo insalvable ni mucho menos. Según los intereses, muchos cambiaban de credo con suma facilidad.

Cautivos cristianos abrazaban el islam, conscientes de que, cuando fuera necesario, podrían volver al seno de la Iglesia, siendo recibidos como señores de fortuna. El más famoso de todos los casos era el de Uluch Alí, antiguo pescador calabrés que había abrazado el Corán. Sus conocimientos marineros le permitían hacer incursiones con éxito por todo el Mediterráneo occidental. Los españoles, a fin de ganarse sus buenos oficios, le habían tentado con un marquesado, que no era solo un título nobiliario, sino un cúmulo de propiedades terratenientes nada despreciables. Sin embargo, Uluch Alí optó por un destino todavía más suculento: convertirse en pachá de Argel.

Por todos era conocido que en los baños argelinos se acumulaban los prisioneros, quienes, hasta recuperar la libertad a cambio de dinero, eran mano de obra gratuita.

A lo largo de aquellos meses don Juan se ganó el respeto de todos los almirantes de la armada, incluso del peligroso Andrea Doria. Era una misión complicada, los piratas rehuían siempre el enfrentamiento directo. La protección de las flotas que venían de las Indias eran esenciales para la economía de España. Había que salvaguardarlas a toda costa de los frecuentes ataques, especialmente en la zona del cabo de San Vicente.

En mayo de ese mismo año fui liberado de mis deberes conyugales y acudí a Madrid a resolver unos asuntos que mi padre me había pedido.

Ya en la capital de España, y después de haber realizado los encargos de mi padre, fui al convento de San Ginés para rezar. Cuando salí de allí un crío recorría la calle Arenal gritando sin parar.

—¡La reina va a dar a luz!, ¡se acerca el tercer hijo de los reyes de España!

Por supuesto el estupor fue general. ¿Sería un varón?, ¿un heredero? Aquello era todo un acontecimiento, una bendición de Dios, quizá esta vez fuera un niño. Un varón reforzaría la monarquía española, muy debilitada tras la muerte del heredero. El pueblo parecía ilusionado, la alegría inundaba las calles de Madrid. Así que decidí acudir a misa en otro momento y me fui directo al Alcázar Real. No pude ver a la reina, pero una de sus sirvientas personales me confesó la realidad. El estado de salud de Isabel era delicado. Las fiebres, los mareos, vértigos y sensaciones de ahogo eran continuos, por lo que se la había rodeado de todo tipo de cuidados para evitar el aborto. La situación, lejos de ser alegre, era muy preocupante. La reina estaba en grave peligro, y la hija o hijo que llevaba dentro también.

Desde uno de los balcones del alcázar vi llegar el séquito del rey, que entró en la ciudad por la puerta de Segovia. Seguramente venía de El Escorial. La reina ya había tenido un aborto, un segundo podría ser fatal. Rápidamente puse un correo para Cartagena, que debía ser entregado a don Juan. Hasta finales de julio no volvió de la misión, la cual no había sido un éxito rotundo, aunque había conseguido limpiar temporalmente las aguas del Estrecho de piratas, y se habían fortaleció las atalayas y demás fortificaciones de la costa, desde el Puerto de Santa María hasta Gibraltar. Se había puesto en funcionamiento la armada que tanto tiempo llevaba adormecida, y don Juan había recibido un curso de navegación de un valor incalculable.

Dos semanas después me encontré con don Juan en la puerta del Moro. Había pasado mucho tiempo desde nuestra despedida, pero al vernos comprendimos que nuestra amistad seguía tan viva como siempre. Nos fundimos en un fuerte abrazo y no pudimos evitar acordarnos del príncipe

Carlos. Don Juan tenía buen aspecto, vestía con el uniforme de jefe de las galeras reales, que le daba un aspecto imponente y parecía que su cuerpo había ganado en fortaleza. Sin duda, la dura vida en la mar le había sentado bien. Me alegré mucho de volver a verle y, aunque teníamos muchas cosas de las que hablar, no podíamos perder tiempo.

—¿Cómo se encuentra?

—No he podido verla, pero creo que la situación es grave.

Desde la calle de la Cava Baja cruzamos por la plaza de la Paja hasta el alcázar. En todo el camino don Juan no me contó nada de sus aventuras contra los piratas, solo me preguntaba por la salud de Isabel. Las noticias eran malas, la fiebre no bajaba, los mareos y vómitos persistían. Ninguno de los tratamientos de los médicos surgía efecto, y conforme avanzaba el embarazo todo se complicaba aún más.

Don Juan entró en el Alcázar Real, y sin dilación alguna se dirigió directamente a las habitaciones de la reina. La Guardia Real no le impidió el paso; ya no era solo el hermano del rey, era también el jefe de la armada del Mediterráneo.

En la puerta de la habitación de la reina dos de sus asistentas personales hacían guardia; entre ellas estaba Sofonisba.

—Dejadme entrar, por favor.

—Lo siento, don Juan, pero eso es imposible —respondió Sofonisba visiblemente alterada.

—Sofonisba, necesito ver a Su Majestad —le suplicó don Juan.

Don Juan cogió la mano de Sofonisba. Los dos guardias de palacio que seguían a don Juan parecían no entender nada de lo que sucedía. Mi amigo miró fijamente a los ojos a Sofonisba sin decirle palabra alguna. La joven le pidió un segundo y entró en la habitación de la reina. Yo permanecía en un segundo plano, y don Juan me miró. Sé que él estaba seguro de poder entrar.

Así fue, Sofonisba volvió a salir y llamó a don Juan. Los soldados no sabían qué hacer, y don Juan les ordenó que permanecieran allí. Yo le miré a los ojos y entendí que era mejor que permaneciera esperando. Sofonisba me volvió a sonreír. Estaba tan hermosa como yo la recordaba en mis sueños, pero se marchó acompañando a don Juan y no pude siquiera saludarla. Lo que ocurrió allí dentro no lo supe hasta que don Juan salió media hora después.

La reina estaba muy enferma, el embarazo la estaba poniendo en grave peligro, aunque no se lo habían dicho. Ella estaba segura de que podía perder al niño en cualquier momento, y de que su propia vida peligraba.

—Los médicos la están matando, Alejandro —me dijo don Juan al salir.

—¿Qué decís, don Juan? —le pregunté.

—Está llena de cortes de sangrías, está tan pálida que sus ojos parecen hundirse dentro de ella. Habla en sueños y no sabe lo que dice, pero sabe que se muere. Solo pregunta por sus hijas.

—¿Y dónde está el rey? —le pregunté yo.

—Sofonisba me ha dicho que no se atreve a entrar a verla. Que la última vez que lo hizo, salió llorando. No soporta ver a la reina en este estado.

—El médico me ha dicho que el parto será muy difícil, que lo mejor para la reina sería tener un aborto —continuó don Juan.

—¿Y qué dice el rey? —le pregunté yo.

—Que lo dejaba en manos de Dios.

El 3 de octubre de 1658, Isabel de Valois, reina de España y princesa de Francia, moría a los treinta y dos años. España entera, con el rey nuestro señor a su cabeza, lloraron la muerte de la joven reina, francesa de nacimiento pero española de corazón, quien había dado dos hermosas hijas al rey. Isabel de Valois, envidiada, amada, utilizada, odiada y manipulada por igual por los consejeros del rey, por su propia madre Catalina de Médici, por el rey, y por los médicos, dejaba este mundo para irse con Dios. Con ella se fue toda la dulzura que había dentro del corazón de mi joven amigo. Yo lloré, pero don Juan no derramó ni una sola lágrima durante todos los actos del entierro de la reina. Nunca más volvimos a hablar de Isabel. Con su muerte don Juan dejó de ser un niño y empezó a convertirse en lo que sería pocos años después, el mayor héroe que ha tenido el Imperio español.

Sofonisba se quedó a cargo del cuidado de las dos hijas de la reina. No estaba seguro de volver a verla algún día. Don Juan se retiró durante un tiempo al monasterio de los franciscanos descalzos en Abrojo, situado a media legua de Valladolid. Yo volví a Parma con mi padre, siempre a la expectativa de la actuación del maldito duque de Alba, que tan vilmente nos había privado de fama y gloria en Flandes.

A mis veinticinco años aún no había entrado en combate y ya no aguantaba más. Por suerte llegó una carta de don Juan en abril de 1569. Como era sabido, el día de Navidad los moriscos de Granada se habían sublevado en la región de las Alpujarras. Don Juan de Austria había sido elegido para sofocar la rebelión a pesar de su poca experiencia militar.

9

Las Alpujarras

Un día antes de la Navidad de 1568, en el Albaicín de Granada se había elegido como rey de Granada y Córdoba a don Hernando de Válor, descendiente de la dinastía Omeya y, por lo tanto, de Mahoma, bajo el nombre de Abén Humeya. Como un fantasma que vuelve de entre los muertos, la resurrección del antiguo reino nazarí de Granada fue inmediata: más de ciento cincuenta mil insurgentes se levantaron, de los cuales cuarenta y cinco mil estaban en plenas condiciones de plantar cara a las tropas católicas del rey Felipe II.

Al principio, los ejércitos del rey consiguieron varias victorias, pero pronto saltaron las discrepancias y la desunión. El ejército se había dividido incomprensiblemente en dos cuerpos, dirigidos por dos generales, el marqués de los Vélez, influido por Diego de Deza, y el marqués de Mondéjar. Ante esta situación, el rey realizó un nombramiento que por sorprendente y arriesgado no dejó indiferente a nadie en España y Europa.

En abril, Felipe II nombró general jefe de los dos ejércitos a don Juan de Austria, quien, según me había escrito en las cartas, llevaba desde el mismo día de Navidad de 1568 pidiendo a su hermano ese cargo para poder reprimir la rebelión.

Cuando leí la carta de don Juan contándomelo todo no podía creérmelo, por fin mi gran amigo iba a dirigir un ejército. Además, el rey había permitido a don Luis de Quijada acompañar a su protegido. No podía contar don Juan con mejor ayuda que el viejo castellano. Desde el mismo momento en que conocí la noticia, le comuniqué a mi padre mi deseo de partir a luchar en Granada. Mi padre estaba de acuerdo, pero necesitaba algún tiempo para preparar el viaje.

Don Juan volvió a escribirme contándome que la situación era lamentable: los dos lugartenientes que el rey había puesto a su lado eran Diego de Deza y el marqués de Mondéjar, y ambos se odiaban a muerte. Las tropas eran indisciplinadas y carentes de valor. No eran los temidos tercios que el duque de Alba tenía en Flandes, sino tropas formadas por milicias urbanas sin ningún tipo de experiencia militar. Además el virrey de Granada hacía la guerra por su cuenta.

Don Juan se moría de ganas de entrar en combate, pero Felipe II le rogaba cautela. La carta me tranquilizó porque mi viaje se había retrasado unos días y tenía miedo de llegar demasiado tarde.

Las cosas se complicaron aún más cuando el marqués de los Vélez, a las órdenes de Diego de Deza, dejó caer la plaza fuerte de Serón. Mi amigo tuvo que pedir al rey que le dejara actuar de inmediato o la guerra corría el riesgo de tomar tintes dramáticos. Mientras esperaba una respuesta se reunió con sus generales en el castillo de La Calahorra. El castillo estaba situado estratégicamente, vigilando uno de los pasos desde las Alpujarras a través de Sierra Nevada a las tierras de Guadix. Allí se habían mantenido presas las mujeres de los moriscos de Aldeire, para evitar que sus maridos e hijos se unieran a los de Guenija, Dólar, Jerez, Lanteira y Ferreira, que se habían levantado en armas al paso de los rebeldes. La fortaleza era un edificio de planta rectangular, flanqueado en cada uno de sus ángulos por cuatro torres cilíndricas rematadas por cúpulas. Una muralla protegía el flanco que daba al pueblo, y un cubo para artillería el que vigilaba el paso a las Alpujarras. La robustez de su exterior contrastaba con su magnífico y elegante patio interior. Formado por dos pisos, con una doble galería de delicados arcos, bellas balaustradas de mármol de Carrara y una gran escalera. Había sido construido por orden del marqués de Zenete, don Rodrigo de Vivar y Mendoza, hijo primogénito del todopoderoso cardenal Mendoza. Desde el castillo de La Calahorra, don Juan reordenó sus ejércitos y esperó las órdenes de Su Majestad.

Como la respuesta del rey no llegaba, don Juan se colocó al frente de las tropas e intentó reconquistar Serón.

Una mañana de mayo, el ejército español, apostado sobre las colinas cercanas a Serón, se precipitó sobre la ciudad esperando coger por sorpresa a los moriscos. La ciudad parecía mal defendida, por lo que don Juan pensó que era el momento para atacar. Al entrar en Serón el ejército de don Juan no encontró grandes enemigos. Los pocos moros que allí había se habían refugiado en la iglesia. Así que don Juan mandó atacar la torre con dos cañones que portaban. No fue difícil derribar uno de sus muros, por el que don Juan envió una avanzadilla sin esperar encontrar mucha resistencia. Así fue, por lo que mandó al resto de sus hombres, permaneciendo él con la caballería protegiendo la retaguardia. Mientras, los cañones siguieron disparando, esta vez contra unas casas cercanas de tierra donde parecía refugiarse algún morisco rebelde. Pero cuando los cañones iban a lanzar su segundo ataque, el ejército de don Juan fue rodeado por miles de moriscos que salían de todos los rincones del pueblo. Aquello era una trampa. Habían dejado entrar al ejército cristiano para aniquilarlos en las calles de la ciudad.

La avanzadilla del ejército, unos doscientos soldados de a pie, fue aniquilada por un vendaval de flechas. Los que pudieron protegerse fueron pasados a cuchillo por una multitud de moriscos que aguardaban dentro de las casas. Cuando se dio cuenta de que era una trampa, mandó retroceder al grueso de la infantería, pero ya era demasiado tarde, la infantería no podía ni retirarse ni formar para atacar. Un muro de rebeldes formaban detrás de las tropas cristianas, mientras una multitud avanzaba desde el interior de la ciudad.

Don Juan, al mando de la caballería, permanecía a las puertas de la ciudad, sabedor de que su ejército iba a ser masacrado. Miró a don Luis y este asintió con la cabeza.

—¡Santiago, cierra España!

Contradiciendo lo que el rey le había exigido, máxima precaución para su persona, don Juan encabezó la primera línea de la caballería cuando entraron en Serón, bien arropado por don Luis. Era la única alternativa para salvar a la infantería. Los moros, al ver entrar a la caballería, deshicieron sus líneas, de tal manera que los hombres que encabezaba don Juan llegaron hasta la infantería.

—¡Seguidme! ¡Vamos a salir de este infierno!

Don Juan dio la vuelta con su caballo, al que tuvo que sujetar fuerte por su estribo para que no le derribara. Una vez dominado el animal, le imprimió toda su fuerza, y con la espada bien en alto se dirigió hacia las puertas de la ciudad.

Esta vez los rebeldes no deshicieron el muro, permanecieron asustados pero dispuestos a impedir salir de allí a los cristianos. Don Juan bajó su espada para cortar la garganta de un rebelde, que intentaba derribarlo con una lanza. A continuación dirigió su espada al otro lado, y con la punta dio un estoque en el pecho a otro morisco que se apresuraba a cortar su cabeza con una gran hacha.

Don Juan demostró en combate que era un digno hijo del emperador Carlos V. Abriéndose paso entre un mar de rebeldes, intentó sacar a sus hombres de la emboscada a toda costa. Don Luis le cubría bien la espalda impidiendo que nadie le derribara. El resto de la caballería formó una cuña entre los rebeldes, por donde la infantería intentaba huir de la ciudad.

Moriscos armados con arcabuces tomaron posiciones en la parte de la muralla que protegía la entrada. Pero ya era demasiado tarde para evitar la huida de los cristianos. Para proteger la retirada, don Juan permaneció en las puertas de la ciudad mientras sus soldados huían. Varios rebeldes intentaron derribarle del caballo, pero era mucho soldado para aquellos pobres hombres, y tirando de espada fue manchando de rojo el árido suelo de aquellas tierras.

Hasta que no salió el último de sus hombres no abandonó su posición. Entonces dio una orden a los que fielmente le seguían, y estando la infantería ya lejos del alcance de los proyectiles rebeldes, mandó la retirada.

La mala suerte hizo que cuando se alejaban de la ciudad un proyectil de arcabuz le alcanzara en el casco y del impacto cayó del caballo, estrellándose su cuerpo contra el suelo y golpeándose fuertemente en la cabeza. Permaneció inconsciente unos segundos. Cuando se levantó vio cómo don Luis de Quijada, que había acudido a protegerle, estaba luchando con dos moros. El castellano tiraba de espada con suma elegancia, manteniéndolos a raya. Uno de ellos se dejó llevar por su ímpetu y lanzó una estocada demasiado larga que no alcanzó a don Luis, dejando su retaguardia desprotegida. El castellano le rajó el pecho. Ya ante un solo rival, don Luis se dirigió rápidamente hacia él y en unos segundos le clavó la espada en el estómago y lo remató cortándole la garganta. Entonces otro rebelde, esta vez a caballo, se dirigió hacia ellos. Don Luis permaneció de pie, inmóvil, mientras se acercaba el jinete. Y solo cuando estaba a escasos pasos se fue hacia la izquierda. El moro se dirigió directo hacia él, y cuando fue a golpearle con su espada, don Luis paró el golpe y, a continuación, le cogió de una pierna y lo tiró del caballo. Una vez en el suelo lo remató de una estocada en el pecho.

Don Juan ya se había levantado, y los dos huyeron hacia las colinas. Cuando ya estaban prácticamente fuera del alcance de los rebeldes se oyó un silbido acompañado de un grito de dolor. Don Luis cayó herido. Le habían alcanzado en uno de los puntos débiles de su armadura, en la axila. Era un disparo de arcabuz. Don Juan le cogió de la cintura y pasó el brazo del castellano por su cuello con gran dificultad. El herido sangraba mucho y no podía mantenerse en pie.

—¡Aguantad! ¡Don Luis! ¡Aguantad! —le gritaba don Juan.

—Hijo, tomad.

El castellano sacó de su pecho un crucifijo.

—Lo he rescatado del pueblo. Guardadlo bien, no dejéis que caiga en manos de esos infieles. Protegedlo, y proteged a España y al rey, ambos os van a necesitar.

Arrastrándolo como pudo, alcanzó a dos soldados que los ayudaron a llegar hasta un lugar seguro. Don Luis ya no podía hablar.

Don Juan sacó a la mayor parte de sus hombres vivos de aquella trampa, pero perdió en el ataque más de seiscientos soldados, muchos de ellos capitanes y hombres de cuenta. Antes de llegar al campamento se detuvieron detrás de unas rocas. Don Luis de Quijada murió en sus brazos; esa fue la primera y la última vez que lloró.

La muerte de su protector desató toda su furia y también todo su talento, que no dudó en aprovechar. Se dirigió a tomar Galera, una plaza inexpugnable, rodeada por peñascos y llena de moriscos. Don Juan pretendía arrasar, y si fuera preciso destruir todas las casas, arrancar los cimientos, y sembrarla de sal. Como en su día Roma hizo con Cartago, para que allí nunca más volviera a crecer la vida. Mandó traer la artillería y entró a sangre y fuego en la ciudad, tomando la plaza y ejecutando a los supervivientes. Don Juan empezó a demostrar que se trataba de un militar de una inteligencia y, sobre todo, de un carisma fuera de lugar. Reconquistó una a una las plazas moriscas, sin dar descanso a los moriscos para que se reagruparan. Tal fue su determinación que cuando llegaba a las plazas rebeldes estas empezaron a rendirse sin apenas luchar, temerosos de su fama, que no había hecho más que comenzar. No se detuvo hasta que los moriscos se decidieron a capitular.

Don Juan de Austria ofreció salvar la vida a todos los moriscos que se sometieran a la obediencia de Felipe II, y nombró a caballeros en los distintos partidos para que administrasen y recogiesen a los moros reducidos. Y siguiendo con sus planes de pacificación, encargó a don Juan de Barradas, natural de Guadix, que mediara con los jefes rebeldes. Este escribió al rey moro Abén Aboo y a su general Habaquí y tuvo varias conferencias con ellos en el castañar de Lanteira.

Inicialmente se aceptó una paz generosa con los rebeldes, pero yo estaba seguro de que poco después serían expulsados de España.

Ya era demasiado tarde para ir a luchar, don Juan había precipitado a tal velocidad los acontecimientos que no tuve tiempo de llegar. Me juré a mí mismo que esa era la última vez que se me escapaba una oportunidad así, y le envié una carta excusándome por no haber podido llegar a tiempo de participar en la campaña. Él me prometió que nunca más empezaría una guerra sin mí.

Los restos de don Luis de Quijada fueron trasladados con gran pompa a Villagarcía de Campos por doña Magdalena de Ulloa y se reposaron en el altar mayor de la iglesia de San Luis, al lado del Evangelio, donde su propia mujer pidió ser enterrada cuando también llegara su hora. Sobre su sepulcro se colocó una estatua suya y un epitafio:

Debaxo de este sagrado altar está enterrado el Excmo. Sr. Luis Quijada, Mayordomo del Emperador Carlos V, caballerizo mayor del Príncipe D. Carlos, capitán general de la infantería española, Presidente del Consejo de Indias y Consejero de Estado y guerra del rey D. Felipe II, nuestro señor; Obrero mayor de Calatrava, Comendador del Moral, señor de Villagarcía, Villamayor, Villanueva y Santofimia, fundador de esta capilla y hospital, murió peleando contra los infieles, como lo avía deseado, a 25 de febrero año de 1570. No tuvo hijos, dexó su hacienda a los pobres y obras pías; feliz en todo, mucho más en que estas se cumpliesen con la piedad, liberalidad y fidelidad con que la Excma. Sra. D.ª Magdalena de Ulloa, su mujer, lo cumplió.

Pasé unos días duros en Parma. La furia me comía por dentro, don Juan había combatido en las Alpujarras con suma valentía y demostrando unas indudables dotes de mando. María intentaba calmarme.

—Alejandro, no te castigues. Habrá más batallas donde luchar. Por desgracia, las guerras abundan en estos tiempos.

—Sí, pero don Juan ya ha entrado en combate, y al mando de un ejército.

—Yo estoy segura de que el destino te tiene preparado grandes batallas, solo debes tener paciencia.

—¿Paciencia? Llevo toda mi vida esperando.

—Nuestro hijo nacerá pronto.

—¿Y si es una niña? —le pregunté.

—Será un niño.

—¿Cómo lo sabes?

—Lo sé —dijo María muy segura.

—Lo siento, María. Tienes razón.

No podía contradecir a mi mujer, era tan dulce que no podía resistir verla triste, y menos por mi culpa. Así que intenté no hablar mucho de mis aspiraciones delante de ella. Había otras personas que podían comprenderme mejor. Mi padre conocía mis sentimientos y mis inquietudes, y yo creo que hasta las compartía.

—Alejandro, sé que deseabas ir a luchar a Granada, pero nada tenías que ganar en aquella guerra —me dijo mi padre durante un paseo a caballo.

—Nada decís, padre. Don Juan ha luchado valientemente contra los musulmanes y los ha derrotado —le repliqué yo.

—Sin duda ha vencido a sus enemigos, pero dime, ¿quiénes eran estos?

—No os entiendo, padre.

—Eran labradores y campesinos, moriscos, musulmanes convertidos sin pocas convicciones, con mucho que perder y poco que ganar.

Yo asentía con la cabeza.

—¿Dónde ha luchado? En el interior de España, y ¿cuál era su ejército?

Permanecí callado.

—Unas milicias mal entrenadas, nada que ver con tercios. Hijo mío, no te van a faltar ocasiones en las que luchar.

—Pero, padre, todavía no he entrado en combate.

—Lo sé, y te entiendo, créeme. Pero tu momento se acerca, el tuyo y el de don Juan. Se acercan tiempos difíciles para la cristiandad. La Contrarreforma que salió del Concilio de Trento no está consiguiendo los resultados esperados en Europa. Los turcos, con la muerte de Solimán el Magnífico y la subida al poder del nuevo sultán Selim II, pronto empezaran a moverse. Has de saber, hijo, que todo nuevo sultán está obligado a incorporar una nueva conquista al Imperio turco.

Intenté pasar el mayor tiempo posible con María y mi hija Margarita antes de que naciera mi segundo hijo, sabedor que dentro de poco partiría de Parma y que seguramente tardaría mucho en volver. Por fin María dio a luz, y como todos esperábamos fue un niño, de nombre Ranuccio. Una vez que ya tenía un hijo varón, nada me impedía abandonar Parma y centrarme en mi carrera militar. Solo esperaba que durante mi ausencia, Ranuccio y Margarita crecieran fuertes y que María siguiera tan hermosa como siempre.

Estábamos ya en enero del año 1570 y la situación en el Mediterráneo empezaba a cambiar, se anunciaban tiempos difíciles. En Italia, desde el Vaticano, el nuevo sumo pontífice, un hombre de ochenta años que había sido elegido para sorpresa de todos en el cónclave de 1566, hablaba de la defensa de la cristiandad, de la unidad, del enemigo común. Exaltaba a los Estados italianos, principalmente a Venecia, a luchar contra los infieles. Su energía era increíble, sobre todo a tenor de su avanzada edad.

Hacía lustros que un Papa tan enérgico no se sentaba en el trono de san Pedro. La cristiandad empezaba a despertar de su largo letargo, tras la dura época de la Contrarreforma, que tantos esfuerzos había consumido.

La situación general en Europa empezaba a mejorar, más ahora que el duque de Alba había terminado con la rebelión de Flandes. Solo hacía falta alguien que nos guiara, un héroe que fuera el paladín de la cristiandad, un general para los ejércitos de Dios.

SEGUNDA PARTE

Relación de personajes

Pío V, Papa de 1566 a 1572.

El cardenal Granvela, enviado en Roma de Felipe II y virrey de Nápoles, sobrino del ya fallecido cardenal Granvela que sirvió a mi madre.

Selim II, sultán turco desde 1566, hijo de Solimán el Magnífico.

Andrea Doria, almirante genovés al servicio de Felipe II.

Marco Antonio Colonna, capitán general de la flota pontificia del papa Pío V.

Veniero, capitán general de la flota veneciana.

Conde de Priego, mayordomo de don Juan de Austria.

Luis de Requesens, amigo de Felipe II, embajador en Roma, combatiente en Lepanto y gobernador general de los Países Bajos.

Barbariego, segundo capitán de la flota veneciana.

Uluch Alí, virrey de Argel, renegado calabrés.

Mohamed Sirocco, virrey de Alejandría.

Alí Pachá, comandante jefe de la flota otomana.

Don Juan de Cardona, almirante español.

Don Álvaro de Bazán, almirante español.

Lope de Figueroa, capitán de los tercios.

Escobedo, secretario de don Juan de Austria.

Antonio Pérez, secretario de Felipe II.

Guillermo de Orange, líder de los rebeldes flamencos.

Gregorio XIII, Papa desde 1572.

Octavio Gonzaga, capitán de los tercios.

Eschifinatti, espadachín y soldado de los tercios.

10

La Santa Liga

Genízaros valientes
de Marte belicosos descendientes
de Alá, azote arrogante,
rayos de Europa, soles de Levante,
que de las turcas lunas
habéis adelantado las fortunas,
cuyos corbos alfanjes
fueron cometas del Danubio al Ganges,
hoy bajáis siendo dueños
de tantas alabanzas como leños,
del mar con el tridente
a castigar la armada de poniente
y su pretesto loco con Luchali Baja,
Piali y Sirocco,
Vuestros tres generales del sol
Antorchas y de Alá fanales.

Luis Vélez de Guevara (1579-1644),
El águila del agua, palabras del
corsario calabrés Uluch Alí

En enero de 1570 Felipe II y la archiduquesa Ana de Austria firmaron las capitulaciones de su matrimonio. La futura reina había nacido en Castilla, cerca de Valladolid, en Cigales. Era hija del emperador Maximiliano II, primo de Felipe II, y de la emperatriz María de Austria, hermana del propio Felipe II. La consanguinidad era tan acusada que provocó que el papa Pío V mostrara sus reservas respecto a este enlace, pero finalmente otorgó la necesaria dispensa. La boda se iba a celebrar por poderes, y tendría lugar en el castillo de Praga en mayo de aquel año. El rey no tenía ningún hijo varón tras la muerte del príncipe Carlos. En caso de fallecimiento del rey, había una sola persona que podría reclamar el trono con suficiente legitimidad, y a la vez con la necesaria inteligencia y preparación como para salvar a España de la crisis sucesoria, y ese era don Juan.

Las Alpujarras habían resultado una gran campaña, pero a la vez había puesto de manifiesto una situación muy preocupante. ¿Cómo había sido posible que hubiéramos tenido una rebelión de tal magnitud en nuestro propio suelo? Si no podíamos contener a los infieles en nuestra propia casa, ¿cómo pretendíamos hacerles frente en el Mediterráneo? Un mar que ya no nos pertenecía. Ya nadie se atrevía a plantar cara a los turcos en mar abierto, todo eran derrotas. En tierra firme, los tercios eran invencibles, pero en la mar éramos un juguete ante la enorme Armada otomana. Y no lo digo solo por los reinos de España; venecianos y franceses sufrían igual que nosotros el acoso constante de los corsarios musulmanes, si bien los franceses mantenían contactos diplomáticos con la Media Luna. El Mediterráneo se había convertido en un nido de ratas que había que limpiar. ¿Qué hubiera sucedido si los moriscos rebelados en Granada hubieran recibido refuerzos del rey de Argel o del propio sultán turco? ¿Hubiéramos sido capaces de detenerlos? ¿Quién les impedía desembarcar en Sicilia, Nápoles, Mallorca, Cerdeña, Malta, Chipre o cerca de la propia Roma?

En febrero acudí a Roma por petición expresa de mi padre. Si mi padre me había llamado ir a Roma para reunirme con él, debía de ser por algo importante. Acudí al palacio que teníamos cerca de la plaza Navona, en el Campo de'Fiori, muy próximo al río Tíber, herencia de mi bisabuelo Paulo III. Había sido su residencia cuando todavía era cardenal y los romanos lo llamaban, comúnmente, el palacio Farnesio. No había estado nunca allí, pero cuando llegué no me sorprendió la armonía y serenidad del inmueble. La fachada tenía muy pocos vanos y apenas ornamentación. El acceso era a través de una puerta formada por un sencillo arco de medio punto. Al llamar, uno de los criados me abrió y me condujo a través de un gran patio interior rodeado por columnas con capiteles decorados con motivos vegetales hasta la sala donde esperaba mi padre.

Era un elegante salón, con una gran chimenea en el fondo, y un mobiliario bastante austero. Cuando me vio se acercó rápidamente con cara de gran excitación. Sin duda, tenía algo muy importante que decirme.

—Alejandro, he recibido una carta del supremo pontífice, Pío V, preguntándome sobre un buen amigo tuyo —dijo mi padre sin muchos preámbulos—, don Juan de Austria.

—¿Por qué?

—¿Sabes que el papa Pío V ha renovado el subsidio a las galeras españolas?

—Sí, toda Europa lo sabe.

—Hoy enviará un mensaje a nuestro rey Felipe II. El Papa está preparando una coalición para enfrentarse de una vez a los turcos, derrotarlos en la mar y acabar con sus ataques a las costas cristianas. Quiere asestarles un golpe mortal, ¡quiere cambiar la historia, Alejandro!

Mi padre hablaba con un fervor y una pasión inusual en él. Parecía más convencido y entusiasmado de los planes del Papa de lo que podía estarlo el propio Pío V.

—Una gran coalición, ¿con qué Estados? —pregunté.

—Con Venecia...

—Padre, Venecia nunca...

—Venecia luchará —continuó mi padre.

—¿Cómo estáis tan seguro? —insistí.

Antes de responderme, se dirigió hacia una de las sillas del salón y reposó su cuerpo en ella.

—Me han informado de que el sultán ha enviado un representante a la República para ser recibido en audiencia —respondió.

—¡Claro! Para presionarlos, los turcos y los venecianos nunca entrarán en combate.

—Te equivocas, Alejandro —dijo muy seguro de sí mismo.

—¿Por qué? Hace más de treinta años que Venecia y los turcos están en paz. Los venecianos no romperán esa paz, no es buena para su comercio —continué.

—El nuevo sultán no es como el gran Solimán el Magnífico, pero quiere serlo. ¿Recuerdas lo que te dije una vez? Todo sultán necesita justificar su reinado con una gran conquista. ¿Sabes cuál será la de Selim II?

—¿Cuál? ¿Malta? Ya lo intentaron y...

—Chipre —afirmó mi padre.

Chipre no era Malta, los venecianos bajo ningún pretexto entregarían Chipre a los turcos. Pero, por otro lado, sus comerciantes inundaban Constantinopla con sus productos.

Sus barcos eran los únicos que se movían por aguas turcas, el comercio con Oriente era la clave de su gran fortuna. No les sería fácil entrar en combate contra ellos.

—Pío V se va a encargar de que los venecianos no tengan dudas en declarar la guerra a los turcos —continuó explicándome mi padre.

—¿Y para que me habéis llamado? ¿Qué quieren de don Juan?

—El duque de Alba ha aplastado la rebelión en Flandes, ¿verdad?

—Sí, eso me ha transmitido el embajador de España.

—Pío V quiere unir en esa coalición a la República de Venecia, y a los reinos de España. Él mismo aportará galeras y hombres, firmará bulas y reconocimientos, y, lo más importante, financiará parte de los gastos.

—Es complicado, padre. Nuestro rey Felipe II no accederá fácilmente, además Francia...

—El Papa también se encargará de Francia. Felipe II ha aprendido con los años, ya no es tan dubitativo después del desastre de Yerba. Además, tras lo ocurrido en las Alpujarras sabe que necesita pasar a la acción frente a los turcos o pronto se los encontrará en las costas de Levante. Ya ha empezado a formar «tercios de galeras».

—¿Tercios en la armada? —pregunté.

—Sí, son escuadras de cincuenta soldados fijos por cada galera, que tienen que dormir cerca de sus naves. Es un paso importante hacia una armada estable, lo que siempre ha necesitado España.

—Pero seguís sin contestarme. ¿Por qué el sumo pontífice pregunta por don Juan?

—Alejandro, estamos hablando de formar la mayor armada de la historia, del enfrentamiento más importante de nuestros tiempos. De derrotar a los infieles.

—Lo sé, pero...

—La coalición necesitará un jefe, alguien capaz de dirigir la mayor flota jamás formada. De dialogar con los almirantes, de tener bajo su mando hombres de diferentes Estados, que hablan distintas lenguas, pero que están unidos por la misma fe.

Yo permanecía en silencio mientras escuchaba a mi padre, a quien nunca había visto tan emocionado como aquel día.

—Hijo mío, el pontífice desea ver a don Juan de Austria. El Papa ha oído hablar de sus acciones en la guerra contra los moriscos. Pío V quiere que don Juan dirija la Santa Liga.

Me quedé asombrado ante las palabras finales de mi padre.

Pío V no era como los anteriores papas, Felipe II y sus secretarios no sabían cómo comportarse con él. No era un papa político como sus antecesores, era un santo, y eso confundía tanto a españoles como a franceses. Si había sido capaz de excomulgar a Isabel I, qué no se atrevería a hacer. No puedo expresar lo que sentí al oír aquellas palabras salir de la boca de mi padre. Don Juan iba a dirigir una poderosa coalición cristiana contra los turcos, ¡por fin íbamos a entrar en guerra contra ellos en el Mediterráneo!

El Papa era ya un hombre muy mayor, alto como un árbol, delgado, casi esquelético, de nariz aguileña, con una barba blanca que le caía hasta el pecho, muy deteriorado por el paso de sus muchos años. Solía rezar arrodillado sobre las frías baldosas del altar de su austera cámara y siempre vestía con el hábito dominico. Aquel día, el anciano pontífice pasó a rezar al gran oratorio próximo a su cámara, donde sobre la pared resaltaba sobremanera la famosa Madonna de Fra Angélico. Frente al altar se hallaban cuatro reclinatorios, donde se disponían los cuatro prelados, con blancos roquetes sobre las cabezas, sotanas de color violeta y estolas sobre su cuello. Pío V se arrodilló delante del Evangelio y acto seguido hizo un gesto a los prelados. Estos se acercaron y le colocaron con suma delicadeza los ornamentos para celebrar la Santa Misa. Pausadamente, fue leyendo el Evangelio hasta llegar al de san Juan. Allí la serenidad con que el anciano leía las santas palabras se transformó en una lectura más reflexiva y profunda. El tono de su voz cambió, como si ya no fuera él mismo el que hablara y su débil cuerpo sufrió un súbito temblor.

—*Fuit homo missus a Deo, cui nomen erat Ioannes.*

Pío V se volvió hacia la imagen de la Virgen pintada por Fra Angélico y mirándola fijamente le preguntó:

—¿*Fuit homo missus a Deo, cui nomen erant Ioannes?*

Los prelados observaban asombrados lo que allí estaba aconteciendo, y cómo el anciano preguntaba a la Virgen con el mismo rostro que un niño pregunta a su madre.

Entonces volvió a repetir por tercera vez aquella frase, si bien lo hizo ya con su propia voz y de una manera decidida y firme.

—*Fuit homo missus a Deo, cui nomen erant Ioannes.*

Después se retiró a la oración y la penitencia tres días consecutivos.

Al cuarto día, el vicario de Cristo en la tierra mandó llamar a los cardenales Granvela y Pacheco, y a don Juan de Zúñiga, que eran los delegados del rey de España, y a los embajadores de Venecia.

Se reunió con todos ellos delante de la Madonna de Fra Angélico.

—Ya he elegido quien será el generalísimo de la Santa Liga —les dijo el sumo pontífice.

Era difícil comprender de dónde podía sacar aquel débil anciano la fuerza para hablar con aquella templanza.

—Hubo un hombre enviado por Dios, que se llamaba Juan.

El cardenal Granvela y el resto de diplomáticos se miraron unos a otros, extrañados por las palabras del sumo pontífice.

—El generalísimo de la Santa Liga será el español don Juan de Austria.

El silencio se hizo en el oratorio, ante la alegría de los españoles y el gesto torcido de los venecianos, que no iban a tardar en plantear problemas ante tal decisión. Sin embargo, allí había alguien dispuesto a detenerlos. El cardenal Granvela era un famoso hombre de Estado, con ya más de cincuenta años a sus espaldas pero que todavía conservaba su noble e importante presencia. Tenía una barba blanca y larga, muy similar a la de Pío V, aunque la suya estaba mucho más cuidada. Vestía con ricas y elegantes prendas, y demostró el porqué de su reputación de gran político, adelantándose a los venecianos.

—Santísimo Padre... ¿A pesar de sus veinticuatro años? —preguntó el cardenal Granvela, sacando el tema de forma mucho menos beligerante de lo que hubieran hecho los venecianos.

—A pesar de sus veinticuatro años —respondió Pío V.

Desde aquella revelación, los acontecimientos se sucedieron a una velocidad sin precedentes en aquellos años, sobre todo bajo el reinado de Felipe II. El Papa envió a su nuncio a la República de Venecia antes de que el enviado del sultán, Oubat, llegara con su petición de que la Serenísima entregara Chipre alegando derechos históricos sobre la isla.

Como yo predije, Venecia no podía aceptar tal ofensa, pero tampoco renunciar a su comercio con el Imperio otomano. El Papa demostró lo que mi padre ya me había asegurado, que era un ser extraordinario. Con suma inteligencia hizo que su nuncio presionara al Senado de Venecia como nunca, concediéndole diezmos sobre el clero veneciano para financiar la guerra.

El 27 de marzo, Oubat, en representación del sultán Selim II, pidió formalmente la entrega de Chipre en el Senado de Venecia. La votación fue durísima, treinta años de paz y comercio pesaban demasiado como para declarar una guerra. Pero hay ocasiones en que un Estado debe demostrar que realmente lo es, y defender su independencia y a sus súbditos, aunque el enemigo sea infinitamente mayor y más poderoso. El Senado de Venecia, en la votación más importante de su larga historia, y por un pequeño margen de doscientos veinte a ciento noventa y nueve votos, eligió resistir y luchar. La noticia corrió como la espuma por las calles de Venecia. La gente se concentró en la plaza de San Marcos, el Gran Canal se inundó de góndolas, los gritos de ánimo de los venecianos se oyeron en toda Italia. ¡Venecia luchará!

Pronto las otras ciudades de la República, Verona, Vicenza, Treviso y Padua, siguieron a la capital en las celebraciones. Además, se realizó un importante envío de refuerzos a Chipre. La movilización de la poderosa flota veneciana se inició al momento. El gran general Veniero fue confirmado como comandante jefe de la flota y Barbariego como su segundo. En poco tiempo, la República de Venecia puso al máximo de su funcionamiento El Arsenale, el gran astillero veneciano, la octava maravilla del mundo. En cuestión de meses, la Serenísima reunió sesenta imponentes y hermosas galeras de guerra, además de seis inmensas galeazas, auténticos castillos flotantes con una fuerza de fuego incomparable en todo el mundo conocido. Venecia estaba lista.

El Papa sabía que la clave del éxito de su proyecto era precipitar los acontecimientos con la mayor velocidad posible, sin dar tiempo a Felipe II a pensar. Había que conseguir a toda costa, rápidamente, la anexión de España a la Santa Liga, y después realizar todos los preparativos con la máxima celeridad. Pío V envió a su confidente personal, el clérigo español Luis de Torres, persona muy influyente en el consejo de gobierno de Felipe II, a presionar al rey. Cuando el rey solicitó el consejo de su embajador en Roma, don Luis de Requesens, este también le aconsejó apoyar al Papa. Por si fuera poco, el pontífice mandó de inmediato formar una flota pontificia con las galeras de la Toscana y construir nuevas embarcaciones en Ancona, que estarían listas para los inicios del año siguiente. Marco Antonio Colonna, condestable de Nápoles, uno de los más famosos generales de infantería de la época, sería el comandante jefe de la flota pontificia.

Luis de Torres hizo bien su papel. Con claras instrucciones de Pío V, leyó en Madrid, delante de Felipe II y todos sus ministros, la carta del Papa.

—Ha de saber Su Majestad que una de las principales razones que ha llevado al turco a romper con los venecianos es que cree que se encontrarán solos, sin la posibilidad de aliarse con vuestra majestad, ya que está ocupado con la rebelión de los moros de Granada y que no puede hacer frente a ambos —leyó Luis de Torres.

En efecto, el sultán Selim II contaba con que los acontecimientos de Granada le protegerían de Felipe II, pero no contaba con la fuerza de Pío V, quien supo ver precisamente en la rebelión de Granada la excusa para despertar el viejo espíritu de cruzada contra el islam de España, dormido desde el final de la Reconquista.

—Majestad, las defensas fronterizas de Venecia en el Mediterráneo son en último extremo las de la propia España

—continuó explicando Luis de Torres ante un Felipe II que le escuchaba atentamente—. Es más, el pontífice está dispuesto a dar un subsidio de cuatrocientos mil ducados para financiar la cruzada contra los turcos

Sin duda, Luis de Torres expuso un argumento difícil de rechazar por Felipe II, el dinero.

El rey, como era costumbre, tomaría su tiempo para meditar la situación antes de dar una respuesta. Se retiró a su despacho del Alcázar Real y los días siguientes los pasó revisando las obras de El Escorial.

Ocho días después de la visita de Luis de Torres, delante del retrato ecuestre que Tiziano pintó de su padre, el emperador Carlos V, en la batalla de Mühlberg, Felipe II tomó posiblemente la decisión más difícil de todo su reinado y ante la situación de paz que había conseguido con mano de hierro el duque de Alba en los Países Bajos y la momentánea tregua con Francia. Su Majestad accedió a la formación de la Santa Liga.

Hasta el 25 de mayo no se formalizó oficialmente la Liga y se le entregó el mando a don Juan. La proclamación se realizó en la basílica de San Pedro del Vaticano. Pío V, desde uno de los balcones del templo ante la mirada de miles de fieles, confirmó la alianza militar que se disponía a luchar contra el islam y pidió la ayuda de todos los reyes, príncipes, nobles, caballeros y soldados de la cristiandad, repitiendo las mismas palabras: «*Fuit homo missus a Deo, cui nomen erant Ioannes*».

El eco de la llamada se escuchó en todos los rincones de Europa. No era una llamada cualquiera, venía de un santo, del vicario de Dios en la tierra. Pío V escribió urgentemente una carta a don Juan notificándole oficialmente su nombramiento, y ordenándole que se trasladara de inmediato a Italia para organizar la Santa Liga. Y una gran recompensa: le prometía el primer reino que se conquistara al turco.

Después de la gran labor que había realizado Luis de Torres, Pío V envió a su legado a la corte de Madrid con un regalo. El legado fue recibido en el convento de Atocha por Ruy Gómez de Silva, por los cuatro archiduques de Austria, hijos de la cuarta mujer de Felipe II, doña Ana, y por don Juan de Austria. El legado, por orden expresa de Pío V y ante la sorpresa de toda la corte de los Austrias, trató a don Juan con el título de alteza, que el rey no le había concedido.

El legado le entregó el regalo, era una espada, el arma invencible del Arcángel, bendecida por Pío V. Al día siguiente el legado y don Juan de Austria recorrieron Madrid para alegría de sus habitantes, desde el Hospital de Antón Martín, subiendo por la calle de Atocha hasta la plaza donde se había preparado un tablado. Desde allí el legado, rodeado de prelados, caballeros y monseñores, presidió una procesión de cofradías, religiosos y parroquias. El rey llegó al mismo tiempo en una hermosa carroza, seguido de su guardia española y tudesca. Y se encontró con el legado al que dio la bienvenida en el nombre de Dios y de España. Después se dirigieron a la iglesia de Santa María para cantar el tedeum. La visita del legado ratificó el nombramiento de don Juan como generalísimo de la Santa Liga, y acabó con las dudas del rey, a la vez que infundió un ánimo inusitado en la población de Madrid, que veía marchar al hermano del rey al mando de la flota española rumbo a luchar con el turco.

Yo por mi parte envié una carta al rey pidiéndole autorización para tomar parte en la Santa Liga. Pero el rey, que me había protegido toda mi vida, volvió a negarme la oportunidad de participar en un conflicto armado. Felipe II siempre nos había protegido a don Juan y a mí, y precisamente ahora que había dado a don Juan la oportunidad, primero en las Alpujarras y ahora en la Santa Liga, pensaba que también me daría una a mí. Estuve toda la noche mirando la carta de negativa del rey en mi dormitorio del palacio Farnesio de Roma.

—Alejandro.

Mi padre entró en la habitación con un candil en su mano. No dijo nada, esperó a que yo hablara primero.

—¿Por qué esta negativa del rey? ¿Acaso no confía en mí?

—Todo lo contrario. Por eso mismo, no quiere exponer a todos los príncipes de los diferentes ducados y estados hispánicos a tan grave peligro.

—Yo debo ir, es mi destino estar en la Santa Liga.

—El rey no quiere que te unas al ejército de don Juan, pero dudo de que te lo impida si lo haces.

—¿Qué queréis decir?

—Que las palabras del rey son más un deseo que una realidad, Alejandro. —Por primera vez mi padre me miraba lleno de orgullo, no hacía falta que siguiera hablando.

Su Majestad sabía que después de nombrar a don Juan jefe supremo de la armada de la Santa Liga, yo acudiría sin dudarlo a combatir a su lado. Los nombres de don Juan de Austria y Alejandro Farnesio se pronunciarían juntos en la guerra frente a los turcos.

A la mañana siguiente acudí a hablar con mi padre acerca de los pasos a seguir. Ante mi firme decisión, recibí su total apoyo. Él veía en la situación una gran oportunidad para el ascenso político y me informó de que don Juan de Austria había salido hacia Génova el día 20 de julio. Ese mismo día inicié los preparativos para mi partida. Lo primero fue elegir a los hombres que me acompañarían. Todos ellos eran jóvenes ansiosos de luchar y conseguir gloria. Como yo, llevaban años esperando entrar en combate y su lealtad hacia mi persona, hacia don Juan y hacia el rey de España estaba fuera de toda duda. Acudí a Parma para despedirme de mi mujer y de mis hijos Margarita y Ranuccio, que ya tenían tres y un año de edad. Mi hijo era un niño fuerte y hermoso, en el que tenía puestas muy altas esperanzas. Margarita me recordaba mucho a mi madre. Esperaba grandes cosas de ambos. Pero para ello debía dotar al ducado de Parma de mayor fama y territorios. Precisamente por mi hijo y por el futuro de los Farnesio era urgente que participara en la Santa Liga.

Unas doscientas personas salieron conmigo rumbo a Génova. El viaje fue rápido y llegamos el día 27 de julio a la república italiana, firme aliada de España y fortín de Andrea Doria. Allí, en el puerto de Génova me estaba esperando mi amigo don Juan. Describir lo que sentí en esos momentos es muy difícil, por no decir imposible. Qué se siente cuando te encuentras con tu mejor amigo, que además es tu tío, con el que has vivido durante años, creciendo y anhelando un sueño que estaba a punto de cumplirse.

—Alejandro, pensé que ya no vendríais.

—No pienso dejar que os llevéis vos solo toda la gloria de nuevo —le dije bromeando.

—Me temo que esta vez habrá enemigos de sobra para todos.

—Es la ocasión que llevamos tantos años esperando.

—Lo sé, viejo amigo, lo sé muy bien —me aseguró don Juan mientras nos abrazábamos.

Don Juan me admitió de inmediato en el consejo de guerra de la armada y pronto me confiaría una difícil y secreta misión.

Antes de llegar a Messina, donde nos encontraríamos con el resto de la armada, era necesario preparar un detalle muy importante. La entrada en Messina no podía ser arbitraria. Era uno de los momentos claves para el futuro de la Santa Liga; allí los capitanes venecianos y pontificios nos recibirían con recelos, era necesario dar un golpe de mando y demostrar que don Juan era el generalísimo de la Santa Liga. Y no solo había que impresionar a los capitanes y almirantes italianos, también había que infundir el ánimo en todos los hombres de bien que habían acudido a la llamada de Pío V dispuestos a morir luchando contra el turco.

El sumo pontífice envió a Nápoles el estandarte de la Santa Liga, que debía ondear en la capitana, así como el bastón de mando de generalísimo bendecido por Pío V y que trajo en persona el cardenal Granvela.

En la iglesia de Santa Clara del convento de los franciscanos, en Nápoles, fuimos recibidos por el cardenal Granvela, que vestía con su habitual elegancia y su imponente porte, que no menguaba a pesar de los años. Acudimos al encuentro con traje de guerra, lo cual impresionó mucho a los presentes, ya que no era habitual ir vestido así a un encuentro eclesiástico. Pero aquello no era ningún acto religioso. Don Juan iba a recibir el estandarte, insignia de la cristiandad, que debía ondear en lo alto del mástil de la galera capitana el día de la batalla, por lo que no tenía ninguna intención de acudir vestido de cortesano así que además del traje de guerra portaba sobre su cuello el collar de la Orden del Toisón, un vistoso penacho con los colores de la Santa Liga y la espada de Pío V.

El cardenal Granvela en persona trajo el estandarte hasta nosotros. Era de gran tamaño, no en vano debía colocarse en una galera. Era azul con grandes borlas y cordones gruesos de seda; tenía bordado en la parte central un crucifijo, rodeado de arabescos de seda y oro. A los pies del crucifijo estaban representadas las armas del Papa, junto con la del rey de España a la derecha, las de la República de Venecia a la izquierda y las de don Juan de Austria debajo, unidas todas ellas con cadenas de oro bordadas, representando la unión de la Santa Liga. El bastón de mando también tenía una alta carga simbólica, estando formado por tres bastones unidos con una cinta de oro y guarnecidos de piedras preciosas, y donde estaban representados los escudos de armas del Papa, del rey de España y de la República de Venecia.

Antes de recibir ambos preciados objetos, el cardenal Granvela ofició una solemne misa. Al terminar, don Juan subió al presbiterio y se arrodilló ante el altar. El cardenal Granvela le puso en sus manos primero el bastón y después el estandarte, y a continuación dijo unas palabras:

—Tomad, dichoso príncipe, la insignia del verbo humanado. Tomad la viva señal de la Santa Fe, de la que en esta empresa sois defensor. Él os dé la victoria gloriosa del enemigo impío y por vuestra mano sea abatida su soberbia.

La multitud que se encontraba en la iglesia estalló de alegría en un único grito.

—¡Amén!

Tras la misa salimos en procesión hacia el puerto, primero el santo estandarte y detrás don Juan con el bastón de generalísimo en la mano derecha. Yo marchaba detrás de él con la espada desenvainada al igual que el resto de la comitiva militar, con el pretexto de defender la insignia de la Santa Liga. A mi lado cabalgaba también el cardenal Granvela, que estaba visiblemente emocionado. Había sido uno de los principales valedores de esta alianza y de la elección de don Juan como generalísimo.

Al llegar al puerto, don Juan me hizo un gesto y acudí pronto a su lado.

—Debemos ondear el estandarte en la popa de la galera —me dijo don Juan.

—Ahora mismo —le respondí.

Fui hasta el jinete que tenía el estandarte y le ordené al caballero que me lo entregase. Después subí a la galera y se lo di al marinero que sujetaba la soga con la que debía izarse el estandarte.

—¡Subidla! —ordenó don Juan.

El marinero tiró con fuerza para hacerlo subir hacia el cielo ante la mirada de don Juan, que seguía sujetando el bastón de mando.

A la una de la tarde una sublime salva de artillería y arcabuces recibía al estandarte de la Santa Liga.

Finalmente ya estábamos preparados para reunirnos con el resto de la flota en Messina.

11

Messina

El 23 de agosto a media mañana divisamos a lo lejos la costa siciliana. Dos torres vigías nos hicieron señales luminosas.

—No respondáis —ordenó don Juan.

—Excelencia, ¿no queréis anunciar nuestra llegada? —preguntó uno de los capitanes.

—¿Acaso pensáis que una flota así necesita ser anunciada? ¡Navegad a toda vela hacia el faro!

La actitud de don Juan provocó la alarma en Messina. Colonna y Veniero, al mando de las flotas pontificia y veneciana respectivamente, llevaban días esperándonos. Veniero, que había anhelado con entusiasmo su elección como generalísimo de la Santa Liga, había sumado a su enfado inicial el de los días esperando nuestra llegada. El veneciano era un hombre muy fiero a pesar de sus setenta años y, alarmado por la presencia de una flota desconocida, temió que se tratara de la propia Armada turca. Por lo que tanto los venecianos como los pontificios salieron a nuestro encuentro preparados para entablar combate.

A dos millas de la entrada del estrecho nos encontramos las tres flotas; la preocupación veneciana y pontificia se convirtió en una enorme alegría. La galera de Colonna fue la primera que se acercó a nuestra galera capitana, la *Real*. El capitán pontificio subió con una gran sonrisa en su rostro. Marco Antonio Colonna era alto y esbelto, de porte muy distinguido, rostro ovalado, poco pelo y largos bigotes canosos. Su aspecto engañaba a su edad, ya que solo tenía treinta y cinco años.

—¡Menudo susto nos habéis dado! ¡Pensábamos que erais los mismísimos turcos los que se acercaban! —exclamó Colonna.

—¡Esos cobardes! ¡No digáis tonterías! —respondió don Juan.

Ambos rieron.

—Es un placer veros, excelencia, estábamos preocupados por vuestro retraso —dijo en tono más serio el capitán pontificio.

—Ahora que estamos todos juntos, lo que nos debe preocupar es el enemigo. Debemos estar preparados para zarpar lo antes posible —explicó don Juan.

Mientras Colonna y don Juan hablaban, el capitán veneciano también subió a la *Real*. Veniero, menos proclive a mostrar sus sentimientos en público, y todavía disgustado, no fue tan propenso en alabanzas como Colonna. Pero al ver las tres flotas por fin juntas, un brillo especial apareció en sus ojos. Incluso el viejo almirante veneciano pensó que con aquella poderosa armada reunida quizá sí fuera posible derrotar a los turcos.

—Ya habéis llegado. ¡Más vale tarde que nunca!

—Si veis nuestra flota, entenderéis que la espera ha valido la pena, ¿no? —dijo don Juan, señalando todas las galeras que había conseguido traer.

—No hay duda de que es una gran armada —afirmó Veniero antes de volver a embarcar en su galera.

Colonna también abandonó la *Real*. Las tres flotas, por fin unidas, se dirigieron a puerto.

A la llegada a Messina, como había predicho don Juan, la Santa Liga no necesitó ser presentada. Entramos bajo un espectacular arco de triunfo que se había construido expresamente para la ocasión. Formado por tres cuerpos, y tres arcos por cada frente, y nada menos que veintiocho columnas que separaban los nichos y repisas donde reposaban estatuas, emblemas e inscripciones, que adornaban aquella maravillosa construcción. El arco de triunfo se internaba en el mar y estaba rematado por una colosal estatua de don Juan con los derrotados moriscos de Granada a sus pies.

Cuando la Santa Liga llegó a puerto todo el pueblo explotó de júbilo. La esperanza se sumó a la alegría y a la impresión de ver la más poderosa flota que la cristiandad hubiera poseído nunca. Eran ya demasiados años sufriendo el acoso turco, mirando siempre al mar desconfiados por si los barcos que se acercaban eran cristianos u otomanos. Rezando a Dios para que enviara a un salvador, un capitán al mando de un ejército que los liberara del peligro. Y por fin hubo un hombre enviado por Dios, que se llamaba Juan.

Ese mismo día debía celebrarse el primer consejo de guerra con la flota de la Santa Liga ya al completo.

—Hoy no celebraremos el consejo —dijo don Juan.

El conde de Priego, Luis de Requesens y yo le miramos extrañados.

—Solo nos reuniremos para saludar a los almirantes aliados —continuó.

—¿Por qué? —preguntó Luis de Requesens.

—Prefiero esperar a la llegada del nuncio de Roma, que seguro fortalecerá mi autoridad frente al resto de almirantes. No debemos olvidar las reticencias de algunos de ellos respecto a mi mando, especialmente de Veniero.

Las explicaciones parecían muy acertadas.

—No os olvidéis de Andrea Doria; el genovés, aunque firme aliado de España, es un almirante complicado de dominar —recordó el conde de Priego.

—Y también uno de los mejores —continuó don Juan—. No debe asustarnos que los mejores almirantes de la cristiandad estén con nosotros, sino todo lo contrario. Cuantos más y mejores seamos, más posibilidades tendremos el día de la batalla.

Esperamos varios días la llegada del nuncio de Roma. Aproveché para escribir cartas a mi mujer, a mi madre y a mi padre. En la primera, sobre todo, pregunté a María por nuestros hijos, echaba de menos no ver crecer a Ranuccio y no poder tener entre mis brazos a mi hija Margarita. A mi padre le informé de nuestra situación y no le di muchos detalles. En cambio, a mi madre le relaté cada una de nuestras acciones, así como nuestros problemas. Sus consejos siempre podrían serme muy útiles.

Por fin llegó el nuncio, que trajo consigo una innumerable procesión de capuchinos, dominicos, jesuitas y franciscanos que enviaba el Papa para asistir en las galeras. Lo que también llegó ese mismo día fue una carta del duque de Alba dirigida a don Juan.

—¿Qué os dice el duque de Alba? —le pregunté intrigado.

El duque nos tenía en gran estima desde los acontecimientos en Alcalá, durante la enfermedad del ya difunto don Carlos. Si bien mis sentimientos hacia él habían cambiado desde que había privado a mi madre del gobierno de Flandes y a mi padre del mando de los tercios.

—El duque me aconseja que antes de proponer cualquier

asunto en el consejo de guerra, conviene comentárselo individualmente a cada uno de los asistentes, pero encomendándoles el secreto. Así es posible que me den su opinión de antemano. Además, de esta manera se sentirán agradados por el detalle de confiar en ellos.

—Puede que tenga razón —le dije.

—Y el día del consejo me agradecerán la confianza depositada en ellos y será más probable contar con su apoyo. ¿Qué os parecen los consejos del duque?

—Aún que me cueste admitirlo, tiene razón —respondí resignado.

—El duque de Alba es un experto tanto en la batalla como en todo lo que la rodea. Lástima que no sea tan buen político como militar —comentó don Luis de Requesens.

Debo reconocer que mis antipatías hacia su persona me hacían ser poco objetivo con el duque de Alba.

El consejo de guerra, formado por setenta señores, se celebró por fin el 10 de septiembre en la galera capitana, la *Real*, presidido por el nuncio. Después de un profundo llamamiento a defender la fe, lleno de entusiasmo, el nuncio abandonó el recato y apresuró a la Santa Liga a salir a la mar lo antes posible.

—Debemos salir sin pérdida de tiempo en busca del turco y darle sin vacilar la batalla. Porque además es el deseo del Papa, y en nombre de Dios nos ha prometido la victoria.

En ese momento alzó la voz el conde de Priego, que tenía fama de precavido:

—Si el Papa desea la batalla y nos promete en nombre de Dios la victoria, sería una locura cerrar los oídos y malograr la empresa.

Entonces se levantó Andrea Doria. El genovés era un

hombre alto y delgado, con los ojos muy hundidos y la nariz chata.

—Debemos ser prudentes. Bien sabe don Juan que mi deseo es luchar, pero más lo es ganar —dijo Andrea Doria.

Los demás capitanes, Colonna, Barbariego y Sebastián Veniero, contradijeron a Doria. Todos querían zarpar cuanto antes rumbo a Oriente.

—Basta, señores... Solo queda ya aprestar la marcha y salir en busca de la victoria —dijo don Juan.

Aquella noche se hizo eterna, un silencio aterrador e infernal recorría todas las calles de Messina. No hubo celebraciones, ni borracheras, casi ningún hombre acudió a las tabernas ni rondó ninguna cama que no fuera la suya. Don Juan había prohibido toda distracción. Cualquier falta sería castigada con prisión. Pero no fue aquello lo que disuadió a los hombres, fue algo peor, una extraña sensación que flotaba en la atmósfera siciliana desde el mismo momento en que don Juan dio la orden de que al amanecer la más impresionante armada que hubiera visto la cristiandad zarparía rumbo a Oriente.

Lo que muchos pensaron que nunca llegaría a suceder estaba a pocas horas de convertirse en realidad. Toda la cristiandad bajo un mismo estandarte. Venecianos, genoveses, tudescos, napolitanos, sicilianos, españoles, caballeros de la Orden de Malta, del Ducado de Saboya y del propio papado saldrían a aguas del Mediterráneo para hacer frente a los herejes. España había gastado en construir sus galeras toda la madera que podía sacar de sus bosques en todo un año; seguramente algunas zonas taladas nunca llegarían a repoblarse de árboles. Los preparativos habían sido complicados, don Luis de Requesens había sido de los más críticos. El rey Felipe II lo había enviado para que aconsejara a don

Juan y le ayudara lo máximo posible, pero también para vigilarlo.

En el camarote real de su galera, el hermano del rey permanecía en el más profundo de los silencios mientras reflexionaba sobre los pasos a seguir. Estaba sentado en la mesa donde solía comer, un mueble decorado con las figuras de Jasón y de Roger de Lauria, un mítico almirante de la Corona de Aragón que arruinó el poder naval de los franceses allá por el siglo XIII. Había leído sobre él que fue el verdadero artífice del uso de los espolones y las ballestas en los duelos marítimos.

Don Juan ya no era el joven impulsivo que intentó acudir al rescate de Malta escapando de Alcalá de Henares, era el vencedor de las Alpujarras; el capitán general de la Santa Liga. Estaba ante la mayor empresa realizada nunca por la cristiandad, cada una de sus órdenes podía ser decisiva.

—Conde de Priego, venid —indicó don Juan a su mayordomo mayor—. Resumidme las cifras de la armada, por favor.

El conde de Priego buscó rápidamente entre los papeles que tenía y cogió uno de ellos, avanzando hasta colocarse al lado de don Juan.

—Tercio de Nápoles, a su mando el maestre de campo don Pedro de Padilla, con doce compañías, mil setecientos cincuenta y seis soldados; tercio de don Lope de Figueroa, catorce compañías, mil ochocientos ochenta y seis soldados; tercio de don Miguel de Moncada, siete compañías, mil ciento sesenta y dos soldados; tercio de Italia, al mando del maestre de campo don Diego Enríquez, mil ochocientos noventa y ocho soldados...

—No hace falta que sigáis, conde, decidme el total exacto de hombres que forman la armada.

—Cerca de ochenta mil, excelencia, pero de ellos solo

unos veintiocho mil son soldados, los demás son marineros y remeros.

—Conque veintiocho mil soldados. —Don Juan estaba pensando en voz alta, calculando el poder real de su armada—. Y las tres cuartas partes serán españolas, ¿no es cierto? —preguntó don Juan a su mayordomo mayor, quien simplemente asintió.

—Ni franceses, ni portugueses han querido unirse, excelencia. Como siempre, seremos nosotros los que defendamos a la cristiandad —añadió Luis de Requesens, quien se encontraba al fondo del camarote real.

Luis de Requesens y Zúñiga era un importante noble catalán. Había sido embajador en Roma y comendador mayor de Castilla; era el segundo en rango dentro de la Orden de Santiago, solo por debajo del propio rey. Era hombre de plena confianza de Felipe II, pero la relación con Su Majestad iba más allá. Ambos eran amigos desde niños. Su padre, Juan de Zúñiga, fue chambelán del emperador Carlos V y se casó con una de sus protegidas, Estefanía de Requesens. Con la única condición del que el apellido Requesens permaneciera el primero en la familia.

La familia Requesens tenía gran influencia no solamente en la corte, sino también en Roma. Las relaciones de la familia con el Vaticano eran magníficas, de ahí que hubiera sido nombrado embajador. Su presencia en la Santa Liga tenía una doble misión; la primera, meramente política, ya que era clave en las relaciones con el papado. La segunda era mucho más profunda. Felipe II lo tenía por mucho más que un hombre de confianza, era prácticamente un hermano, y le había dado las órdenes oportunas para que vigilara a don Juan y, sobre todo, para que le protegiera.

—Excelencia, tenemos un problema en las galeras venecianas —comentó el conde de Priego.

—¿Qué sucede? —preguntó don Juan.

—Su chusma es voluntaria y descuidada, son muy lentos con los remos, corriéndose el riesgo de que se pierdan sus galeras en cualquier borrasca.

Don Juan escuchaba las explicaciones del conde de Priego, cuando interrumpió Luis de Requesens:

—Todavía si tuvieran gente de pelea, se podría tener paciencia con lo demás, pero no la tienen en suficiente número; esperan que les llegue de Calabria, pero no llegará ni la décima parte de lo que es necesario. Debemos incorporar soldados españoles en esas galeras.

—Que cada galera lleve ciento cincuenta soldados y cada una de las galeazas venecianas quinientos. ¿Entendido, don Luis?

—Como vos mandéis, excelencia —respondió don Luis de Requesens.

Sin duda, sus consejos eran de gran ayuda.

Esa misma noche, don Juan y yo realizamos las rondas de centinela de incógnito. Don Juan solía hacerlo desde la guerra de las Alpujarras. Quería ver de primera mano cómo se comportaban sus hombres. Así que, juntos, hicimos dos rondas.

—Alejandro.

—Sí, don Juan —respondí mientras veía la cara de preocupación en el rostro de mi amigo.

—No hemos hablado de lo del príncipe Carlos —me dijo mientras miraba al cielo.

—No creo que haya mucho de que hablar. Ocurrió lo que tenía que ocurrir.

—Sí, pero...

—No hay ningún pero, tanto el rey como vos hicisteis lo mejor para España. Y por eso yo os estoy agradecido.

—Gracias, Alejandro —me dijo con una media sonrisa,

propia del que no está convencido de algo pero lo da por bueno.

—Hay algo que me inquieta —continuó don Juan.

—¿El qué? —pregunté sorprendido.

—En realidad son dos cosas, que se pueden resumir en una sola.

—Como no os expliquéis mejor, va a ser difícil entenderos.

—Se trata del rey y de Luis de Requesens —confesó don Juan.

—¿Qué ocurre con vuestro hermano el rey?

—Es difícil de explicar, pero... es como si hubiera cambiado su comportamiento hacia mí desde la muerte del príncipe Carlos.

—¿A qué os referís exactamente?

—Pues a que recibo una carta suya prácticamente a diario.

—Es normal, debe daros órdenes para la Santa Liga.

—Pero es que no son órdenes para la armada, son consejos personales, que afectan solamente a mi persona.

—No os entiendo, don Juan —le confesé desorientado.

—No me habla de los turcos, ni me pregunta por la Santa Liga, ni me da órdenes. Lo que hace es aconsejarme sobre la comida, la forma de comportarme o se preocupa por mi salud.

Yo permanecí un tanto sorprendido ante lo que don Juan me relataba.

—Es Luis de Requesens quien recibe las órdenes, que luego me transmite. Tomad, leed esta carta. —Y don Juan sacó un trozo de papel escrito del interior de su traje y me lo dio a leer.

Era una carta de don Juan a su hermano, el rey Felipe II. Tras un inicio cortés y unas breves explicaciones de la situación de la armada, don Juan le expresaba su enfado con una gran valentía y hasta arrogancia, diría yo: «... con gran humildad y respeto, me atrevo a decir que sería para mí un favor infinito y un beneficio si Su Majestad tuviera a bien comunicarse conmigo directamente con su propia boca, y lo deseo por dos motivos. El principal, que en asuntos de esta calidad no le hace bien al servicio de Su Majestad que algunos de sus ministros pueda discutir conmigo sobre vuestras inclinaciones, ninguno de ellos teniendo las obligaciones que tengo yo para darles efecto... —Y seguí leyendo ante mi asombro hasta llegar al final de la carta— ... que merezco algo mejor de Su Majestad e intento obtenerlo...».

La carta era bastante clara, don Juan pedía al rey lo que ya me había comentado. Y en su parte final dejaba bien clara cuál era su actitud.

«... siempre, habiendo estado más dispuesto para el servicio de Su Majestad que para vanidades u otras cosas.»

Yo entendía el enfado de don Juan, ya que el rey deslegitimaba con su comportamiento el liderazgo del jefe supremo de la armada. Pero aquello ocultaba algo de mayor trascendencia. Muerto el príncipe Carlos, don Juan había ascendido en el escalafón sucesorio. Y eso lo sabía Su Majestad, que no podía permitirse la pérdida de otro miembro tan destacado de su familia. Pero yo dudaba si don Juan era consciente de ello.

Al terminar la ronda, llegamos a la *Real*. Aquella galera era sin duda algo más que una embarcación, resumía en cuarenta metros de longitud toda la grandeza de la monarquía hispánica y la Casa de Habsburgo. Más que una galera de guerra parecía una escultura flotante, tallada por los mejores maestros italianos del Renacimiento. Símbolo del poder del rey de España.

En el camarote real, don Juan, sentado sobre la gran

mesa, me informó de una secreta misión que era crucial para el devenir de la Santa Liga.

—Necesito alguien en quien confiar ciegamente, más allá del dinero, el honor y la política. Que no levante sospechas, Alejandro, necesito a un amigo —me decía don Juan entre susurros, como temeroso de que alguien pudiera escucharnos.

—Ya sabéis que podéis contar con mi persona para lo que mandéis.

—¿Conocéis a don Hurtado de Mendoza? —me preguntó don Juan.

—Vagamente, creo recordar que fue embajador en Venecia durante el reinado del emperador.

—¿Solo sabéis eso, Alejandro?

Nada más sabía yo sobre aquel hombre, así que tan solo asentí con la cabeza.

—El emperador Carlos V y los virreyes de Cataluña y Valencia dieron más dinero a ese hombre que a la propia Iglesia —apuntó don Juan.

—No os entiendo, amigo mío.

—Los turcos llevan décadas dominando el Mediterráneo, la monarquía hispánica ha permanecido a la defensiva. Pero no han estado parados.

—Ya imagino —le interrumpí.

—Ante el tremendo peligro del Imperio otomano, Carlos V y ahora Felipe II han creado y perfeccionado un complejo sistema de espionaje. No importa si son traidores, infieles, gentes de dudosa lealtad... lo importante es la información de que disponen. ¿Lo entendéis, Alejandro?

Yo asentí con la cabeza mientras escuchaba sus palabras.

—Pero incluso se ha ido más allá. Hace tres años se intentó asesinar a uno de los consejeros del sultán Selim II. Un judío, cómo no, portugués, pero el plan falló. También se ha intentado una revuelta en Trípoli mediante el levantamiento de los esclavos cristianos que allí se encuentran, y muchas otras más misiones que han llegado a mis oídos últimamente.

—Don Juan, todo lo que me decís es interesante, pero ¿qué tiene que ver con mi persona? —le pregunté yo.

—Desde que se iniciaron los planes para formar esta armada, el rey ha movilizado los agentes que la corona posee en Oriente. Primero, para conseguir informadores fiables en Corfú, plaza esencial, ya que las flotas que salen de Constantinopla hacen escala allí. Pero yo no puedo fiarme de estos hombres.

—¿Por qué no confiar en los agentes de Su Majestad?

—Porque ni son de Su Majestad ni de España ni de nadie, sino de quien mejor les paga. Por eso mandé a mis propios hombres, que les pago yo mismo en persona y muy bien, por cierto.

Don Juan se levantó y empezó a andar algo nervioso por el camarote.

—Entre ellos hay dos que me están siendo de gran utilidad. Uno es Juan Morales de Torres, al que envié dinero en abundancia antes de salir de Génova con el objetivo de que consiguiera que los griegos se sublevasen o, al menos, colaborasen.

—¿Y lo está consiguiendo?

—Pronto lo podréis comprobar, Alejandro.

—Y el otro es el capitán Bartolomé Campeón, un irlandés a quien bien conoceréis esta noche, ya que tengo que pediros un favor.

Muy importante tenía que ser para que mi amigo me lo demandase de tal manera.

—Os escucho, don Juan —le dije sonriéndole.

—No esperaba menos de vos. —Y don Juan me devolvió la sonrisa—. Necesito que contactéis con ese irlandés. Ahora estará en una taberna cerca del puerto. Una que se llama El Castelo. Id allí y hablad con él. Es fácil de reconocer porque tiene el pelo de color rojo. Decidle que vais de parte de Jeromín. No le dejéis beber demasiado y dadle esta bolsa.

Don Juan sacó una bolsa de su traje y me la dio. Pesaba mucho, y no hizo falta que mirara dentro para adivinar que se trataba de una fuerte suma de dinero.

—Necesito la información que tiene ese irlandés —afirmó don Juan, mirándome fijamente a los ojos—. Es esencial para la suerte de la Santa Liga.

—La conseguiré, no os preocupéis —le respondí.

—Sed discreto, que nadie os vea. Marchad, Alejandro, y ¡suerte!

Salí con sigilo de la *Real* y caminé por el puerto, donde las galeras se amontonaban bajo una luna creciente. Con la poca luz que había, el puerto parecía todavía más impresionante. Las siluetas de los barcos solo daban una leve pista de la magnitud de la armada. Era como un monstruo que dormía, pero que incluso dormido causaba miedo.

Había gente acostada en el puerto, tirada por el suelo, querían disfrutar de la última noche en tierra firme hasta dentro de muchas jornadas. En verdad, aquella podría ser la última noche de nuestra vida que dormiríamos en tierra, porque si había lucha, muchos no volveríamos.

Messina era una ciudad que se extendía por las pendientes de los montes Peloritani, custodiaba el estrecho que separaba Sicilia de Regio di Calabria, donde se iniciaba el continente. Crucé por la piazza del Duomo, que disponía de una peculiar fuente en el centro, con esculturas demasiado fantasiosas para mi gusto, que se llamaba la Fontana di Orione. Al final de la plaza había un barrio de calles estrechas y malolientes. No había muchas tabernas abiertas, ya que los hombres habían respetado las órdenes de don Juan. Pero, efectivamente, al final de una de las calles encontré una taberna llamada El Castelo. Era un antro de puerto, sucio y medio vacío. Eché un rápido vistazo y no conté más de media docena de hombres, la mayoría borrachos. Al fondo, sentado en una mesa de madera, había un hombre con el pelo rojo que no me quitó ojo de encima desde que entré. Sin duda era el irlandés. No perdí tiempo y me dirigí junto a él. Al acercarme metió su mano debajo de la mesa, seguramente buscando su acero.

—Me manda Jeromín —le dije en un leve susurro.

—Si os manda tan buen amigo mío, sentaos sin miedo. —El pelirrojo me señaló la silla que había enfrente de él—. Y bien, ¿traéis la bolsa? —me preguntó con un fuerte acento anglosajón.

—La traigo —le respondí.

—Dádmela por debajo de la mesa —me ordenó.

Obedecí: saqué la bolsa de mi chaqueta y la deslicé por debajo de la mesa hasta que alcanzó su mano; entonces él la cogió con rapidez.

—Decidle a mi amigo que el sultán ha ordenado dar batalla a toda costa.

—¿Seguro?

—Sí, pero solo Alí Pachá comparte los deseos del sultán.

—Pero él es el comandante jefe de la Media Luna.

—Efectivamente, pero ni Uluch Alí ni Sirocco apoyan la decisión.

—Entiendo —dije, afirmando con la cabeza.

—Incluso él, si ve una armada tan poderosa como la que habéis reunido, podría decidir no cumplir las órdenes del sultán.

—Debemos conseguir que nos den batalla a toda costa —le comenté.

—Exacto. Decirle a Jeromín que Alí Pachá tiene sus espías esperándoos en Corfú. Debéis engañarlos, que no consigan ver el total de la armada o Alí Pachá no luchará, ¿comprendéis?

—Sí.

—Ahora marchad, pues hay en esta taberna más peligro que en muchos campos de batalla.

Me levanté y salí de allí sin despedirme del irlandés. Crucé de nuevo la piazza del Duomo, pero comencé a oír unos pasos que dejaban de escucharse cuando yo me detenía, y volvían a sonar al comenzar a caminar de nuevo. Agarré bien la empuñadura de mi espada y aceleré el paso hasta llegar a la esquina de una calle donde giré de forma brusca. Después di media docena de pasos y, a continuación, volví sobre ellos hasta volver de nuevo a la esquina de la calle. Entonces, una sombra se proyectó sobre mí y saqué a tiempo mi acero para detener una estocada muy bien tirada. La siguiente me rozó el sombrero y la tercera buscó sin suerte mi costado derecho. Decidí que quizá era hora de darle a aquel desconocido algo de su propia medicina y dos estocadas a la derecha y después una a la izquierda le hicieron retroceder. Pero la noche me deparaba más sorpresas y de las sombras de la noche surgieron otros dos espadachines. El primero de ellos desenvainó y casi me clavó su espada en el pecho. Los otros dos se dispusieron a rodearme. Miré a un lado y a otro buscando una escapatoria, pero estaba rodeado. Cuando pensaba que todo estaba perdido, apareció una figura que realizó dos disparos. El primero alcanzó en un hombro a uno de mis asaltantes, el que estaba a mi derecha. El segundo disparo derribó al primero de los espadachines, que ya no se levantó. Entonces el tercero se lanzó a por él y rozó con su espada la cabeza de mi salvador, que logró esquivar el golpe por muy poco, cayendo al suelo. La espada le rozó la cabeza y le hizo perder el pañuelo con el que se cubría. El espadachín se disponía a clavarle su espada cuando interpuse la mía en su camino.

El espadachín se lanzó a por mí con varias estocadas, manejaba muy rápido la espada y era difícil de esquivar. Pero su ímpetu le pudo y en uno de sus ataques dejó desprotegida su cabeza. No lo desaproveché y le hice un profundo corte en la cara. Soltó un fuerte grito de dolor para después retirarse, perdiéndose entre las sombras de Messina. De sus dos acompañantes no había ni rastro. Quien me había ayudado se había incorporado y buscaba su pañuelo en el suelo.

—¡Gracias! ¿Quién sois? —le pregunté.

Él no respondía, seguía buscando su pañuelo.

—¿No tenéis nombre?

Siguió en silencio. Me acerqué más a él y entonces vi el pañuelo al lado de mis pies, lo recogí.

—¿Es esto lo que con tantas ansias buscáis?

El hombre levantó la mirada del suelo y me miró ante mi sorpresa.

—¡Sois una mujer!

—Muy observador, ¿podéis darme mi pañuelo?

—Claro, tomad.

—Gracias.

No vestía como una mujer y llevaba el pelo cortado a lo hombre, pero tenía unas fracciones tan bellas que no había duda.

—Por favor, no digáis a nadie que me habéis visto. ¡Jurádmelo!

Me quedé mirándola unos instantes. Ojalá hubiera habido más luz para poder verla mejor.

—Debo marcharme. Dadme mi pañuelo, excelencia.

—Perdonad —dije, acercándole el pañuelo—. Tomad.

Lo cogió y se dio la vuelta.

—No os vayáis.

La mujer desapareció entre la oscuridad de la noche como lo habían hecho mis asaltantes.

—¡Gracias por salvarme! —grité, esperando que al menos escuchara mi agradecimiento.

Ya en la *Real* le conté a don Juan todo lo que me había dicho el irlandés.

12

Rumbo a Oriente

El 16 de septiembre, festividad de San Miguel, a las seis de la mañana, en el puerto de la ciudad de Messina y en las colinas que rodeaban la ciudad, las gentes se apelotonaban para poder despedir a la gran flota cristiana. Don Juan de Austria dio un discurso para los hombres de las doscientas siete galeras que formaban la Santa Liga, junto con las seis galeazas, las fragatas y galeotas.

Don Juan vestía impecable, con su armadura de combate, con la cabeza descubierta y el bastón de mando pontificio. Así gritó a sus hombres:

—Gentiles hombres, ya no es menester que yo os dé ánimo a vosotros porque veo que vosotros me lo dais a mí, pero os quiero traer a la memoria el dichoso estado en que Dios y vuestras buenas suertes os han traído, pues en vuestras manos está puesta la religión cristiana y la honra de vuestros reyes y de vuestras naciones, para que haciendo lo que debéis y que espero que será, la fe cristiana sea ensalzada, y vosotros, en cuanto a vuestras honras, seáis los más acrecentados soldados que en nuestro tiempo ha habido; y en cuanto a las haciendas, los más gratificados y acrecentados de cuantos han peleado: y así no os quiero decir más, pues no lo permite el tiempo, sino que cada uno considere que en su brazo derecho tiene puesta la honra de su Dios y de su vicario, y de toda la religión cristiana, llevando certidumbre que el que muriere como varón va a gozar otro reino mayor y mejor que cuantos en la tierra quedan.

La Santa Liga representaba mucho más que una coalición de Estados cristianos, era la última cruzada, la lucha entre la Media Luna y la Cruz. Entre dos religiones, entre dos civilizaciones, entre el bien y el mal.

Al dar la orden de zarpar, todas las campanas de las iglesias de Messina retronaron en un único sonido. El mismísimo Dios parecía golpearlas en una señal inequívoca de que aquel era su ejército.

El estandarte que había llegado desde la Santa Sede, mandado bordar por el propio Papa, lucía en lo más alto del mástil mayor de la *Real*, la más bella de las galeras españolas. Era una nave especial, construida para dirigir un ejército como nunca se había visto antes. Llevaba a bordo cuatrocientos veteranos de los temibles tercios, entre arcabuceros e hidalgos voluntarios. El gran estandarte papal se agitaba con el viento, y las gentes del puerto y los propios componentes de la armada admiraban la sin igual belleza de la nave y el vuelo del estandarte. Don Juan estaba en la popa mayor, a la vista de todos, vestido con uniforme de batalla, con el cetro de mando regalado por el Papa para dirigir al ejército de nuestro señor.

Las naves salieron del puerto entre los gritos de las gentes de Messina, los cañonazos desde el castillo y el eco de las campanas. Y alcanzaron mar abierto, para extenderse a lo largo de diez millas. Las imponentes galeazas venecianas, que no podían usar sus remos, ya que semejante esfuerzo cansaría a la chusma, no disponían de viento a favor, así que eran remolcadas por otras naves. Las galeras lucían hermosas aquella mañana, especialmente las venecianas, auténticas obras de arte al servicio de la guerra. Era una armada increíble, quizá no tan numerosa como la turca, pero sí con mejores galeras, mejor armada, con mejores hombres y con el estandarte pontificio en lo alto del mástil mayor de la *Real*, que nos guiaría en la batalla.

Don Juan ordenó que la armada se organizara en una escuadra de exploración o descubierta y cuatro escuadras de combate. La «escuadra de descubierta» estaba formada por cuatro galeras españolas y cuatro venecianas al mando del catalán don Juan de Cardona. Eran las galeras más rápidas de la flota, navegarían a veinte millas por delante durante el día y ocho millas durante la noche, para abrir camino y evitar indeseables sorpresas. La primera escuadra, en el flanco derecho, estaba mandada por Andrea Doria, y formada por veinticinco galeras de Venecia, veintiséis españolas y dos del Papa, izando una insignia verde en la capitana y banderas triangulares del mismo color en las demás galeras. La segunda escuadra, que formaba el centro de la armada, estaba formada por sesenta y cuatro galeras, al mando de don Juan de Austria, y era donde yo me encontraba. La galera capitana era, por supuesto, la *Real*. Con insignia azul, siendo ese color el distintivo de nuestra escuadra. La tercera escuadra o «flanco izquierdo» estaba al mando de Agostino Barbariego, con cincuenta y tres galeras con insignias amarillas. La «escuadra de retaguardia», con treinta galeras al mando de don Álvaro de Bazán, navegaría con distintivos blancos una milla detrás de la flota, para recoger las naves retrasadas. Las seis galeazas venecianas al mando de Francesco Duodo irían por parejas entre las escuadras, repartiéndose las galeras el trabajo de remolcarlas, a la vez que las protegían dada su nula movilidad.

La artillería sería clave en la batalla. Las galeras solían montar cinco cañones en crujía, sobre la arrumbada uno de treinta y seis libras, a cada banda de este dos de ocho libras y en cada extremo otros dos de seis libras. En las galeazas, en cambio, el armamento se situaba en la proa, en una torre circular y en las bordas. Además de los cañones, otra pieza de artillería clave en las galeras era el falconete, que era un cañón ligero, normalmente montado en una especie de horquilla de hierro fija a la borda de un navío. Más importantes aún eran los muñones, ya que estas piezas de artillería permitían cambiar el ángulo de elevación.

Don Juan había estudiado con sumo cuidado la colocación estratégica, no solo de las naves, sino sobre todo de los almirantes. Nadie dudaba de que el mejor marinero era el genovés Andrea Doria, hábil como ninguno en las maniobras en alta mar, muchas veces acusado de prudente. El más diestro para proteger el flanco derecho, aquel que se abría al mar y, por lo tanto, el más difícil de defender.

Las galeras turcas eran más rápidas y podían dominar fácilmente nuestros flancos. Por eso don Juan había actuado con inteligencia a la hora de invitar al jefe de la flota veneciana, Veniero, y la pontificia, Colonna, a que estuvieran en la escuadra principal, cada uno a un lado de la *Real*. Don Juan vistió el ofrecimiento como un modo de honrarles, pero en realidad era una manera de dar el mando de la flota de la Serenísima a Barbariego, mejor marino que los otros dos. Así los dos mejores almirantes de la armada, Barbariego y Doria, protegían los flancos para poder hacer frente a la movilidad de los turcos e impedir ser flanqueados. A su vez ponía el talento militar en el enfrentamiento cuerpo a cuerpo de Veniero, y sobre todo de Colonna, al servicio de la escuadra central, que era la que debía decidir la batalla.

—¿Por qué habéis colocado a don Álvaro de Bazán en la retaguardia, don Juan? Sin duda, es un gran marino —le pregunté.

—Por eso mismo, Alejandro.

Me miró que un aire de confianza que solo tienen aquellos que se sienten seguros de la victoria.

Navegamos cerca de la costa calabresa hasta llegar al Adriático. Podíamos distinguir cómo los napolitanos se agolpaban en las playas y gritaban al paso de la flota. No dudo de que cualquiera de nuestros hombres se sentía orgulloso de formar parte de aquella armada, y que los gritos de la gente al pasar no hacía sino reforzar su autoestima. Desde allí seguimos rumbo a las islas Jónicas.

El 27 de septiembre la armada llegó a Corfú, la cual había sido atacada recientemente por los turcos. Conforme a las informaciones del irlandés era allí donde los espías turcos aguardaban para informar a Alí Pachá del potencial de nuestra armada y fue por eso por lo que don Juan ordenó en secreto a Álvaro de Bazán, que mandaba la retaguardia, que se retrasara varias horas en llegar a Corfú. A su vez, mandó a don Juan de Cardona, que formaba la vanguardia, que se dirigiera con sus galeras a Cefalonia a buscar información de la posición turca.

La realidad es que ambas decisiones tenían como propósito que los espías turcos no supieran de la existencia de las galeras de Álvaro de Bazán y Juan de Cardona. Así, en el recuento que realizarían los espías otomanos en Corfú faltarían estas naves, y al llegar esta información a Alí Pachá, subestimara nuestra armada y le animara a entablar combate.

Permanecimos dos días reorganizando la armada. Fue allí donde el 29 de septiembre conocimos la definitiva caída de Famagusta. Los turcos habían tomado definitivamente Chipre. Llegábamos tarde y no podían ser peores las noticias. Sin embargo, don Juan no parecía sorprendido, como si ya hubiera dado por hecho la caída de la última defensa cristiana en Oriente.

La escala siguiente fue Leguminiza, en Albania, el día 30 de septiembre, para hacer aguada. Además, la plaza estaba muy bien provista de leña, por lo que aprovechamos para hacer unos pequeños arreglos en algunas galeras. La parada nos vino bien para que las galeazas y naos de transporte retrasadas se reagruparan. Allí, don Juan envió a Andrea Doria a pasar revista a la flota y cuando le llegó el turno a la capitana de Venecia, Veniero, enemistado con él, se lo prohibió advirtiéndole que de pisar la nave, ordenaría ahorcarlo. Don Juan, al ponerse en duda su autoridad, estuvo a punto de mandar ejecutar a Veniero, lo que hubiera roto la alianza. Mi amigo tuvo que sacar a relucir todo su ingenio para resolver aquel problema. Así decidió utilizar su mano izquierda y mandó terminar la revisión a Marco Antonio Colonna, el comandante pontificio. Pero no quedaron ahí los problemas.

Una pelea estalló en una galera veneciana, entre marineros venecianos y arcabuceros napolitanos y españoles. Veniero, tan peligroso como imprescindible, como jefe veneciano, mandó detener y procesar a los culpables. Cuando Requesens, demostrando de nuevo su gran inteligencia, llegó a la *Real* con la noticia de que tres soldados y un capitán habían sido condenados a la horca, nos dimos cuenta de la gravedad de la situación. Era la segunda vez que el jefe veneciano ponía en duda el mando supremo de don Juan.

—No lo podéis permitir, excelencia. Solo vuestra merced puede decidir sobre la vida y la muerte de los integrantes de la armada —insistió Requesens.

Don Juan pensó cuidadosamente cómo solucionar el problema.

—Alejandro, ¿qué sugerís vos?

Requesens y don Juan me miraron fijamente, esperando que yo pusiera un poco de luz en aquel oscuro asunto.

—No podemos dejar que vuestra autoridad decaiga de esta manera, pero, por otro lado, necesitamos el apoyo de la *Republica*. Debemos ser cautos.

—Excelencia, ¿me permitís hablar? —preguntó Requesens.

Don Juan asintió con la cabeza.

—¿Por qué no dejamos que sea la Serenísima la que los juzgue, pero no representada en la persona de Veniero? Que sea Barbariego quien lo haga.

Requesens era tan buen diplomático como don Juan buen generalísimo. Mi amigo siempre tuvo la sana, aunque a veces difícil, cualidad de dejarse acompañar por aquellos que tenían más experiencia. Así fue. Barbariego, capitán del flanco izquierdo de la armada, representó a la Serenísima en la condena de los tres soldados y el capitán. Todos fueron ahorcados.

Era increíble cómo don Juan se sobreponía a los problemas, en aquel complicado momento, en alta mar, a pocas millas de los turcos y a tantas de España. Esta era otra de sus cualidades y la que más llamaba la atención. Su aspecto joven, su buena pose, conocida por todas las damas de las cortes europeas, le hacían parecer una persona con tendencia a romperse fácilmente, impresionable, fácil de manejar, presta a caer ante los obstáculos. Pero don Juan era todo lo contrario. Asentaba los golpes de la vida y las dificultades de estar al mando de tan importante armada como nadie. Ante las peores situaciones, salía siempre airoso. Era de ese extraño tipo de personas a las cuales parece que los problemas las fortalecen. No en vano, había nacido sin saber quién era su padre, sin saber qué sangre corría por sus venas. Se había criado en los campos de Leganés. Y, sin embargo, había vencido a los moriscos en las Alpujarras, comandaba la armada cristiana más poderosa de la historia y era hijo del mismísimo emperador Carlos V. Los que estábamos a su lado sabíamos que aquel ser no era un simple mortal. El propio papa Pío V había confesado, según me había hecho llegar un cardenal de Pisa, que había visto la luz de Dios en sus ojos. Personalidades de la talla de Álvaro de Bazán y Luis de Requesens lo seguían a pies juntillas. Incluso los orgullosos venecianos habían caído en sus redes. Pero todavía quedaba lo más difícil. La poderosa armada del sultán Selim II, dueña del Mediterráneo, capitaneada por el temible Alí Pachá, esperaba para demostrar si Dios nuestro señor creía tanto en don Juan como un humilde servidor.

El 1 de octubre se llevó a cabo el consejo de guerra a bordo de la *Real*. Era un momento histórico. Allí se concentraron los tres mejores almirantes de Europa: Andrea Doria, don Álvaro de Bazán y Barbariego. Uno de los mejores comandantes de infantería de todos los tiempos, Colonna. El jefe de la armada de la Serenísima República, Veniero. El mejor diplomático de la época, Luis de Requesens. El representante de los invencibles caballeros de Malta, Giustiniani. El enviado del ducado de Saboya. Y el vencedor de las Alpujarras, representante de la Corona de España, y del rey Felipe II, don Juan de Austria. Todos ellos se sentaron en la misma mesa.

Habían llegado noticias de Gil de Andrade, enviado con cuatro galeras para localizar al enemigo, de que la flota turca estaba concentrada en los golfos de Corinto y Patrás, zona que los italianos conocían con el nombre de Lepanto.

Andrea Doria hizo fama de su prudencia y pidió una estrategia defensiva. Colonna, Veniero y Barbariego, representantes de Venecia, amenazaron con ir solos a la batalla.

—El mundo está lleno de cobardes, la República de Venecia no teme a nadie, sean fieles o infieles. Mañana, con el primer soplo del viento del amanecer, la Armada veneciana acudirá a la llamada de la batalla, con o sin los demás navíos —dijo Veniero.

—No es cuestión de cobardía, como las gentes de Venecia saben. Todos los aquí presentes hemos luchado antes, todos hemos derramado sangre. Es cuestión de inteligencia, los turcos dominan estas aguas, son numerosos y más rápidos. Una derrota mañana sería el peor de los males. Llegaron a las puertas de Viena y se las cerramos, ¿queréis vos abrirles de par en par las de Roma? —replicó Andrea Doria con unos modales tan exquisitos como presuntuosos.

Veniero amenazó con empuñar su espada tras las palabras de Doria, Barbariego el más prudente de los tres, lo impidió.

—Sabemos de la cobardía de los genoveses, pero ¿es que acaso los españoles los van a seguir? —preguntó Colonna indignado.

Luis de Requesens pecó de buen diplomático, quizá porque prefería una no batalla que una derrota.

—Debemos escuchar al almirante Andrea Doria, sin duda el que mejor conoce la situación de los aquí presentes.

Don Juan, mudo hasta entonces, se levantó y todos callaron.

—Señores, ya no es hora de debates, sino de combates.

Y aunque parezca extraño, todos lo entendieron. Andrea Doria se vio quizá obligado a aceptar que aquel era el momento, el lugar y el jefe al que debía seguir. Todos nos pusimos al servicio del jefe de la Santa Liga.

Lo más importante era preparar la estrategia. Y en la mar eso era cosa de dos personas: Andrea Doria y don Álvaro de Bazán. El propio don Juan visitó y revisó tantas galeras como le fue posible. Colonna y Álvaro de Bazán organizaron pruebas de artillería y de los arcabuceros. Andrea Doria revisó sus espléndidas galeras. Los venecianos prepararon sus temibles galeazas. Pasando revista a los tercios españoles, no pude evitar dibujar una sonrisa al ver en una de las galeras a un viejo amigo, Miguel de Cervantes. Era arcabucero en la compañía de Diego de Urbina, del tercio de don Miguel de Moncada, que estaban destinados en la escuadra de reserva, en la galera la *Marquesa*.

—¡Qué sorpresa! ¿Cómo tú aquí?

—He venido a luchar junto con mi hermano Rodrigo.

—Te hacía escribiendo —dijo don Juan.

—Dos caminos hay, excelencia, por donde puedan ir los hombres a llegar a ser ricos y honrados: el uno es el de las letras; otro, el de las armas.

—Has escogido bien. ¿Qué piensas del día que se acerca, Miguel? —preguntó don Juan.

—Su excelencia, es la mayor ocasión que vieron los tiempos.

En plena revisión de una de las galeras de la escuadra central, se presentó Andrea Doria. Todos temimos lo peor.

El genovés seguramente había cambiado de opinión y venía a presentar a don Juan una estrategia defensiva.

—Debemos hablar.

—Hablemos. —Don Juan se mostró firme.

—Tengo una idea que puede darnos cierta ventaja en la batalla.

—Os escucho.

—Teniendo en cuenta que las galeras turcas son más rápidas y tienen más movilidad, podemos intentar ganar movilidad no en el mar, sino en cubierta.

—Don Luis, llamad a don Álvaro de Bazán —ordenó don Juan.

Cuando llegó don Álvaro de Bazán, Andrea Doria había dispuesto un dibujo de una galera sobre una improvisada mesa de madera.

—El Mediterráneo ha visto muchas batallas, sus aguas se han teñido miles de veces de rojo. Grandes capitanes y almirantes las han gobernado, pero si hay uno que merece mi admiración es Roger de Lauria, el mítico almirante siciliano de la Corona de Aragón.

—Comparto vuestra devoción —afirmó don Álvaro de Bazán con el ceño fruncido—, pero espero que me hayáis hecho llamar para algo más que escuchar esas elogiosas palabras.

—Dice tener una idea —intervino don Juan con talante serio.

—Veámosla entonces, ¿a qué estamos esperando?

—Los espolones de nuestras galeras fueron en principio una prolongación de la proa por debajo de la línea de flotación para poder embestir con ellas a otras embarcaciones enemigas y hundirlas si es posible —expuso Andrea Doria.

—Eso lo sabemos todos.

—No siempre fue así. En las galeras romanas, de hecho, lo situaban a menor altura de la línea de flotación. —Y Andrea Doria comenzó a señalar en el dibujo—. Roger de Lauria fue el almirante que mejor utilizó los espolones para embestir a los enemigos, pero también perfeccionó el uso de grandes ballestas para lanzar pequeños proyectiles metálicos con los que arrasar las cubiertas francesas.

—Y esa es la manera con la que seguimos luchando, salvo que ahora usamos arcabuces, lombardas y otras armas de pólvora —dijo don Álvaro de Bazán—. ¿Adónde queréis ir a parar?

—Ya no estamos en el siglo XIII, vos mismo lo habéis dicho, ahora tenemos otras armas. Cuando Roger de Lauria atacaba con los espolones, no había arcabuces. —Andrea Doria aumentó el tono de su voz—. ¡Serremos los espolones!

—¿Cómo decís? —Don Álvaro de Bazán agrió tanto su rostro que se formaron unos enormes pliegues de piel en su frente.

—Lo que habéis oído.

—Un momento —intervino don Juan—, ¿insinuáis que eliminemos la principal arma de nuestras galeras?

—Os le explicaré mejor. —Dejó el dibujo y fue hacia la proa de una de las galeras—. Mi plan consiste en serrar los espolones para conseguir un mejor ángulo de disparo, a la vez que nuestros hombres quedarían más lejos del fuego enemigo.

Los almirantes se quedaron pensativos; don Juan miró a don Álvaro de Bazán, esperando una respuesta de este.

—Explicaos mejor —musitó don Álvaro de Bazán.

—Sus galeras son más rápidas, no debemos intentar ganarles en movilidad —contestó Andrea Doria—, pero por el contrario nuestros arcabuceros son temibles y, eliminando los obstáculos, podemos conseguir que tengan un blanco fácil.

—¿Qué os parece, don Álvaro? —preguntó don Juan.

—Podría ser una fantástica idea; audaz y temeraria, sin duda, pero puede funcionar. En efecto las armas han evolucionado mucho, sin embargo... —y se aproximó al espolón de la galera— esta treta no bastará para paliar nuestro inferior número y su mayor rapidez. Excelencia, intentarán flanquearnos por ambos lados y envolvernos, no hay duda.

—¿Cómo podemos evitarlo? —preguntó don Juan.

—Es complicado, debemos evitar a toda costa que nos flanqueen uno de los costados —afirmó don Álvaro de Bazán.

—El flanco derecho no caerá, lo juro por mi vida —interrumpió Andrea Doria.

—Confío en vos —contestó don Juan con una mirada de aprobación.

—Si Barbariego es listo puede servirse de la costa para defender el flanco izquierdo. Si protegemos los flancos la batalla se decidirá en el centro, excelencia —prosiguió don Álvaro de Bazán.

—Eso es lo que queremos. Y para conseguirlo, vos estaréis en la retaguardia con veinte galeras.

—¿Tantas, excelencia? —recriminó don Álvaro de Bazán.

—Vos, don Álvaro, debéis neutralizar la movilidad turca. Debéis mandar refuerzos allí donde los necesitemos, evitar que penetren en nuestras líneas, permitirnos ganar la batalla en el centro.

—Así lo haré, excelencia —dijo un Álvaro de Bazán convencido.

—Debemos intentar a toda costa luchar con el sol a nuestra espalda. El tenerlo de frente podría cegar a nuestros arcabuceros y serían más difíciles de esquivar las flechas y los proyectiles que nos lancen los turcos —agregó Andrea Doria.

—Tiene razón el genovés —comentó don Álvaro de Bazán—, nuestra mayor ventaja es la capacidad de fuego de nuestros arcabuces. Debemos hacerla valer, de lo contrario no podemos ganar. Por eso estoy de acuerdo en serrar los espolones.

—¡Gracias! —sonrió Andrea Doria.

—Pero solo con eso no bastará, necesitamos que las galeazas venecianas resistan en el centro —dijo don Juan.

—Lo harán, son auténticos castillos flotantes —aseguró don Álvaro de Bazán—, pero también son lentos y solo pueden guardar la posición.

—Con eso bastará, lo que tenemos que hacer es todo lo posible para salir de levante el día de la batalla.

—Eso es cierto, don Juan —Andrea Doria suspiró—, ¿podréis lograrlo?

—Desde luego que sí —terminó don Juan, a pesar de ser conocedor de la dificultad de tal acción.

Todos los presentes eran marineros expertos o generales que habían participado en innumerables batallas. Solamente yo andaba falto de experiencia, y si bien a don Juan no le sobraba, lo de las Alpujarras le había instruido en el arte de la guerra mejor que cualquier clase en Alcalá.

—Señores, otro factor que creo puede ser de gran importancia es determinar el momento más apropiado para que los mosquetes hagan la descarga. Dudo de que podamos hacer más de una en la mayoría de los casos —comentó don Álvaro de Bazán.

—Eso es sencillo —dijo Andrea Doria—. Los soldados deben disparar de tal manera que la sangre otomana les salpique en la cara cuando lo hagan.

—Andrea Doria tiene razón, tenemos un disparo, debemos hacerlo lo más cerca posible del enemigo. —Don Juan comenzó a moverse alrededor de ellos—. Pero no solo porque el daño es mayor, sino porque así daremos la oportunidad a los esclavos cristianos que se encargan de los remos en las galeras otomanas de luchar.

—Eso sería fantástico, nos daría una gran ventaja —dijo con entusiasmo Andrea Doria.

—Si atacamos desde lejos, los remeros seguirán las órdenes de los turcos, pero si tienen nuestra cobertura podrán levantarse contra ellos. —Don Juan dibujó una sonrisa en su rostro.

Los almirantes se sorprendieron, yo no. Sabía que mi amigo era el más capacitado para vencer esta batalla, pero ahora lo estaban descubriendo el resto.

No contentos con todo lo hablado en la reunión, don Juan y yo ideamos un sistema de señales con las banderas de las diferentes escuadras, para que don Álvaro de Bazán conociera la situación en cada momento y supiera dónde mandar los oportunos refuerzos. Esta comunicación, unida a la idea de Andrea Doria y la superioridad en combate directo de nuestros tercios, nos hacían ser optimistas. Íbamos a darles una buena sorpresa a los turcos de Alí Pachá. Los tercios no solían luchar en batallas navales, pero aquella ocasión era especial.

Los soldados españoles eran diferentes a todos los restantes cristianos, protestantes o musulmanes. Reclutados principalmente entre jóvenes hidalgos, nobles que por ser segundones no podían heredar el patrimonio familiar, el cual estaba reservado al hermano mayor. Así que eran obligados a buscarse un futuro en el ejército, donde podían alcanzar rango y fortuna. Esto daba al soldado de los tercios una calidad humana extraordinaria por su procedencia noble, su educación, su sentido del honor y fidelidad al rey. Cosa que no podía conseguirse en otros ejércitos extranjeros, formados por mercenarios o por levas forzosas de campesinos y menestrales, sin amor a la vida militar y a su rey. El tercio más famoso era el Tercio de Nápoles. Fue el primero que se constituyó, por esto se llamó «Tercio Viejo de Nápoles». Este tenía a su cargo las guarniciones de la Campania, en Italia. Los demás tercios se habían ido formando a su semejanza, hasta convertirse en la mejor infantería del mundo.

El miércoles, 3 de octubre, la armada zarpó al amanecer rumbo a Cabo Blanco, cerca de la isla de Cefalonia. El sistema de banderas estaba listo, se habían serrado los espolones como sugirió Andrea Doria y entre los hombres se empezó a correr la voz de que don Juan era un «brujo» porque había conseguido algo casi imposible: unir a los italianos.

Estábamos muy cerca de Grecia, y eso motivaba a los cientos de griegos con los que contaba la armada. La verdad es que los otomanos también contaban con muchos griegos en sus galeras, pero en nuestro caso la mayor parte eran voluntarios, mientras que en las filas enemigas casi todos eran esclavos. Don Gil de Andrade tenía entre sus galeras una formada en su totalidad por griegos, llamada precisamente la *Griega*. Pero no era la única. En la propia la *Real* había varios griegos, entre ellos su armero. La mayor parte de ellos provenían de las islas bajo dominio veneciano, incluso había capitanes provenientes de Creta, Zante y Cefanolia. Los venecianos contaban con cuatro galeras formadas solo por griegos. Había una galera que había sido armada por Manoússos Theotokópulos, el hermano de un conocido pintor originario de Creta que residía en Toledo y que pintaba extraños cuadros de figuras delgadas y alargadas con colores muy vivos y expresiones místicas, a quien en España se conocía con el sobrenombre de «el Greco».

Pero no contábamos solo con la ayuda de los griegos a bordo. Los agentes enviados por don Juan habían hecho su función en Grecia. Multitud de gentes de estas tierras intentaban alcanzar nuestras naves a nado desde la costa para informarnos de las posiciones enemigas. Todo ello a cambio de algo de metal para sus vacías bolsas.

—¡Don Juan! Cuatro albaneses con información sobre la Armada turca —gritó uno de los capitanes.

Don Juan hizo un gesto con la mano y los mandó llamar. No sé exactamente qué le contaron, pero pude ver cómo les entregaba a cada uno diez escudos de oro y acto seguido daba la orden de ir rumbo a Cefalonia.

Aquella misma noche, Luis de Requesens trajo a la *Real* a los más famosos jefes de los tercios, que servían en aquella armada, Lope de Figueroa, Miguel de Moncada y Diego Enríquez, temidos con solo mencionar sus nombres.

—Señores, de todos es conocido que no estáis en vuestro terreno, la mar no es igual a los campos de batalla de Nápoles, Milán o Flandes. Pero aquí, como en tierra firme, vuestro rey es el mismo, Felipe II. Vuestro Dios es el mismo, nuestro señor Jesucristo, y vuestra misión es la misma, llevar a la católica Corona de España a la victoria. Por eso, vuestras mercedes, así como nuestros tercios, formaréis en la escuadra central. De nosotros dependerá la suerte de la batalla y, por lo tanto, de la cristiandad. ¡Confío en vuestras mercedes!

Antes de que los jefes de los tercios se retiraran, don Juan llamó a Lope de Figueroa.

—Sí, excelencia.

—Hay un joven de Alcalá de Henares que sirve en el tercio viejo de Cartagena, a cuyo mando os encontráis.

—¿De qué joven habláis, excelencia?

—De Miguel de Cervantes y Saavedra.

—Así es, excelencia, él y su hermano son arcabuceros de la compañía de tercios de Miguel de Moncada, que está enrollada en la *Marquesa*.

—¿Son buenos soldados?

—Todos lo son, excelencia.

—Claro. Espero que así sea. Me une una gran amistad con ese soldado. A mí y al aquí presente, Alejandro Farnesio. Si fuera posible dadle un buen puesto el día de la batalla —concluyó don Juan.

—Así será, excelencia —dijo Lope de Figueroa antes de retirarse.

Lo último que habíamos oído de Miguel antes de verlo en la Santa Liga era que su nombre aparecía en una antología de poemas sobre nuestra amiga la difunta reina, Isabel de Valois, firmados en el año 1568.

Un año más tarde me habían llegado noticias de que Miguel de Cervantes había sido condenado en Madrid a arresto y amputación de la mano derecha, por herir a un tal Antonio de Segura. La pena, corriente, se aplicaba a quien se atreviera a hacer uso de armas en las proximidades de la residencia real. Al parecer el condenado salió de España ese mismo año huyendo de esa sanción. Ignoro qué habría ocurrido desde entonces, pero para estar embarcado ahora en aquella nave tenía que haberse encontrado en los dominios españoles en Italia y provisto de un certificado de cristiano viejo que le permitiera entrar como soldado en la compañía de Diego de Urbina.

Al día siguiente navegamos con precaución hacia Oriente. Cuanto más nos acercábamos al enemigo, más nerviosa se ponía la chusma. El 5 de octubre pasábamos cerca de Praxos; fue entonces cuando vimos a una fragata de las que estaba al mando de Gil de Andrade acercarse rumbo hacia la *Real*. Sin duda el sistema de espionaje de don Juan había dado sus frutos, y Gil de Andrade tenía alguna noticia importante. Un joven marinero saltó de la fragata a la *Real* y don Juan dio orden de dejarlo pasar. El muchacho, que tenía pinta de griego o albanés, le dijo al oído la información con la que había sido enviado. A continuación don Juan me mandó llamar.

—Alejandro, preparaos, porque el futuro de la cristiandad está en juego. Alí Pachá, jefe de la Armada turca; Mohamed Sirocco, virrey de Alejandría; Hassan, hijo de Jerendin Barbarroja, y Uluch Alí, virrey de Argel, están en la Armada turca.

—Son los mejores capitanes de que disponía la Sublime Puerta. Nadie pensaba que el sultán Selim II mandaría todas sus fuerzas contra la Santa Liga —le comenté.

—Así es. Cuantos mayores sean nuestros enemigos, más grande será nuestra victoria —me contestó don Juan.

La armada llegó esa misma noche a Puerto Fescardo, en el canal de Cefalonia. Conforme nos acercábamos a Oriente, nuestros hombres estaban cada vez más nerviosos. Sobre todo los venecianos. En sus mentes todavía estaban reciente las noticias de la caída de Famagusta, donde los turcos habían incumplido su promesa de respetar la vida de los defensores si rendían la plaza. Los habían degollado a todos.

Aquella noche, al igual que la de la partida de Messina, un extraño sentimiento saltó de barco a barco. Sin embargo, su olor había cambiado, no era miedo lo que se respiraba, sino venganza. Y de las galeras y galeazas venecianas brotaba con más fuerza.

—Los hombres están ansiosos, ¿os dais cuenta, Alejandro? Estamos a punto de librar la mayor batalla naval de todos los tiempos.

—Don Juan, ¿no habéis pensado que quizá Alí Pachá rehúse el combate al igual que Andrea Doria pretendía hacerlo?

—¿Habéis notado que apenas sopla viento, Alejandro?

—Sí, don Juan, pero escuchadme...

—¿Quién creéis que infla nuestras velas?

—Nuestro señor.

—No, me temo que solo vos y yo estamos despiertos esta noche. Es el destino quien nos guía hacia Oriente. No les daremos opción, tendrán que pelear.

Ante la proximidad del enfrentamiento, don Juan aumentó la ración diaria de alimentos suministrados a los galeotes: dos platos de potaje de habas o garbanzos, medio quintal de bizcocho y unos dos litros de agua. Además, añadió raciones extras de tocino, legumbres, aceite, vino y agua.

13

El amanecer

Nos habíamos acostumbrado a movernos de noche al igual que de día. Don Juan confiaba en sorprender a los turcos a base de estar siempre en movimiento. Si no sabían dónde estábamos no podían atacarnos, así que navegamos con luz o sin ella, con viento o sin él. No quería caer en una emboscada turca, ya que el enemigo tenía naves más rápidas, estaban mejor preparados para el abordaje y, seguramente, utilizarían flechas incendiarias para quemar nuestras galeras. Nosotros contábamos con los mosquetones; como había dicho Andrea Doria, teníamos un solo disparo, pero este podía ser arrasador. Don Juan quería llevar el mando de la batalla, nos enfrentaríamos cuando y donde él decidiera, y sería una batalla total, nada de escaramuzas.

Así, el 6 de octubre, día en que mi mujer celebraba su cumpleaños, pasamos a la altura de Atokos, cerca de la costa griega. Nos protegimos navegando detrás de las islas Curzolari, desviándonos levemente hacia el sudeste para luego recuperar la dirección este. Navegábamos lento, para no cansar a la chusma y también para no encontrar al enemigo demasiado pronto. Nuestro generalísimo confió de nuevo a don Juan de Cardona la misión de abrir el camino con unas pocas galeras. Así, entre los susurros de la noche, cruzamos el canal que forman las costas de la Grecia continental con la isla de Oxia, la última de las islas Curzolari. Pasamos a la altura del cabo Scrofa, y salimos muy temprano al golfo de Lepanto. Las informaciones dictaban que allí sería la batalla. Aún no podíamos divisar a los turcos, pero la armada de la Santa Liga ya se había desplegado y esperaba a nuestro temible enemigo.

Aquel amanecer lo recordaré toda mi vida. Entre un silencio espeso más de cien mil hombres vimos el amanecer más rojo de nuestras vidas. Los que estábamos allí nunca podríamos olvidarlo, sabíamos que ese día que nacía sería el último que viéramos muchos de nosotros. Dios, nuestro señor, parecía también saberlo, por eso nos obsequió con el amanecer más hermoso que mis ojos hubieran visto nunca. El sol tiñó todo el Mediterráneo de un rojo sangre, como queriéndonos mostrar lo que horas más tarde nos esperaba. Nuestro sacrificio iba a servir para honrar a Dios y salvar la cristiandad.

A las siete y media de la mañana divisamos la flota turca entre la isla de Oxia y la punta Scrofa. Como siempre, dispuesta en forma de media luna, la suerte nos había sido esquiva esa mañana y no íbamos a conseguir uno de nuestros objetivos: luchar con el sol a la espalda. La avanzadilla de don Juan de Cardona alcanzó a ver dos pequeñas barcas turcas que, haciéndose pasar por pescadores, se acercaban para intentar calibrar nuestras fuerzas y las disuadió rápidamente de sus planes.

Don Juan estaba imponente sobre el castillo de popa; cubierto con una hermosa armadura, ocultaba en su pecho la medalla del Toisón de Oro. Su destino era estar allí este día. El padre de su tatarabuelo, el fundador de la orden y último duque de Borgoña, el legendario Carlos el Temerario ya había formulado hacía más de cien años el destino de mi joven amigo. El borgoñés fue el autor del «voto del faisán», por el cual Borgoña, defensora del catolicismo, se había comprometido a reiniciar, llegado el momento, una nueva cruzada. El nieto de María de Borgoña, hija y heredera de Carlos el Temerario, estaba a punto de realizar la promesa.

Si alguien tenía que dirigir aquella cruzada era don Juan, y no iba a permitir bajo ningún pretexto que los turcos dudaran en plantar combate, así que avanzamos hacia ellos. Estábamos a menos de diez millas, demasiado cerca para que alguna de las dos armadas se retirara. El combate era inevitable.

A lo lejos divisamos a la galera capitana de la Armada otomana, la *Sultana*, con el casco pintado de escarlata y unas dimensiones tan solo comparables con la *Real*. Sobre su mástil hondeaba el famoso estandarte que la hacía fácilmente reconocible, el cual, según contaban los prisioneros turcos, había sido traído desde la propia Meca. La Armada turca era mucho más numerosa que la de la Santa Liga. Galeras de todas las clases, muchas cristianas confiscadas en alguna de las múltiples batallas que nos habían ganado durante los últimos cincuenta años, invadían todo nuestro campo de visión. Había tal número que incluso algunas tenían problemas para navegar y no chocar las unas con las otras. Llenaban el horizonte en una extensión de más de cinco millas. Nunca habían perdido un enfrentamiento marítimo desde que el Imperio otomano se había echado al mar. Sus embarcaciones, construidas con la madera de los bosques cercanos al mar Negro, eran temibles. Estábamos en clara desventaja, pero Dios estaba de nuestro lado.

Alí Pachá no se lo pensó dos veces. Disparó el cañón de su galera, la *Sultana*, invitando a don Juan de Austria a la pelea. Sin duda, el viento favorable le animaba a ello.

Nuestro generalísimo ordenó que se contestara el cañonazo. El turco ignoraba que el cristiano que más deseaba el enfrentamiento era el propio don Juan de Austria. Toda su vida había estado esperando este momento. Yo podía ver en sus ojos el fuego de la ambición que vi la primera vez que nos encontramos en Alcalá de Henares y que desde entonces no había hecho sino crecer y crecer.

Luis de Requesens miró a don Juan y este le hizo un gesto con la mano. Entonces se arrió el estandarte de la Liga, la cruz de Cristo flanqueada por los escudos de los aliados que don Juan había ordenado bajar previamente. Quería que su alzamiento fuera un símbolo, que mostrara a los hombres el camino a seguir como cuando salimos de Messina. Esta era la batalla más importante de la historia y cualquier símbolo podía ser decisivo.

Los generales cristianos animaron a sus soldados y dieron la señal para rezar nada más ver alzarse el estandarte. Los soldados de la *Real* se arrodillaron ante un crucifijo que don Juan había situado en el castillo de popa y continuaron en esa postura de oración hasta que las flotas se aproximaron. Se trataba del crucifijo que el difunto Luis de Quijada había rescatado de manos moriscas en las Alpujarras y le había entregado antes de morir.

Los turcos se lanzaron sobre los cristianos con gran rapidez, el viento les era muy favorable. Pero justo entonces se calmó. Fue uno de los fenómenos más sorprendentes que mis ojos vieron nunca. El viento que soplaba con fuerza se detuvo totalmente, hasta dejar el mar en una sorprendente calma. Entonces un profundo silencio llenó todo el golfo de Lepanto, tan solo se oía el rugir de las olas contra los cascos de las galeras y el ruido de las cadenas de los esclavos cristianos en las embarcaciones turcas. El viento pronto comenzó a soplar en la otra dirección, ahora favorable a nosotros. Los rezos de los más de cien mil hombres habían sido escuchados.

—Este es el día en que la cristiandad debe mostrar su poder, para aniquilar esta secta maldita y obtener una victoria sin precedentes. Es por voluntad de Dios que estáis aquí, para castigar el furor y la maldad de esos perros bárbaros. ¡Todos cuidaos de cumplir con su deber! ¡Poned vuestra esperanza únicamente en el Dios de los ejércitos, que reina y gobierna el universo! —gritó don Juan.

Mi amigo intentaba inculcar nuevos ánimos a sus hombres. Después ordenó acercarse a la galera de Veniero y le dio las últimas instrucciones al jefe veneciano.

—Hoy es día de vengar afrentas; en las manos tenéis el remedio a vuestros males. Por lo tanto, menead con brío y cólera las espadas.

Veniero entendió perfectamente las palabras de don Juan, los venecianos estaban deseosos de entrar en combate y vengar a todos los caídos en Chipre. Entonces la *Real* se dirigió al lado izquierdo, a la galera de Colonna.

—Hijos, a morir hemos venido, o a vencer si el cielo lo dispone. No deis ocasión para que el enemigo os pregunte con arrogancia impía, ¿dónde está vuestro Dios? Pelead en su santo nombre, porque muertos o victoriosos, habréis de alcanzar la inmortalidad. —Estaba claro que don Juan sabía cómo motivar a sus hombres.

Las órdenes eran que las galeazas se colocaran una milla por delante del resto de nuestra flota y esperaran allí la llegada de los turcos. Así fue, y estos recibieron una descarga de bienvenida que nunca olvidarían. Las seis galeazas situadas delante de las tres escuadras empezaron a escupir un fuego incesante de cañonazos. Una galera turca fue alcanzada por el fuego de las galeazas y se hundió de inmediato. Fue la primera de las muchas que acabarían en el fondo del golfo de Lepanto aquel día. Alí Pachá, desconcertado ante aquellas enormes naves que escupían incesablemente proyectiles desde sus cañones creando el pánico en las líneas turcas, bajó de su castillo de popa y cogió a uno de sus remeros cristianos por el cuello. Sacó su espada y se la puso junto a la garganta, y en un castellano defectuoso le preguntó:

—Dime por tu Dios, ¿qué tipo de nave es esa?

Cuando este comprendió que cada una equivalía a una fortaleza mandó aumentar la boga para pasar de largo cuanto antes, pero no lo hicieron sin que las galeazas hundieran dos galeras más, dañando otras muchas y desbaratando la formación turca sin que esta pudiera volver a recomponerse.

En el Vaticano, el papa Pío V, rodeado por los principales cardenales, empezó una oración para pedirle a Dios, con las manos elevadas hacia el cielo, como hizo en su día Moisés, que ayudara a las tropas cristianas. Al mismo tiempo, se inició la procesión del rosario en la iglesia de Minerva, en la que se pedía por la victoria. Por toda Roma corrió la voz de que aquella mañana tendría lugar la tan esperada batalla. En Venecia, el gran dux se reunió en el Senado, esperando las noticias de la batalla. Los venecianos eran los que estaban más preocupados, una derrota significaría el fin de la República. En España, Felipe II esperaba noticias de la batalla, mientras seguía de cerca cómo crecían las torres de El Escorial. No habló con nadie durante aquella mañana. Antonio Pérez había dado orden al virrey de Nápoles de enviar un correo urgente en cuanto se supiera la suerte de la contienda. En los reinos de Francia, Inglaterra, Escocia y en el imperio, todos esperaban con cautela el resultado de la batalla, porque de ella dependía el futuro de Europa entera.

En Lepanto, el viejo almirante turco conocido por los cristianos como Sirocco, debido a que era tan escurridizo como el viento, pronto comprendió el peligro del fuego de las galeazas. Así que intentó rebasar la línea cristiana por su flanco izquierdo para atacarla por su retaguardia. Sus galeras eran increíblemente rápidas.

Mientras tanto, las galeras situadas en el centro de la media luna empezaron a lanzar sus famosas bombas de fuego, terribles armas incendiarias compuestas por una mezcla de alquitrán que al caer en el agua seguían ardiendo. Y peor eran si lo hacían en una galera, pues no había forma de apagarlas.

Don Juan vio que era el momento necesario de animar a sus hombres y los tambores de la *Real* empezaron a sonar entre los gritos de los hombres. Al oírlos, en el resto de las galeras se empezaron a sumar primero los tambores, y luego las trompetas. El ruido pareció callar los gritos de los otomanos, pero fue una mera ilusión. Cuando las flotas se encontraron cara a cara, los gritos otomanos chirriaron como animales enfurecidos, y su sonido se introdujo por todos los rincones de las galeras cristianas.

La confianza de la escuadra izquierda a Barbariego, en vez de a los jefes de la Santa Sede y la Serenísima, no era casual. Adivinando las intenciones de Sirocco, Barbariego acercó sus galeras a la costa para cerrarle el paso. A pesar de ello, algunas galeras turcas tripuladas por hábiles pilotos muy familiarizados con la costa griega lograron pasar casi rozando las piedras, por los bancales y escolleras, y consiguieron envolver a Barbariego. Fue aquí donde empezó a funcionar la táctica de serrar los espolones. Siguiendo el consejo de Doria se serraron todos los de nuestras naves. Para no dar cuenta de ello al enemigo se dejaron en su mismo lugar, pero sujetos por cuerdas. El espolón era un elemento clave en una galera, ya que tenía dos funciones: servir de puente por donde pasaban los hombres a la hora del abordaje y utilizarlo para embestir a la nave enemiga e inmovilizarla. Una vez entrado en combate se dejaron caer los espolones. Cuando esto sucedió los otomanos quedaron aturdidos ante la maniobra, sin duda, muy difícil de entender. Yo mismo dudaba de su efectividad, pero pronto salí de mi ignorancia. Al dejarlos caer, los tercios con los arcabuces quedaron a menor altura de lo habitual y sin obstáculos en su punto de mira. Por lo que tenían más fácil alcanzar al enemigo. Por el contrario, los otomanos perdieron la visión de los soldados cristianos, y al disparar sus proyectiles estos pasaban por encima de las cabezas de nuestros hombres.

El combate que siguió fue terrible y sangriento. Barbariego comprendió su delicada situación. A él se le había confiado el flanco izquierdo, y no tenía ninguna intención de entregarlo a los turcos. Reorganizó toda su escuadra tapando todos los huecos por donde las escurridizas galeras turcas de Sirocco intentaban pasar.

—¿No seréis capaces de permitir que esos infieles nos rodeen? La suerte de la batalla está en vuestras manos, ¡luchar por Dios! —gritaba Barbariego a sus hombres.

Pero no todo quedó ahí. El almirante de la escuadra izquierda entendió enseguida que no podría contener a los turcos él solo, y rápido ordenó que se izara la señal para que Álvaro de Bazán enviara refuerzos. Pero al hacerlo bajó su escudo, su alférez lo vio y rápido le advirtió del peligro.

—¡Señor! ¡Protegeos!

—Es un riesgo menor a que no me entiendan los hombres. ¡Debemos arriar la bandera! —gritó Barbariego.

El veneciano recibió un flechazo en su ojo izquierdo. Pero a pesar de ello consiguió terminar de arriar la bandera. Después algunos de sus hombres le acostaron en la popa, pero la herida era demasiado grave y la sangre fluía con mucha velocidad. Lejos de preocuparse por su persona llamó a gritos a su sobrino, que dirigía otra galera, llamada *Los Dos Delfines*, para cederle el mando. Contarini, que así se llamaba el joven capitán, izó él mismo las banderas de ayuda y al igual que su tío, sin escudo que le protegiera, ordenó resistir a toda costa.

—¿Recordáis a nuestros soldados de Famagusta? Ellos resistieron, ellos murieron esperando nuestro socorro. ¿Permitiréis que esas muertes sean en balde? ¿Dejaréis que atraviesen nuestra defensa y que lleguen a Venecia? ¡Decidme! ¿Lo haréis?

La situación era desesperada para nosotros. Parecía que las galeras venecianas iban a caer en poder de los turcos en cualquier momento, entre ellas la *Marquesa*, la segunda en el mando de la escuadra izquierda. Esta galera era de las pocas que conseguía mantener a raya a los turcos. Era un islote de esperanza en un mar de sangre y pólvora, donde las galeras turcas se movían a placer atravesando las líneas cristianas.

Miguel de Cervantes había estado enfermo toda la noche, vomitando y con fiebre. Así que le destinaron a la reserva para el día de la batalla. Pero al amanecer se había presentado ante Francesco Sancto Pietro, su capitán, y le había pedido que le permitiera luchar.

—Más quiero morir peleando por Dios y por mi rey que no meterme bajo cubierta.

—Soldado, honráis con vuestro valor a nuestro rey, pero vuestra merced está enfermo...

—¿Qué se diría de Miguel de Cervantes cuando hasta hoy he servido a Su Majestad en todas las ocasiones de guerra que se han ofrecido? Y así no haré menos en esta jornada, enfermo y con calentura.

Su capitán, abrumado por las palabras de Cervantes, lo puso en el esquife, el punto más expuesto del navío, a popa, por donde los abordajes eran más peligrosos. Miguel de Cervantes, su hermano y los otros soldados rechazaron los numerosos ataques de las galeras que se acercaban a la *Marquesa*, que resistía valientemente entre el fuego cruzado de dos galeras turcas. Entonces llegó una tercera galera enemiga, bien provista de arcabuces, que descargaron todos sus proyectiles sobre los soldados del esquife. Rodrigo se derrumbó ante la mirada de su hermano, Miguel de Cervantes. Dos tiros de arcabuz, uno en el pecho y otro en el estómago, habían segado la vida del joven castellano. Miguel también fue alcanzado, cayó al suelo gravemente herido en el brazo izquierdo, y con otro tiro en el pecho. Pero este solo le había rozado, porque si no seguramente ya no estaría vivo. Miguel no sentía las heridas, su dolor provenía del corazón; las lágrimas resbalaban por su rostro como la sangre por su brazo. Su hermano Rodrigo yacía muerto a sus pies. Alzó la vista y vio cómo se acercaba un soldado turco empuñando en lo alto de su brazo una brillante espada, que se dirigía directamente a su cabeza. Miguel la esquivó, y la espada se clavó en la madera. Buscó rápidamente algo con que defenderse y solo encontró su arcabuz, lo cogió y con su culata golpeó al turco en la cara. El otomano cayó hacia atrás víctima del impacto, y cuando se incorporó Cervantes le estaba esperando para regalarle un nuevo golpe. Con el esfuerzo y su brazo herido, perdió el equilibrio y cayó sobre el pecho del turco. Entonces vio una pequeña daga curvada que su enemigo llevaba en la cintura y se la quitó, clavándosela en el pecho. A continuación se vendó el brazo con el turbante del turco muerto y cogió la espada con la que había intentado matarle instantes antes y continuó la defensa de la *Marquesa*, vengando la muerte de Rodrigo.

El combate se había convertido en un auténtico caos, lanzándose unas galeras en persecución de otras, con decenas de barcos entrelazados en abordajes múltiples. En aquel infinito desorden había naves turcas que habían sido abordadas y que ahora eran defendidas por españoles y corsarios berberiscos navegando en galeras con pabellón cristiano. Imposible saber cuántas naves estaban siendo tragadas por el mar. Donde estaba una galera, al poco solo quedaba un remolino que se la tragaba. Había en el agua tantos muertos y despojos de sus cuerpos que las naves encallaban entre cadáveres. La carnicería era dantesca, los cuerpos mutilados impedían saber si eran cristianos o turcos los que flotaban.

Yo mandaba el flanco derecho de la *Real*, mientras Luis de Requesens hacía lo propio en el izquierdo. La costumbre en las batallas navales era que las naves capitanas se enfrentaran en duelo. Normalmente el vencimiento de una u otra determinaba la suerte de la batalla, por lo que los almirantes solían embarcar a sus mejores hombres en esa nave. Nosotros llevábamos la flor y nata de la infantería española, cuatrocientos arcabuceros e hidalgos del tercio de Cerdeña.

La galera de Alí Pachá, la *Sultana*, estaba apoyada por otras siete galeras que, estratégicamente situadas a su popa, amenazaban con servirle de refuerzos. Sus temibles jenízaros, en su mayor parte niños cristianos raptados en los Balcanes y que eran entrenados desde su juventud en el arte del combate, eran la infantería de élite otomana.

La *Real* estaba solamente apoyada por dos galeras. Conforme nos íbamos acercando a la *Sultana* se oían los gritos de los soldados turcos intentando asustarnos. Desde lejos parecían temibles, en la *Real* nadie se movía, ninguno de los soldados de los tercios parecía preocupado ante lo que se nos venía encima. Eran soldados del rey de España, habían combatido desde Nápoles hasta Flandes, pasando por Saboya, Luxemburgo y la propia Francia. En tierra no conocían la derrota; con solo oír acercarse sus tambores, sus enemigos huían. Solo los protestantes flamencos se atrevían a hacerles frente. Con un simple gesto, los capitanes de las compañías ordenaron a los soldados que prepararan sus arcabuces. Todos encendieron las mechas.

Don Juan, en lo alto del castillo de popa, no daba ninguna orden, tan solo esperaba. En cambio, los turcos no dejaban de chillar y blasfemar. Una lluvia de flechas y proyectiles cayó sobre la *Real*, pero lo tercios estaban bien protegidos tras sus escudos.

—Don Alejandro, don Luis, capitanes. ¡A mi orden!

Nuestro generalísimo esperó el momento oportuno.

—Soldados, hoy el Papa nos está mirando desde Roma y Dios, nuestro señor, desde lo alto de cielo. Habéis de saber que quien muera hoy aquí, en Lepanto, vivirá para siempre. Sois soldados del rey de España, Felipe II, defensores de la fe cristiana, comportaos como tales. Callemos para siempre a esos infieles. ¡Santiago! ¡Cierra España!

La *Sultana* y la *Real* se embistieron mutuamente. La colisión fue brutal; muchos hombres cayeron al agua, sobre todo turcos. Pero fue el espolón de la otomana el que penetró hasta el cuarto banco de la galera cristiana. De este modo, unidas, constituían una única plataforma de unos doce metros de anchura por más de cien de longitud. Como si fueran dos piezas trabadas en su parte central por una bisagra. La suerte del combate dependía de que una de ellas conquistase la otra y alzase en ella su estandarte.

—¡Por Dios, por España, por el rey! ¡Arcabuces!

La infantería española descargó sus arcabuces sobre los

jenízaros turcos, sin que estos pudieran defenderse. La primera línea turca cayó fulminada, y los arcabuces sembraron el temor en la *Sultana*. Los tercios españoles hablaron de la mejor manera que sabían, escupiendo fuego. Mientras, el artillero Pedro de Macedonia, otro de esos griegos que tan bien servían a don Juan en esta empresa, dirigía a la perfección nuestras escasas piezas de artillería, controlando que ninguna nave de pequeña envergadura nos abordara por la retaguardia.

De entre los arcabuceros salieron soldados armados con espadas y escudos que se lanzaron al asalto de la *Sultana*. Pisando sobre los cadáveres de los primeros jenízaros, los bravos soldados españoles atravesaban con sus aceros a todo turco que se preciara. La carnicería fue salvaje. En unos instantes alcanzaron la parte central de la nave otomana entre un mar de sangre, cuerpos mutilados y gritos de dolor. Pero entonces la *Sultana* empezó a recibir ayuda de las galeras que la seguían. Un mar de flechas cayó sobre los soldados cristianos que se protegían con sus escudos, mientras los arcabuceros disparaban contra los arqueros. Más jenízaros habían repuesto el lugar de los caídos y los tercios tuvieron que empezar a retroceder ante el incesable empuje de los turcos, que recibían constantemente refuerzos por la popa. ¡No podíamos permitirlo!

—¡Flanco derecho, a los arqueros! —indiqué a los soldados bajo mi mando.

No iba a defraudar a don Juan. Si él llevaba tiempo esperando este día, yo aún había esperado más, pues ni había podido participar en la rebelión morisca de las Alpujarras ni limpiando las costas de Granada de piratas como había hecho él.

Los arqueros de una de las galeras que apoyaban a la *Sultana* cayeron en gran número. Pude oír cómo Luis de Requesens hacía lo propio desde su flanco. Sin el apoyo de los arqueros, nuestra infantería retomó la iniciativa y los jenízaros caían a la misma velocidad que subían por la popa de la *Sultana*. Mientras mis hombres recargaban, una galera se dirigió directa hacia nuestro flanco y descargó una lluvia de flechas sobre nosotros. Yo me protegí con mi escudo y no fui herido. La mayoría de mis hombres tampoco, pero tras ese primer ataque intentaron un abordaje.

—¡Don Luis!, Alejandro necesita ayuda —ordenó don Juan.

Los arcabuceros de Luis de Requesens llegaron hasta nuestro flanco, y apoyando a los míos hicimos desistir a los turcos de sus ideas.

—¡Alejandro! Flanco izquierdo, ¡rápido!

Me giré y vi como esta vez se acercaba otra galera por el flanco contrario que estaba desprotegido. Rápidamente nos dirigimos hacia allí y esta vez fueron los arcabuces de mis hombres los que volvieron a callar las blasfemias turcas. La infantería había estado por segunda vez a punto de llegar hasta el mismo Alí Pachá, pero los refuerzos turcos parecían ilimitados, y nuevamente eran empujados hacia la *Real*.

La batalla era el mayor caos que habían visto jamás mis ojos, las galeras del mismo bando se trababan entre sí. El mar estaba envuelto en sangre, los cuerpos flotaban chocando contra los barcos, también las cabezas, los brazos, las piernas... El atronador sonido de los cañones, los disparos de los arcabuces, el chocar de las espadas y una nube de intenso humo, habían convertido Lepanto en un infierno. Y en medio de tanta confusión, los gritos, de furia, de pasión, de valentía... pero también de dolor, de miedo, de misericordia, de sufrimiento y de desolación.

En este punto del enfrentamiento se demostró nuevamente la inteligencia de don Juan. Antes de la batalla habíamos dotado a los remeros de unas «medias picas» que resultaron más útiles de lo esperado. Cuando se acercaron las galeras turcas para abordarnos, los remeros retiraron los remos y sacaron estas picas, que resultaron especialmente útiles para impedir el abordaje.

Llegó el momento trágico. Los jenízaros estaban a punto de inclinar la balanza a su favor, pues se lanzaron al contraataque intentando invadir la *Real*. Los tercios sufrían ante el empuje otomano. Pedro de Macedonia fue alcanzado por una flecha en la cara y cayó al suelo retorciéndose de dolor.

Los otomanos abordaron la galera la *Real* y tuvimos que pertrecharnos en la proa para evitar que siguieran avanzando.

La situación era terrible. Busqué a don Juan, pero le había perdido de vista.

—¡Don Juan! —grité con todas mis fuerzas a la vez que alzaba la vista todo lo que me era posible—. ¡Don Juan!

No obtenía respuesta, ¿dónde estaba nuestro generalísimo?

Tampoco alcanzaba a ver a don Luis de Requesens. Los cuerpos de mis propios hombres comenzaron a aprisionarme ante el empuje de los turcos, y cuando busqué ayuda a mi espalda, solo hallé más galeras enemigas acercándose.

La situación era insostenible.

14

El atardecer

Una ráfaga de arcabuces nos permitió mantenerlos a raya, pero enseguida me percaté de que más otomanos llegaban desde la *Sultana*.

—¡Oídme! Debemos defender esta galera como si fuera nuestro hogar, como si fuera un pedazo de España, ¡no nos rendiremos! ¡Antes la muerte! —Y alcé mi espada.

—¡Antes la muerte! —repitieron mis hombres al unísono.

—¡Por el rey! ¡Por el Papa! —Y alcé mi otra espada.

—¡Por el rey! ¡Por el Papa!

A pesar de nuestro escaso número y del agotamiento, lanzamos un contraataque como si estuviéramos enloquecidos. No sé cuántos éramos en realidad, estoy seguro de que no los suficientes. Sin embargo, cuando llegamos al centro de la cubierta parecíamos todo un tercio viejo arremetiendo como en San Quintín.

Los jenízaros retrocedieron, muchos cayeron a las aguas, otros tropezaban y sus propios compañeros los pisoteaban. Tiramos de espada a uno y otro lado, me salpicó tanta sangre que llegó un momento en que apenas podía ver. Solo me guiaba mi furia salvaje y así llegué hasta la *Sultana*, pero entonces fueron los otomanos los que nos esperaban y una lluvia cayó sobre nosotros; no pudimos defendernos. Yo me agaché y oculté detrás de varios cuerpos sin vida, eso me salvó. No fui ajeno a los gritos del resto, ahora sí estábamos perdidos. Había sido un último arrebato, inconsciente, visceral, qué más daba ya eso.

Los jenízaros saltaron a la *Real*. Los filos relucientes de sus espadas iban a acabar con nuestras últimas esperanzas.

Y entonces se oyó un grito y vi cómo llegaba una galera por estribor y no podía creer quién estaba subido en el espolón. Aquel pañuelo en la cabeza, era ella, la mujer que me salvó la vida, y no llegaba sola. Abordaron la *Sultana* y obligaron a los otomanos a dividirse. Entonces vi una mano que pedía que me alzara de nuevo, la apreté y me incorporé.

—Alejandro, esto todavía no ha terminado.

—¡Don Juan!

—Es hora de pasar a la historia, mi gran amigo, juntos.

—¡Juntos! —Y le apreté la mano con todas mis fuerzas.

Don Juan se colocó en primera línea y yo le seguí como lo hubiera hecho al fin del mundo. Me cerré el casco y me apreté la armadura que me cubría todo el cuerpo. Volví a coger una espada en cada una de mis manos.

Mis movimientos eran más lentos con tanto peso, pero, por el contrario, podía resistir los proyectiles de esos herejes. Mientras me mantuviera en pie, la armadura me daba ventaja; si caía el suelo, estaba perdido. Era fácil que me intentaran derribar y clavarme una daga por el hueco de mi casco, a través del cual veía, o en la parte no protegida de las axilas. Pero no iba a permitir que nadie me tirara al suelo, no hoy, no en Lepanto.

—Recordad que combatís por la fe, ningún débil ganará el Cielo —gritaba don Juan a nuestros hombres—. ¡Santiago cierra España!

—¡Santiago cierra España! —repetimos todos al unísono.

Los hombres, armados de valor, presionaron de nuevo sobre la línea otomana. Conseguimos parar el avance, pero la presión otomana era incesable. Un moro negro se lanzó hacia mí con una enorme hacha, esquivé el primer golpe, pero en el segundo rompió en dos mi espada. El tercero casi me corta una pierna. Entonces le agarré el hacha por su mango y le propiné un fuerte cabezazo. Perdí mi casco y quedé algo aturdido, pero al menos conseguí que soltara la enorme hacha, que cayó al suelo de la *Real*. El moro gritó indignado y se lanzó a por mí, golpeando con su clavícula en mi costado. El dolor que me propino fue horrible y la violencia con que lo hizo me derribó, cayendo de espaldas con él sobre mí. Mi armadura había perdido toda su efectividad, ahora era solo un gran obstáculo que dificultaba mi movilidad.

Entonces saqué mi daga y se la clavé en la espalda. Él gritó de dolor, pero a continuación me agarró con las manos por el cuello. Casi no podía respirar, pero le clavé de nuevo la daga, lo que acompañó con un nuevo grito de dolor. Y siguió apretando mi garganta, que estaba a punto de partir con sus grandes manos. Volví a clavarle la daga, una y otra vez, me soltó la garganta y yo seguí introduciendo aquel trozo de acero toledano en su cuerpo hasta que cayó de lado. Entonces me puse de rodillas y se la introduje a la altura del corazón. Su sangre me saltó a la cara, me limpié y vi delante de mí a don Juan peleando con un turco que se defendía con su cimitarra, que era la típica espada otomana, de las envestidas que mi amigo le lanzaba.

La armadura le daba una apariencia terrible, como la de un caballero medieval de algún cuadro, rodeado de enemigos pero siempre victorioso. El medallón del Toisón de Oro ya se había liberado de su escondite y colgaba del cuello, desafiante. El otomano no aguantó por mucho tiempo su empuje, y don Juan le clavó su espada en el costado, y el turco se desplomó. Inmediatamente después, otro turco armado con un escudo y una espada se lanzó con fiereza a por él. Sin embargo, don Juan amortiguó el golpe de la espada otomana con la suya propia, y a continuación golpeó el escudo con una patada, de tal manera que este impactó en la mandíbula del turco. A continuación le introdujo su espada entre las costillas, desplomándose también. Allí, en primera línea de batalla, don Juan demostró su valor y una enorme destreza. El conde de Priego protegía en todo momento la espalda de don Juan. Pero la situación no mejoraba hasta que Andrés Becerra, capitán de los tercios, se lanzó a la primera línea de defensa al grito de:

—¡Tercios de España! ¡Por Dios! ¡Por el rey! ¡Y por don Juan!

Todos los hombres de su compañía, al ver a su capitán en tal acto de valor, se lanzaron en su defensa. Los jenízaros tuvieron que retroceder.

La matanza fue terrible. En torno a las galeras, la mar estaba teñida de rojo, y no había otra cosa que turbantes, remos, flechas y otros muchos despojos de guerra. Y, sobre todo, muchos cuerpos humanos, tanto cristianos como turcos. Unos muertos, otros heridos, otros hechos pedazos.

Don Juan, espada en mano, luchaba en primera línea bien apoyado por los tercios. Mi flanco estaba seguro; Luis de Requesens tenía más problemas en el suyo, pero no dudé de que fuera a resistir. Andrés Becerra había abierto camino hacia la popa de la *Sultana*. Entre mis hombres pude ver uno que disparaba con tal rapidez que era capaz de descargar dos arcabuces sobre los turcos mientras los demás soldados solo hacían un disparo. Y entonces vi de nuevo a la mujer del pañuelo, solo yo debía de saber que no era un hombre. ¡Que me lleve el diablo si no lo parecía! Tiraba de espada mejor que cualquier soldado que había allí. Se movía con mucha más rapidez y destreza, parecía imposible de alcanzar. Los turcos nada podían hacer frente a ella y por un momento estuve tentado de gritar que era una mujer la que les estaba haciendo morder el polvo.

En el ala derecha de la armada, cuya defensa estaba encomendada al famoso Andrea Doria, las cosas habían empezado de una manera completamente distinta a los otros dos puntos de acción de la batalla. Allí estaban los dos mejores marinos, el renegado Uluch Alí, antiguo fraile de Calabria y ahora terrible corsario con base en Argel, y el almirante genovés Andrea Doria. Ambos iniciaron un juego peligroso. Mientras Uluch Alí intentaba a toda costa envolver el flanco derecho cristiano, Andrea Doria lo evitaba continuamente estirando cada vez más su formación, hasta que ambas escuadras se separaron de la parte central donde la *Sultana* y la *Real* intentaban dirimir la suerte de la batalla. Así navegaron mar adentro sin apenas enfrentamientos, salvo algún disparo lejano de las culebrinas sin ninguna consecuencia. Sin duda, ambos genios marinos parecían estar envueltos en una guerra particular; sin embargo, estaba claro que si el cuerno izquierdo de la media luna otomana conseguía envolver a la escuadra derecha cristiana y atacar la retaguardia de don Juan, la batalla estaba perdida.

Cuando el flanco izquierdo estaba a punto de caer, con Barbariego y su sobrino Contarini yaciendo muertos sobre las cubiertas de la galera capitana, acudieron en su ayuda diez galeras de reserva cristianas mandadas por Álvaro de Bazán, siguiendo las señales de las banderas.

Su capitana, la *Loba*, destruyó a cañonazos una galera turca que había penetrado totalmente entre las líneas de la escuadra izquierda y embistió a otra en la que el propio Álvaro de Bazán dirigió el abordaje recibiendo dos balazos que no traspasaron su armadura. Tres de sus galeras no se detuvieron y continuaron a gran velocidad, su chusma estaba fresca, y pronto llegaron a la altura de la galera de Sirocco cortándole el paso. Otras dos de las galeras de las escuadras mandadas por Álvaro de Bazán rodearon por ambos lados a una galera turca, y dispararon sus culebrinas y falconetes, aniquilando toda forma de vida. La siguiente galera embistió definitivamente a la turca, y los tercios la abordaron, acabando con todos los turcos y liberando a los remeros cristianos.

Sirocco se encontraba ahora rodeado, la mayoría de sus galeras estaban siendo arrinconadas hacia la costa. La muerte de Barbariego y su sobrino, y de tantos otros valientes soldados cristianos, no había sido en balde. Los refuerzos estaban inclinando de manera definitiva la suerte en el flanco izquierdo cristiano de la batalla. Sirocco estaba rodeado hasta por cuatro galeras cristianas, ya que a las tres de reserva se había añadido otra de las que inicialmente formaban la escuadra izquierda. Sirocco, famoso en todo el Mediterráneo por sus correrías por las costas de Nápoles, Sicilia, Mallorca y Córcega, sacó su gran espada y lanzó un grito que hasta su mismísimo dios, Alá, tuvo que oír. Y se dirigió como poseído por el diablo contra los soldados tudescos que estaban asaltando su galera. Su piel morena contrastaba con la de los centroeuropeos. Parecía una fiera herida y luchaba hábilmente.

Sirocco se abrió camino a base de certeros golpes de espada; hasta cuatro soldados tudescos cayeron a sus pies. Parecía imposible acabar con aquel viejo turco, hasta que un arcabucero le alcanzó en un hombro. Sirocco perdió su espada. A continuación otro tiro de arcabuz le alcanzó en una pierna. Entonces, un soldado tudesco clavó su espada en el cuerpo del almirante otomano, que reaccionó propinándole un fuerte golpe con su puño en toda la cara que rompió la nariz del cristiano, haciendo que empezara a brotar abundante sangre por su rostro. Sirocco sacó la espada de su cuerpo entre gritos de dolor. Otro soldado tudesco le clavó una daga en el costado. El almirante turco se tambaleó, pero llegó a lanzar la espada contra el soldado cristiano, clavándosela en medio del pecho. El cristiano cayó de rodillas, con la boca abierta intentando gritar, pero su voz ya nunca más se oyó. Sirocco cedió unos pasos hacia atrás, hasta que finalmente cayó por la borda de la galera.

Cuando el combate en el ala izquierda se hubo resuelto, Álvaro de Bazán reagrupó sus naves y acudió en auxilio del centro donde la lucha en torno a las galeras insignias de la *Real* y la *Sultana* se encontraba en su punto más álgido. Nubes de flechas caían sobre los cristianos y silbaban las balas de los arcabuces. En algunas galeras turcas, la provisión de flechas se agotó. En medio de tanta muerte, se produjo una situación cómica, ya que arqueros que se habían quedado sin munición arrojaron naranjas y limones a los cristianos, y ellos se las devolvían para burlarse. Pero la situación de los cristianos en torno a la *Real* era apurada, pues el enemigo seguía recibiendo refuerzos de al menos seis galeras. En el plan original se había previsto que la *Real* sería auxiliada por las dos capitanas que la flanqueaban, pero estas habían quedado a su vez trabadas en combate. No obstante, Colonna procuraba echar una mano ordenando a sus arcabuceros que dispararan sobre los asaltantes turcos.

El jefe de las tropas de la Santa Sede demostró en combate que, si bien no era el mejor marinero, como general de infantería no tenía nada que envidiar a nadie. No en vano, en todo Lepanto solo había otro caballero que perteneciera a la misma orden que don Juan, y ese era Colonna. Nombrado caballero de la Orden del Toisón de Oro por el gran maestre de la orden, Felipe II. Colonna supo que tenía que impedir que la *Real* fuera asaltada por las otras galeras turcas. En cuanto le fue posible, maniobró para embestir a la *Sultana* lateralmente.

Casi al mismo tiempo, el providencial Álvaro de Bazán la atacaba por la otra banda. Semejante escenario se completó con otra galera turca, que embistió a la de Colonna y otras dos más que cortaron el paso a la de Veniero cuando se precipitaba contra la capitana turca. La batalla se decidiría en el mismo centro, donde la acumulación de galeras convirtió una batalla naval en lo más parecido posible a un campo de batalla terrestre. Don Juan había demostrado su inteligencia al colocar a su lado a Colonna y Veniero. Todo lo que tuvieron de problemáticos antes de la batalla, lo estaban solventando luchando como lo que eran, el jefe de la Serenísima República de Venecia y el jefe mayor de los ejércitos de la Santa Sede Pontificia.

Los arqueros turcos rechazaban todos los intentos de abordaje. Entonces don Juan tuvo una brillante idea. Se dirigió hacia la chusma y con su espada rompió una de las cadenas que agarraban a uno de los galeotes que permanecían encadenados a los remos. Los galeotes, en la mayoría de los casos, eran delincuentes que purgaban su pena en galeras bogando en ellas de por vida. Para encender su furia, el almirante les prometió la libertad si salían victoriosos. Como fieras, dejaron sus bancos para arrojarse con una daga entre los dientes contra el enemigo. En los barcos turcos se produjo entonces una revuelta. Los galeotes que empleaba el sultán, al contrario que en nuestras galeras, solían ser prisioneros de guerra cristianos que, al encontrarse cerca de los defensores de la cristiandad, demostraron un valor sin igual y pronto se atrevieron a enfrentarse a sus verdugos.

Reforzados con los nuevos socorros, los soldados de la *Real*, entre los que estábamos don Luis de Requesens y mi persona, nos lanzamos en un definitivo ataque a conquistar la *Sultana*.

—¡Santiago, cierra España!

Al grito de los soldados españoles, Andrés Becerra, capitán de los tercios, natural de Marbella, arrebató al portaestandarte turco la bandera de Alí Pachá.

Alí Pachá pereció combatiendo valientemente. El gran almirante turco fue abatido por hasta siete disparos de arcabuz de los soldados de Luis de Requesens y un remero cristiano de los que don Juan de Austria había liberado, decapitó el cadáver con un hacha y presentó la cabeza a don Juan clavada en una pica. Un clamor de alegría victoriosa estalló entre nosotros. Los turcos estaban derrotados y el pánico se apoderó rápidamente de sus huestes a partir del momento en que el estandarte de Cristo comenzó a ondear en la *Sultana*.

La noticia de la conquista de la *Sultana* y la muerte del almirante turco corrió de una nave a otra como la pólvora. A los gritos de victoria, los cristianos, que en casi toda la línea prevalecían sobre sus adversarios, redoblaron el ímpetu de la lucha. Como era de esperar, la noticia produjo en los turcos el efecto contrario. Algunos capitanes dieron por perdida la batalla y procuraron huir hacia Lepanto, pensando en salvar lo que quedaba de su armada. Incluso el capitán turco que había atacado a Colonna, comprendiendo que su esfuerzo era inútil, se separó de la galera de Colonna y viró hacia mar abierto, pero el hábil Juan de Cardona le cortó la huida.

Este capitán turco, con la espalda hecha una llaga por el impacto de una piñata incendiaria, se cambió a una fragata y huyó a Lepanto. Otros se fueron rindiendo, entre ellos Mustafá Esdrí, cuya nave no era sino la antigua galera capitana de la escuadra pontificia que los turcos habían capturado diez años atrás. Fue quizá la mejor presa que hicieron los cristianos, puesto que en su bodega viajaban los cofres de la tesorería otomana.

A esa hora Uluch Alí había logrado su propósito de envolver el ala cristiana mandada por Andrea Doria. El almirante Doria había procurado abortar la maniobra abriéndose a su vez, pero solo había conseguido separarse excesivamente del cuerpo de la batalla. En manifiesta inferioridad de condiciones, Uluch Alí tenía casi cien galeras contra unas veinte al mando del genovés, Doria no pudo impedir que algunas naves otomanas lo rebasaran por la retaguardia. Diez galeras venecianas, dos del Papa, una de Saboya y otra de los caballeros de Malta, sucumbieron y fueron capturadas por los turcos, que pasaron a cuchillo a todos sus hombres. Durante la batalla entendimos que las órdenes que había dado Alí Pachá a sus galeras eran las de no hacer prisioneros.

Álvaro de Bazán, después de haber actuado con brillantez en el socorro del ala izquierda y luego en el centro, apareció con sus naves en defensa del ala derecha. Uluch Alí, que tan brillantemente había rodeado las naves de Doria, se vio ahora cogido en su propia trampa, con las galeras de Álvaro de Bazán por un lado y las ocho galeras de Juan de Cardona por otro. Además, a lo lejos acudían las de don Juan de Austria. Prudentemente, el renegado optó por huir abandonando las ocho galeras capturadas que llevaba a remolque. Cortó las amarras y escapó perseguido por Álvaro de Bazán, que, al final, hubo de desistir porque sus remeros estaban agotados. En cualquier caso, Uluch Alí tampoco escapaba indemne: había entrado en combate con noventa y tres naves y solo pudo salvar dieciséis. Solo se llevaba el estandarte de los caballeros de Malta, que había conquistado en la galera de la orden, aquel que no pudieron tomar en Malta años atrás.

Andrea Doria había demostrado con creces su talento y lo acertado de ofrecerle defender el flanco más complicado de la batalla. Había conseguido lo imposible, impedir que le flanquearan en clara inferioridad de tropas. Y si bien Uluch Alí había conseguido dejarle finalmente atrás, para aquel entonces la batalla ya estaba resuelta. Si Uluch Alí hubiera llegado antes al socorro de la *Sultana* la suerte de la batalla hubiera sido bien distinta.

Eran las cuatro de la tarde cuando dejó de sonar la pólvora y renació la calma. La *Real* permanecía en el centro de la batalla totalmente destrozada, sus hermosas esculturas flotaban en la mar junto con los cadáveres. Sobre el castillo de su popa apareció la figura de don Juan. Yo estaba en la galera de Colonna. Allí, sobre su galera capitana, la *Real*, don Juan de Austria acababa de pasar a la historia en la mayor batalla naval de todos los tiempos, la batalla de Lepanto.

En la basílica de San Pedro del Vaticano, cerca de una de las ventanas que daban a la gran plaza, el Papa estaba conversando con algunos cardenales. De repente, se quedó algún tiempo con sus ojos fijos en el cielo, y cerrando el marco de la ventana dijo: «No es hora de hablar más, sino de dar gracias a Dios por la victoria que ha concedido a las armas cristianas».

Después de la refriega encontraron a Sirocco agonizando entre los restos del naufragio y lo remataron para ahorrarle sufrimientos. Sus subordinados, menos valerosos o más realistas, embarrancaron las otras galeras en la costa y se pusieron a salvo. La *Marquesa* sufrió cuarenta muertos, entre ellos el capitán, y más de ciento veinte heridos. Entre ellos mi buen amigo Cervantes. Con la mano izquierda inútil y encogida, la herida que podía parecer fea, él la tendría siempre por hermosa por haberla ganado en la más memorable y alta ocasión que vieron los pasados siglos, ni esperan ver los venideros.

Desde la galera de Colonna, descubrí el cuerpo flotando

del soldado con el pañuelo rojo que tan valientemente había luchado en mi flanco derecho de la *Real*, disparando el arcabuz de la manera más rápida que nunca había visto antes. Dos arcabuceros lo estaban sacando del agua. Cuando levantaron su cabeza pude ver que era la mujer disfrazada de hombre. Recordé aquella noche en Messina y cómo había combatido en este día. Sentí no haberla llegado a conocer, no haber sabido su historia, cómo había aprendido a luchar y qué le había llevado a empuñar las armas y venir a la Santa Liga. Ya era tarde para todo aquello. Me ocupé de que tuviera un sepelio digno de su valentía.

Jamás se vio batalla más confusa; trabadas de galeras una por una y dos o tres, como les tocaba... El aspecto era terrible por los gritos de los turcos, por los tiros, fuego, humo; por los lamentos de los que morían. El mar envuelto en sangre, sepulcro de muchísimos cuerpos que movían las ondas, alteradas y espumeantes de los encuentros de las galeras y horribles golpes de artillería, de las picas, armas enastadas, espadas, fuegos, espesa nube de saeta... Espantosa era la confusión, el temor, la esperanza, el furor, la porfía, tesón, coraje, rabia, furia; el lastimoso morir de los amigos, animar, herir, prender, quemar, echar al agua las cabezas, brazos, piernas, cuerpos, hombres miserables, parte sin ánima, parte que exhalaban el espíritu, parte gravemente heridos, rematándolos con tiros los cristianos. A otros que nadando se arrimaban a las galeras para salvar la vida a costa de su libertad, y aferrando los remos, timones, cabos, con lastimosas voces pedían misericordia, de la furia de la victoria arrebatados les cortaban las manos sin piedad, sino pocos en quien tuvo fuerza la codicia, que salvó algunos turcos.

LUIS CABRERA DE CÓRDOBA

15

La gloria

Vuestra Majestad debe mandar se den por todas partes infinitas gracias a nuestro Señor
por la victoria tan grande y señalada que ha
sido servido conceder en su armada, y porque
V. M. la entienda toda como ha pasado, demás
de la relación que con esta va, embio también
a D. Lope de Figueroa para que como persona que sirvió y se halló en esta galera, de manera que es justo V. M. le mande hacer merced,
signifique las particularidades que V. M. hol-
gare entender; a él me remito por no cansar
con una misma lectura tantas veces a V. M.

Encabezamiento de la primera carta
de don Juan de Austria a Felipe II
después de la batalla de Lepanto

La persecución de los turcos fue imposible. Uluch Alí
reunió todas las naves que pudo para intentar contraatacar,
pero ya era demasiado tarde, así que huyó. Las naves cristianas trataron de darles caza, pero a esas alturas de la batalla los remeros estaban tan agotados que se renunció a la

persecución. Una vez a salvo, Uluch Alí incendió las naves supervivientes para evitar que fueran capturadas, aunque pudo conservar como trofeo el estandarte de la capitana de Malta. A las cuatro de la tarde y viendo que se estaba formando una tormenta, don Juan ordenó refugiarse en el puerto de Petala.

A la mañana siguiente se hizo recuento. De la armada cristiana faltaban quince galeras, aunque hubo que desguazar otras treinta, entre ellas la *Real*, totalmente destrozada por el feroz enfrentamiento que se había producido entre ella y la *Sultana*. Con la mayoría de sus ocupantes muertos o heridos, de entre ellos destacaba Pedro de Macedonia, que después de caer herido en un ojo siguió combatiendo hasta que un jenízaro le cortó una pierna con su espada. Pero aquel maldito griego no había nacido para morir tan cerca de donde había nacido, así que seguía vivo y don Juan no dudó en enviarlo de nuevo a su casa en Nápoles, junto a dos cartas de recomendación de Luis de Requesens y don Lope de Figueroa, por lo que cojo y ciego, pasó a recibir la mitad de su sueldo en Italia.

Se apresaron ciento setenta naves al enemigo, se hundieron ochenta galeras y habían escapado hacia Lepanto unas cuarenta galeras y galeotas dirigidas por Uluch Alí. Los venecianos habían tenido cinco mil muertos, los españoles dos mil y ochocientos las tropas del Papa, mientras que se hicieron cinco mil prisioneros entre los turcos y se estimó que las bajas turcas habían sido de veinticinco mil. También se rescataron unos doce mil cautivos cristianos que llevaban en sus naves. Los resultados de la batalla fueron fabulosos, nunca pensé en tal extraordinario triunfo. Reconozco que don Juan me había inculcado ánimo y esperanzas, que al ver concentrada la armada en Messina soñé con una victoria, que al ver las poderosas galeazas, la valentía y las ganas de luchar de los venecianos y a nuestros tercios preparados, albergué la esperanza de derrotar por primera vez a los turcos. Pero nunca, jamás, por mucho que rezara Pío V desde Roma y por mucho más que confiara ciegamente en mi gran amigo don Juan, ni en mis mejores sueños esperé una victoria como la del 7 de octubre de 1571 en el golfo de Lepanto. La Armada turca totalmente destrozada frente a la costa griega, casi doscientas naves apresadas, miles de muertos tiñendo de rojo el Mediterráneo, y los restantes apresados como remeros. El bando cristiano apenas sin bajas, y todo ello en una única mañana.

Aunque no todo fueron buenas noticias en nuestra armada; muchas galeras se perdieron defendiendo la cristiandad. En la *Piamontesa* de Saboya, en la que iba don Francisco de Saboya, todos sus ocupantes fueron degollados. En la *Florencia* del Papa, solo hubo dieciséis supervivientes, todos ellos heridos. Mientras que en la *San Juan*, también del Papa, murieron todos los soldados y los galeotes. Y en la *Marquesa* casi todos perdieron la vida; de los pocos que se salvaron estaba nuestro querido amigo don Miguel de Cervantes. Cuando pasando revista le vi, no pude evitar darle un abrazo.

—¿Qué tal estás? ¿Cómo están esas heridas? —le dije al ver su brazo izquierdo totalmente ensangrentado.

—Ha perdido su movimiento para gloria de la diestra, mi querido Alejandro —respondió Miguel—. Este día es tan dichoso para la cristiandad, en él se ha desengañado al mundo y a todas las naciones del error en el que estaban, creyendo que los turcos eran invencibles por la mar.

Miguel de Cervantes fue ascendido a soldado aventajado o de primera, y su sueldo aumentado a tres ducados mensuales.

Durante cuatro días se hicieron las reparaciones más urgentes. Don Juan aprovechó para redactar una relación de la batalla para el rey Felipe II que llevó don Lope de Figueroa junto con el estandarte ganado a los turcos. También envió cartas al Papa y al Senado de Venecia; Colonna y Veniero hicieron lo mismo. Fui a ver a don Juan, que estaba revisando los estandartes ganados a los turcos en una de las galeras junto con don Luis de Requesens.

—Alejandro, pasad, que necesito vuestro consejo.

—¿Qué ocurre, don Juan?

Tenía un gesto confundido. No le había visto con esa cara de preocupación en todo el tiempo que había durado la expedición de la armada, ni siquiera el día de la batalla.

—No sé qué rumbo tomar ahora, Alejandro, los venecianos me presionan para que nos dirijamos hacia Chipre, pero eso es una locura. Colonna pretende llegar hasta la mismísima Constantinopla y Luis de Requesens me aconseja volver a Messina...

—¿Y vos? ¿Qué pensáis? —le pregunté.

—¿Yo? Creo que deberíamos aprovechar la situación y atacar el norte de África, pero la verdad es que no tenemos muchos víveres, y tenemos que remolcar las naves ganadas. Podríamos intentar conquistar alguna plaza, pero no estoy seguro de cuál.

Yo tampoco sabía qué podíamos hacer ahora. Mi amigo mantenía su rostro serio ante la atenta mirada de Luis de Requesens.

—¡Don Juan! La victoria ha sido fabulosa, hemos destruido la Armada turca, estad seguro de que la decisión que toméis será la acertada —le dije, intentando darle ánimos.

Pensé por un momento en la grandeza de nuestra victoria y en la gran importancia de haber participado tan activamente en ella. Podría decirse que era un héroe, y qué decir de don Juan, quien se había convertido en el paladín de la cristiandad. La batalla de Lepanto había sido tan grande que no pertenecía a nadie, pero si alguien podía reclamar aquella victoria, ese solo podía ser mi gran amigo. Para entonces don Juan ya no era simplemente un gran soldado, sino un gran líder, ¡el mejor! Si su sueldo era de cerca de veinte mil escudos, había destinado la mayor parte del mismo a los heridos. Ya que para los gastos de hospital solo había asignados seis mil escudos, mientras que para el espionaje, por ejemplo, se habían invertido casi doce mil escudos. Don Juan no dudó en dar todo lo que pudo a sus hombres.

Escribí cartas a María y a mis padres en las que relataba toda la grandeza de nuestra victoria.

Al día siguiente se celebró un nuevo consejo de guerra. Don Juan había decidido finalmente aprovechar la victoria para realizar alguna empresa mientras conservara la ventaja adquirida, y que la gloria fuera todavía mayor.

—No creo que sea lo más aconsejable seguir hacia Oriente. Falta gente de guerra y de remo; y el invierno está ya cercano —aconsejó Andrea Doria.

Los más entusiastas, y yo me incluyo entre ellos, deseábamos continuar las operaciones.

—¡Qué decís! Debemos aprovechar la situación. Podemos llegar al canal de Constantinopla y atacar la ciudad misma —dijo Gil de Andrade.

—Tenemos que meter el miedo en el cuerpo de esos herejes, y ¿qué mejor manera que atacando su capital? —añadí yo.

Sabía perfectamente que don Juan y los venecianos no compartían esas ideas. Estos pretendían actuar en Morea y promover sublevaciones en Albania.

—Debemos reconquistar parte de Grecia, es nuestra oportunidad —sugirió Veniero—. Es lo más factible.

—Esta vez estoy con la Serenísima, pienso que lo más sensato es intentar conquistar los castillos del golfo de Lepanto —señaló don Juan.

Don Juan era quien decidía, y a menos que alguien le hiciera cambiar de opinión se haría lo que él ordenase. Así que se acordó avanzar hacia Lepanto.

El día 11 de octubre salieron Andrea Doria y Ascanio de la Corna para conquistar Santa Maura, pero al llegar allí consideraron que la toma del castillo obligaría a un esfuerzo que superaría el beneficio de conservarlo. Además, no disponían de caballos para transportar los cañones que hubieran sido necesarios para el asedio del castillo.

—¡Esto es un desastre! —exclamó don Juan.

—No tenemos caballos —le dije.

—Lo sé. No pensaba que los fuéramos a necesitar. Además, eran un problema, consumen demasiada agua. Se suponía que la Santa Liga lucharía en mar, nunca en tierra.

Tenía razón, pero quizá sí deberíamos haber traído algunos caballos. Sin ellos no podíamos mover la artillería por tierra. Don Juan convocó a los almirantes.

—Que cada cual vuelva a su puerto para pasar el invierno. Es inútil seguir —ordenó don Juan con tristeza.

No sé si era lo mejor, pero la orden estaba dada y debía cumplirse.

El día 22 la armada llegó a Corfú, donde se repartieron las galeras presas, y el 28 se dividieron las escuadras. Don Juan y yo llegamos el 31 a Messina para invernar en Sicilia. Don Álvaro de Bazán partió hacia Nápoles. Colonna se dirigió a Roma y Veniero aún permaneció en Corfú varios días antes de regresar a Venecia. En realidad, todos teníamos ganas de volver a casa y ser recibidos como héroes, no en vano habían librado la batalla naval más grande de la historia, y nuestra victoria había sido total. El recibimiento en Messina fue asombroso, la pequeña ciudad de Sicilia, convertida en gran urbe por gracia de nuestra armada, nos recibió con una alegría desatada. Los sicilianos habían sufrido durante décadas el acoso turco. Los musulmanes desembarcaban a menudo en Sicilia y se llevaban cautivos gran número de nativos de la isla que luego vendían como esclavos.

Como sucedía en todo el Mediterráneo, incluida la península italiana y la propia España, los sicilianos entendían perfectamente el valor de aquella victoria. Los que antaño aterrorizaban nuestras costas, los invencibles turcos, habían sido derrotados, humillados y masacrados en el golfo de Lepanto. Su imagen de guerreros invencibles había pasado a la historia, nunca más un cristiano tendría miedo de un turco.

Al desembarcar fuimos todos a la catedral de Messina. El día siguiente era el Día de Todos los Santos, y las autoridades y felicitaciones no cesaron de llegar en todo el día. Las celebraciones duraron varios días, toda la ciudad era una fiesta, y entre tanta celebración los habitantes de Messina se comprometieron a levantar una gran estatua al vencedor de Lepanto. Pero entre todo aquel júbilo pude ver la mirada perdida de don Juan; el paladín de la cristiandad tenía ahora que enfrentarse a un enemigo mucho más duro que los turcos, su hermano Felipe II. El rey se enteró de la victoria el mismo Día de Todos los Santos, cuando un mensajero le informó mientras asistía a una misa en El Escorial. Si bien fue Lope de Figueroa quien le explicó los detalles de la batalla a su llegada a la corte días después. Pero el rey, aunque contento por la victoria y preocupado por la salud y acciones de su hermano, no mostró la alegría que se podía esperar de tal increíble hazaña.

¿Cómo le recibiría? ¿Le daría por fin el título de alteza que tanto deseaba don Juan? Una semana después supimos tristemente que el rey no iba a recibir a su hermano. La frustración de don Juan no había hecho sino crecer, pero su ambición le hacía olvidarse de todos los problemas.

Al contrario de Felipe II, Pío V sí que celebró la victoria, y con justificados motivos. Él había sido el gran artífice de la Santa Liga, y, no en vano, él sí que entendió que aquello era la mayor victoria que la cristiandad había logrado desde los tiempos de la primera cruzada. En Venecia, Veniero fue recibido como un héroe. Recorrió todo el Gran Canal, que se engalanó como nunca para la ocasión. Los venecianos salieron a las ventanas y desde allí tiraban flores al capitán veneciano y a sus hombres que volvían victoriosos. Llegó hasta la plaza de San Marcos, abarrotada de gente y con dificultad consiguió llegar hasta el Palacio Ducal. Allí, ante el dux, pudo dar personalmente la noticia de la gran victoria. Veniero fue abrazado por todos los senadores, y para celebrarlo acudieron a la basílica de San Marcos para el tedeum. Después la fiesta desbordó toda Venecia, no se recordaba unas celebraciones así desde la época de Miguel Ángel. Tres días duraron los festejos, durante los cuales no hubo taller ni almacén que abriera sus puertas. Tal fue la alegría que todos los negocios colgaron el mismo cartel para excusar su cierre: «Cerrado por la defunción de los turcos».

Yo volví a Parma con mi familia. María estaba más hermosa que nunca, y los niños habían crecido mucho. Fue una alegría reencontrarme con ellos. Pero permanecí poco tiempo allí, ya que en enero del año siguiente don Juan me mandó llamar para que acudiera a Messina a continuar nuestra ofensiva contra los turcos. Sin embargo, la situación empezaba a cambiar. Los venecianos ya no eran tan partidarios de presentar batalla y tuve que volver a Parma ante la paralización de la salida. Finalmente, fui llamado de nuevo por don Juan y volví a trasladarme a Messina, dudando si esta vez serviría para algo.

Si mi situación era de total enfado, difícil es de explicar la de don Juan. Ni siquiera la enorme victoria, la más importante de todo el siglo que vivíamos, había servido para que Felipe II y, sobre todo, los venecianos entendieran que estábamos preparados para vencer a los turcos allí donde quisiéramos.

El 2 de agosto nos hicimos de nuevo a la mar. Esta segunda vez, al mando de don Juan, era muy diferente a la primera, y eso que había pasado menos de un año desde la batalla de Lepanto. Pero la experiencia ganada allí no se podía explicar, y mi deuda con mi amigo y tío a la vez, don Juan de Austria, era impagable. Además, en el ambiente se notaban los ecos de Lepanto, la moral de la armada era tan alta que no había que molestarse en subirla. Lo que antaño era temor y preocupación al navegar rumbo a Oriente, o simplemente a navegar por el Mediterráneo, se había transformado en todo lo contrario. Los hombres estaban deseosos de entrar en combate de nuevo. Pero igual que en la cristiandad la opinión y el ánimo habían cambiado, lo mismo había sucedido en el Imperio otomano.

El gran sultán, Selim II, había perdido toda su armada y solo había salvado a uno de sus grandes almirantes, Uluch Alí. Pero a veces se tiende a restar valor a las grandes victorias, recurriendo al recurso fácil de la presunta debilidad del enemigo. Así se hizo en toda Europa con nuestra victoria en Lepanto, y precisamente fueron dos mujeres las que más intentaron desprestigiar nuestra hazaña en Lepanto. Ni la Inglaterra de la «reina virgen», Isabel I, ni la Francia de Catalina de Médici reconocieron la grandeza de nuestra victoria. La reina inglesa era una mujer odiosa. No era de extrañar su postura contraria a España y al Vaticano. Pero Catalina de Médici, por mucho que fuera reina de Francia, era católica. ¿Por qué parecía entonces más aliada de los turcos que de nosotros? ¿Cómo se podía entender su comportamiento? No había apoyado la Santa Liga, pero peor aún, había desprestigiado nuestra victoria. En la corte se comentaba que apoyaba en secreto a los turcos, todo con tal de atacar a España. Pero para comprender lo magnífico de lo sucedido en Lepanto, hay que entender de lo que eran capaces los turcos del Imperio otomano. Uluch Alí, convertido en el nuevo almirante general de la flota turca, comenzó un rearme vertiginoso de la armada. Los otomanos arrasaron los bosques de Anatolia y del mar Negro para conseguir la madera suficiente con la que recomponerla. Los astilleros de Constantinopla, los mejores del mundo, trabajaron a un ritmo imposible, hasta que en la primavera del año siguiente a Lepanto, Uluch Alí contaba de nuevo con una armada de doscientas veinte galeras con la que hacernos frente.

Cuando nos enteramos del rearme turco nos quedamos totalmente sorprendidos. En el consejo de guerra anterior a la salida a la mar, el almirante veneciano Veniero tomó la palabra.

—He recibido una carta de nuestro embajador en Constantinopla. Los turcos no solo no se arrepienten de su comportamiento, y reconocen su derrota, sino que van más allá, y nos amenazan en primera persona. Su gran visir nos envía un mensaje: «Conquistando Chipre os hemos cortado un brazo, mientras que vosotros, destruyendo nuestra armada en Lepanto, nos habéis afeitado la barba. Un brazo cortado no vuelve a crecer; más la barba, después de afeitada, crece de nuevo con más fuerza».

16

Uluch Alí

Salimos de Messina sin la protección del padre de la Santa Liga, que ya no rezaría más por nosotros. Pío V había muerto, y aunque el nuevo papa Gregorio XIII se mostró defensor de nuestra cruzada, todos sabíamos que sin el gran papa Pío V, la Santa Liga no sería lo mismo.

Don Juan me llamó urgentemente la mañana después de salir del puerto italiano.

—Alejandro, Su Majestad me ordena mandar a Andrea Doria de vuelta a Messina con cuarenta galeras para hacer frente a un posible ataque de los franceses. No sé qué hacer, hemos perdido mucho tiempo. Pío V ha muerto, los turcos se han rearmado. Y, además, Felipe II puede ordenarnos en cualquier momento volver a puerto.

—No creo que los franceses nos ataquen; bien es verdad que son de mala sangre y que Dios dará buena cuenta de ellos por sus acuerdos secretos con los turcos. Pero su cobardía no llega hasta el punto de atacarnos mientras luchamos con los turcos, enemigos de la cristiandad. Más aún si el sumo pontífice nos apoya en nuestra empresa.

—El problema, Alejandro, es que la situación en Flandes ha empeorado y el duque de Alba no parece dar con los medios para solucionarla. Parece que su mano de hierro, allí en Flandes, se ha oxidado —dijo don Juan con gesto torcido—. ¿Qué más puede sucedernos?

Don Juan tenía razón. Mi madre me había escrito relatándome las noticias que le llegaban desde Bruselas. El duque de Alba había mandado matar a muchos nobles flamencos, algunos de ellos en la hoguera. Esta no era la manera adecuada de llevar la política en Flandes.

—¿Conocéis las últimas noticias de Flandes? —me preguntó don Juan.

—Sí, han llegado a mis oídos —respondí.

—El duque se está equivocando, ha perdido el control.

—Creo que se equivocó desde el primer día que llegó —asentí.

—¿Por qué lo decís? Sé que vuestros padres aspiraban a gobernar Flandes. ¿Lo decís por eso?

—No. El duque ha dado a los flamencos justamente lo que necesitaban para rebelarse.

—¿El qué? ¿Qué motivos pueden tener para levantarse contra su rey?

—Los motivos no importan, siempre pueden buscarse razones, aunque sean falsas.

—¿Entonces? ¿A qué os referís?

—¡El duque de Alba les dio mártires! Ese es el mayor de los errores que se puede cometer con un pueblo, darle mártires para su rebelión.

Don Juan guardó silencio.

—¿Sabéis qué pasó cuando ordenó arrestar al conde de Egmont y al conde de Horn para ser procesados? —le pregunté.

—Sí. Fueron finalmente ejecutados.

—¿Y sabéis quién fue la noche anterior a casa del conde de Egmont para avisar a su esposa de que debía huir?

—¿Quién?

—Uno de los más importantes maestres de campo de los

tercios, que fue compañero de armas de Egmont en las batallas de San Quintín y Gravelinas. Egmont era ahijado de vuestro padre, era un héroe de las guerras de Carlos V contra Francia. ¡Un héroe del catolicismo y de España!

—Pero también era un traidor y un hereje —dijo don Juan.

—¡Os equivocáis! Egmont era crítico con la política del rey, pero nunca un traidor, y mucho menos un hereje.

—De acuerdo, Alejandro. Vos conocéis Flandes mucho mejor de lo que yo lo conoceré nunca —se excusó don Juan.

—Tan inocente era Egmont, que cuando fue avisado por el maestre español se negó a huir, ya que estaba seguro de su inocencia. Y tan triste fue su final que este mismo maestre, cuyo nombre no digo para protegerlo, lo acompañó llorando al cadalso donde fue ejecutado. Fue el jefe de guardia que debía custodiarlo.

—Triste historia, sin duda. Pero ¿cómo sabéis todo esto?

—Como habéis dicho, yo conozco Flandes mucho mejor de lo que vos lo conoceréis nunca.

Me sonrió. Yo tenía razón y él lo sabía.

—Don Juan, ¿conocéis qué sucedió cuando fueron ejecutados los dos condes?

—No, lo desconozco.

—La muchedumbre corrió al cadalso para impregnar sus pañuelos con la sangre de los dos caballeros y guardarlos como reliquias. ¿Os dais cuenta? El duque de Alba ¡los convirtió en mártires!

—Os entiendo, Alejandro, algún día quizá podamos intervenir en Flandes igual que estamos haciendo en el Mediterráneo, creedme que nada me gustaría más. Pero ahora tenemos que solucionar los problemas aquí, y os aseguro que tenemos muchos.

Ya no hablamos más del tema, no le conté todo lo que sabía. Según me relató mi madre en sus cartas, el propio duque de Alba vio la ejecución desde una ventana y no pudo evitar llorar por la muerte de Egmont. Ambos habían sido compañeros de armas, y aunque el duque estaba cegado y creía que actuaba correctamente, no consiguió contener las lágrimas.

Nos quedamos al mando de unas pocas galeras, ya que el grueso de nuestra flota volvió con el genovés Andrea Doria a Messina. Aparte de las galeras perdíamos a un gran capitán. Don Juan me transfirió toda su preocupación y desde entonces no pude dormir tranquilo en nuestro viaje desde Messina a Corfú, donde nos esperaban las otras tres flotas que formaban la armada; la de la Santa Sede, mandada por un viejo conocido, Colonna; la de la Serenísima, que esta vez estaba dirigida por Jacopo Foscarini, y la española, en la cual don Juan había puesto al frente a Gil de Andrade como reconocimiento de sus grandes acciones en Lepanto.

El viaje fue sencillo, nada que ver con el de hacía casi un año, donde cada palmo de mar que ganábamos nos parecía una victoria, temerosos siempre de encontrarnos alguna emboscada turca. ¡Cuánto habían cambiado las cosas en tan poco tiempo! Habíamos hecho esconderse a los turcos en sus ratoneras y ya no se les veía más allá del mar Jónico.

Llegamos a Corfú el 10 de agosto, con varios meses de retraso por culpa de las dudas de Felipe II y la muerte de Pío V. Pero conforme entrábamos en Corfú un paisaje inesperado se abrió ante nuestros ojos. No había ninguna armada allí, ni una sola galera de guerra estaba amarrada en el puerto, solo había navíos de pescadores.

Al desembarcar en Corfú nadie supo decirnos dónde estaban las galeras, que al parecer habían zarpado hacía semanas.

—Pero ¿qué es esto? ¡Han salido hace semanas! ¡No han dejado ni siquiera información de adónde se dirigen! ¿Qué demonios sucede aquí? —gritaba don Juan, totalmente desesperado.

Yo tampoco entendía nada, ni sabía qué decir. ¿Qué podíamos hacer? La situación era desastrosa. La armada navegando por el Mediterráneo y su capitán general esperándola en Corfú. Ni siquiera Gil de Andrade nos había aguardado. Aquella noche don Juan me anunció que regresaríamos a Messina por la mañana.

—No podemos volver, debemos esperar —le dije.

—Esperar ¿a qué? ¿A que vuelvan? ¿De dónde? ¡Ni siquiera sabemos qué rumbo cogieron!

La situación era una auténtica locura. ¿Cómo podía ser que después de lo de Lepanto estuviéramos en aquella tesitura? A la mañana siguiente nuestras galeras seguían en el puerto bien amarradas y nuestros soldados todavía dormían; don Juan no había ordenado que zarpáramos.

—Esperaremos, Alejandro, pero el 1 de septiembre, si no han vuelto, zarparemos de vuelta a Messina.

Estuvimos quince días esperando noticias de la armada, hasta que empezaron a llegarnos informaciones y el mismo 1 de septiembre llegaron los venecianos, junto a Gil de Andrade y el resto de la armada. Don Juan les esperaba en consejo de guerra.

Los tres almirantes entraron en la reunión, serios y tensos.

—Excelencias, me es realmente difícil entender cómo es posible que al llegar a Corfú, ¡la armada al completo hubiera zarpado sin su capitán general!

Nadie respondió.

—¡Espero una explicación! —dijo en tono muy enfadado don Juan.

Obviamente fue Jacopo Foscarini quien se vio obligado a dar explicaciones. El veneciano, que no había luchado en Lepanto, era quien había tomado el mando de la armada en ausencia de don Juan.

—Excelencia, antes de juzgarnos, ruego nos dejéis hablar. Durante las dos semanas que os esperamos aquí en Corfú, no dejaron de llegarnos noticias desde Creta y las islas Jónicas de ataques de la Armada turca a las costas de Candía y Cefalonia. Somos venecianos, ya perdimos Chipre, nuestros hombres fueron ejecutados en Famagusta, no podíamos permitir que los turcos atacaran de nuevo nuestras colonias. Nuestro deber era defenderlas, el nuestro y el de la Santa Liga, y por supuesto el de su capitán general... que tanto tiempo ha tardado en llegar aquí.

Don Juan escuchaba pacientemente al veneciano, sabiendo que en parte tenía razón. Su retraso había sido lamentable, si bien nada tenía él que ver en ello. Nadie más que él quería llegar lo antes posible a Corfú y salir a dar batalla de nuevo a los turcos. Pero no se podía decir lo mismo de Felipe II. Gil de Andrade y Colonna justificaron su desobediencia de las órdenes de don Juan afirmando que los venecianos amenazaron con ir a luchar ellos solos, y doy fe de que lo hubieran hecho. Habiendo sido así un desastre para la Santa Liga el sacrificio de los venecianos, porque a tenor de lo visto, los turcos eran de nuevo temibles.

—Nos encontramos con Uluch Alí y la Armada turca cerca de la isla de Cerito. Todos los que estábamos allí no pudimos dar crédito a nuestros ojos al ver la Armada turca totalmente desplegada en el horizonte; por fuerza tenían que ser más de doscientas galeras —relató Colonna.

Mi amigo tenía una gran virtud y era que sabía escuchar a sus aliados. En esta misma situación de desobediencia, otros generales no hubieran dado opción a sus hombres a explicarse, y cuando hablo de otros generales me estoy refiriendo especialmente al duque de Alba.

—Sí, don Juan, eran tan numerosas como en Lepanto, si bien eran diferentes —continuó explicando el genovés.

—¡Explicaos, Marco Antonio Colonna! ¿En qué eran distintas?

—Eran naves muy rápidas, se movían con mucha facilidad, nada que ver con las nuestras, ni siquiera con las de los otomanos en Lepanto —explicó Colonna.

—¿Más rápidas? —insistió don Juan.

—Eran muy veloces, parecían más naves corsarias que la Armada turca —siguió narrando Colonna.

—Eso es porque quien ha reconstruido la armada es Uluch Alí y lo ha hecho a imagen de sus naves argelinas. El maldito calabrés tiene ahora lo que quería, el control absoluto de la Armada turca, y además hecha a su medida —afirmó don Juan preocupado—. ¿Entrasteis en combate?

—Sí —respondió esta vez el capitán veneciano—. Colocamos a las nueve galeazas en primera línea, como en Lepanto, por lo que les fue imposible penetrar en nuestras líneas. Pero no solo tienen más naves, sino también más arcabuces y artillería. Frente a sus más de doscientas galeras, nosotros disponíamos de ciento cuarenta, muy bien armadas y con mucha infantería. Estábamos perfectamente preparados para el combate.

—¿Decís que tienen doscientas galeras? ¿Tantas? —preguntó don Juan.

—Sí, excelencia —respondió Foscarini.

—¿Y cómo han conseguido tanta artillería y arcabuces? Solo hay un país que haya podido suministrársela —dijo don Juan.

—¡Francia! Han tenido que ser los franceses —afirmé yo.

—Sí, Alejandro, han tenido que ser ellos —confirmó mi amigo, negando con la cabeza.

El ambiente se volvió todavía más tenso, las noticias no eran nada esperanzadoras.

—Foscarini, seguid explicándome qué sucedió cuando entrasteis en combate contra los turcos.

—Uluch Alí nos atacó sin dudarlo. Intentó flanquearnos por las alas. Pero habíamos provisto bien de artillería nuestras naves en los costados aun a costa de perder movilidad, pensando que podríamos contenerles si intentaban rodearnos y, efectivamente, no pudieron acercarse mucho. Pero para nuestro asombro, no intentó abordarnos, ni penetrar entre nuestras líneas. Cuando vio que no podía flanquearnos, simplemente se retiró velozmente rehusando el combate.

Don Juan dio por buenas las explicaciones de los almirantes y el consejo de guerra terminó amistosamente. Venecianos y pontificios habían intentado defender, aunque de forma equivocada, las plazas que estaban siendo atacadas por los turcos, por lo que don Juan aprobó la salida de las naves sin su consentimiento. Y sin bien Gil de Andrade no podía hacer otra cosa que acompañarlos, debió enviar noticias o, a su pesar, dejar emisarios en Corfú. Don Juan ya no volvería a confiar en él. Don Álvaro de Bazán, otro de los héroes de Lepanto, tomó el mando de la flota española en detrimento de Gil de Andrade.

Dos días después, el 3 de septiembre, se pasó revisión a la armada de la Santa Liga, cuyo aspecto volvía a ser impresionante. Había doscientas once galeras, nueve galeazas, sesenta naves redondas, decenas de unidades ligeras como bergantines, fustas, galeotas y fragatas, y cuarenta mil soldados. Creo que no me equivoco si digo que aquella armada era incluso más poderosa que la que venció en Lepanto. Don Juan había perdonado a Colonna y al veneciano Foscarini el desobedecer sus órdenes. Aunque estaba claro que el veneciano no era muy amigo suyo. Foscarini parecía que deseaba alcanzar la misma reputación del difunto Veniero, el más famoso militar de toda la República Veneciana.

Las cosas empezaron como en Lepanto. Al pasar revisión, los venecianos, que traían de nuevo unas naves impresionantes, carecían de soldados suficientes. Foscarini se negó en rotundo a que ni un solo español pisara una nave veneciana. Estaba claro que aquella misión no iba a ser nada fácil. Si pensábamos que el triunfo de Lepanto había cambiado algo en la mentalidad de los distintos Estados cristianos, estábamos muy equivocados.

—Si no permitís que los tercios suban a vuestras naves, ¿quizá permitáis que lo hagan los soldados pontificios? —sugirió don Juan, tan diplomático como siempre.

La solución fue aceptada por Foscarini, que necesitaba imperiosamente soldados en sus galeras. Colonna, que sí había estado en Lepanto, tenía un gran aprecio al talento para el mando de don Juan, así que no puso problema alguno a que los puestos que dejaban libres en sus galeras los soldados que reforzaban las venecianas fueran ocupados por españoles, produciéndose así un cómico y, a la vez, necesario baile de soldados de unas galeras a otras. Al pasar revisión a la armada pude encontrarme a un viejo amigo, al que por otro lado estaba seguro de encontrarme allí.

Don Miguel de Cervantes volvía a estar presente en tal magna ocasión. Cuando nos vio a mí y a don Juan, nos guiñó un ojo. Estaba claro que el de Alcalá no nos iba a abandonar por mucho que hubiera perdido el brazo y a su hermano en la última ocasión que luchó al lado de don Juan.

Hasta cuatro días después la armada no estuvo preparada para salir al Mediterráneo.

El 7 de septiembre la armada de la Santa Liga, de nuevo con su galera capitana, la *Real*, a la cabeza se hacía a la mar.

Esta nueva galera era aún más bella que la que nos guio en Lepanto.

Igual que hacía casi un año nos dirigíamos a presentar batalla a los turcos, confiados de la victoria. En lo que a mí respecta, sabía que mi reputación había aumentado considerablemente en este año. No en vano, Lepanto fue mi primera acción de armas. Ahora esperaba un puesto de mayor responsabilidad.

Escribí a María para relatarle la situación y pedirle que no se preocupara por mí, que Dios me iba a proteger en esta nueva misión.

El Mediterráneo estaba en calma aquellos primeros días del mes de septiembre de 1572. Debíamos aprovechar antes de que llegara el invierno. A pesar de los retrasos, contábamos con la indudable ventaja de que estábamos casi un mes antes de cuando se produjo la batalla de Lepanto. Después de dos días de navegación llegaron informaciones, previamente bien pagadas, de que Uluch Alí estaba en Navarino preparado para la batalla. Don Juan no dudó y dispuso la formación en combate. Igual que en Lepanto, la *Real* en el centro, a la derecha de la capitana de la Santa Sede con Colonna, a la izquierda la de la Serenísima, con Foscarini. El ala izquierda sería esta vez para el veneciano Soranzo y la derecha para Álvaro de Bazán. Y si bien fue Gil de Andrade quien se colocó en vanguardia en Lepanto, después de su desobediencia don Juan decidió que los valerosos caballeros de la Orden de Malta formaran la vanguardia con sus cinco galeras, a ocho millas de distancia del resto de la armada. Pero finalmente no hubo tal enfrentamiento y seguimos navegando, esta vez rumbo a Cefalonia.

Cuando pasamos esta plaza, don Juan ordenó hacer aguada cerca de Corón, y decidió que yo fuera en el destacamento. No parecía una misión difícil. Aunque estábamos en territorio que se suponía turco, los informadores no habían dado noticia de presencia de sus galeras, que seguían escondidas.

Bajé a tierra con ciento cincuenta hombres, fuimos hasta el río más cercano y repusimos el agua necesaria. A la vuelta, yo iba con veinte hombres cubriendo la retaguardia, y cuando estaban empezando a cargar el agua en los navíos de transporte un grito se oyó detrás de nosotros. Uno de mis hombres yacía tumbado en el suelo retorciéndose de dolor y con una flecha clavada en el hombro. Otras dos flechas salieron desde detrás de los árboles hacia otro de los soldados que solo pudo esquivar una de ellas, alcanzándole la otra en el casco, para su suerte. Antes de que volvieran a dispararnos, cuatro de nuestros arcabuceros abrieron fuego sobre los árboles. Cuando quisimos darnos cuenta, una manada de turcos, como lobos hambrientos, se lanzaron sobre nosotros armados con espadas y cuchillos.

—¡Desenvainad los que no llevéis arcabuz y que Dios nos ayude! —les ordené.

El primer turco que se dirigió hacia mí con una espada fue fácil de esquivar y pude clavarle mi acero en el costado, para pasar a recibir al segundo, al que tuve que detener su espada chocando con la mía cuando se dirigía a cortarme la cabeza. Media docena de golpes intercambiamos hasta que se lanzó con demasiada furia contra mí, le esquivé, y al no hallar dónde clavar su espada, dejó al descubierto su lado derecho, alcanzándole yo en el mismísimo corazón. Para detener al siguiente saqué mi daga con mi zurda y no perdí ni un solo segundo con él. Al chocar nuestras espadas le clavé la daga en el costado, y cuando cayó al suelo le metí la espada entre el pecho y el cuello.

Los siguientes turcos que se acercaron cayeron ante el fuego de los arcabuces. Sin dejar de mirar atrás volvimos hacia la playa donde nos esperaban el resto de los hombres ya con los arcabuces cargados. Cuando llegamos allí los turcos hicieron amén de seguirnos, pero la descarga de arcabuces que les recibió les hizo desistir.

Cuando nos reunimos con el resto de la flota, don Juan me mandó llamar por un mensajero, preocupado por mi salud. Le dije que le diera el mensaje de que estaba bien, dispuesto para la próxima vez que me necesitara. Habiéndolo de ser pronto.

El 13 de septiembre nos volvieron a informar de que Uluch Alí estaba mal provisto de cañones cerca del puerto de Navardino. Hacia allí nos dirigimos esperando coger por sorpresa al calabrés. Para ello don Juan ideó un gran plan. Me ordenó desembarcar con ocho mil soldados y doce piezas para tomar por sorpresa el puerto de Navardino y así sorprender a Uluch Alí, que no podría refugiarse entre sus muros.

Así, el 2 de octubre de 1572 dirigí mi primera empresa militar. Desembarcamos cerca de Navardino y fuimos hacia la ciudad envueltos en la mayor oscuridad. Debíamos llegar a la población lo antes posible. Cuando iniciáramos el asalto y las defensas se hubieran concentrado en nuestro ataque, la armada aparecería en el horizonte tomando el puerto.

Cumplimos a la perfección. Al día siguiente llegamos ante los muros de la ciudad que se hallaban poderosamente protegidos. No iba a ser empresa fácil, las defensas de la ciudad eran excelentes y su artillería mucho más poderosa de lo que esperábamos. Así que di la orden de distribuir las fuerzas de manera diferente a la que había pensado inicialmente, a fin de abarcar el máximo de terreno y que su artillería no pudiera cubrir todo el frente de combate. Pero sus cañones no hicieron sino hostigar nuestros desplazamientos, y una lluvia torrencial se inició por la tarde, impidiéndonos movernos con comodidad. Así nos sobrevino la noche, y solo pudimos esperar al día siguiente.

Al alba fue imposible tomar el puerto. La armada de la Santa Liga apareció en el horizonte como se había planeado. Pero Uluch Alí colocó sus galeras en la boca del puerto, con la artillería apuntando hacia el mar. Había fortificado el puerto con las propias galeras, de tal manera que aquella plaza era inexpugnable tanto por tierra como por mar. No podía atacar la ciudad, fuertemente protegida por artillería en la zona de tierra. Yo no estaba en la *Real*, pero supongo que don Juan y los almirantes discutieron mucho sobre qué hacer. Si asediar la plaza o retirarse ante la dificultad de lanzar un ataque. Lo que sí sé seguro es que a la mañana siguiente llegó la orden de retirarnos de nuestra posición y poco después la armada partió. Fue una retirada humillante.

Los siguientes días fueron de escaramuzas y confusión, nadie sabía qué hacer. Los venecianos comenzaron a discutir por todo. Don Juan empezaba a perder la esperanza de entrar en batalla. Solo hubo una alegría, que venía del que estaba llamado a ser el mejor almirante que habían tenido los reinos de España en su larga historia. Don Álvaro de Bazán, al mando de su galera capitana, que tan bien luchó en Lepanto, la *Loba*, había conseguido una increíble hazaña. Escondido entre la niebla de la mañana penetró en las líneas enemigas en busca de alguna galera que pareciera importante. Habiéndola encontrado la atacó, hallándose con la sorpresa de que el botín era mayor de lo que esperaba. Se trataba de uno de los capitanes de la Armada turca, el hijo de Ahmed II Barbarroja. Fue lo único que se ganó esos días de octubre. El invierno se acercaba y la situación del mar empeoraba, así que sin haber llegado a entrar en combate la armada de la Santa Liga, la vencedora de Lepanto, se retiró hacia poniente. Los resultados de la campaña habían sido humillantes. La Santa Liga estaba herida de muerte.

17

El reino de Nápoles

Para vuestra excelencia, Nápoles es la ciudad
apropiada para que de las hazañas en campo
de Marte, paséis, aunque nocivo, al jardín de
Venus.

El cardenal Granvela, virrey de Nápoles,
a don Juan de Austria (1573)

En 1573 don Juan y yo fuimos destinados a Nápoles por
orden directa de Felipe II. Allí debíamos esperar el resultado
de las conversaciones entre el papa Gregorio XIII, Venecia
y España, representada en Roma por don Juan de Zúñiga,
hermano de Luis de Requesens. Sabíamos que los capitanes
de Venecia, en especial Foscarini, se habían encargado de
echar toda la culpa del fracaso de la Santa Liga sobre los
hombros de don Juan. A pesar de que era un héroe en Venecia, donde los gondoleros cantaban sin cesar canciones sobre
Lepanto y nuestra gran victoria.

Nápoles era la ciudad más importante del sur de Italia,
era el centro del Mezzogiorno, capital del reino de Nápoles
que había pasado en la Edad Media por manos normandas,
bizantinas y de la Casa de Anjou hasta llegar a la Corona de

Aragón. La ciudad era preciosa, con la imponente presencia del Vesubio siempre de fondo y el poderoso castillo de San Telmo defendiendo la ciudad.

Llegamos al puerto muy temprano. Allí dejamos a los criados que nos acompañaban y recorrimos la vía Toledo que unía la zona septentrional de la ciudad hasta llegar al centro. Los soldados que habían venido con nosotros descansaban en los Quarteri Spagnoli, que era el barrio que acogía la llegada de las tropas españolas. Ese mismo día acudimos a misa: en la iglesia de Montecalvario.

Fue en Nápoles donde nos enteramos de la noticia de la gran traición, Venecia y el sultán habían firmado la paz en secreto. Además, en unas condiciones durísimas para la Serenísima, que incluían una fuerte suma de dinero, la liberación de todos los prisioneros turcos y la reducción de su armada a tan solo sesenta galeras.

—¿Cómo puede ser? ¿Cómo han podido aceptar? ¡Y en esas humillantes condiciones! —le pregunté a don Juan.

Pero él permanecía impasible, sentado en el salón del palacio en el que nos alojábamos. El mismo hombre que años atrás había escapado a caballo de la universidad camino de Barcelona para acudir en secreto al rescate de Malta, ahora permanecía impasible ante semejante traición de los venecianos. Pero no había cambiado tanto mi amigo, y cuando sus ojos por fin me miraron, vi en su fondo un brillo familiar. Se levantó, abrió uno de los armarios y sacó algo envuelto en una piel dorada que no conseguí distinguir bien qué era. Acto seguido salió del palacio y se dirigió hacia una de las calles de Nápoles, ordenando a todos con los que se encontraba en su camino que le siguieran. Ni yo mismo, que iba a su lado, sabía muy bien qué tramaba mi querido amigo.

Avanzamos hacia el puerto y nos encontramos a docenas de personas que gritaban contra los traidores venecianos.

—¡Acompañadme al puerto! ¡Seguidme todos! ¡Vamos a hacer justicia con esos traidores! —gritó don Juan.

Todos los soldados españoles, más gente del castillo, y el pueblo de Nápoles, que poco a poco se iba uniendo al pelotón, seguimos a don Juan. Allí me hizo un gesto para que lo acompañara a la galera capitana. Mientras subíamos al barco abrió la piel que había traído consigo.

—Alejandro, ayudadme a izar el estandarte de la Santa Liga.

El estandarte subió hasta lo alto del mástil de la *Real*, pero antes, en el lado donde estaba el escudo de armas de Venecia, don Juan había atado la bandera real de Castilla. El pueblo de Nápoles aplaudió el gesto, mientras seguían gritando insultos contra la República de Venecia.

—Bien hecho, don Juan, esos malditos venecianos no se merecen pertenecer a la Santa Liga —le dije.

—No os quepa duda de que no han sido los venecianos los únicos culpables. O mucho me equivoco, o los franceses están detrás de todo esto.

Hacía tiempo que don Juan había ampliado su red de espías e informadores. No solo los tenía en los principales puertos del Mediterráneo, sino ahora también en el centro de Europa. Nápoles suponía una plaza estratégica desde donde estar al corriente de todo lo que sucedía en Europa, incluso en la zona más septentrional. Esta preocupación suya por el norte de Europa, en especial por Inglaterra, no era nueva. Yo se la recordaba en Alcalá, donde siempre había mirado más al Mediterráneo que al Atlántico. Hasta en esto era un visionario y presentía que la suerte de España estaba más en Occidente que en Oriente.

Últimamente don Juan manoseaba y estudiaba un libro que le había enviado uno de sus informadores, un milanés muy influyente. A mí me lo había enseñado en varias ocasiones. Se trataba de una especie de listado de los personajes más importantes de Europa, dibujados y con anotaciones sobre sus gustos, y también sobre sus debilidades.

—Mañana nos presentaremos al cardenal Granvela —le comenté mientras tomábamos una copa de vino en su habitación.

Mi amigo se levantó y fue hacia su escritorio, de donde sacó el libro del milanés. Revisó entre sus páginas hasta encontrar lo que buscaba, y leyó en voz alta:

—El cardenal Granvela, uno de los más extraños hombres que Su Majestad tiene a su servicio. A sus cincuenta y seis años sabe de los temas de Estado mejor que cualquier otro. El rey, nuestro señor, lo tiene de toda confianza. Es aconsejable tenerlo de bien, contarle todos los negocios en que se encuentre uno y escuchar su parecer, que seguramente será acertado. Una debilidad tiene el viejo ministro de Carlos V, una afición por las mujeres propia de un chiquillo más que de un cardenal.

—Mi madre lo tuvo bajo su servicio en Flandes, como presidente del Consejo de Estado. Es un hombre notable, de eso no hay duda —dije mientras terminaba la copa de vino.

Era obvio que el cardenal era uno de los personajes más importantes en la corte de Felipe II y si había sido elegido virrey de Nápoles no era por casualidad. Y si a nosotros se nos había ordenado permanecer allí junto con la flota amarrada, tampoco era causa del destino. Más aún, conocida ya la muerte definitiva de la Santa Liga. Sin embargo, la potente flota que mandábamos no se iba a deshacer sin más, que todo lo tenía bien atado nuestra majestad.

Llegó el día de visitar al cardenal Granvela. Acudimos a una audiencia en el Castel Nuovo, imponente fortaleza de la época de los Anjou en el siglo XIII. Llegamos los dos a caballo y cruzamos por una hermosa portada renacentista de mármol, después seguimos por el arco de triunfo, que aunque era una obra medieval recordaba, y en gran medida, a los arcos de triunfo de Roma. Era una bella construcción, supongo que de la época de los aragoneses, que destacaba por los bajorrelieves y esculturas que lo decoraban y que flanqueaba la entrada a la fortaleza. A sus lados estaban dos poderosos torreones cilíndricos de la época de Alfonso V de Aragón.

En la capilla Palatina esperamos a ser llamados por el cardenal. Después de unos minutos nos recibió en la Sala dei Baroni, decorada con hermosas bóvedas octogonales. El cardenal Granvela, nuevo virrey de Nápoles, era una persona ya de cierta edad, que vestía un manto púrpura y tenía un gesto muy amable. Sus criados nos hicieron pasar a una pequeña sala donde el cardenal tomó asiento detrás de una mesa de madera muy pomposa, con decoraciones en forma de bajorrelieves con motivos florales.

—Sentaos, victoriosos vencedores de Lepanto —nos dijo.

—Gracias, virrey —le respondió don Juan por los dos.

Granvela nos preguntó con gran interés por Lepanto y el fracaso de la última campaña de la Santa Liga. Nos informó de primera mano de la traición de Venecia y del enfado del papa Gregorio XIII, quien había tomado como una gran ofensa la acción de la Serenísima.

El cardenal era un hombre inteligente y don Juan se guardaba mucho ante él de decir algo inadecuado. El cardenal parecía contento de su elección como virrey de Nápoles, era un reino ideal para mantener el contacto con la situación en Europa, a la vez que permitía estar atento a las oportunidades que pudieran darse en el Mediterráneo. Pero hasta los hombres inteligentes como el cardenal tenían debilidades, si bien la de Granvela era compartida por la mayoría de los varones.

—Para vuestra excelencia, Nápoles es la ciudad apropiada para que de las hazañas en campo de Marte, paséis, aunque nocivo, al jardín de Venus —le dijo Granvela a don Juan.

Esas palabras tenían un fin muy concreto, que pronto descubriríamos.

La verdad es que Nápoles era una ciudad magnífica. Después de haber vivido en Parma, Bruselas, Londres, Alcalá de Henares y Madrid; y de conocer otras tan importantes como Toledo, Messina, Roma o Valladolid, Nápoles no tenía nada que envidiar a ninguna de ellas. Pasear por Nápoles, como Messina, Siracusa o Palermo, ciudades todas ellas que pertenecían a la Corona de Aragón desde hacía siglos, era como hacerlo por la propia España. La lengua castellana se mezclaba con la toscana, adquiriendo un bello acento. Sobre todo en el barrio de Santa Lucía, frecuentado por marinos y gente vulgar, y que destacaba por el Castel dell'Ovo, que protegía el importante puerto. Además del idioma, estaba el clima, el sol como en Castilla y el mar como en Valencia o Barcelona. Y la noche, con una fiesta en cada esquina, Nápoles no era sino como otra gran ciudad de España. En aquel ambiente no me costaba estar lejos de María y mis hijos. Les escribía con frecuencia y ella hacía lo mismo. Solo lamentaba no ver crecer a mi hijo.

Dos días después de nuestro primer encuentro con el cardenal Granvela se organizó una gran corrida de toros en la plaza donde se situaba el Palazzo San Giacomo y la iglesia de Santa María Incoronata. Granvela presidía la corrida, y nos invitó a acompañarle. Había mucho público aquel día. Algunos españoles, pero la mayoría eran napolitanos, y parecían entusiasmados con el evento. Era como si estuviéramos en cualquier ciudad de Castilla, pero no, estábamos en Nápoles, en el centro mismo del Mediterráneo. Pronto salió el toro, un animal de raza, pero no de las dimensiones de los que se solían soltar en España. Los napolitanos parecían asustados por la bravura del animal. Sin duda, aquel espectáculo les causaba gran admiración. El primero de los mozos que saltó al ruedo no lo hizo mal, sobre todo para ser napolitano.

—¿Qué os parece, don Juan? —le preguntó Granvela.

—No ha estado mal, aunque cualquier español lo haría mejor —respondió don Juan.

—¡Demostradlo!

Granvela no sabía quién tenía delante, o quizá lo sabía demasiado bien. Don Juan no lo dudó ni un momento; se levantó de su sitio, me guiñó un ojo y corrió hacia el ruedo. De un gran salto se plantó en la arena. Los habitantes de Nápoles pronto lo identificaron.

—¡Es don Juan de Austria! ¡El vencedor de Lepanto! —gritaba la muchedumbre desconcertada.

Mi amigo se dirigió hacia el toro y a la primera embestida del fiero animal respondió con una suave cinta ante el delirio de los asistentes. Incluso Granvela sonrió ante la muestra de audacia. Después continuó dando pases, hasta por dos veces estuvo el toro a punto de cornearle con el pitón cerca del muslo. Don Juan demostró que sabía torear y se ganó a los habitantes de Nápoles para siempre, y un poco también al cardenal. Remató la faena dándole muerte, y la gente aclamó su nombre con locura y le pidió que continuara toreando. Mientras salía el siguiente animal, se dirigió hacia una zona del público y saltó a uno de los balcones de la plaza, donde había una hermosa dama napolitana.

—Tiene buen gusto vuestro amigo —me dijo Granvela—, pero que muy buen gusto.

Después volvió al ruedo listo para torear a otro toro, pero llevaba consigo cintas rojas y amarillas, que recordaban a la bandera aragonesa. Eran del vestido de la dama del balcón, a la que la gente empezó también a vitorear.

—¿Quién es, virrey? —le pregunté a Granvela.

—¿La joven? Es la hija de un caballero de noble familia. Se llama Diana de Falangota y es la *più bella donna di Napoli* —me respondió con una extraña sonrisa.

—Qué bien informado estáis, virrey —le respondí.

—Llevo cortejándola desde el mismo día que la vi —me dijo el viejo cardenal, que no apartaba la vista de la joven.

Desde entonces don Juan intentó cortejar a Diana, y la napolitana no tardó en rendirse a sus encantos. Toda Nápoles supo de sus amores con ella y de los celos del virrey.

Por aquel entonces llegó a mis oídos una noticia que me dejó perplejo. Hacía tiempo que no tenía noticias suyas. Aunque, a veces, entre sueños me sorprendía a mí mismo soñando con ella. ¿Seguiría pintando con tanto talento? ¿Pensaría ella alguna vez en mí? ¿Nos volveríamos a ver? Pensaba que nuestras vidas se habían separado para siempre. Entonces supe de ella. Sofonisba se había casado en junio con un noble siciliano llamado don Fabricio de Moneda, en la capilla del Alcázar Real, en Madrid. Acompañada de las infantas y doña Juana, en presencia de la reina Ana y el príncipe heredero don Fernando, que por entonces tan solo contaba con año y medio de edad. Tras la boda había partido a Palermo, donde residía junto a su marido.

También llegó a mis oídos que Sofonisba por fin había conseguido su gran objetivo, pintar al rey. ¡Qué gran responsabilidad! Al parecer había sido un retrato donde el rey aparecía de media figura. Era un retrato de estilo cortesano, donde Felipe II lucía con atuendo serio y un rosario en la mano, con el Toisón de Oro en el pecho y, por supuesto, muy elegante.

¡Qué caprichoso es el destino! Ahora que pensaba que estaba tan lejos de ella, era precisamente cuando más cerca me encontraba. Era muy fácil llegar a Sicilia desde Nápoles.

Nápoles era una hermosa ciudad, sus gentes alegres y su clima cálido era perfecto. Pero no estábamos allí para quedarnos. Las nuevas órdenes de Felipe II no llegaban. Pasaron varias semanas más hasta que nos informaron de que Granvela había recibido órdenes enviadas desde España por el rey y fuimos a su encuentro.

Acudimos a la catedral, el Duomo de Nápoles, un gran edificio gótico que presentaba importantes grietas en su fachada. Había sufrido mucho con los terremotos que en el siglo pasado habían asolado la ciudad. Tenía tres portadas, e interiormente presentaba tres naves separadas por arcos ojivales. Cuando entramos dentro vimos enseguida a Granvela, que estaba en el interior revisando unas reformas para proteger la nave central de un posible nuevo terremoto.

—¡Si son don Juan de Austria y don Alejandro Farnesio! ¿A qué debo tan agradable visita? —preguntó el cardenal al vernos entrar.

—¿Habéis recibido noticias de España? —le pregunté directamente.

—Así es, veo que no se pueden tener secretos en esta ciudad —respondió Granvela.

—¿Nos afectan? —preguntó don Juan.

—Puede que sí. Sois demasiado impetuosos, sé que la juventud es una enfermedad que se cura con el tiempo, pero... o mucho me equivoco, o vuestras mercedes no tienen ese precioso tiempo. ¿Qué fines buscáis?

—Los mejores para España y el rey.

—¡Buena respuesta! Pero si vais a navegar por el mar de la política, me temo que no podréis tener un destino. Yo navego sin saber a qué puerto voy ni en qué tierra anclaré. Solo conozco el rumbo, ¡el que dicta el rey de España!

Los dos escuchamos atentos.

—El rey Felipe quiere volver a tomar la ofensiva en el Mediterráneo ahora que las cosas en Flandes parecen de nuevo tranquilas. Me pide consejo sobre qué decisión tomar, Argel o Túnez.

Tanto don Juan como yo pensábamos que Argel era mucha mejor opción, había que acabar de una vez con ese nido de ratas. Terminar con los «baños de Argel» y destruir a esos malditos piratas berberiscos.

—¿Y qué vais a contestar?

—Túnez es de donde proviene el peligro para Nápoles y Sicilia. Además, es una empresa mucho más sencilla y barata que la otra.

—Pero, virrey, debemos acabar con Argel...

—Os aconsejo que no continuéis, porque vos vais a dirigir la toma del reino de Túnez —le dijo Granvela.

—Perdonad, virrey, pero debo insistir, Argel es más importante. Hay miles de prisioneros cristianos en ese territorio. ¡Debemos liberarlos! —insistió don Juan.

—Os comprendo, pero en política hay prioridades. Y ahora la prioridad es Túnez.

Aunque esperada y discutida, no dejó de ser una gran noticia. Túnez no era Lepanto, era un reino y necesitaba un rey. Don Juan pareció entender este punto, así que cuando salimos del encuentro estaba más contento.

—Por fin, Alejandro, por fin. No es un gran reino, pero es un reino y será mío.

Don Juan se apresuró a escribir a su hermano recomendando también la conquista de Túnez. Granvela lo había convencido. Solo había un peligro. Aunque no estábamos seguros, Felipe II podría cometer el error de entregar la ciudad al anterior rey Muley Hamida, que permanecía en Sicilia bajo protección española desde la conquista turca de Túnez. Este territorio debía ser por fin cristiano, ninguna alianza ni acuerdo debía impedirlo.

El nuevo objetivo tocaba el corazón de los dos hermanos, ya que su padre, el emperador, ya había conquistado Túnez en 1535. Mi amigo tenía grandes esperanzas puestas en la conquista de este reino, sobre todo después de que el duque de Anjou había sido coronado rey de Polonia. El último gran reino de Europa que no tenía monarca.

Felipe II dio la aprobación a la empresa. No decidió qué pasaría después de la toma de Túnez, pero una cosa le dejó clara a don Juan: una vez en Túnez, debían desmantelarse todos los fuertes y castillos existentes, a fin de que no fueran utilizados nunca más por los musulmanes.

Don Juan también escribió a Gregorio XIII, quien le respondió con suma prontitud no solo dando su aprobación a la toma de Túnez, sino apoyándola. Y prometiéndole intervenir a su favor frente a Felipe II cuando llegara la hora de decidir a quién se le asignaría la Corona de Túnez. Uno de los grandes deseos del Vaticano era fundar un reino cristiano en Túnez. Un reino que pudiera ir, poco a poco, expandiendo sus límites y seguir así la política que ya iniciaron en su tiempo el cardenal Cisneros y Fernando el Católico. Era una oportunidad inmejorable de iniciar la cristianización definitiva del norte de África.

Indiferentemente de la suerte de la Corona de Túnez, lo primero era preparar la expedición. Así don Juan, como capitán general de la Armada española y jefe de la expedición por orden de Felipe II, reorganizó la poderosa flota que inicialmente tenía que formar parte de la Santa Liga y que se había abandonado y mucho en Nápoles. Lo hizo sin apenas dinero, ya que Flandes era un agujero sin fondo, donde iban a parar todos los subsidios del rey. Castilla y el oro americano mantenían el imperio, mientras los Estados italianos y Flandes contribuían levemente, y los reinos orientales, Aragón, Cataluña y Valencia, no aportaban ni un ducado al mantenimiento del imperio.

Mientras se organizaban los preparativos llegó una mala noticia de Madrid. Ruy Gómez de Silva, marido de la princesa de Éboli, había fallecido tristemente el 27 de julio en los brazos de su secretario, un tal Escobedo. Con su muerte se perdía un gran hombre de Estado. Y quedaba viuda la princesa de Éboli, que por aquella época residía en el convento de las Descalzas Reales, que el mismo Ruy Gómez de Silva había pedido fundar a Teresa de Ahumada, religiosa nacida en Ávila y que era fundadora de las carmelitas descalzas.

A su muerte, había quedado un hombre de su entera confianza, Antonio Pérez, como su sucesor al frente del partido ebolista, dirigiendo sus influencias y manteniendo el poder junto a la princesa de Éboli.

Después de seis semanas y a pesar de los problemas financieros, fue posible reunir una armada de cien galeras y otras cincuenta naves, entre fragatas y bergantines, además de muchas barcas de mantenimiento. Sin embargo, esta vez no se preparaba una batalla naval, sino una invasión, por lo que lo realmente importante era la infantería. Conseguimos reunir veintisiete mil hombres, de los que trece mil eran italianos, nueve mil alemanes y el resto tudescos. Desde Nápoles fue más fácil reclutar un ejército de lo que hubiera sido hacerlo en España. Aquella fue una de las razones que tuvo el rey al enviarnos a Nápoles.

Don Juan ya no era solamente el líder militar de la armada, sino que la había organizado hasta el más mínimo detalle. El deseo de ocupar al fin el trono de un reino le daba una energía inusitada, pero, además, tenía otras motivaciones para la conquista de Túnez.

—Don Juan.

—Sí, Alejandro.

—¿En verdad creéis que Su Majestad os dará la Corona de Túnez cuando la conquistemos?

Don Juan no contestó, siguió rellenando los formularios de la flota. Solo una vez que hubo terminado lo que estaba escribiendo me respondió:

—Sabéis que hace treinta y nueve años mi padre estaba en la misma situación que estoy yo ahora.

—Sí, sé que hace ese tiempo que el emperador tomó Túnez.

—Exactamente, para luego perderlo estúpidamente. Don Luis de Quijada me relató mil veces la toma de Túnez, porque él estuvo al lado de mi padre, siendo uno de los grandes héroes de aquella hazaña. Y recuerdo perfectamente que le remordía por dentro el haberla perdido tan fácilmente, sin oponer apenas resistencia.

—Lo sé. Pero ¿en qué cambia eso la situación?

—En que si mi hermano quiere conquistar Túnez me necesita, pero esto no acaba ahí. Si luego quiere conservarla, aún me necesitará más imperiosamente. Solo un general fuerte podrá mantener esa conquista, solo soldados como nosotros podrán expandirla por el norte de África.

—Tenéis razón.

—Si quiere conservar Túnez deberá darme ese reino, si no no tardaremos en volver a perderlo.

El 1 de agosto salimos de Nápoles, e hicimos escala en Messina, donde se nos unieron las tropas de Álvaro de Bazán, marqués de Santa Cruz. Allí fuimos aclamados como aquel día que salimos hacia Lepanto; también hicimos escala en Palermo, Trápana y la isla de Favignana. Al llegar a Trepana, don Juan se mostró muy interesado en desembarcar en el puerto, y me pidió que le acompañara. Aquello solo podía tener un motivo: la red de espías de don Juan tenía alguna valiosa información que se nos daría en Trepana.

—¿Adónde vamos?

—A rezar.

—Perdón, don Juan, ¿a rezar? Si nos estamos alejando de la ciudad.

—Hay un monasterio de carmelitas en lo alto de aquella colina.

—¿Cómo lo sabéis?

—Don Luis de Quijada me lo contó. Se trata de la Anunciata de Trepana, allí se confesó mi padre antes de la conquista de Túnez.

Efectivamente encontramos el convento, algo abandonado, y allí se confesó mi amigo, como tiempo atrás hizo su padre, y después salimos a la mar.

En Trepana, aproveché para escribir una carta a María y otra a mi madre, ya que pronto entraríamos en combate, y Dios no lo quiera, pero quién sabe si esa no sería mi última ocasión para enviarles unas palabras. Además, se acercaba el cumpleaños de María y necesitaba escribirle.

Toda la flota se juntó en Marzala, a dieciocho millas de Trápana. Se trataba de un antiguo puerto que don Juan ordenó reabrir. Finalmente la flota estaba formada por ciento cuarenta galeras, veinticinco fragatas y cuarenta barcos. Todo había sido preparado al detalle, yo me había encargado de gran parte de la logística y el aprovisionamiento de víveres y municiones. Elegimos un día significativo para salir hacia África, el 7 de octubre, en honor al día de la batalla de Lepanto.

La mañana siguiente divisamos la fortaleza de la Goleta. No hubo batalla ese día. Nuestro poderoso ejército desembarcó en las costas de Túnez, la mayoría de sus defensores habían huido al interior del país sin presentar batalla. El avistamiento de la flota causó terror en los moros y turcos. Los tres mil otomanos destacados en la defensa de Túnez huyeron, saqueando todo lo que encontraron a su paso. No fueron muy distintos los moros, que dejaron la ciudad en número cercano a los cuarenta mil, dejando solo en su interior a niños, mujeres y viejos.

Esperamos al amanecer para entrar en la capital. Nunca una conquista había sido tan sencilla, ya que no hubo resistencia. Fue un auténtico paseo militar. Don Juan entró victorioso en la ciudad, aclamado como un héroe. Su fama seguía creciendo: después de las Alpujarras y Lepanto, ahora venía Túnez.

Al día siguiente nuestras tropas entraron en la segunda ciudad en importancia, Bizerta. Aquí su guarnición turca presentó algo de resistencia, pero fue fácilmente derrotada. Si los acontecimientos bélicos se sucedieron con extrema rapidez, también los políticos. Don Juan reunió un consejo de guerra a los cinco días de haber desembarcado y, sin esperar las órdenes del rey, presentó su firme decisión de conservar Túnez. Para ello, destinó ocho mil de sus hombres en la capital y mandó la edificación de una poderosa ciudadela. Estábamos desobedeciendo una de las principales órdenes del rey. Pero si no había obedecido a Felipe II en este punto, tampoco íbamos a instalar en el trono al anterior rey, Muley

Hamida, ni a ningún otro miembro de su familia, como Felipe II deseaba.

Una vez aseguradas las principales ciudades, recorrimos Túnez con una comitiva de soldados. Era una ciudad hermosa, con su entramado de calles musulmanas, sus colores claros y su olor a especias de Oriente. Era una ciudad abierta al Mediterráneo, como también lo era Nápoles. Su mercado era espectacular, el comercio de Occidente y Oriente se fusionaba allí: seda, especias, animales exóticos, y un largo etcétera, se compraban y vendían en el bullicioso zoco y en las calles adyacentes a la medina. Fue en una de estas calles donde don Juan se detuvo.

—¡Alejandro! ¡Venid! ¡Rápido! —me gritó don Juan.

—¿Qué sucede? —le pregunté cuando llegué a su altura.

—¿Qué os parece, Alejandro?

Me quedé mirando unos instantes lo que estaba llamando su atención.

—Pero, don Juan...

—Es magnífico, ¿verdad?

El mercader era un viejo moro que balbuceaba español con muy buen acento. Podía ser hijo de algún morisco expulsado después de la conquista de Granada, o haber sido prisionero en alguna galera.

—Es muy bueno, muy bueno —decía el mercader.

—Lo quiero.

—¡Don Juan! —exclamé.

—¿Cómo lo llamaré? —se preguntó en voz alta—. Ya lo tengo, lo llamaré Austria.

Don Juan estaba arrodillado en el suelo acariciando el lomo de un pequeño cachorro de león. El animal, todavía de muy corta edad, era realmente hermoso, y ya dejaba entrever lo temible que llegaría a ser.

Con nuestro nuevo amigo nos dirigimos a la alcazaba,

que era donde nos habíamos instalado. Una vez tomada la ciudad, teníamos que decidir qué hacer con ella.

—Tenemos órdenes —me dijo don Juan.

—¿Órdenes? ¿Del rey?

—Ha ordenado desmantelar la ciudad.

Aquello daba al traste con los planes de ser nombrado rey de Túnez.

—¿Y qué vamos a hacer? —le pregunté.

Don Juan me miró seriamente, y después esbozó una sonrisa.

—Vamos a fortificarla.

Ambos nos echamos a reír.

Empezamos preparar la futura defensa de Túnez. Yo me encargué del estudio de sus abundantes fortificaciones con ayuda de Gabrio Vervelloni, ingeniero enviado expresamente por Su Majestad para el menester contrario, desmantelarlas, y que se vio sorprendido ante el cambio de planes.

—¿Construir un nuevo fuerte?

—Sí.

—Pero si Su Majestad me ha enviado para desmantelar los baluartes existentes.

—Las órdenes han cambiado. Hay que construir un fuerte con capacidad para ocho mil hombres.

—¡Ocho mil! —exclamó el ingeniero.

—Ocho mil —dijo don Juan muy firme.

Túnez tenía una poderosa alcazaba y gruesas murallas. Estaba situada en la orilla del Estaño, una gran llanura con muy poco fondo y que en realidad era el antiguo puerto de la mítica Cartago, que fue arrasada por los romanos, quienes después de tomar la ciudad destruyeron todos sus edificios. Roma quiso eliminar todo vestigio de la existencia de esta civilización, y para ello llegaron a cavar hasta encontrar los cimientos de sus construcciones, para eliminarlos también y echar sal sobre la llanura donde se asentaban. Allí ya nunca crecería nada.

A los pocos días llegó un correo del rey, quien nos recordaba que debíamos desmantelar todas las fortificaciones y que, además, nos ordenaba entregar la ciudad al que fue su señor hasta la llegada de los turcos. No podíamos cumplir sus órdenes, había que encontrar la manera de que cambiara de opinión, y quizá el mejor método era hacerle ver la gran oportunidad que nos daba esta plaza estratégica en el norte de África.

—¿Qué hacemos ahora, Alejandro? —me preguntó don Juan.

—No podemos regalar Túnez.

—Por supuesto que no. Me refiero a ¿cómo mejoramos sus defensas?

—La laguna desembocaba por un canal bastante estrecho en el golfo de Túnez. Para defender este paso está el fuerte de la Goleta. Pero en el lado opuesto había también una isla, y es allí donde debemos construir un nuevo fuerte, de tal manera que la entrada a la laguna esté flanqueada en sus dos lados por dos poderosas fortificaciones, haciendo inexpugnable la ciudad por mar.

—Pienso exactamente lo mismo, ¡manos a la obra!

Fue en aquella estancia en Túnez donde se disiparon las pocas dudas sobre la capacidad de don Juan para reinar. Con una ciudad por fin bajo su cargo, y no solo un ejército, mostró su talento para gobernar. El buen trato que se practicó a los moros pronto dio sus frutos, y poco a poco fueron volviendo a sus casas desde las montañas. El comercio se restableció con normalidad, funcionando el mercado como antaño. Pero la alegría duró poco; una vez asegurado el reino, llegaron de nuevo órdenes directas de Felipe II insistiendo en el abandono de Túnez. Las órdenes de Su Majestad fueron claras: «Entregadlo al infante Muley Hamet». Pero no estábamos dispuestos a hacerlo tan fácilmente.

—El tiempo se nos termina y las opciones también, no podemos enfadar más a mi hermano.

—¿Y qué podemos hacer? —le pregunté.

—No lo sé. Habría que buscar una manera de ganar tiempo y de no entregar el reino a un infiel.

—Y si lo eliminamos —le sugerí.

—¿A quién? ¿A Muley Hamet? No es posible, demasiado evidente.

—¿Entonces? —pregunté.

—Tiene que ser algo más sutil, más inteligente.

—No podemos nombrarle rey, eso sería el fin de nuestras esperanzas —dije muy enojado.

—Exactamente, eso haremos.

—¿Qué queréis decir? ¿Que le entreguemos el trono? —le pregunté sorprendido.

—No, le entregaremos el reino, pero no la corona.

—¿Cómo? Explicaos —le pedí.

—Le daremos públicamente la posesión de Túnez, pero no con el título de rey, sino con el de gobernador.

—Mmm... ya os entiendo.

—Le nombraremos gobernador... en nombre del católico rey de España.

De esta manera tan ingeniosa solucionábamos momentáneamente el problema. Obedecíamos las órdenes del rey, ganábamos tiempo para convencerle y que nombrara rey a don Juan. Pero, obviamente, no podíamos seguir en Túnez con el nuevo gobernador en el poder, así que con un miembro más entre nosotros, el león Austria, salimos rumbo a Nápoles, haciendo parada en Palermo.

Cuando llegamos, Granvela nos esperaba en el puerto. El virrey había preparado un impresionante recibimiento, pero lo que realmente le impactó fue vernos llegar con el cachorro de león.

—Pero ¿qué es eso?

—Un león —contestó don Juan.

—Ya veo que es un león, pero ¿qué hacéis con él?

—Lo hemos alistado en los tercios de España —le insinué.

—Pero si es una fiera.

—Es solo un cachorro —le dijo don Juan.

—Sí, como vuestras mercedes, ¡que parecéis unos niños!

—Vamos, virrey, no me diréis que le tenéis miedo...

—¿Miedo? Qué tontería.

Granvela miró de reojo al cachorro.

—¿Y cómo se llama?

—Austria —respondió don Juan.

—Le habéis puesto vuestro apellido, ¡estáis locos!

Después de las celebraciones por nuestro regreso vivimos una etapa de gran tranquilidad. Austria se convirtió en una de las atracciones de Nápoles. A don Juan le gustaba pasear vestido de gala y con el león por las calles. La gente se asustaba y la fiera le hacía llamar todavía más la atención del pueblo, que lo veía como un ser excepcional.

Durante nuestra ausencia Diana había dado a luz una hija de don Juan, el propio Granvela acompañó a la madre en el parto. Al parecer el virrey quería de verdad a la hermosa dama. Cuando volvimos de Túnez don Juan tenía demasiados temas que tratar y parecía que la empresa le había hecho olvidarse de Diana, así que lo que hizo fue buscarle un marido. La acción sorprendió a todos, incluso a mí, pues yo lo creía enamorado de la bella napolitana. Tras Diana otra joven napolitana ocupó su corazón. Se llamaba Zenobia Saratosia; era hermosa, aunque no tanto como Diana.

Por aquellos últimos días de 1573, antes de que se iniciara el invierno, llegó una noticia que nos cogió a todos por sorpresa. El temido duque de Alba, prototipo del guerrero castellano de la Reconquista, vencedor de los franceses en Italia, duro, terrible y despiadado, había perdido toda su reputación en las tierras pantanosas de Flandes. Sucedió aquello que solo unos pocos imaginaban, la Inglaterra de Isabel I había entrado en una guerra no oficial con España. La torpe administración del duque de Alba, centrada en unificar todos los Estados en un reino con capital en Bruselas, había sido un fracaso total.

El Tribunal de los Tumultos o Tribunal de Sangre, como se le llamaba en Flandes, y que pretendía erradicar la herejía, había sido utilizado para articular la oposición a España. ¡Había supuesto un grave error! Además, Guillermo de Orange había huido y formado un ejército en Alemania, con dinero inglés. El elegido para sustituir al duque de Alba había sido el gobernador de Milán, embajador de Roma y uno de los mejores oficiales que habían servido en Lepanto, don Luis de Requesens.

La situación en Nápoles empezó a desesperarme, ya que no llegaban noticias de España y don Juan parecía ocupado en otras lides. Hacía mucho tiempo que había dejado Parma, allí estaba mi familia. Y sobre todo mis labores como heredero del ducado y mis hijos, Margarita y Ranuccio. Los tres años al mando de don Juan habían sido los más felices de mi vida, había aprendido grandes lecciones y conocimientos para el futuro, había ganado la experiencia que tanto necesitaba. Pero pensé que era hora de ocuparme de mis responsabilidades en Parma, siempre dispuesto a recibir la llamada de don Juan para acudir allí donde hiciera falta. Además, la resolución del tema de la Corona de Túnez, con Felipe II de por medio, se podía eternizar. Así que me reuní con él para tratar el tema de mi partida. Cuando entré en su cámara don Juan estaba dando de comer un pedazo de carne al león.

—Voy a regresar un tiempo a Parma, para estar con mi familia y retomar mis labores como príncipe de Parma.

—Lo entiendo, Alejandro. No os preocupéis, además esta semana llegará mi secretario personal, Juan de Escobedo. El rey y su secretario, Antonio Pérez, han insistido en la necesidad de enviarme este hidalgo santanderino, a quien según parece en muy alta estima tienen.

—Don Juan, ¿y Túnez? —le pregunté.

—Me temo que para bien o para mal, habrá que esperar. Sé que cuento con el apoyo de Gregorio XIII, pero desconozco totalmente qué decidirá el rey. Mi hermano debe entender la necesidad de conservar Túnez en la Corona española.

—Seguro que lo hará.

—¡Bastantes méritos he realizado ya para ser merecedor del título de alteza! ¿No le parece a vuestra merced, Alejandro?

—Ya sabéis que sí, don Juan. Pero el rey, que os quiere como hermano suyo que sois, no puede decidir algo así sin reflexionarlo con tranquilidad. Dadle tiempo y él os reconocerá como alteza.

—Creo que la única manera de alcanzar ese título es con

una corona sobre la cabeza. Espero volver pronto a Túnez
—me confesó don Juan.

—Espero que así sea.

Ese mismo día partí hacia Parma. Tardaría casi dos años
en volver a ver a mi buen amigo.

18

El ducado de Parma

Abandoné Nápoles con la tristeza de dejar a mi amigo pero con la alegría de volver a casa. Cruzamos el mar Tirreno hasta desembarcar cerca de La Spezia, y desde allí nos dirigimos hacia el valle del Po. Estaba deseoso de llegar a Parma y de poder ver a mi familia. En especial a mi mujer, María, y a mis hijos.

Al llegar a Parma mi padre me esperaba con un gran recibimiento. Los ecos de Lepanto todavía resonaban en Europa y la conquista de Túnez no había hecho sino reanimarlos. María estaba más hermosa aún de lo que recordaba, y tan sonriente como siempre. Mi hijo, Ranuccio, era ya un muchacho alto y sano. Tenía el cabello moreno y los ojos verdosos, parecía despierto y extrovertido. Incluso a mi padre se le veía ilusionado con aquel niño. Margarita era una niña muy dulce y sonriente, ahora me recordaba más a María que a mi madre.

Fuimos al Duomo. La catedral, con su hermosa fachada a dos aguas y sus galerías de pequeños arcos recorriendo sus tres pisos, estaba especialmente hermosa aquel día. En su lado derecho, las campanas del esbelto y alto campanario no dejaban de redoblar por mi llegada. Nos fue difícil entrar entre la muchedumbre que se amontonaba en la entrada. Ya en el interior, el obispo nos esperaba subido en el pomposo púlpito. Miré hacia la cúpula y admiré los frescos de Correggio que tanto me gustaban. Estaba en casa, no había duda.

Al salir de la misa pasamos cerca del baptisterio, que era una gran torre de planta octogonal, de cinco pisos de altura con unas espectaculares galerías hechas con mármol rojo de Verona y decorado con relieves y esculturas.

Pronto me instalé en el Palazzo Pilotta, mandado construir por mi padre para residencia oficial de la corte. Gracias a sus esfuerzos había conseguido afianzar a nuestra familia como herederos legítimos del ducado. Había mucha gente que aún no veía con buenos ojos que el Vaticano se hubiera desprendido de estos territorios. Pero ya habían pasado bastantes años desde entonces y la labor de mi padre por un lado, y el prestigio que yo estaba alcanzando para la familia Farnesio por otro, habían conseguido afianzar nuestra autoridad.

Pasé unos días muy felices junto a María, Margarita y Ranuccio, a los que la tranquilidad de Parma les hacía mucho bien en su educación. María se desvivía por mí, y su ternura era la mejor de mis recompensas. Aprovechamos que hacía buen tiempo para salir al campo con nuestros hijos.

—Por fin has vuelto, Alejandro.

—Siento no haber venido antes, pero mis obligaciones con el rey y con don Juan me han retenido más de lo que hubiera deseado.

María me miraba con ojos tristes.

—¿Cuánto tiempo estarás con nosotros? —me preguntó.

—¿A qué te refieres?

—Lo sabes perfectamente. ¿Cuánto tardarás en irte de nuevo?

—Eso no lo sé. Igual que permanecí contigo hasta que nació Ranuccio, ahora debo estar donde el rey me ordene.

Ranuccio no cesaba de corretear y saltar por los campos cercanos a Parma, mientras Margarita jugaba con una muñeca.

—Es un niño sano —le dije.

—Sí, se parece tanto a ti...

—¿Tú crees?

—Es un Farnesio, no hay ninguna duda —dijo María.

—¡Ranuccio! ¡Ven aquí!

El niño obedeció rápidamente.

—Está muy bien educado —le comenté a María.

—Tu padre ha puesto especial interés en su educación.

—Dime, hijo, ¿me has echado de menos? —le pregunté mientras lo cogía de la cintura.

El niño levantó los hombros en señal de no saber qué responder.

—Debes saber una cosa de tu padre. Aunque no esté a tu lado, siempre pienso en ti. Algún día te llevaré conmigo.

—¿Adónde iremos? —preguntó Ranuccio.

—A otro país.

—¿A cuál?

—Todavía no lo sé, pero pronto las cosas van a cambiar, pronto llegará el momento de tu padre.

Dejé a Ranuccio y este fue a jugar con su hermana.

—Será un gran soldado.

Aquel día, al igual que las semanas siguientes, disfruté como nunca de mi familia. Pero pasada la emoción de los primeros días empecé a sentirme un poco aislado del resto del mundo y, sobre todo, de don Juan. Mi ánimo mejoró cuando empezaron a llegar cartas enviadas por don Juan desde Nápoles. Mi amigo seguía muy preocupado por la suerte de Túnez. La situación no había cambiado, el rey continuaba sin tomar una decisión y los días seguían pasando. Además, Granvela empezaba a intentar influir en el joven Austria cada vez con más insistencia. A veces, sentía que había dejado demasiado solo a mi amigo.

En una de estas cartas don Juan me reveló que tenía un nuevo amor, pero que no podía desvelarme su nombre porque la mujer estaba casada. No era propio de don Juan involucrarse en un asunto así, principalmente porque aquello era peligroso para su carrera. Así que me llevé una gran sorpresa cuando a las pocas semanas llegó hasta Parma la noticia sobre el escándalo. El adulterio había sido descubierto y la fama del vencedor de Lepanto estaba siendo manchada. Don Juan, poseía muchos admiradores, pero también había mucha gente que lo detestaba, celosos de sus victorias. Y estos no iban a desaprovechar una oportunidad así para atacarle.

Yo había visto la popularidad que mi amigo tenía en Nápoles y el sur de Italia, pero hasta que no llegué a Parma, no me di cuenta de la verdadera magnitud que había alcanzado su figura. Lepanto se había convertido para muchos en la mayor batalla de todos los tiempos.

Llegó a mis oídos el nombre de la mujer con la que don Juan estaba viéndose. Según decían era de una gran belleza, pero sobre todo de gran experiencia e inteligencia. Decían que le había hechizado, que mi amigo se había convertido en una sombra de lo que era. La mujer se llamaba Ana de Toledo, era la esposa del gobernador militar de Nápoles. Me resistí a creer todo aquello, pero las noticias no dejaban de llegar. Así que decidí ayudar a mi amigo, y le envié un mensajero invitándolo a la corte de Parma. Sabía que no podría rehusar tal invitación, ya que era una vieja deuda. Don Juan me había prometido venir a Parma para rendir homenaje a mi mujer, María de Portugal. Cuando el Austria leyó mis cartas pareció despertar del hechizo al que lo había sometido Ana de Toledo y partió de inmediato hacia Parma.

Preparamos una gran recepción en la piazza del Duomo. Toda Parma se engalanó para recibir al vencedor de Lepanto. Al hacer su aparición, el público estalló de alegría, nunca había visto Parma tan hermosa y a sus gentes tan alegres como aquellos días. Sobre todo las damas, que admiraban la buena presencia de don Juan, más aún ahora que después de sus aventuras amorosas en Nápoles, su fama de galán había corrido como la pólvora por toda Italia y por media Europa. Cuando don Juan se acercó hacia mi padre y el resto de los miembros de la corte, no pude evitar salir corriendo y darle un fuerte abrazo.

—¿Dónde habéis dejado al león?

—Me ha dicho que no le gustaban los italianos, no se los podía comer. ¡Son demasiado indigestos!

—Je, je. Me alegro de veros, don Juan.

—Yo también, Alejandro, gracias por vuestra invitación, necesitaba salir de Nápoles.

Desde la llegada de mi amigo las fiestas, banquetes y torneos se sucedieron en Parma como nunca antes había ocurrido. Todos estaban encantados con la visita del hermano del rey. Mi mujer había quedado prendada de mi amigo, que había venido expresamente para homenajearla.

Don Juan siempre había puesto especial atención en su vestuario, pero yo también. En todas las cortes de Europa era necesario vestir lo más elegantemente posible, pero a nosotros nos gustaba cuidar todos los detalles de nuestra apariencia. Don Juan era más exquisito y elegante, y yo creo que era más vistoso. A mí me gustaban más las ropas de paz y a él, sin duda, las de guerra. Pero la magnificencia de nuestro vestuario se denotaba en especial en los actos públicos.

En uno de los muchos actos que se llevaron a cabo, don Juan y yo decidimos participar en un torneo a caballo. Se trataba de una justa al estilo medieval. Nos equipamos con armaduras de la época, mucho más pesadas que las actuales y con dos largas lanzas de madera. No era peligroso, ya que las lanzas no tenían refuerzos de metal y las armaduras eran de tal grosor que hubieran resistido hasta el impacto de una bala de cañón. Yo vestía con armadura plateada y casco brillante con plumas de variados colores. Don Juan vestía de dorado, su caballo era negro, mientras el mío era blanco, pero mucho más nervioso y vivo que el suyo.

Antes de empezar, le hice una reverencia a mi padre, y me acerqué a mi mujer, que me colocó una cinta roja en el extremo de mi lanza. Don Juan realizó también una reverencia a mi padre, y después buscó entre el público hasta que encontró a una hermosa joven. Tendría unos dieciocho años y destacaba por su vestido, de tonos verdes y dorados, con un escote que quizá enseñaba demasiado para una dama. Tenía el rostro muy pálido y unos grandes ojos verdes que llamaban poderosamente la atención. Mi amigo se dirigió hacia ella y le acercó la punta de la lanza. La joven cogió un pañuelo blanco bordado y lo ató. El público estalló de júbilo.

—Veamos de lo que sois capaz en vuestra propia casa, Alejandro.

—Esperemos que no se os haya olvidado luchar en Nápoles —contesté.

Estábamos separados por unos cincuenta metros. Mi padre, Octavio Farnesio, levantó la mano. Al bajarla los dos contrincantes agarramos los estribos de nuestros caballos les clavamos las espuelas y los animales salieron al galope. La lanza pesaba bastante y era difícil mantenerla horizontal; la armadura impedía moverte con facilidad. Con gran rapidez, nos fuimos acercando. Don Juan llevaba muy bien sujeta su arma; si quería ganarle necesitaba golpearle yo primero. Pero ¿cómo hacerlo? Entonces, cuando apenas estábamos a unos metros de distancia, tiré del estribo hacia el lado interior de la pista, la lanza de don Juan me golpeó en la mano y me rozó el pecho, pero no encontró un sitio firme donde impactar.

En cambio, yo, aunque desequilibrado, conseguí golpearle en su hombro izquierdo, por lo que perdió el equilibrio y cayó al suelo ante los gritos de la multitud. Al caer, su lanza se elevó hacia arriba golpeándome en el casco y quitándomelo, pero para entonces don Juan yacía en el suelo. Mi caballo recorrió unos cuantos metros más. Cuando se detuvo le hice volver hacia atrás y pararse delante de don Juan, que permanecía inmóvil en el suelo. A duras penas pudo levantarse, mientras yo bajé del caballo para comprobar que se encontraba bien. Entonces se quitó el casco y me miró. El público permaneció en un profundo silencio.

—Está claro... sois mejor jinete que yo.

Don Juan se acercó y me abrazó, ante lo cual la gente empezó a corear su nombre y también el mío.

—Espero no teneros nunca como enemigo —me dijo al oído.

—Id a consolaros con esos ojos verdes que os están mirando.

—No dudéis que así lo haré.

Los dos nos reímos.

La presencia de don Juan fue muy bien recibida por todos en Parma, pero pronto tuvo que marchar. La solución al conflicto de Túnez estaba a punto de producirse y debía estar en Nápoles para poder actuar.

Me despedí con tristeza de mi amigo, sabiendo que era un

simple hasta pronto. No tardarían en juntarse de nuevo nuestros caminos, aunque no tenía ni idea de dónde podría ser esta vez. Antes de irse me reveló la realidad de la situación.

—Alejandro, el papa Gregorio XIII ha intercedido por mí ante el rey. Le ha propuesto que yo sea investido rey de Túnez, para de esta manera reforzar mi autoridad y, desde allí, preparar la conquista del reino de Argel.

Yo escuchaba muy atento.

—Le ha hablado de la importancia y ventajas de crear un nuevo reino cristiano. Y de restaurar la Santa Liga. Al parecer los venecianos se arrepienten de la paz firmada con los otomanos. Pero aún hay más: le ha sugerido que lo mejor para la cristiandad es que yo me case con la reina de Escocia, María Estuardo, y que reinemos en una Inglaterra de nuevo católica.

Don Juan me contaba todo esto con la mayor seriedad.

—¿Qué pensáis, Alejandro? —me preguntó.

—Pienso lo de siempre, que no hay nadie que merezca más llevar una corona que Felipe II y vuestra merced. Y que vuestro hermano os quiere y sabrá hacer lo mejor para España y para la cristiandad, y eso es daros un reino. Cuando llegue el día de atacar Inglaterra, el primero de vuestros soldados seré yo, ¡no lo dudéis!

—Sé que siempre podré contar con vos, Alejandro, gracias.

Al llegar a Nápoles conoció la respuesta del rey a las sugerencias del Papa. Felipe II no estaba dispuesto a dar el reino de Túnez a su hermano porque era demasiada recompensa para él. Como mucho, le prometía la corona del pequeño reino de Morea, todavía por conquistar.

El propio Granvela consoló a don Juan en Nápoles. Al parecer la situación económica del rey no era tan buena como parecía, y Flandes suponía la principal, y casi única, preocupación que se llevaba todos los recursos económicos. Los ocho mil soldados que habíamos dejado defendiendo Túnez y el coste de las obras de fortificación de la capital no eran asumibles por el rey, que prefería defender su herencia en el norte de Europa que adueñarse del Mediterráneo. Incluso Granvela tenía problemas para defender el reino de Nápoles sin los soldados destinados en Túnez, ya que no llegaban nuevos refuerzos. Todos tenían el mismo destino: Flandes.

Finalmente don Juan recibió órdenes del rey de acudir inmediatamente a Génova. Al parecer Andrea Doria, viejo conocido de la Santa Liga, estaba en dificultades dentro de sus dominios. Mi amigo estaba tan enfadado por la evolución de la situación en Túnez que hizo caso omiso a las órdenes del rey y permaneció en Nápoles. Una segunda carta del rey llegó, con órdenes todavía más claras. Debía acudir urgentemente a Génova.

Aunque don Juan y yo pensábamos que aquello era una manera de alejar a don Juan de Túnez, mi padre me hizo ver la realidad.

—Alejandro, hijo mío. ¿No te das cuenta de que Felipe II depende cada vez más de Génova? Son sus banqueros los que sostienen la economía de España. Igual que los Fugger mantuvieron la de Carlos V, ahora son los genoveses los que financian España.

—No podemos depender de otros Estados para solucionar nuestros problemas económicos. Si tan cerca estamos de la bancarrota, algo no se está haciendo bien.

—Dicen que el secretario del rey, Antonio Pérez, tiene demasiada influencia sobre él —comentó mi padre.

—Felipe II no se dejaría influenciar por nadie. Además, don Juan me ha hablado de Antonio Pérez, era un hombre cercano a Ruy Gómez de Silva. Ciertamente está capacitado para el cargo.

Don Juan me escribió al llegar a Génova; quedó impresionado por la ciudad. Según me relataba, era una de las ciudades más ricas en las que había estado. Andrea Doria lo recibió y acompañó personalmente a la catedral de San Lorenzo, uno de los más bellos edificios que vio en su vida. El edificio combinaba de manera admirable las formas góticas propias de la Edad Media con las evoluciones renacentistas. La fachada era diferente a la de cualquier otra catedral en Europa, con tres portadas y un gran rosetón en el medio. Los muros estaban formados por combinaciones de franjas blancas y negras. A la derecha tenía una esbelta torre, mientras que la de la izquierda estaba todavía en construcción. Además del lujo y la belleza de la ciudad, don Juan pronto detectó una gran hostilidad entre las dos ramas principales de la nobleza genovesa: el Pórtico de San Pedro, favorable a Francia, y el Pórtico de San Luca, favorable a España, y que estaba encabezado por los Doria. Solo conocía a Andrea Doria, había tenido sus diferencias con él, pero había servido con honor en Lepanto y era un hombre totalmente fiel a Felipe II. Génova no era vasalla de España; los genoveses eran nuestros aliados, nos apoyaban económicamente a cambio de protección. Don Juan empezó a pensar que el objetivo de aquella misión no era alejarle de Túnez, sino que era realmente un importante fin, que necesitaba de un personaje admirado por todos, un héroe, alguien como el vencedor de Lepanto, para resolver la situación.

Su presencia y las medidas de Andrea Doria fueron suficientes para solucionar la situación. Fue relativamente fácil hacer ver a los genoveses que Felipe II no toleraría que este pequeño ducado se aliase con Francia. Génova seguiría fiel a España.

Ya de vuelta en Nápoles, don Juan recibió un enviado del rey. Se trataba del que iba a ser su secretario, don Juan de Escobedo, recomendado por el propio Antonio Pérez y que había demorado su llegada, pues don Juan lo esperaba desde hacía ya largo tiempo.

Se trataba de un hombre muy moreno, de mediana estatura, complexión fuerte, de cuarenta y cinco años, noble hidalgo asturiano; y no parecía de modales muy refinados. Sin embargo, sorprendió a don Juan por su honradez, inteligencia y energía.

—Don Juan de Escobedo, bienvenido a Nápoles.

—Excelencia, es un placer serviros.

—El placer es mío por tener a tan capaz hidalgo bajo mi responsabilidad. El secretario real habla maravillas de vos.

—Exagera, yo solo soy un humilde servidor.

—¿Y os parece poco?

—Para seros sincero, estoy deseando empezar a trabajar para vuestra merced.

El asturiano cayó muy bien a don Juan y se ganó su confianza rápidamente.

Mientras los acontecimientos en Túnez estaban en el aire y don Juan vivía una situación muy tensa en Nápoles, yo, en cambio, permanecía en Parma, donde la alegría de los primeros días se estaba convirtiendo en frustración. La emoción de volver con mi familia, de dormir con mi esposa todas las noches, venía acompañada de la obligación de vivir en la pequeña corte de Parma. No me entendía con mi padre, que era una persona fría y distante. Además, discutíamos a menudo sobre la forma de gobernar las posesiones de nuestra familia. Solo mi madre Margarita parecía entenderme. Desde que había sido relevada del puesto de gobernadora de los Países Bajos, residía en el ducado de Parma, pero no en la corte. Se había retirado a las montañas de Abruzzo. Yo iba a menudo a verla, lo cual me servía además de excusa para abandonar la ciudad.

La actitud de Su Majestad respecto a Túnez provocó que durante el tiempo que don Juan solucionaba eficientemente los problemas en Génova y yo permanecía en Parma, el ejército musulmán de Túnez que se había escondido en el desierto atacara la capital, que no pudo resistir mucho tiempo.

Don Juan recaudó todo el dinero posible, aprovechando que estaba en el mejor lugar de Europa para hacerlo, y salió hacia Nápoles para preparar un auxilio. Pero era demasiado tarde; sin nada que ganar en Nápoles, don Juan intentó contactar a través del secretario del rey, Antonio Pérez, con el monarca. Ante la poca colaboración del secretario partió a escondidas hacia España, desembarcando en Palamós. Una vez en Madrid, el rey no podría negarse a ver a su hermano.

No sé con seguridad lo que sucedió en la audiencia de mi amigo con el rey, pero lo que está claro es que se dio por inevitable la pérdida de Túnez. Al parecer la economía de Felipe II había llegado a una situación que parecía crítica desde hacía años. Se declaró una bancarrota en los primeros días de 1575, que paralizaba todas las operaciones militares, y que dejó al vencedor de Lepanto sin posibilidad de reacción. Don Juan no me explicó nada más, la situación se escapaba de sus manos. Él no era un banquero, no entendía bien la importancia de las finanzas y otros aspectos públicos. Pero yo sí, porque había sido educado, para llegado el día, gobernar los ducados de Parma y Plasencia.

Otra noticia nos afectó a los dos por igual, a pesar de la distancia que nos separaba: un viejo amigo sufrió un terrible destino. Sin que yo lo supiera, Miguel había pedido varias cartas de recomendación a don Juan, donde se reconocieran sus méritos militares, con intención de utilizarlas en la corte para obtener algún cargo oficial. Don Juan no dudó ni un momento en ayudar a nuestro viejo amigo. Hasta ahí todo normal y justo. Miguel estaba por aquel entonces en Nápoles y partió desde allí en una flotilla de cuatro galeras rumbo a Barcelona, con tan mala suerte que una tempestad las dispersó. La galera en la que viajaba Miguel fue apresada cerca de las costas catalanas por unos corsarios berberiscos al mando de un renegado albanés. Los ocupantes de la galera fueron conducidos a Argel, cayendo en manos de Dalí Mamí, apodado el Cojo. Este, al ver las cartas de recomendación del prisionero Cervantes, firmadas por el vencedor de Lepanto y capitán general de la Armada española del Mediterráneo, fijó un rescate inalcanzable. La situación de Miguel no era nada buena, había tenido muy mala suerte.

En Parma todo estaba tranquilo. María me dio una nueva alegría, estaba embarazada otra vez, sería nuestro tercer hijo. Don Juan siguió escribiéndome cartas, donde me relataba que estaba prácticamente tan aburrido como yo. Si bien yo me ahogaba en la pequeña corte de Parma, don Juan intentaba matar el tiempo con todo tipo de actividades. Llegó incluso a posar para dos cuadros, uno que le hizo Alonso Sánchez Coello y otro de un pintor que no recuerdo.

Cansado ya de permanecer en Madrid, partió de nuevo hacia Nápoles cuando se enteró de que Granvela había dejado el puesto de virrey al marqués de Mondéjar, viejo conocido de don Juan de la rebelión de las Alpujarras. Fue de los dirigentes que mejor aceptaron su mando en aquella primera misión.

Don Juan pensó que podría influir en él, pero precisamente ese fue el problema, que el marqués era ya demasiado viejo para discutir y cambiar de opinión. Así que fue todavía más difícil de convencerle que al propio cardenal Granvela. Don Juan dio definitivamente por perdido el reino de Túnez y la posibilidad de llevar su corona algún día y partió hacia Parma junto a su secretario Escobedo para reunirse conmigo, pero nunca llegó a producirse nuestro encuentro. Cuando llegó al puerto de La Spezia, en el norte de Italia, fue de inmediato interceptado por soldados de Su Majestad. Luis de Requesens había muerto a primeros de marzo de un carbunclo, una enfermedad contagiosa común en las vacas y otros animales, y que alguna vez atacaba a los hombres. La muerte de Requesens había dejado a Flandes sin gobernador general, con todas las provincias sublevadas a excepción de Luxemburgo. El elegido para sucederle como gobernador general de los Países Bajos no era otro que don Juan de Austria.

Flandes había sido la tumba política de algunos de los mejores hombres y mujeres que había dado España, entre ellos mi madre y el poderoso duque de Alba. Flandes no era un premio, ni siquiera un castigo, era una pesadilla para la cual ningún soldado estaba preparado. Era una tierra difícil y extraña, con grandes ciudades dotadas de impresionantes fortificaciones, canales que la cruzaban como si se tratara de cicatrices en el rostro, profundas y crueles. Era una tierra entre Inglaterra, Francia y los estados alemanes, lejos de España y de Italia, en la que había pocos amigos de Su Majestad y un enemigo en cada esquina. Don Juan no iba a aceptar la empresa más difícil de su vida sin obtener nada a cambio.

Necesitaba consultar a mi madre sobre las nuevas noticias, así que acudí a visitarla a su retiro en los montes de Parma. Ella, como siempre, era la que mejor me aconsejaba sobre cuestiones de Estado. Al igual que yo, no compartía la forma de gobernar de mi padre. Su experiencia en Flandes era de gran valor y admiración para mí. Yo estaba seguro de que algún día volvería a las tierras del norte, donde la situación era tan insegura como peligrosa.

—Madre, ¿qué pensáis de las noticias de Flandes?

—¿A qué os referís, Alejandro?

—¿Creéis que don Juan está preparado para ser gobernador general?

—Me temo que no. Pero, al menos, tiene algunas ventajas con respecto a sus dos predecesores.

—¿Qué ventajas?

—Es hermano del rey, eso le legitima frente a los valones. Pero el problema no es don Juan, es el rey. Hasta ahora su política ha sido totalmente equivocada, los acontecimientos han demostrado que fue un error nombrar al duque de Alba como gobernador. Un castellano dirigiendo a los flamencos, ¡qué locura! Es exactamente el mismo error que cometió Carlos V cuando vino a Castilla, pero al contrario. En aquel momento mi padre era demasiado joven y cometió la torpeza de traer nobles flamencos a gobernar Castilla. Las ciudades castellanas se rebelaron, y la situación fue de extrema gravedad. Hubo que derrotarlos en Villalar y ejecutar a los cabecillas, Bravo, Padilla y Maldonado, los comuneros.

—Entiendo, madre.

—En Bruselas no hace falta un general, sino un político, y si es posible de la familia real, para que tenga el suficiente prestigio y legitimidad para gobernar aquellas tierras —se lamentaba—. Se está creando una leyenda negra en torno a los españoles en Flandes, se nos acusa de asesinatos y barbaridades. Las ejecuciones de Egmont y Horn fueron desastrosas, son auténticos mártires, tal y como yo predije. Los métodos del duque de Alba han sido nefastos. Sus «encamisadas» —cuando atacaban por la noche, por sorpresa, campamentos de flamencos supuestamente rebeldes e intentaban sesgar cuantas más vidas mejor, y se colocaban las camisas blancas sobre las corzas para distinguirse en la oscuridad— han pasado a formar parte de esa leyenda.

—Lo sé, madre. Las gentes de Flandes todavía conservan los pañuelos con la sangre de Egmont y Horn, que recogieron cuando fueron ejecutados.

—Se aproximan tiempos difíciles, Alejandro. Don Juan y vos sois nuestra última esperanza. ¡Vuestras mercedes nos tenéis que salvar de la tempestad!

Siempre era un placer ir a visitar a mi madre. Lamentablemente mis padres vivían separados y sin hablarse. No conozco exactamente los motivos, pero su reconciliación era imposible.

Tan pronto como don Juan recibió las órdenes de Felipe II se reunió con su secretario para iniciar los preparativos.

—Tenemos que decidir cómo actuar —comentó Escobedo.

—Lo sé.

—No podemos cometer los mismos errores que el duque de Alba.

—Yo no soy el duque de Alba —le recriminó—. Tenemos poco margen, debemos cumplir las órdenes de mi hermano.

—Pero no de cualquier manera. El rey os necesita, la situación en Flandes es desesperada. Aprovechaos y exigid lo que necesitáis: un poderoso ejército, hombres de confianza y, sobre todo, dinero.

—Escobedo, sois un gran secretario, ¡el mejor!

Me llegó una carta escrita por don Juan a Parma. En ella mi amigo me explicaba las órdenes de Su Majestad y cómo se había negado a cumplirlas. Él no estaba dispuesto a ir a Flandes sin ninguna certeza de que aquella empresa saliera bien. El rey quería un general, alguien que venciera a los flamencos, igual que antes había vencido a los moriscos, a los turcos y a los tunecinos. Una vez muerta una persona tan capaz e inteligente, tan buen diplomático y político como don Luis de Requesens, quería a un nuevo duque de Alba. Pero el rey parecía olvidar que precisamente Flandes supuso el fin de uno de los más importantes militares que ha tenido España desde la época del Gran Capitán. Don Juan no estaba dispuesto a eso y tenía todo mi apoyo.

Mi amigo diseñó toda una estrategia antes de tomar el mando de Flandes y envió a su secretario, Escobedo, con un cuidadoso plan de acción para que se lo entregara a Felipe II. El nuevo gobernador general de los Países Bajos no quería una guerra en Flandes, quería llegar a acuerdos con los nobles flamencos y realizar una serie de concesiones. Sin duda, pesaba, y mucho, la política de su padre Carlos V. Pero escondía otra razón, movida por la mayor de sus cualidades y, a la sazón, también la más peligrosa. Don Juan exponía claramente a Su Majestad que, para resolver la situación en Flandes, era clave encargarse primero de Inglaterra, y no le faltaba razón a mi amigo. Era la reina Isabel la que financiaba a los rebeldes, la que hostigaba el comercio en el Atlántico y el Caribe. Era Inglaterra la más peligrosa de nuestros enemigos, mucho más que una Francia demasiado ocupada en sus problemas internos. Don Juan no estaba solo en sus intenciones; el mismo hombre que le había apoyado en su idea de crear un reino cristiano en Túnez, le apoyaba ahora en una empresa más importante aún: buscar un esposo católico a la reina de Escocia, María Estuardo, y destronar a la reina de Inglaterra, Isabel. El Papa era su mejor aliado.

La siguiente noticia que tuve de don Juan era que había acudido en persona al monasterio de El Escorial para explicarle su posición a su hermano. Después de una larga discusión llegaron a un acuerdo beneficioso para ambas partes. Primero pacificar Flandes; entonces liberaría a María Estuardo y la colocaría de nuevo en la Corona de Escocia. Solo después buscaría la Corona de Inglaterra.

¿Ambicioso? Seguro. ¿Difícil? No lo dudo. ¿Imposible? Pronto lo sabríamos.

Aparte del complicado acuerdo con el rey, se llevó una importante amistad de Madrid. El secretario del rey, Antonio Pérez, se había mostrado una persona muy razonable y afín a sus ideas. Además, era amigo de la princesa de Éboli, vieja conocida nuestra. Su ayuda podría ser muy útil a los objetivos de mi amigo de conseguir una corona real.

Don Juan me envió otro correo oculto, donde me comentaba que iba a salir para Flandes en el más absoluto de los secretos. Corriendo la voz de que utilizaría el «camino español», cruzaría toda Francia disfrazado de morisco. ¡Mi amigo era audaz! No contento con cruzar Francia entera disfrazado, había planeado dos incursiones solo propias de un loco o de... un loco. Don Juan tenía previsto verse en

París con el embajador de España con el fin de intercambiar información sobre la situación real del enemigo por excelencia de España. Después, más al norte, quería visitar al líder del partido católico francés, quien además era primo de la reina de Escocia.

En su carta me ordenaba estar preparado para salir de inmediato hacia los Países Bajos y ponerme al mando de un ejército. Por fin, después de tantos días de espera, de tantos años diría yo, estaba cerca mi gran oportunidad. Fui corriendo a contárselo a María, pero la espera fue demasiado larga para ella. Delante de mis tres hijos: Margarita, Ranuccio y Odvardo, mi querida mujer, María de Portugal, murió. Justamente el día que yo debía partir para los Países Bajos.

Yo, que había luchado en Lepanto, que me había visto rodeado de cadáveres, de dolor y de desesperación, me encontraba ahora ante la peor de las situaciones, ante el más duro de los enemigos, ante la más cruel de las derrotas.

En el lecho de muerte de mi mujer le prometí que nunca la olvidaría y partí esa misma noche hacia Flandes con una gran herida en el pecho que ya nunca sanaría. Pero con una ira en el interior que pronto liberaría. Presentía que esta vez sí que iba a llegar mi momento, ese que tanto llevaba esperando y del que quería ser plenamente consciente cuando sucediera.

19

El vencedor de Gembloux

Se estaba acabando el año 1577 cuando por fin llegué a Luxemburgo a la cabeza de los seis mil soldados de los tercios viejos que el rey, Felipe II, había ordenado enviar a Flandes en apoyo de don Juan de Austria. Entre los hombres que comandaba había un viejo conocido, Eschifinatti, quien había acudido sin dudarlo al reclutamiento.

—No pienso dejaros solo, Alejandro, Flandes es un lugar muy peligroso.

—Agradezco vuestra ayuda, vuestra espada será muy necesaria.

No solo Eschifinatti vino conmigo. Junto a él, un gran amigo suyo, el conde de Malaspina, y mi sobrino Fabio. Muy joven, pero todo un Farnesio, mi padre me había pedido expresamente que aceptara llevarlo conmigo.

Mi querido amigo y ahora gobernador de los Países Bajos acudió a recibirme a Luxemburgo. Allí reestructuramos nuestros ejércitos consiguiendo la suma de cerca de diecisiete mil temibles soldados. Sabíamos que con la llegada del nuevo año se reiniciaría la guerra. La situación era terrible. Todo Flandes, a excepción de Namur y Luxemburgo, estaba bajo el control del príncipe de Orange. Sabíamos que los flamencos nos superaban ampliamente en número, ya que contaban entre sus filas con numerosos soldados alemanes, ingleses y franceses. Pero nada temíamos estando nuestros formidables soldados bajo el mando del vencedor de los moriscos y el turco, don Juan de Austria.

Pasamos semanas acampados, hasta que amaneció el día que estábamos esperando, oscuro, frío, húmedo y nublado, como todos los días en aquel rincón del mundo, que era tan español como podía serlo Burgos para nuestro querido rey, Felipe II. La vegetación estaba cubierta por las gotas del rocío, que te calaba hasta los huesos. No estábamos en Castilla, donde el alba te recibe con los cálidos rayos del sol que nos dan la fuerza necesaria para que seamos el mayor imperio del mundo. Era Flandes, pero no aquel Flandes que recordaba. Muy lejos quedaban ya aquellos días en que crecí felizmente en Bruselas. Ahora estábamos persiguiendo al ejército flamenco desde hacía días. En teoría se dirigía a Namur, pero se había refugiado en Gembloux para reagruparse.

Conocíamos bien a los flamencos. Cuando se creyeran preparados y pensaran que nosotros estábamos cansados, hambrientos y deseosos de volver a casa, nos atacarían. Pero un solo soldado del ejército español tiene más orgullo que toda esa panda de rebeldes con sus nobles incluidos.

Los tambores tocaron formación, las tropas de Su Majestad se dispusieron en tercios. Los capellanes recorrieron las compañías de arcabuceros y piqueros, ambos permanecían con la rodilla en tierra. Se les absolvía de todo pecado porque estaban en lucha para bien de la cristiandad, para eliminar a calvinistas y luteranos. El tambor cambió de redoble y las banderas aparecieron ondeando en el cielo. Aquellos hombres estaban hechos para la guerra, y no hay peligro alguno que les preocupe, excepto no cobrar su sueldo después de haber hecho bien su trabajo.

Cuando los tercios se ponían en marcha, el eco de sus tambores llegaba a los poblados cercanos, cuyos habitantes huían asustados. Este sonido informaba a nuestros enemigos, sabían que estábamos en marcha, sabían que habría combate y eso les aterraba. Porque no hay nada peor que encontrarse con un soldado español en un campo de batalla. Sea en Granada, en Italia, en Lepanto o en Flandes, el resultado suele ser siempre el mismo. Don Juan estaba seguro de la victoria y aquel día por la mañana entró en mi tienda engalanado para dirigir la batalla. Vestía un vistoso jubón amarillo, con un casco decorado con dos grandes plumas blancas y el Toisón de Oro colgando de su pecho. Todos los remaches de su uniforme estaban terminados en pan de oro y tenían una cinta roja alrededor de la cintura.

—Alejandro, ha llegado el día. Por fin empuñaremos de nuevo la espada juntos. No entiendo por qué no habéis querido aceptar el nombramiento de general de la caballería que os propuse. Pero sé que tendréis vuestras razones y que nada que yo diga os hará cambiar de opinión. Así que coged vuestro acero y salgamos a luchar.

Asentí con la cabeza y salimos juntos ante la mirada atenta de aquellos bravos soldados que esperaban preparados para la batalla.

Don Juan hizo un gesto y uno de los soldados izó un estandarte, que no era otro que el mismo que se izó hacía ya siete años en la batalla de Lepanto. Pero esta vez, bajo la cruz de Cristo había algo escrito.

—Mirad, hoy conseguiremos una nueva victoria para la cristiandad. Con esta señal vencí a los turcos, con esta venceré a los herejes —dijo don Juan mientras leía la frase que había mandado bordar en su estandarte.

—Veo que habéis preparado muchas sorpresas —le dije.

—Eso es porque llevo mucho tiempo esperando este día.

Nos dirigimos al campo de batalla, sabedores de que allí se iba a derramar mucha sangre.

—Alejandro, enviaremos a Octavio Gonzaga con algunos hombres como avanzadilla, os necesito cerca de mí.

—Como ordenéis.

—No avancéis hasta que yo dé la orden.

Octavio Gonzaga avanzó con dos mil soldados hacia el frente enemigo, entre los que estaban Eschifinatti y el conde de Malaspina. Fabio permanecía bajo mis órdenes. El tercio formó en combate. En el centro, los piqueros, coseletes delante, bien herrados con largas picas, petos y cascos. Las picas secas detrás, protegidos tan solo por sus jubones, brigantinas y mallas de acero. Rodeando al cuadro de picas por el frente y los flancos, compañías de arcabuceros. Con las mechas encendidas, que llenaban el campo de batalla de un infernal olor a salitre.

Los flamencos aparecieron en el horizonte, gritando y haciendo todo el ruido posible. Los tercios de Octavio Gonzaga no hablaban, ni un gesto, ni una mirada, ni un comentario. Eran muchos menos; el maestre de campo del tercio de Nápoles ordenó aguantar, quería mantener a sus hombres lejos de la caballería y la artillería flamenca.

Los arcabuceros y mosqueteros flamencos dispararon sus proyectiles, pero estaban todavía demasiado lejos. Nuestra primera línea aguardaba con las picas preparadas en vertical, en la segunda línea los arcabuces estaban apoyados en el suelo. El maestre de campo todavía no daba orden de abrir fuego, ningún soldado se apresuraba a hacerlo. Todos eran veteranos, nadie disparaba hasta que no se diera la orden. Los flamencos volvieron a disparar y algunos de nuestros soldados de la primera línea cayeron muertos o heridos.

Entonces llegó el momento, todos lo sabían; tres picas de distancia, el tambor mayor dio la señal. Los arcabuces se pusieron al fin al hombro y los tercios viejos dispararon sobre los flamencos. Y todo el valor, toda la energía y todos los gritos del enemigo se convirtieron en terror, confusión y más gritos, pero esta vez de dolor. En ese preciso instante fue cuando las picas se colocaron en posición horizontal y, en ese momento, ya no había flamenco, francés o turco en Europa que no quisiera salir corriendo. Los arcabuceros españoles, para evitar las picas flamencas, se protegieron dentro del cuadro del tercio. Los piqueros calaron sus largas lanzas y sus afiladas puntas se prepararon para el choque. Las picas de ambos mandos se cruzaron, se rompieron y se clavaron en españoles y flamencos, con la diferencia de que los arcabuceros habían debilitado, y mucho, a los piqueros rebeldes. Fueron precisamente ellos quienes dispararon más rápido que los flamencos para descabezar su formación. Los piqueros aprovecharon este nuevo derrumbe de la línea de picas flamenca y arremetieron contra ella, abriendo una brecha en sus líneas. Para que los arcabuceros, espada en mano, se introdujeran entre el mar de picas y cortaran con su acero a todo flamenco que osara cruzarse en su camino. Aquello ya no era una batalla, sino una carnicería. Los flamencos estaban siendo arrasados por los soldados españoles.

Ante el desastre de la primera línea flamenca, en vez de cumplir su misión de entorpecer a los flamencos hasta que llegaran el resto de los tercios, Octavio Gonzaga estaba haciendo él solo retroceder al enemigo.

—Ese maldito capitán es tan bueno como estúpido. Como siga presionando su frente, va a conseguir que veinte mil flamencos caigan sobre él. ¡Alejandro! Enviad a un mensajero rápido, que ese loco retroceda de inmediato —gritó don Juan muy preocupado.

Don Juan, tenía razón. Abandoné el lado derecho, alejándome algo, para poder divisar mejor la situación real de los tercios.

Lo cierto es que el capitán Octavio Gonzaga, apodado el Perote, era uno de los mejores capitanes de los tercios viejos. Yo había declinado el puesto de general de caballería porque conocía que Octavio Gonzaga lo quería y yo no había hecho méritos para merecerlo más que él.

Octavio Gonzaga no escuchó al mensajero y, sin quererlo, fue encerrando a los flamencos en un estrecho paso. La situación para los rebeldes era terriblemente preocupante, así que hicieron lo esperado: mandaron a toda su caballería a por los valientes de Octavio Gonzaga, que nada podían hacer ante la que se les venía encima.

—¡Don Juan! ¡Enviadme con la caballería! ¡Rápido o morirán! —grité, aunque estaba tan lejos de don Juan que no podía oírme.

La verdad es que nuestra caballería era muy inferior en número, así que debíamos extremar las precauciones. Pero estaba bajo mi mando, y no podía permitir que los dos mil hombres al mando de Octavio Gonzaga fueran sacrificados. Y menos después de la valiente incursión que habían realizado, obligando ellos solos a retirarse a toda la infantería flamenca. Seguí observando a los tercios y comprendí que había llegado el día. Sin dudarlo más, le arrebaté a un paje de lanza lo que llevaba, y monté de presto otro caballo que estaba más preparado para pelear. Este, al verme lanza en mano, entendió que era hora de llenar otra página en la historia de los ejércitos españoles.

—Id a don Juan y decidle que Alejandro, como el antiguo macedonio, se lanza para ganar, con el favor de Dios y con la fortuna de la Casa de Austria, una gran victoria para

España —le dije al paje, gritando por los ojos y maldiciendo por la boca.

Tras de mí, con el mismo valor e igual ímpetu, los mejores caballeros que había a mi mando salieron a ganar una batalla que parecía perdida. Los principales capitanes de los tercios, Mondragón, Fernando de Toledo y los hermanos Juan Bautista y Camilo de Monte, me siguieron. Giré dirección hacia el centro de la batalla, y delante de aquellos valiosos soldados, los mejores de toda Europa, me poseyó una sensación de inmortalidad. Entonces, y solo entonces, supe que mi momento había llegado. Me sentí por un instante como si en vez de galopar con mi caballo volara por el cielo, con una extraña sensación de felicidad que llenaba mis pulmones hasta tal punto que mis gritos asustaron a los herejes.

—¡Santiago! —grité con todas mis fuerzas—. ¡Cierra España!

Al galope me dirigí hacia el flanco de la caballería enemiga que rodeaba a los soldados de Octavio Gonzaga. Derribé con la pica al primer flamenco que encontré en mi camino y, agarrándola fuerte, le siguieron no menos de cuatro rebeldes más. Hasta que se clavó en el siguiente enemigo y ya no pude sacarla de su pecho. Desenfundé mi acero, y primero a la derecha y luego a la izquierda, corté la cara de dos flamencos que me salieron al paso. Después encontré a un oficial flamenco que me lanzó dos estocadas con su espada que no me alcanzaron. Paré la siguiente con mi espada y ya no le di tiempo de más, clavándole un palmo de acero en su costado.

Los soldados de Octavio Gonzaga, animados por nuestra llegada, volvieron a la carga. Disfruté de este instante que llevaba tanto tiempo esperando, saboreé cada duelo y luché con cada enemigo sabiendo que aquel día no había hombre allí capaz de derribarme.

Cuando quise darme cuenta nuestra primera carga había arrasado a toda la caballería rebelde que había salido a intentar detenernos. Ante aquella masacre, el resto de los jinetes flamencos huyeron asustados, como si hubieran visto el mismísimo demonio. El terror sembró el campo de batalla de gritos de pánico. La caballería flamenca, en una desastrosa y humillante huida, se estrelló contra su propia infantería que, todavía desordenada por el inicial empuje de la avanzadilla de Octavio Gonzaga, se vio gravemente afectada por una caballería que los pisoteó y desordenó totalmente, pero que, sobre todo, los derrumbó anímicamente. Qué vergüenza ver a tanto noble a caballo correr en dirección a cualquier lugar lejos de allí.

Persiguiendo a esa gran pandilla de cobardes a caballo llegamos hasta su desamparada infantería y no pudimos más que hacerla pedazos, aniquilando todo aquello que se moviera y tiñendo para siempre aquella tierra de rojo. En cuarenta minutos, sin apenas bajas, nuestra caballería destrozó al poderoso ejército rebelde. Una victoria para la historia, aquí en Gembloux. Mi momento por fin había llegado, yo siempre había estado seguro de que llegaría, por eso lo disfruté dulcemente.

La cruz roja de San Andrés ondeaba al anochecer en la rendida villa de Boom como un fugaz y mudo testigo de que las armas españolas todavía gozaban de buena salud.

Fue entonces cuando vi a don Juan dirigirse hacia mí.

—¿Qué pretendíais, Alejandro? Decídmelo. ¡Explicádmelo! ¿Qué necesidad había de que encabezarais vos mismo el ataque?

—Don Juan, pienso, igual que pensáis vos, que no puede llevar el cargo de capitán quien valerosamente no haya hecho primero oficio de soldado —le respondí.

Don Juan permaneció unos instantes en silencio.

—Tenéis razón, estoy orgulloso de vos. ¡Qué gran batalla!

La verdad es que la victoria había sido impresionante. Eschifinatti no dudó en darme la enhorabuena por la batalla.

—Habéis luchado con cabeza —me dijo—, eso es lo que debe hacer un capitán. Nosotros somos solamente soldados, tenemos que luchar con la espada, pero vos no.

—Hemos tenido suerte.

—Suerte, decís —respondió mientras se giraba hacia el conde de Malaspina—. La suerte no ha tenido nada que ver en el resultado de la batalla.

—Esperemos que hayan aprendido la lección.

—Eso lo dudo, pero que vengan a por más si quieren —dijo riéndose Eschifinatti—. Por cierto, si habéis traído a vuestro sobrino a Flandes será para luchar, ¿no?

Fabio no había participado en la batalla, lo mantuve bajo mis órdenes en la retaguardia. Pero Eschifinatti tenía razón, poco a poco debía dejar que participara y entrara en combate.

Tanto asustó a los rebeldes la derrota que no solo abandonaron Gembloux, sino hasta la propia Bruselas para refugiarse en Amberes. Así avanzamos por Flandes. El bueno de Octavio Gonzaga tomó sucesivamente Bouvignes, Tillemont y Lovaina. Yo al mando de uno de los cuerpos de ejército, me dirigí hacia Sitchen, en cuyo castillo se hicieron fuertes algunos rebeldes. La fortaleza estaba situada dentro de la propia ciudad y hacía muy difícil colocar la artillería para atacarla.

—Llevad un mensaje a los habitantes de Sitchen. Si me obligan a tomar la ciudad por las armas, los castigaré sin ninguna clemencia —le dije a uno de mis pajes, quien llevó el mensaje sin obtener respuesta.

Era la primera vez que iba a dirigir un sitio, así que tuve mucho cuidado en todos los detalles. Primero, construimos un cerco atrincherado alrededor de la fortificación; segundo, bloqueamos sus comunicaciones. Examinada la fortaleza y con unos planos de la misma, debidamente pagados, encontré el mejor punto para atacar y romper sus murallas. Ahora debíamos situar la artillería para abrir una brecha en su muralla. Teníamos veinticuatro piezas: seis cañones pesados, seis culebrinas y doce falconetes.

Para llevar las distintas piezas de artillería cerca de la muralla teníamos que construir una serie de fosos perpendiculares en zigzag y después un foso paralelo. Yo mismo tuve que ponerme a cavar con una azada al anochecer en una de las trincheras.

Dentro de las piezas de artillería, los cañones eran las piezas de mayor calibre. Las culebrinas se distinguían de los cañones por su mayor longitud, que imprimía a sus disparos más velocidad y alcance. A cambio, eran más pesadas y tenían un consumo mayor de pólvora. Eran piezas de artillería con un cañón que llegaba a tener hasta treinta veces la longitud del calibre. Dadas sus dimensiones tenía dos grandes ruedas para facilitar el transporte. Eran esenciales en los sitios. Hechas de metal fundido: bronce, aleación de cobre y estaño; de una sola pieza, para reducir de este modo los escapes de gases. Se cargan por la boca, es decir en antecarga, y con ellas podíamos alcanzar objetivos a más de dos mil metros. Además de las culebrinas, otras piezas muy importantes eran los muñones que podían regularse muy bien en altura, facilitando la puntería en elevación. Pero aparte de estas diferenciaciones, todas las piezas funcionaban igual; los proyectiles eran empujados a su posición por medio de una pieza de madera. Había distintas marcas en la pieza que indicaban la profundidad adecuada para cargas de distinto peso. El proyectil era seguido por un tampón de estopa que lo apretaba contra la carga; hecho esto, se introducía una pieza metálica en el conducto de fuego para limpiarlo y perforar el cartucho, y a continuación introducía pólvora en el conducto de fuego. Para provocar la ignición se utilizaba una mecha.

Al amanecer, la trinchera llegaba hasta las puertas del castillo, y con la tierra que habíamos sacado se había construido una plataforma donde colocar las piezas de artillería.

—¡Iniciad el bombardeo! —ordené.

Las culebrinas empezaron a lanzar proyectiles contra la ciudad. Los primeros no alcanzaban blancos importantes, pero conforme los artilleros iban calibrando las medidas, el efecto del bombardeo empezaba a ser efectivo. A pesar de ello, las fortificaciones flamencas eran de una gran resistencia y una complejidad que no tenían parangón en toda Europa. Ni siquiera en Italia había defensas como aquellas. Además, se complementaban con los ríos y canales, que eran usados como defensas naturales. No iba a ser nada fácil tomar Sitchen, por eso bombardeamos la ciudad durante horas, hasta que a las tres de la tarde, antes de que se escondiera el sol, di la orden de asalto.

—Los flamencos estarán cansados y no esperarán que ataquemos justo antes de ponerse el sol —comentó Eschifinatti.

—Lo sé, pero me temo que aun así tendremos muchas bajas.

—Es posible, nadie dijo que fuera a ser fácil.

—No, pero debemos crear ejemplo. Que toda Flandes conozca bien qué les sucederá a todos aquellos que se sublevan contra Su Majestad. Que entiendan lo que ocurre cuando una ciudad no se rinde al ejército de España, que sepan que en menos de un día cualquier ciudad puede caer en nuestras manos, y entonces no habrá piedad con los rebeldes.

—Que así sea, ¡suerte, Alejandro!

Eschifinatti me dejó y fue a su posición en uno de los tercios. Al mismo tiempo iniciamos el bombardeo del punto débil de la muralla.

Realizamos una amplia brecha en el flanco derecho de la fortaleza. Por ella nuestros hombres podrían entrar, si bien los dos bastiones que la flanqueaban suponían un gran peligro. Y así fue, las primeras unidades que enviamos cayeron ante el fuego enemigo que salía de aquellas defensas.

—¡Disparad a los bastiones!

La artillería se concentró en aquellos dos bastiones durante media hora más; después lanzamos un ataque definitivo. Si lo hacíamos con todos los efectivos no podrían detenernos, aunque tendríamos importantes bajas. Nos costó, nos costó mucho y numerosos valientes cayeron, pero en pocas horas Sitchen tenía la bandera con la cruz de San Andrés ondeando en su castillo.

—¡Saquead la ciudad! ¡Y no dejéis con vida a nadie que haya empuñado una espada! —ordené.

Desde ese día no habría piedad para aquellos que se resistieran. En Sitchen íbamos a dar un ejemplo muy claro. El mensaje iba a poder ser escuchado en todas las demás ciudades: quien se resista, lo pagará, y muy caro.

Mi momento había llegado. A partir de Gembloux todo fue distinto. A diferencia de don Juan en Lepanto, yo sí iba a saber manejar correctamente el éxito de la batalla. A partir de ahora no estaba permitido cometer errores, había esperado mucho este momento como para estropearlo. Esa misma noche escribí a mi madre; sin duda, nadie mejor que ella iba a entender lo que había sucedido.

Me encontré de nuevo con don Juan cerca de la villa de Léau.

—Alejandro, vencedor de Gembloux, conquistador de Sitchen, vuestra leyenda crece a una velocidad mucho mayor que la mía —me dijo nada más verme.

—Quizá, pero vuestra merced me lleva una amplia ventaja —le respondí.

Nos dimos un fuerte abrazo y le dije en un tono mucho más serio:

—Tenemos que hablar, don Juan.

—Decidme.

—No podemos tomar todas las ciudades de Flandes una a una, no tenemos suficientes hombres.

—Lo sé, Alejandro, por eso he pedido insistentemente más hombres y dinero a Su Majestad para poder continuar la guerra. Pero el rey espera un acuerdo con los rebeldes. Hicisteis muy bien en pasar por la espada a todos los que lucharon en Sitchen. Empiezo a estar cansado de esta guerra interminable.

—Debemos utilizar los dos medios, don Juan, las armas y la política.

—¡La política! Mirad dónde nos ha llevado la política. Lo que necesitamos es hombres y dinero para que pueda seguir tomando ciudades y continuemos avanzando hacia el norte.

Yo sabía perfectamente que mi amigo se estaba equivocando, no solucionaríamos el problema de Flandes solamente con las armas. Es imposible tomar un país ciudad a ciudad, más aún cuando lo apoyan franceses, ingleses y alemanes, por muy invencibles que sean los tercios españoles. Pero no iba a ser yo quien desobedeciera a don Juan de Austria.

Seguimos avanzando hasta llegar a Nivelles, que también cayó. Entonces todo se complicó infinitamente. El rey me envió un correo a instancias de don Juan en el que me ordenaba iniciar conversaciones de paz ahora que íbamos de victoria en victoria y nuestra posición era de fuerza. Quería que las llevase yo personalmente, ya que los rebeldes odiaban a don Juan. Pero no iba a desobedecer ni a traicionar a mi amigo, aunque sabía perfectamente que nuestro ejército era escaso, y estaba nervioso, ya que hacía tiempo que no recibía su sueldo. Después tomamos varias plazas más, entre ellas Limburgo, que supuso nuestra posición de mayor fortaleza respecto a los rebeldes. Era el momento ideal para entablar conversaciones. Pero por deseo expreso de don Juan, tampoco esta vez las iniciamos. Mientras mantuviéramos nuestra superioridad militar, todo iba bien.

Fue entonces cuando tuvimos noticias de que un poderoso ejército alemán de doce mil soldados pagados con oro inglés se había unido a las tropas flamencas. Y que otro ejército, esta vez francés, dirigido por el duque de Anjou, hermano del rey de Francia, venía por el sur. Creo que esta fue la primera y última vez que discutí con don Juan.

—Debemos enfrentarnos a los alemanes y flamencos lo antes posible —indicó don Juan.

—Perdonadme, pero no puedo estar de acuerdo con vuestras palabras —le dije, poniéndome en pie en el consejo de guerra que tenía lugar cerca de Maastricht.

—Don Alejandro, ¿de qué demonios estáis hablando?

—Sería un terrible error —puntualicé.

—¿Acaso sois un cobarde?

—No permitiré un insulto así ni siquiera de vuestra merced.

—Disculpadme, Alejandro, pero ¿qué sugerís?

—Si perdemos la batalla...

—¿Si perdemos? ¡No perderemos, Alejandro! Eso tenedlo por seguro. No voy a tomar una posición defensiva, eso debilitaría mi gobierno —dijo don Juan, mirándome a la cara como nunca lo había hecho antes—. O atacamos Maastricht, o vamos a su encuentro y les obligamos a luchar.

—Ambas ideas son un grave error. Con nuestras fuerzas y la moral de nuestro ejército no podemos acometer ninguna de las dos empresas que proponéis, don Juan. —Era la primera vez que me enfrentaba de esta manera a mi amigo.

—¿Y qué? ¿Cuántos turcos había en Lepanto? ¿Acaso lo habéis olvidado?

—Bien sabe vuestra merced que no —le respondí furioso—. Pero si perdemos nos quedaremos sin fuerzas para defender todo el territorio que hemos ganado. Es más, las cuatro provincias del sur están ya desprotegidas a merced del duque de Anjou.

—La decisión está tomada, Alejandro. Mañana les obligaremos a luchar —dijo con voz muy firme don Juan.

—Entonces dejadme ir a pie en la primera hilera del escuadrón de los tercios españoles.

Estaba en contra de aquella insensatez, don Juan estaba cegado por el deseo de recuperar su prestigio como el gran general que era. Y por encima de todo, su honor. Yo había hecho todo lo que estaba en mi mano para impedir aquello, pero una vez tomada la decisión, sería el primero en luchar por ella.

—Alejandro...

Antes de terminar la frase entendió que a la mañana siguiente necesitaba al mejor de sus capitanes en la primera línea si quería ganar la batalla. Y después de Gembloux ese capitán era yo.

Una mañana gris, húmeda y triste; como lo son todas las mañanas en Flandes. Donde a veces se nos olvidaba que lejos de allí había una tierra donde no se veía el final del horizonte, donde el sol tardaba muchas horas en esconderse, una tierra como Castilla. Tal como ordenó don Juan fuimos al encuentro del ejército flamenco y alemán, mandado por Maximiliano de Hennin, conde de Bossu, cerca de Rijmenam. Prácticamente no les dejamos otra opción que luchar.

Esa mañana don Juan de Austria tuvo a las trompetas de

nuestro ejército tocando durante tres horas, invitando a los flamencos y alemanes al combate. Pero estos no parecían muy dispuestos a luchar. Permanecí en primera línea, preparado para la batalla. Seguía pensando que aquello era un grave error, pero una vez en el campo de batalla solo había una cosa que hacer, y esa era luchar. Ya habría tiempo después para los reproches.

Don Juan no tuvo otro remedio que ordenar a uno de nuestros flancos que se adelantara e iniciara las hostilidades, a ver si así se animaban nuestros enemigos a cargar sobre ellos. Pero ni por esas fue posible, y el ejército enemigo se retiró mientras nuestros hombres celebraban la victoria. Nunca una batalla había sido tan fácil ni tan traicionera.

Ante la huida de los rebeldes miré a don Juan. Estaba muy lejos y él no podía ver lo que mismo que yo. Aquello solo podía ser una trampa, no había a la vista ni un solo cañón, los rebeldes que huían no llevaban consigo apenas armas y, por supuesto, no dejaron ninguna pieza de artillería tras su huida, porque simplemente no tenían.

Nuestros hombres, tan valientes como ansiosos de acabar con los rebeldes, empezaron a perseguirlos sin que sus capitanes pudieran detenerlos. Unos cinco mil soldados del rey de España se lanzaron a la persecución de los flamencos. Corrí con mi caballo lo más rápido que pude hacia la posición de don Juan, que era el único que podía dar la orden de retirada. Estaba muy lejos, no iba a llegar a tiempo, así que grité todo lo que pude, pero entre los gritos de nuestros hombres el mío era solo uno más. Don Juan avanzó seguramente enojado por la indisciplina de sus hombres, pero ignorando el detalle de que no había piezas de artillería en la posición enemiga. Mientras, nuestros hombres, en su persecución, se introdujeron en el bosque y hallaron lo que yo tanto temía: doce mil infantes y, lo que es peor, más de siete mil soldados de caballería los esperaban escondidos.

Además de los cañones que yo buscaba, y que estaban bien dispuestos y apuntando hacia la posible retirada de los soldados españoles.

Nunca habíamos luchado contra tanta caballería. Nuestros informadores nos avisaron de la llegada de refuerzos desde Alemania, pero nada sobre semejante concentración de jinetes. ¿Cuánto oro inglés habría hecho falta para pagar a tanto malnacido?

¿Qué podíamos hacer ahora? Los cinco mil soldados de los tercios metidos de lleno en la emboscada solo podían hacer una cosa, formar y dirigirse directamente hacia el enemigo, ya que si huían serían aniquilados por la artillería. Por otro lado, eran muy pocos para semejante ejército enemigo, por mucho que fueran tercios de España. Mientras todo esto sucedía, llegué a la altura de don Juan.

—¡Alejandro! ¡Por Dios! ¿Qué hacemos?

—No pude avisaros a tiempo, no había artillería, era una trampa.

—¡Vamos a perderlos a todos!

Entonces llegó un correo del capitán de los tercios emboscados.

—¡Que les apoyemos! No puedo arriesgar a todo nuestro ejército por su indisciplina —gritó don Juan—. Pero no podemos abandonar a tan valientes soldados. ¡Alejandro, avanzad e intentad buscar un paso entre el bosque por donde puedan retirarse!

Apenas habían terminado de salir las palabras de su boca cuando partí al galope. No tardé en llegar hasta la arboleda donde se encontraban arrinconados, y con suerte encontré un estrecho paso por donde podrían escapar si conseguíamos cubrir su retirada. Entonces hice una señal y don Juan lo entendió y dio un paso al frente.

—¡Escuchad, tercios de España! ¡Vamos a sacar de esa emboscada a nuestros hermanos! ¡No rompáis la formación! ¡No quiero que nadie se lance al ataque! ¡Solamente cubrid la retirada! —ordenó—. ¡Santiago cierra España!

Encabezó a todo el ejército español, que se situó para proteger la retirada. Aquellos indisciplinados hombres, rudos y muchas veces salvajes, eran una poderosa arma en manos de un gran general. Su interpretación táctica de las órdenes de don Juan fue perfecta; su valentía ayudaba a confiarles cualquier orden, sabedor de que morirían antes que abandonar. Su posición en retirada. El honor era lo más importante para un español.

Yo mismo dirigí la retirada, que funcionó a la perfección hasta que nuestra caballería quedó aislada frente a los enemigos, cuando toda la infantería había cruzado ya por el paso. Eran unos setecientos jinetes, dirigidos por los hermanos Juan Bautista y Camilo de Monte, frente a la infantería alemana que les acosaba sin compasión, pero nunca se rompió la formación. Así consiguieron salir en su mayor parte por el mismo paso. Nunca una retirada supo tanto a victoria. Ya reagrupados, los rebeldes no plantaron batalla ni ese día ni ningún otro, por mucho que les dimos ocasión. Mientras, en el sur, las fuerzas francesas fueron detenidas y el peligro pasó. Pese a todo, don Juan siguió insistiendo en la necesidad de tomar Maastricht, como si la misma vida le fuera en ello.

20

El aniversario de la muerte del emperador

Sin dinero para pagar a los soldados permanecimos cerca de Namur con un ejército que no conocía la derrota, pero que se sentía derrotado. Flandes era un pozo sin fondo: se tragaba todo el dinero y los hombres que podía. Daba igual cuántas batallas ganáramos, cuántos enemigos matáramos o cuántas ciudades conquistáramos. Siempre había más batallas que luchar, más enemigos con los que pelear y nuevas ciudades que tomar. Ningún país podía mantener ese ritmo y ningún pedazo de tierra valía tanto esfuerzo, y mucho menos Flandes.

Pero allí estábamos con un ejército invencible en una guerra que no se podía ganar. Don Juan por fin lo entendió. Flandes no se podía dominar con las armas. Su Majestad lo había enviado a una misión imposible, aunque no todo estaba perdido. Don Juan se hallaba al mando del mejor ejército que había en ese momento en toda Europa, y si bien Flandes no podía ser conquistada por las armas, había otros reinos que sí podrían serlo.

—Alejandro, siento mucho todo lo sucedido, perdí la cabeza —se excusó don Juan—. Sin vuestra intervención, hubiera sido un desastre.

—¿Qué vais a hacer ahora? —le pregunté.

—He mandado dos cartas esta mañana.

—¿A quién? —insistí intrigado.

—Al secretario del rey, el aragonés Antonio Pérez, con el que mantengo una correspondencia continua desde que lo visité en Madrid. Es un hombre de Estado que comparte muchas de nuestras ideas, Alejandro.

—¿Y qué le habéis escrito?

—Tenemos un proyecto, el objetivo con el que sueño desde Lepanto.

—La Corona de Inglaterra —le interrumpí.

—¡Exactamente! Veo que me apoyáis.

—¿Acaso lo dudabais? —pregunté medio sonriendo—. ¿Y cómo cruzaremos el canal de la Mancha?

—Voy a llegar a un acuerdo con el príncipe de Orange para firmar la paz y retirarnos de este maldito país.

—¿Y está de acuerdo vuestro hermano, el rey? —inquirí, asustado por cuál podría ser la respuesta.

—Lo estará, no hay otra opción y estoy convencido de que él también lo verá así.

—Eso espero, por el bien de todos y, sobre todo, de vos.

—Confiad en mí, Alejandro.

—Eso llevo haciendo desde que os conocí en Alcalá —dije con una sonrisa, intentando quitar dramatismo al momento—. Os escucho.

—Esta vez no nos retiraremos a través del camino español, lo haremos por mar. Una flota vendrá desde Cádiz con el propósito de trasladarnos a España.

—Muy bien —le respondí.

—Pero no se hará tal viaje. Aprovechando la evacuación de nuestras tropas, con la excusa de la paz y la vuelta a España, estaremos a pocas millas de Inglaterra, donde los ingleses católicos aguardan nuestro desembarco para levantarse en armas contra la reina Isabel, que mantiene prisionera a María

Estuardo. Si me doy estado con ella, la Corona de Inglaterra será mía.

—¿Pretendéis conquistar Inglaterra?

—¡No, Alejandro! Lo que me dispongo a hacer es liberar, que es muy distinto.

En algo tenía razón don Juan, el matrimonio con María Estuardo daría completa legitimidad al posible acceso de don Juan al trono de Inglaterra. La reina de Escocia llevaba ya diez años como prisionera de Isabel de Inglaterra, su prima Isabel, quien desde el primer día amenazaba con ejecutarla. María Estuardo era la legítima heredera a la corona en caso de que la reina Isabel muriera, ya que esta no tenía descendencia.

El plan era difícil, complicado, necesitaba mucha coordinación, una potente armada, mayor que la de Lepanto. El peligro de un ataque marítimo de los ingleses, el no recibir el supuesto apoyo de los católicos al desembarcar... por eso me gustaba tanto. Por fin don Juan actuaba como yo esperaba de él. Con una maniobra magistral resolvería todos los problemas de un solo golpe. Inglaterra, nuestro peor enemigo actual, desaparecería y la herejía anglicana se extirparía. María Estuardo sería liberada. Don Juan no solo conseguiría una esposa y el título de alteza, sino la Corona de Inglaterra. Además, eliminaríamos al mejor aliado de los flamencos, que sin el apoyo de Inglaterra, de su ayuda económica, perderían el control del canal de la Mancha y del comercio, lo que arruinaría su economía. Entonces serían una presa fácil; esa era la mejor manera de acabar con el problema de Flandes, conquistando Inglaterra.

—¿Y la segunda carta? ¿A quién va dirigida? ¿Al rey?

—No, al Papa —contestó rotundo don Juan—. Gregorio XIII convencerá a Felipe II de las ventajas que supone tomar Inglaterra. Además, me apoya en mi boda con María Estuardo para alcanzar la corona de este reino.

Me pareció un plan perfecto, ya era hora de acabar con Inglaterra. Ellos no lo esperaban, ni yo mismo podía imaginar una operación tan inteligente. Una vez tomada la decisión, había que iniciar las conversaciones de paz con los flamencos para conseguir evacuar a las tropas de la forma más natural posible. También había que seguir negociando con los ingleses para no revelar nuestros planes.

Las negociaciones con Inglaterra siempre eran complicadas. La reina Isabel había heredado lo mejor de los primeros años de reinado de su padre, una gran inteligencia para entender las relaciones diplomáticas, y lo mejor de su madre, una increíble ambición y unas maquinaciones maquiavélicas.

Llegaron dos representantes ingleses para una audiencia donde se debía tratar la seguridad en la navegación por el canal de la Mancha. Durante la recepción don Juan se comportó de manera muy extraña. Estaba hojeando aquel libro que compró en Nápoles, con los dibujos de importantes personalidades europeas. Cerró el libro y se acercó a los ingleses; uno le sonrió y eso fue lo último que hizo. Se dirigió hacia él rápido como un rayo y le metió un palmo de acero en el estómago.

—Asesino, ¡morid!

Don Juan lo había reconocido por un dibujo del libro, era un famoso asesino al servicio de Isabel II. El segundo corrió más suerte y don Juan lo envió de vuelta a su isla.

Antes de iniciar la negociación con el príncipe de Orange llegó un mensajero del Vaticano, monseñor Filippo Sega, obispo de Ripa-Tranzone, enviado como nuncio por Gregorio XIII. Con el pretexto de ayudarnos en la lucha contra los herejes, venía para entregar a don Juan las Bulas de Gregorio XIII concediéndole la Corona de Inglaterra; además de cincuenta mil escudos de oro para realizar la complicada empresa y ofrecernos cinco mil infantes de los ejércitos del Vaticano, que embarcarían para Inglaterra cuando don Juan ordenase. Además, Gregorio XIII había enviado avisos a los lores ingleses y escoceses de estar preparados para apoyarnos en cuanto el primero de los soldados de los tercios de España pisara suelo inglés.

Parecía ser que el secretario de don Juan, Escobedo, estaba haciendo bien su trabajo en la corte de Madrid. Contábamos con el apoyo del secretario real, Antonio Pérez, y de una vieja amiga nuestra, la princesa de Éboli. Ambos habían seguido el testigo del difunto marido de Ana de Mendoza, y tenían una gran influencia en Su Majestad. Todo esto hacía que hubiera muchas posibilidades de convencer a Felipe II de las ventajas de los planes de don Juan. La ayuda de Gregorio XIII era también importante. Pero antes de conseguir el beneplácito del rey debíamos hacer nuestro trabajo en Flandes.

Llegó el día de negociar con el príncipe de Orange en persona. Acudimos a un punto neutral cerca de Maastricht. Don Juan estaba de nuevo animado, el Toisón de Oro volvía a colgar de su cuello. Llevarlo en el encuentro no era algo causal. Su padre había nacido aquí y su tatarabuelo, Carlos el Temerario, había unido estos territorios bajo su mandato. El Toisón de Oro le otorgaba toda la legitimidad necesaria para negociar por esta tierra.

Cabalgamos hacia el encuentro llevando la bandera de la cruz de San Andrés para que no hubiera duda de que los que llegaban era los españoles. Al llegar, la comitiva del príncipe de Orange nos esperaba en una explanada. Ni siquiera los flamencos se atreverían a hacernos una emboscada; el honor era algo muy serio hasta para los rebeldes.

La negociación apenas duró una hora. Después volvimos con prontitud al campamento, y don Juan no dijo una palabra. Nadie entendía muy bien qué era lo que había sucedido, excepto yo. El plan secreto de don Juan peligraba. Los rebeldes exigían la retirada de las tropas españolas no por mar, sino por tierra.

—No podemos aceptar este tratado. No he estado luchando en este maldito lugar para ahora retirarme sin poder desembarcar en Inglaterra —me decía don Juan lleno de cólera.

Yo no sabía muy bien qué responderle. Su plan era inteligente, pero dependía de demasiadas cosas: de la labor de Escobedo y Antonio Pérez, del rey, del Papa, del acuerdo con los flamencos, de la reina de Inglaterra, de María Estuardo, del apoyo que recibiríamos de los católicos ingleses una vez hubiéramos desembarcado... demasiados interrogantes para tan ambicioso plan.

Ante el carisma que tomaba la situación en Flandes, escribió a su secretario Escobedo ordenándole que redoblara los esfuerzos para convencer al rey de realizar la invasión de Inglaterra. Había que acelerar la preparación de la armada, que debería transportar a los tercios. Además, debíamos preparar un puerto seguro, de aguas lo suficientemente profundas para que pudieran entrar nuestras galeras y salir cargadas de soldados sin encallar. La mayoría de los puertos del sur de Flandes eran de aguas poco profundas.

—Alejandro, la empresa de Inglaterra es del todo imposible en este momento —me confesó don Juan.

—Lo sé.

—Voy a volver a España.

—¿A España? ¿Y qué vais hacer allí?

—Escobedo ha hecho todo lo posible para que el rey me

deje entrar en el Consejo de Estado —dijo muy serio don Juan.

—¿En el Consejo de Estado? —No entendía que mi amigo se pudiera conformar con entrar en un consejo después de haber tenido a su alcance la Corona de Túnez y de Inglaterra, de haber sido gobernador de los Países Bajos, y de vencer en las Alpujarras y Lepanto.

—¿Sabéis cuántos años tiene el rey? —me preguntó.

—Más de cincuenta —le respondí.

—Cincuenta y tres —me corrigió don Juan—. ¿Sabéis cuántos años tenía mi padre, el emperador, cuando abdicó en su hijo? —me preguntó.

—No.

—Cincuenta y seis.

Por un momento, tuve que tomarme una pausa para intentar entender lo que estaba sugiriéndome. O estaba muy equivocado, o don Juan pensaba, o había pensado en algún instante, en retirar a Su Majestad y subir al trono de España. Aunque era hijo ilegítimo de Carlos V, mostraba mejor predisposición al trono que cualquiera de los hijos de Felipe II. Su primer hijo, nuestro buen amigo el príncipe Carlos, estaba tristemente fallecido y nunca habría podido gobernar España. De los tres hijos que le había dado Ana de Austria, el segundo ya había muerto; su primogénito, Fernando, estaba gravemente enfermo, y Diego Félix tenía apenas dos años de edad.

—¡No, Alejandro! No es lo que estáis pensando. ¡Yo soy el más fiel soldado de Su Majestad!

—Entonces ¿qué demonios pretendéis?

—Estar cerca de mi hermano.

—Pero vuestro lugar no es la corte de Madrid —musité.

—Tampoco lo son los campos de batalla de Flandes.

—En eso os doy la razón, nada bueno podemos sacar de aquí.

Me quedé unos instantes pensando.

—A veces tengo la impresión de que nos ha abandonado —me confesó don Juan.

—¿Por qué pensáis eso?

—Escobedo lleva ya semanas allí y todavía no ha conseguido que el rey envíe el dinero para pagar a los soldados.

—Lo sé.

—Y no es solo eso, debemos conseguir que nos apoye en toda la estrategia.

—¿En la conquista de Inglaterra?

—Sí. Tengo que convencerle personalmente y no puedo hacerlo desde aquí. Necesito entrar en el Consejo de Estado. Y confío en vos para dejaros al mando aquí en Flandes.

—Don Juan, lo que proponéis es muy complicado. ¿Estáis seguro de ello? —le pregunté preocupado por la suerte de mi amigo.

—Sí, estoy seguro.

—¿Cómo convenceréis al rey de la invasión de Inglaterra?

—Olvidáis que cuento con el apoyo del Papa, con la familia francesa de María Estuardo, que a su vez son los mayores defensores del catolicismo en Francia, los Guisa, y con vos.

—Por supuesto que tenéis mi apoyo incondicional. ¿Y Antonio Pérez?

—Nos ha traicionado. Su ambición es desmedida, la princesa de Éboli es su mayor aliada. Nos han engañado desde el principio. Así que imaginaos el peligro que supone depender de ellos.

—¿Saben vuestros planes? —le pregunté mientras le cogía por los hombros para mirarle fijamente a los ojos.

—Los saben.

Nuestra vieja amiga Ana de Mendoza, la Tuerta, llevaba cuatro años de viuda desde que su marido, el portugués Ruy

Gómez de Silva, hombre de confianza de Su Majestad, muriera. Parecía que no había perdido el tiempo y había sabido encontrar nuevos amigos.

Pasaron algunos días en Flandes hasta que llegaron las órdenes definitivas de Felipe II: debíamos firmar la paz con los flamencos y retirarnos por tierra. Ante esta situación, don Juan escribió a Escobedo para que hablara de nuevo con Antonio Pérez y consiguiera un puesto en el Consejo de Estado. No parecía fácil tal acto por parte del rey, pero lo que sí consiguió Escobedo fue información muy importante. Al parecer, el rey y el sultán turco estaban a punto de firmar una paz secreta a expensas del Papa. Con seguridad, cuando Gregorio XIII se enterara estallaría en cólera y amenazaría a Su Majestad con suspender las gracias, es decir, los impuestos que el rey obtenía de la Iglesia española destinados a la guerra contra los turcos y que resultaban esenciales para la Hacienda Real. Escobedo hizo muy bien su labor y filtró la información en el Vaticano.

Mientras esperábamos en Flandes el momento de pasar a la acción, llegó una nueva carta de Escobedo. Esta vez escondía una gran sorpresa.

—Según relata Escobedo, ha descubierto un trascendental secreto —me dijo don Juan con una carta de su secretario en la mano.

—¿Cuál? ¿Qué ha averiguado el bueno de Escobedo? —pregunté.

—Los amores no tan secretos de la princesa de Éboli con Su Majestad...

—Eso es un rumor que se oye desde hace tiempo.

—... y los muy secretos de la misma dama con el secretario real, Antonio Pérez.

—¿Cómo? ¿El secretario y Ana de Mendoza?

—Eso cuenta Escobedo.

—Don Juan, ¡eso no puede ser! —exclamé.

—No sé si creerlo.

La complejidad de este asunto era abrumadora. Su anterior marido, el estimable y gran hombre de Estado, Ruy Gómez de Silva, había muerto hacía ya cuatro años. Tras esta fatal muerte, poco se sabía de la princesa de Éboli, salvo que se había retirado al convento que había fundado Teresa de Ávila en Pastrana. Allí había mantenido una vida rodeada de sirvientas que atendían sus gustos, poco acorde con el carácter riguroso que Teresa de Ávila había impuesto. Era conocido por todos que no soportaba a la princesa de Éboli y que finalmente abandonó el convento que ella misma había fundado. Nosotros, que conocíamos bastante bien a Ana de Mendoza de nuestros días en Alcalá, nos sorprendimos de este retiro voluntario.

No nos equivocamos, pronto volvió a la corte intentando ascender rápido, preservar su herencia paterna y la de su marido, así como sus intereses políticos. Siempre había tenido una habilidad innata para la intriga, heredada de su madre y de los Mendoza. No se dilató en recoger el testigo de su marido como gran enemiga del partido de la Casa de Alba, el partido opuesto al antaño liderado por su marido y ahora dirigido por Antonio Pérez, desde que fue nombrado nuevo secretario real.

La información que poseía Escobedo era de un valor incalculable. El escándalo de un posible amorío de la princesa de Éboli con el secretario real y el propio rey, al mismo tiempo, tendría unas consecuencias terribles para Ana de Mendoza y Antonio Pérez.

Escobedo nos apoyaba fielmente desde Madrid, él mismo negoció letras por valor de cincuenta mil ducados con el Papa para pagar a los tercios. Además, no dejaba de reclamar al rey la razón del abandono al que nos tenía sometidos en Flandes. Don Juan enviaba diariamente cartas a Madrid reclamándole dinero al rey y la vuelta de Escobedo, al que necesitábamos aquí más que nunca.

Seguíamos estancados en Flandes. La espera era dura y no hacía sino empeorar la moral de nuestros hombres, ya de por sí baja por los sinsabores de la guerra.

—Alejandro, no podemos seguir así. Debemos ir avanzando.

—Está claro que tendremos que olvidarnos de Inglaterra y solucionar primero los problemas en estas tierras llenas de infieles. Debemos pacificar Flandes —le dije.

—Lo sé. Debemos marchar sobre Maastricht.

—¿Y Amberes?

—Primero Maastricht. Si movilizamos bien a nuestras tropas y la asediamos correctamente podemos tomarla en un par de meses. Amberes va a ser mucho más complicada de tomar.

—Pero Amberes está más cerca —puntualicé.

—Sí, pero recibirá más fácilmente auxilios. Y sus defensas son más poderosas. Sería un error atacar Amberes sin haber tomado antes Maastricht, tened esto muy presente, Alejandro.

—Entiendo. Si asediamos Amberes sin tomar Maastricht, las tropas de esta ciudad vendrían a socorrerla.

—¡Así es! Pacifiquemos Flandes, luego convenceremos al rey de la conquista de Inglaterra. Creedme, Alejandro, algún día Felipe II se dará cuanta de la necesidad de atacar Inglaterra.

Esperamos durante días una nueva carta de Escobedo, pero esta nunca llegó. El 31 de marzo, tres asesinos asaltaron al secretario de don Juan de Austria cerca del Alcázar Real. Lo asesinaron de una sola estocada hecha por un espadachín experto. El lugar exacto fue la callejuela del Camarín de Nuestra Señora de Atocha, junto a la iglesia de Santa María.

Cuando don Juan se enteró de la cruel muerte de su fiel secretario entró en una profunda depresión y enfermó. Los médicos no sabían con qué tratarlo ni qué remedio aplicar para aliviar su dolor. Empecé a dudar del estado de salud de mi amigo. Había un brote de peste tífica entre los tercios de Namur, pero los síntomas no se correspondían con los de don Juan, que sufrió un duro ataque de fiebre. Mi amigo se recuperó de este ataque con mucha entereza. Para protegerlo de la fiebre tífica lo trasladamos a las afueras de Namur, a un campamento de los tercios. Entonces sufrió un segundo ataque de fiebre aún más fuerte que el primero y sin motivo aparente. Acondicionamos un viejo palomar para que sirviera de alojamiento temporal. Allí, alejado de los soldados, estaría más protegido de posibles infecciones. Pero entonces llegaron los vómitos, los fuertes dolores y la fiebre alta, que poco a poco debilitaban a mi gran amigo. En esos días me llegaron nuevas noticias de la muerte de Escobedo, al parecer su asesinato en las calles de Madrid había sido el intento final, pero había habido otros antes. Habían intentado envenenarlo hasta en tres ocasiones; solo su fortaleza física le había salvado de morir envenenado. Fue entonces cuando empecé a dudar seriamente de la supuesta enfermedad de don Juan. ¿Y si los ingleses habían enviado un asesino para matarlo? Si en España no habían descansado hasta asesinar a Escobedo, qué no podían haber intentado con don Juan. No me separé ni un solo instante de mi amigo en aquellos días. Nadie sufrió más que yo su progresivo empeoramiento, hasta que llegó un día en que el héroe de Lepanto era tan solamente un fantasma.

—Don Juan, ¿me escucháis? —le pregunté al oído.

Don Juan no contestaba, mantenía los ojos cerrados desde hacía días porque ya no tenía fuerzas para levantar los párpados.

—Don Juan, soy yo, Alejandro. ¿Me oís?

—Alejandro. —Una débil sonrisa se dibujó en su cara—. Mi querido Alejandro.

—Sí, don Juan, soy yo —le dije entre lágrimas—. Estáis muy débil. Deberíais recibir los auxilios espirituales, por lo que pueda pasar —le aconsejé.

Don Juan no contestó de inmediato, no estaba seguro ni de si me escuchaba ni de si podía contestarme.

—Alejandro, llamad al capellán y convocad el consejo de guerra.

—Don Juan, no podéis asistir al consejo en vuestro estado.

—Por favor, Alejandro, esta será la penúltima orden que os dé. —Y por primera vez en días abrió los ojos.

Sus ojos claros recuperaron el brillo, como un muerto que vuelve de entre las tinieblas. Había olvidado lo profunda que podía ser su mirada. Entonces alargó la mano y me apretó el brazo.

—Por favor.

No podía negarme a realizar el consejo de guerra.

Don Juan cumplió con sus deberes como buen católico, mientras yo reunía el consejo a las afueras del palomar. Cuando fui a buscarle no podía creer lo que estaba viendo. Se había engalanado como en las grandes ocasiones, con su armadura dorada, el medallón del Toisón de Oro colgado en su cuello y un casco con llamativas plumas. Parecía recuperado.

—¡Don Juan! ¿Estáis loco?

—Ya me encuentro mejor.

—Pero...

—No os preocupéis, unas fiebres no van a acabar conmigo.

—Eso ya lo sé —suspiré—, debéis descasar.

—No, yo jamás descansaré, y lo sabéis —me dijo con una media sonrisa y los ojos brillantes.

—Creo que en esta ocasión sí os conviene.

—Alejandro —y me tomó la mano—, ¿me acompañáis o voy a tener que ir yo solo al consejo?

—De acuerdo, pero tomadlo con calma. —No pude o no supe cómo evitar que se levantara.

Salimos del palomar y caminamos hasta el lugar de la reunión. Don Juan no dejó que nadie le ayudara en todo el trayecto. Por fin volvía a ser el de siempre; qué susto me había dado, por un momento pensé que quizá no iba a salir de esta batalla. Al llegar frente a los demás asistentes se hizo un enorme murmullo. El paladín de la cristiandad había vuelto.

—Escuchadme, vuestras mercedes, porque tengo algo importante que deciros. Don Alejandro Farnesio, príncipe de Parma, será mi sucesor como gobernador general de los Países Bajos y capitán general de los tercios hasta que el rey decida quién debe asumir este puesto.

Esta fue su última orden tal y como me había dicho antes, y a continuación se desplomó y cayó al suelo. Corrí a socorrerle. Estaba totalmente pálido y sudaba mucho.

—Quitadle la armadura, ¡rápido! —ordené.

Rápidamente lo llevamos de nuevo al palomar.

—Alejandro, me han envenenado, ¿verdad?

¿Qué podía responderle?

—Creo que sí —le contesté no muy seguro.

—¿Mi hermano?

—¿El rey? No lo creo. Puede que hayan sido los ingleses o los flamencos, no lo sé, don Juan.

—Prometedme una cosa, Alejandro.

—Decidme...

—Tomad Maastricht, hacedlo por mí.

—Lo haré, ¡lo juro por mi honor!

—Y recordad lo que os dije. Algún día el rey entenderá que hay que atacar Inglaterra, ¡creedme!

—Yo mismo iré con vuestro estandarte y lo clavaré en suelo inglés. Y la primera misa que se celebre en Londres será en vuestro honor, mi querido amigo.

—Alejandro, mi hermano os necesita, España os necesita.

Fue lo último con algo de cierto sentido que dijo don Juan; después estuvo delirando durante horas. Los delirios fueron tan fuertes que se imaginaba en el campo de batalla, daba órdenes, formaba a los escuadrones, animaba a los hombres y proclamaba repetidamente la victoria. Quizá en el fondo aquello fue finalmente una victoria.

A las dos de la tarde del 1 de octubre de 1578, en el vigésimo aniversario de la muerte de su padre, el emperador Carlos V, a la edad de treinta y dos años, el vencedor de Lepanto, el hombre que salvó a la cristiandad, el que podía haber dominado el Mediterráneo y haber reinado en Inglaterra, devolviéndola a la Iglesia católica, veía aliviado su dolor al morir en un palomar perdido de Flandes. Abandonado por su hermano y su país y aferrado más que nunca a su fe.

Entre los recuerdos de los lejanos días pasados en Alcalá, de aquellas clases, del pobre príncipe Carlos y del ahora preso Miguel de Cervantes, del sabio Honorato Juan; de la hermosa Isabel de Valois, del leal don Luis de Quijada, del inteligente don Luis de Requesens; de Lepanto, siempre Lepanto; de los amores en Nápoles y de aquella corrida de toros, de las fiestas en Parma y de nuestra dura estancia en Flandes. Entre todos aquellos recuerdos salieron de mis ojos las más sinceras lágrimas que un hombre puede sentir, con el más profundo dolor que un amigo puede sufrir.

EPÍLOGO

El rayo de la guerra

Despertó otro día en Flandes. Había caído una ligera lluvia de madrugada que había dejado un fino manto de rosada en la vegetación. Como no podía dormir, salí temprano por la mañana a dar un paseo a caballo. Necesitaba estar un tiempo solo antes de ir al funeral en Namur. Tiempo para reflexionar, para pensar no solo en lo que había pasado, sino, sobre todo, en lo que pasaría a partir de ahora. Yo creía en la justicia, creía en que a los hombres se les medía por sus actos, se les recompensaba por sus victorias y se les castigaba por sus fracasos. Lamentablemente, con don Juan todo aquello se venía abajo. Le habían castigado por sus victorias, por su fama, por sus sueños. Habían visto que era demasiado ambicioso, que quizá o lo paraban ahora, o ya nunca podrían hacerlo. Pero de lo que no se habían percatado en la corte era de que él era nuestro mejor general. Que al morir él, moría el mayor defensor de la cristiandad, frente a moriscos, turcos, protestantes y, si le hubieran dado la oportunidad, frente a los herejes anglicanos. Don Juan nunca había luchado contra ningún católico.

Yo como su amigo, sobrino y ahora como su sucesor en el gobierno de los Países Bajos y capitán general del ejército, debía recoger su legado. El problema era que yo no era como él, no tenía su ambición ni su impaciencia. Yo había sabido esperar pacientemente mi momento y disfrutarlo cuando llegó, y tenía una visión diferente de los problemas en el norte de Europa.

Flandes era un excesivo castigo para España, nunca sacaríamos nada bueno de allí. Aquella tierra jamás sería nuestra por las armas. Todos estos esfuerzos serían más útiles en el Mediterráneo o en el Atlántico y las Américas. Pero un Habsburgo nunca abandonaría su herencia, nunca renunciaría a Flandes ni se olvidaría de los territorios de Borgoña en manos francesas. Yo lo sabía bien, lo había vivido de cerca con don Juan. Este tema era en uno de los pocos que coincidía con su hermano, el rey Felipe II.

Así que negar la realidad no nos conducía a nada. Si había que defender los Países Bajos, había que hacerlo de otra manera. Debíamos usar la política y las armas al mismo tiempo. Teníamos que reanudar la ofensiva militar y después de conseguir una serie de objetivos, debíamos negociar. Así sucesivamente, hasta que recuperáramos las provincias del norte: Holanda y Zelanda, que eran el origen de todos los males. Pero pensar que conseguiríamos una pacificación definitiva era un grave error. Para ello debíamos eliminar al principal aliado de los rebeldes y a la vez nuestro mayor enemigo en el Atlántico y las Américas. Debíamos conquistar Inglaterra, pero no para formar un nuevo reino, como era el propósito de don Juan, sino porque era nuestro mayor problema, y dentro de poco Inglaterra sería muy poderosa, más incluso que Francia.

De vuelta al campamento militar unos gritos y una terrible confusión me sorprendieron. Cabalgué lo más rápido posible. Frente al palomar donde yacía el cuerpo de don Juan había una fuerte discusión. Al parecer había tres grupos enfrentados, con los aceros desenvainados y muy malos modos.

—¿Qué sucede aquí? ¿Estáis locos? ¡El cuerpo de vuestro capitán general reposa en cuerpo presente y osáis avergonzarle de esta manera! —les grité furioso.

—Perdonad, señor, pero es una discusión de suma importancia —me contestó Octavio Gonzaga.

—Explicaos.

—Don Alejandro, ¿quién va a tener el honor de llevar al cuerpo de don Juan hasta la catedral de Namur?

La pregunta me dejó totalmente sorprendido. Miré alrededor y vi las caras de aquellos hombres que tan fielmente habían servido a don Juan y a Su Majestad. Aquellos soldados con los que yo mismo había combatido, y que siguieron las órdenes de don Juan sin dudarlo, estaban dispuestos a cualquier cosa por llevar, en su último paseo, a su admirado paladín. Todos los allí presentes tenían derecho a llevarle; los flamencos porque era su gobernador, los tudescos porque había nacido en Alemania y los españoles porque era hermano del rey de España.

—¡Escuchadme! Entiendo que cada uno de vosotros quiera llevar a don Juan a la catedral. Pero tan gran soldado merece el más noble de los funerales. Que los miembros del Consejo de Estado de los Países Bajos en persona lo saquen de este campamento. Y que seis jefes de los distintos regimientos de cuerpos de cada nacionalidad lo introduzcan en Namur. Yo mismo encabezaré la comitiva, porque no hay nadie ni aquí ni en ningún otro lugar que tenga en más alta consideración al mejor soldado que nunca ha luchado en los tercios de España que un servidor.

Salimos a las diez de la mañana camino de Namur. Don Juan fue vestido con el uniforme de gala, con jubón, pasamanos de plata y oro, y calzas blancas bordadas con hilos de plata y oro. Una armadura ocultaba su esquelético cuerpo. En su pecho, un brillo deslumbraba más que el triste sol que se ocultaba entre las nubes del cielo de Flandes. El medallón del Toisón de Oro colgaba de su cuello como en muchas de las batallas en las que habíamos luchado juntos. La comitiva tenía un aspecto que recordaré toda mi vida. Acompañado de decenas de banderas negras, yo mismo encabezaba la procesión hasta Namur. Los soldados de los tercios arrastraban las picas en símbolo de derrota y los tambores tocaban a un ritmo tan solemne e imponente que asustaba.

Al aproximarnos a Namur, nos encontramos con las primeras aldeas, cuyos habitantes asustados salían a recibirnos de riguroso luto. Las mujeres lloraban y los hombres miraban impasibles ante el paso del mayor héroe de la cristiandad. Sus rostros denotaban una gran sorpresa y admiración. No creían que hubiera podido morir el vencedor de Lepanto. Los niños se acercaban curiosos, pero se quedaban tan asombrados que no se atrevían siquiera a tocar a los soldados.

Tardamos varias horas en llegar a Namur; para entonces miles de personas nos acompañaban en nuestra procesión. Al entrar en la ciudad, las campanas de la catedral empezaron a doblar acompañando a los tambores, en el concierto más triste que mis oídos nunca escucharon. Recorrimos todas las calles de Namur hasta el atardecer. Entonces, entramos en la catedral donde la multitud se agolpaba para presenciar por última vez al héroe de Lepanto. Los rostros eran pálidos, como asustados, y un silencio estremecedor inundaba todo el templo. Avanzamos por la nave central hasta llegar al altar donde el obispo nos esperaba.

Fue un funeral de Estado, donde se alabó a don Juan todo lo inimaginable. Yo no prestaba atención a las palabras del obispo, estaba envuelto en mis propios pensamientos y mis numerosos recuerdos. La tristeza me rebosaba por los poros, pero era otro pesar el que amargaba mi alma. Tenía la seguridad de que habían envenenado a don Juan, pero no estaba seguro de quién había sido el vil asesino.

Cuando finalmente introdujimos el cuerpo de don Juan en su sepultura di orden de colocarle una corona hecha de tela de oro, adornada con piedras preciosas. A su lado dispusimos una espada y la celada del casco con paños blancos; en las manos, unos guantes de ámbar negro. Si nunca había llegado a ser rey, al menos descansaría como tal.

Aquella noche recorrí la muralla de Namur pasando inspección a la guardia, como hicimos don Juan y yo en Messina, antes de zarpar para Lepanto. Los hombres me miraban y murmuraban, ahora yo era el gobernador general.

En mi ronda me encontré con Eschifinatti.

—Buenas noches, Alejandro.

—¿Qué tal, viejo amigo? Hace una noche fría.

—Como todas desde que llegamos —respondió.

—Supongo que sí.

—Mañana los tercios deben juraros fidelidad.

—Así es.

—¿Os preocupa? —me preguntó Eschifinatti.

—No.

«¿Por qué debería preocuparme?», pensé. No era eso lo que me quitaba el sueño. Esa noche me sentía muy solo. Sin mi mujer y ahora también sin don Juan. Nunca creí que llegaría el día en que ya no estuviera conmigo. Desde que nos conocimos en la Universidad de Alcalá se había convertido en un referente para mí, en un amigo, en un ejemplo. Ahora todo lo que hiciera sería por él, y el objetivo final estaba claro, debía pacificar Flandes para después conquistar Inglaterra.

—Nos esperan días difíciles.

—Alejandro, no estáis solo. Tenéis un ejército detrás que os seguirá hasta donde vos ordenéis, aunque suponga su muerte.

—Eschifinatti, puede que sea allí donde nos dirigimos.

—Un soldado de los tercios siempre se dirige hacia la muerte.

Al día siguiente, el ejército encabezado por Octavio Gonzaga me juró fidelidad. Los soldados me recibieron con entusiasmo. En el fondo era uno más de ellos y, además, todos conocían mi gran relación con don Juan. Nadie mejor que yo podía vengar su muerte, nadie más que ellos deseaban entrar inmediatamente en combate.

—¡Viva Alejandro Farnesio! ¡El rayo de la guerra nos guiará a la victoria!

Entre los tercios se había extendido la costumbre de llamarme de este modo, «el rayo de la guerra». No sé si Eschifinatti había tenido algo que ver, pero a los soldados les gustaba. Mi sobrino, Fabio, ya me lo había comentado. Una vez tomado el control debíamos pasar a la acción.

La situación era crítica, solo tres de las diecisiete provincias, y parte de una cuarta, eran leales a España. Además, una terrible epidemia de peste asolaba nuestras tropas. Los soldados estaban cerca de amotinarse, ya que no habían recibido sus últimas pagas. Los flamencos encabezados por el príncipe de Orange, que tenía su corte instalada en Bruselas, nos superaban ampliamente en número. Contaban además con el apoyo de tres príncipes extranjeros: el archiduque Matías de Austria, hermano del emperador; el duque de Anjou, hermano del rey de Francia, y Juan Casimiro, hijo del elector del Palatinado. Y, sobre todo, con el apoyo económico, militar y moral de esa bruja inglesa, la reina Isabel I.

—El Taciturno se ha quedado boquiabierto con vuestro nombramiento, excelencia —me dijo Octavio Gonzaga.

—¿Sí? ¿Y eso por qué? —le pregunté.

—Os conoció de niño, ¿verdad?

—La verdad es que en aquella época me trató muy bien —le respondí.

—Supongo que os recuerda como tal, no como un soldado.

—Han pasado veinte años desde entonces, Octavio, cuando nos enfrentemos en el campo de batalla le daré motivos para que me recuerde de otra manera.

—¿Qué planes tenéis? —me preguntó Octavio Gonzaga.

—Aunque nuestra situación es desesperada tenemos algunas opciones.

—No muchas —me interrumpió.

—Es verdad, pero no olvidéis que algunas de las provincias en manos de los rebeldes no están totalmente controladas y mucho menos unidas formando un único territorio. Hay zonas calvinistas, católicas y flamencas. Estas fracciones se están disputando el control entre ellas. Si somos inteligentes podemos aprovecharnos de estas rivalidades, pero, para ello, necesito un ejército disciplinado y victorioso, y ahí cuento con vos.

—¡Y yo no os defraudaré! —contestó entonces Octavio Gonzaga.

—Debemos tener cautela e ir aprovechando las oportunidades que se nos presenten. Vamos a vengar la muerte de nuestro capitán general, ¡no lo dudéis!

Tardamos un tiempo en organizarnos desde el fallecimiento de don Juan, pero con el nuevo año, un ejército compuesto por quince mil infantes y cuatro mil jinetes deseosos de vengar la muerte de su capitán general cruzó el río Mosa, sobre un puente de barcas, en dirección a Maastricht.

Ya en territorio insurgente me llegó la noticia de que una parte del ejército rebelde se hallaba en Tournai. Eran las tropas alemanas de Juan Casimiro, quien me envió un mensajero.

—Excelencia, me envía don Juan Casimiro. Guillermo de Orange nos debe mucho dinero. Si vuestra excelencia nos paga, nos volveremos a Sajonia y no apoyaremos al Taciturno.

Ante tal propuesta no pude evitar reírme.

—¿Para que os vayáis de la provincia me pedís a mí dinero? Antes os pido que me lo deis vosotros para que os deje volver libres a vuestra patria. ¡Volved con vuestras tropas y decidles en mi nombre que se preparen para el último lance de esta guerra, porque pronto la vamos a terminar! ¡Llevaremos a España y al rey la nueva de la victoria y el número de los muertos!

Él se marchó asustado. Al poco tiempo los alemanes volvieron a su tierra después de pagarnos una importante cantidad de dinero para que sus diecisiete mil soldados no fueran atacados en su retirada. Mi plan empezaba a funcionar, el ejército rebelde se había dividido.

La noticia animó a nuestras tropas y, además, nos permitió dar a los soldados algunas de las pagas atrasadas. Con el ánimo más alto, decidí aprovechar la situación y ganarme definitivamente a los hombres, ahora que se acercaba la hora de la verdad. Convoqué a todos los soldados en una explanada cerca del río Mosa.

—En Maastricht se encuentran los asesinos de don Juan. ¡Debemos tomar esa ciudad rebelde! —animé a los hombres, que lanzaban gritos de venganza—. Solo os pido que confiéis en mí tanto como lo hicisteis en don Juan de Austria, ¡y os prometo que vengaremos su muerte!

La muerte de don Juan había creado un poderoso estímulo entre los soldados, unas ansias de venganza que había que saber aprovechar. Siempre que su muerte hubiera sido un asesinato. El barbero que lo atendió no estaba seguro de esto último. Parecía que una almorrana mal curada le había hecho perder mucha sangre en los días anteriores a su muerte, y él no estaba seguro de si lo habían envenenado o aquella herida había sido nefasta. Yo por mi parte no tenía dudas. Don Juan había muerto abandonado por todos; no estaba seguro de la causa, pero sí de que muchos deseaban verlo muerto.

Antes de planear el ataque a Maastricht tuve una reunión con los maestres de campo de los tercios: Lope de Figueroa, Mondragón, Hernando de Toledo y Valdés, y con el capitán de caballería don Octavio Gonzaga. Los cinco eran grandes soldados y acatarían mis órdenes sin discusión.

—Señores, gracias a la deserción de los alemanes no hay duda de que debemos seguir avanzando. Sin embargo, tenemos un gran problema a resolver.

Los capitanes de los tercios me miraron sin inmutarse por mis preocupaciones.

—Aunque nuestro objetivo es Maastricht, la marcha de los alemanes ha dejado desprotegida Amberes.

—Perdonad, excelencia, pero Amberes está defendida por los tres mil mejores soldados del príncipe de Orange. Los que él mismo llama «sus valientes». No será tarea fácil —comentó Lope de Figueroa.

—Ni útil —añadió Octavio Gonzaga.

—Si no atacamos Amberes ahora, la reputación de los tercios se vendrá abajo. ¡Los flamencos nos llamarán cobardes! Y ese es el peor de los insultos para nuestras tropas —repliqué.

Hubo un breve silencio.

—Nos costará mucho tomar la ciudad, aunque solo esté defendida por tres hombres, perderemos tiempo y no será una gran victoria —dijo Mondragón.

—Quizá haya una solución —les dije.

—¿Cuál? —preguntó Octavio Gonzaga.

—¡Atacar! —respondí.

—¿Atacar? Pero entonces estamos en la situación que ya ha comentado Mondragón —se lamentó Octavio.

—He dicho atacar, no tomar. No tengo ningún interés en conquistar la ciudad y mucho menos en perder ni un solo soldado ni un solo día. Debemos llegar a Maastricht lo antes posible, ese es nuestro objetivo.

—¿Entonces? ¿Qué sugerís exactamente? —preguntó Mondragón.

—Atacar a esos «valientes», matar al mayor número posible y acto seguido partir como un rayo hacia Maastricht.

El silencio entre unos capitanes de los tercios tan reputados como los que tenía delante era signo de aprobación.

A la mañana siguiente caímos por sorpresa sobre Amberes, donde nadie esperaba nuestro ataque. La caballería de Octavio Gonzaga y los tercios de Lope de Figueroa persiguieron a los rebeldes hasta el foso de la ciudad. Perdimos ocho de nuestros hombres; en cambio, cerca de mil cadáveres rebeldes cubrían la tierra de las cercanías de Amberes. Ya habíamos cumplido con nuestro plan, pusimos rumbo a Maastricht.

—Rápido y efectivo, como un rayo. Sin duda, quien os puso el apodo de «rayo de la guerra» estuvo acertado —me dijo Octavio Gonzaga.

—Por suerte tuve al mejor maestro, y ahora nuestro deber es vengar su muerte —contesté.

—Así lo haremos —respondió Octavio.

—Quiero que avancéis con vuestra caballería por la orilla derecha del Mosa hasta llegar a Maastricht; allí buscad dónde instalar nuestro campamento.

—¿Y los tercios? —preguntó Octavio.

—La infantería irá por la orilla izquierda. La dividiremos en dos cuerpos. Por una parte Lope de Figueroa y Hernando de Toledo con sus tercios, y por otra, Mondragón y Valdés, apoyado por cuatro compañías de caballos.

—¿Y vuestra merced?

—Lo más importante, la artillería la trasladaré yo mismo por el río. Debido a su gran peso, creo que será más sencillo transportarla en barcazas que por caminos de tierra. Ya sabéis qué fácilmente se embarraban aquí.

Tardamos varias jornadas en llegar a Maastricht, pero el 4 de marzo divisamos la ciudad. Estaba dividida en dos partes por el Mosa: a la izquierda estaba la ciudad amurallada, y en la ribera contraria, el arrabal. Ambas estaban unidas por un único puente de piedra. Mi primera orden fue construir dos puentes de barcas para enlazar las dos orillas y distribuir nuestros ejércitos a ambos lados del Mosa. Después, para protegernos de posibles ataques de fuerzas de socorro enviadas por el príncipe de Orange, levantamos cuatro fuertes. No contamos con mucha ayuda de los habitantes de la zona, así que tuve que dar ejemplo.

—Excelencia, ¿qué hacéis aquí? —me preguntó Eschifinatti al verme llegar a uno de los lugares donde se estaba edificando uno de los cuatro fuertes.

—Habrá que construir este fuerte, ¿no le parece a vuestra merced?

Y sin vacilar cogí uno de los cubos de argamasa y se lo pasé a uno de los escasos obreros que nos ayudaban. Eschifinatti, su amigo el conde de Malaspina y mi sobrino Fabio me miraban asombrados.

—¿Vais a dejar que vuestro capitán general levante él mismo este fuerte? —preguntó Lope de Figueroa.

El acto tuvo éxito y los hombres realizaron el trabajo con más ánimo. Todos, maestres de campo, capitanes y yo mismo ayudamos a levantar las defensas.

La ciudad iba a ser mucho más difícil de conquistar de lo que pensaba. Estaba fuertemente fortificada, con baluartes distribuidos en todos sus ángulos y gruesas murallas de varios metros de espesor que resistirían nuestros bombarderos, numerosas piezas de artillería y un poderoso ejército defendiéndola. Si queríamos vengar a don Juan, habíamos elegido un duro rival.

Ese mismo día celebramos consejo de guerra.

—¿Cuántos soldados están defendiendo la ciudad? —pregunté.

—Más de los que pensábamos, unos catorce mil —respondió Mondragón.

—¿Y quién está al mando?

—Sebastián Tapino, quien ha reforzado notablemente las fortificaciones —volvió a responder Mondragón.

—¿Cuál es el punto más débil de la muralla? —pregunté.

—La puerta de San Pedro, lo han comprobado nuestros zapadores —contestó Lope de Figueroa.

—Debemos bombardearla con todas las piezas de artillería posible.

—No será fácil —comentó Hernando de Toledo.

—Nadie dijo que fuera a serlo.

»Vos, Hernando de Toledo, preparaos para ocupar las trincheras de la puerta de San Pedro, y Lope de Figueroa las de la puerta de San Antón.

»Debemos levantar un muro que rodee la ciudad lo antes posible. Como habéis dicho, ¡no será empresa fácil!

Mondragón se encargó de asediar la zona de la ciudad que miraba hacia Colonia, y allí él levantó otros dos fuertes. Las comunicaciones estaban aseguradas por los dos puentes de barcas.

Iniciamos el bombardeo con más de cincuenta cañones, pero don Hernando de Toledo tenía razón y, como yo también temía, nada conseguimos con nuestra artillería. Era la hora de nuestros tercios, Hernando de Toledo y Lope de Figueroa debían ejecutar minas y hornillos en sus respectivas posiciones para que se pudieran volar las murallas. La artillería siguió quemando pólvora, cubriendo así su retaguardia. El día 26 volamos las primeras minas, pero no produjeron los daños deseados y las murallas no cayeron. Los hombres de Lope de Figueroa siguieron trabajando en dos minas, pero ambas fueron neutralizadas por unas contraminas de los rebeldes.

—No todo está perdido, excelencia, mis hombres recuperarán esas minas —prometió Lope de Figueroa.

Así lo hicieron. Una vez recuperadas, los tercios de Lope de Figueroa avanzaron muy rápido y una de las minas alcanzó la puerta de San Antón, desembocando en el foso que protegía la muralla. Continuaron el túnel por debajo del foso hasta llegar justo debajo de las murallas.

Al amanecer me vestí con la más espectacular de mis armaduras, tal y como hubiera hecho don Juan. Con varias plumas rojas y blancas en el yelmo, y un jubón dorado. Me esperaba mi caballo también engalanado para la ocasión. Nos encontrábamos en el puente que habíamos construido sobre el Mosa, con Mondragón, Octavio Gonzaga y los demás capitanes de los tercios esperando una señal y miles de soldados españoles dispuestos a entrar en combate.

En unos veinte minutos llegó un mensajero de don Lope de Figueroa.

—Excelencia, la parte final del túnel está llena de barriles de pólvora. A vuestra orden será cebada.

—¿Y a qué esperáis? ¡Cebadla!

Todos nos quedamos mirando la muralla, esperando el rugir de la pólvora. Entonces un ruido atronador retumbó en todo Maastricht. Y uno de los baluartes que la defendían elevó su punta hacia el cielo, para luego caer y desmoronarse en mil pedazos.

Una primera compañía de valientes españoles subió por las cimas del baluarte y hondeó nuestra bandera. Sin embargo, la guardia flamenca llegó de inmediato a defender la brecha en la muralla. Y, hábilmente, muchos rebeldes rodearon los restos del baluarte.

—Ordenad a Lope de Figueroa que sus hombres conserven el puesto tomado a toda costa, pero que no intenten avanzar. Todavía no estamos preparados para el asalto.

Octavio Gonzaga vino rápido a por mis órdenes.

—Alejandro, ¿qué hacemos?

—Que la artillería bombardee sin parar las puertas de la ciudad. Debemos atacar por varios frentes. Si lo hacemos por uno solo, hay rebeldes suficientes ahí dentro para contenernos. ¡Cómo pelean esos flamencos! ¡Que Dios nos ayude!

Situamos veintidós cañones disparando sobre la puerta de Bois-le-Duc, con Lope de Figueroa y Valdés preparados para asaltarla. Mientras Hernando de Toledo atacaba la puerta de Tongheren, Mondragón y Octavio Gonzaga permanecían en la retaguardia.

Finalmente, la puerta de Bois-le-Duc cayó. Entonces, di la orden de atacar las dos puertas y salí al galope hacia la que acababa de caer. Los hombres de los tercios de Figueroa y Valdés sufrieron una lluvia de proyectiles lanzados por los rebeldes. Pero lo tercios no se achican ante nada y nadie, y mucho menos frente a esos rebeldes herejes.

—¡Figueroa, ordenad a vuestros hombres que avancen!

—¡No pueden, Alejandro!

El ataque era demasiado desordenado y los rebeldes no cedían. Dejé el caballo y avancé hacia la primera línea.

—¡Hay que ensanchar la formación! ¡Hay que ensancharla para que puedan entrar más soldados y combatir a los sitiados! —les grité.

—¡Santiago, cierra España! —exclamó Eschifinatti, quien apareció a mi lado—. ¡Estáis loco! Siempre en primera línea, excelencia. Marchaos ahora mismo a un lugar seguro.

—Es lo que vos me enseñasteis.

Una gran piedra cayó a nuestro lado, cerca de mi pie izquierdo.

—¡Cuidado, excelencia!

—Los capitanes están dirigiendo bien a los hombres, pero no podemos avanzar si no se ensancha la formación en la primera línea —le comenté.

—¡Dejadlo de mi cuenta!

Augusto Eschifinatti y un grupo de valientes, entre los que pude distinguir al marqués de Malaspina y a Fabio, se abrió camino entre balazos, piedras y proyectiles incendiarios. Avanzaron entre sangre y humo, consiguiendo que otros les siguieran.

—¡Ensanchad la formación! —les grité.

Malaspina cayó por una gran pedrada, y como él muchos otros valientes que avanzaban guiados por Eschifinatti. La formación no conseguía ampliarse lo suficiente una vez pasadas las murallas, y el enemigo luchaba como un poseso.

—¡Excelencia! —Me llamaba una voz familiar.

—Sí, Figueroa.

—¡Noticias del bastión derrumbado!

—Os escucho...

—La situación es incluso peor que aquí. Nada más avanzar por las ruinas, los flamencos les han recibido con cañones cargados de metralla. ¡Ha sido una carnicería!

Miré a mi alrededor. Era una gran espiral de sangre, de olor a pólvora y de soldados muertos. Entonces sucedió lo que tanto temía. Un soldado trajo en brazos un cuerpo sin vida. Figueroa, que estaba a mi lado, me miró y le preguntó:

—¿Quién es, soldado?

—No hace falta que respondas. Es Fabio, ¿verdad? —le pregunté.

—Sí, excelencia, ha caído luchando como un valiente.

La desolación me invadió. Primero don Juan, luego Fabio, ¿quién sería el siguiente?

—Excelencia, debemos retirarnos —me sugirió Figueroa.

—¿Retirarnos?

—Los demás maestres de campo piensan lo mismo. No conseguimos penetrar en la ciudad y algunos de los mejores soldados han caído.

El dolor, si sabemos utilizarlo, es a veces útil. Mi dolor se convirtió en furia, y esta en ira.

—Figueroa, enviad mensajeros a los demás maestres de campo. Que no intenten retirar ni a uno solo de nuestros soldados, yo lucharé en primera línea como los héroes que han caído.

Y avancé hacia la muralla. Figueroa me agarró del brazo, pero me solté. Entonces fueron sus propios soldados los que me retuvieron.

—¡Excelencia! ¡Deteneos! No vayáis a una muerte segura.

Rodeado por aquellos soldados miré alrededor. Entonces, entre el fervor de la batalla y el continuo movimiento de los hombres, pude ver a don Juan. Vestido con su armadura dorada y con el Toisón de Oro en su pecho. Luego desapareció. No sé qué quería exactamente, pero me hizo recapacitar y con un inmenso dolor ordené la retirada.

Nos retiramos ante la alegría de los rebeldes, que se burlaban de nosotros desde la ciudad que había sido imposible de tomar. Al llegar al campamento la desilusión se había extendido como una plaga. Convoqué un consejo de guerra de inmediato.

—Quiero que me expliquéis por qué no hemos podido penetrar en Maastricht.

—Excelencia, hay catorce mil rebeldes defendiendo la ciudad, que además está muy bien fortificada —respondió Mondragón.

—Tened algo por seguro, jamás volveré a ordenar un asalto sin haber revisado antes con mis propios ojos las defensas enemigas. Hoy hemos sido humillados. Y lo que es peor, hemos defraudado a don Juan.

—Tenéis razón, pero casi logramos entrar en la ciudad —dijo Lope de Figueroa.

—Sí, aunque no lo hemos hecho, pero ¡lo haremos! ¿Cuento con vuestro apoyo? —pregunté.

—La duda ofende, excelencia —respondió Mondragón.

—Los tercios no se rinden, antes prefieren morir —continuó Lope de Figueroa.

—No volveremos a fracasar —añadió Octavio Gonzaga.

—Continuaremos el asedio, traeremos tres mil hombres de Lieja para la construcción de más túneles para las minas y fortificaciones. Vamos a sitiar esta maldita ciudad como Dios manda.

Después de enterrar a nuestros numerosos difuntos, entre ellos a mi sobrino Fabio, volvimos a centrarnos en el asedio. Creamos una barrera con dieciséis fuertes unidos entre sí por una muralla continua. Esta permitiría rechazar los posibles intentos de socorro desde el exterior. La obra se terminó en un tiempo récord. El príncipe de Orange envió veinte mil hombres para salvar Maastricht, y al conocer la magnitud del sitio ordenó que se retiraran ante la imposibilidad de introducir el socorro.

No iba a cometer de nuevo el mismo error, mi honor y prestigio estaban en juego. Controlé cada uno de nuestros movimientos y decidí que no habría más ataques frontales. En Flandes no se podían utilizar las tácticas de las guerras de Francia ni Italia. Tampoco era lugar que se prestara a la heroica como en Lepanto. Las ciudades flamencas estaban construidas pensando en la guerra, fortificadas, con varias líneas de murallas, fosos, baluartes y todo tipo de defensas. Además, contaban con la ayuda de sus grandes ríos y canales, los que utilizaban militarmente mejor que nadie. Su población se había acostumbrado a luchar y resistía los asedios con suma facilidad. Las cargas frontales no tenían sentido aquí, por lo que a partir de este momento cambiaríamos nuestra estrategia. Ahora que estaban totalmente aislados por nuestros fuertes y murallas, se imponía una guerra de zapa y mina.

Día a día nuestros soldados cavaban bajo la húmeda tierra de Maastricht, avanzábamos lenta pero inexorablemente. Palmo a palmo íbamos apoderándonos de las murallas de la ciudad. Pero, a pesar de nuestros éxitos, los rebeldes construían nuevas defensas que impedían nuestro avance.

Desde uno de los fuertes que habíamos levantado, acompañado de Octavio Gonzaga y Lope de Figueroa, vi cómo nuestros tercios, entre los que estaba Eschifinatti, se apoderaban de una de las puertas, la de Bruselas.

Tras la puerta, los rebeldes construyeron un foso en forma de media luna delante de la muralla que habíamos tomado, imposibilitando nuestro avance.

—Construiremos un puente sobre el foso por el que subir nuestros cañones a los muros de la puerta.

—No creo que sea una buena idea —comentó Lope de Figueroa.

—Será imposible concluirlo bajo el fuego enemigo.

Agarré el estribo de mi caballo y me dirigí hacia la puerta de Bruselas. Octavio y Lope de Figueroa me siguieron a pesar de sus dudas. Al llegar me bajé del caballo y alenté a los hombres para que empezaran a trabajar en el puente. Tuvimos bastantes bajas, pero logramos subir dos gruesos cañones con los que batir las posiciones de los rebeldes.

—Octavio.

—Sí, excelencia.

—No me encuentro bien —dije mareado—. Llevadme a mi cama.

Los dos maestres de campo, asustados, llamaron a varios hombres y me trasladaron a mi tienda.

—Tiene fiebre y muy alta —aseguró el médico.

—Hace meses que apenas descansa —se lamentó Octavio Gonzaga.

—Debéis reposar varios días.

—No puedo, debo dirigir al ataque.

—No os preocupéis, excelencia, no sois el único que guarda reposo. Nuestros soldados han herido a Sebastián Tapiano en el asalto a la puerta de Bruselas. Se ha retirado herido. Dudo de que los rebeldes intenten nada nuevo sin su general.

—¿Decís que Sebastián ya no dirige la defensa? —le pregunté.

—Así es, excelencia.

—Ordenad a nuestros zapadores que trabajen sin descanso, que abran una grieta en las defensas a toda costa —le ordené con mis últimas fuerzas.

Octavio Gonzaga se acercó a mí.

—Alejandro, estáis muy débil. Vuestra vida corre peligro. Ya perdimos a don Juan, no os perderemos a vos. Descansad.

—Juradme que daréis mis órdenes y yo os prometo descansar.

El maestre de campo asintió con la cabeza.

Estuve cinco días en cama con fiebre alta, mi situación no mejoraba. Llamé a los maestres de campo para informarles de la que podría ser mi última decisión.

—He enviado una carta al rey, pidiéndole permiso para nombrar un sucesor. O mucho me equivoco, o pronto acompañaré a don Juan.

—Don Alejandro, no digáis eso —me recriminó Octavio Gonzaga.

—Parece que esta tierra va a acabar con todos nosotros...

—Seguid combatiendo y que los zapadores continúen trabajando, debemos aprovechar que Sebastián no dirige la defensa.

En la madrugada del 29 de junio, Octavio entró en mi tienda y me despertó.

—Alejandro.

—¿Qué ocurre? ¡Decidme!

—Hemos hecho lo que ordenasteis. Los zapadores han seguido trabajando sin cesar y acaban de abrir una brecha.

—¿Han entrado?

—Sí, algunos de nuestros soldados han penetrado en la ciudad. ¡Alejandro! Las defensas están desguarnecidas.

—Hoy es el día San Pedro y San Pablo. El primero os abrirá las puertas y el segundo os prestará su vengadora espada. ¡Por Santiago! ¡Entrad a sangre y fuego!

Después de casi cuatro meses de asedio, los tercios entraron en Maastricht. La matanza fue brutal y nada pude hacer por impedirla, yaciente como estaba en mi cama. Lo peor de la masacre tuvo lugar en el puente de piedra que unía las dos partes de la villa. Pensando que podría defender la otra parte de la ciudad, Sebastián Tapino mandó pasar por allí primero las riquezas de Maastricht, después los hombres de armas y, por último, las mujeres y los niños. En su huida, unos se atropellaban a otros, muchos cayeron al río por los laterales del puente y pisoteaban a todos los que caían al suelo. En el puente de piedra, Sebastián Tapino cometió su mayor error. Ordenó levantar el puente levadizo que daba paso a esa parte de la ciudad, sin importarle que los ciudadanos que iban llegando no pudieran entrar y, en una escena dantesca, eran lanzados al río por los que venían detrás, asustados por nuestra entrada en la ciudad.

Don Juan podía descansar en paz, en Maastricht hondeaba de nuevo la bandera española y la verdadera fe había sido devuelta a sus calles. Una vez conquistada esta ciudad, el sueño de recuperar las restantes provincias rebeldes era más posible que nunca. Y si recuperábamos el control sobre todo Flandes, ya nada nos impediría cumplir el mayor de los deseos de mi gran amigo, devolver Inglaterra a la cristiandad.

Lo que sucedió desde aquel día es una larga historia, llena de aventuras y grandes batallas, de conquistas y de complicadas tramas expiatorias, que terminaría con una negra mañana en el canal de la Mancha. Don Juan siempre estaría en mi corazón y en mi mente, y más de una vez pensé que con él la historia de España hubiera sido totalmente diferente; la de España, la de nuestro imperio y la de Europa.

Muchos años después, durante mi único viaje a España visité la tumba donde había sido trasladado mi amigo desde su primer enterramiento en Namur. El gobierno de los Países Bajos, la invasión de Francia y los preparativos de la conquista a Inglaterra me mantuvieron fuera de España mucho tiempo. Felipe II había sacado cruelmente el cuerpo de don Juan de su sepulcro en Namur y lo había traído hasta Madrid. Muchos dicen que arrepentido de lo que había hecho, o dejado que hicieran a su hermano. No toda la culpa era de Su Majestad. Antonio Pérez había sabido echar leña a la pequeña llama de desconfianza que el rey siempre había tenido con su hermano. Una vez que se habían descubierto las traiciones y manipulaciones de Antonio Pérez, se destapó que había hecho todo lo posible para desacreditar a don Juan. Llegó a escribirle al rey que el paladín de la cristiandad, vencedor de Lepanto, de los moriscos, conquistador de Túnez, pacificador de Génova y gobernador general de los Países Bajos, «le conviniese mejor un hábito de clérigo y órdenes, para que no saliese de lo que conviniera, ni pudiese en ningún tiempo errar».

Antonio Pérez había huido a protegerse en el Reino de Aragón, cuyos fueros impedían la entrada del Ejército Real. Pero habían sido muchas las mentiras, las muertes y los engaños del aragonés para que el rey se detuviera ante los fueros aragoneses. El Justicia de Aragón fue engañado por Antonio Pérez y decidió protegerlo, eso fue lo último que hizo. El ejército de Felipe II invadió Aragón y entró en su capital, Zaragoza. Sin embargo, Antonio Pérez huyó a Francia y ya nunca volvió a España. Desde allí inició una increíble campaña de publicidad contra España, que poco a poco se fue extendiendo por toda Europa y que era llamada la Leyenda Negra.

Su cómplice, la princesa de Éboli, fue encarcelada en la torre de Pinto.

Felipe II descubrió la trama de Antonio Pérez y Ana de Mendoza demasiado tarde. Fueron ellos los que envenenaron a Escobedo y de una manera u otra fueron ellos los que causaron la muerte de don Juan. Porque yo estoy seguro de que ninguna enfermedad natural podía acabar con él, tuvo que ser la mano humana la que le mató, pero no me atrevo a decir quién lo ordenó, porque no soy yo quien deba juzgar a tan alto señor.

El rey decidió que su hermano debía descansar en un lugar elegido solo para los reyes, el Panteón Real del Monasterio de El Escorial. Pero ni siquiera entonces Felipe II demostró compasión con su hermano. Para traerlo desde el norte no ideó otro plan mejor que descuartizarlo y que atravesara Francia a escondidas, con sus miembros separados. Después, al llegar a El Escorial, unieron los pedazos de su cuerpo y lo enterraron con los honores propios de un rey. En la catedral de la ciudad de Namur quedó la primera tumba de don Juan, con su corazón en el interior y una placa a su memoria.

El Escorial era un edificio imponente, lo recordaba de mi estancia en Madrid, cuando solo era un montón de dibujos y planos sobre los cuales el rey hablaba entusiasmado. Nunca llegué a imaginar que iba a ser la mayor obra arquitectónica de todo el imperio. A través de la portada principal accedí al Patio de los Reyes, adornado con seis colosales estatuas de los monarcas de Judea situadas sobre los arcos de entrada a la basílica. La basílica era majestuosa. Desde la puerta de entrada contemplé el magnífico conjunto durante algunos minutos. Unos veinte metros por encima de mí se levantaba la espléndida cúpula que coronaba la nave central.

A los lados, los frescos de Jordán, Luqueto y Luca Cambiaso. Pasé cerca de la capilla mayor. Bajo ella se encontraba el Panteón Real, que tenía forma de cripta circular. Accedí a la estrechísima cámara, casi un pasillo, donde se encontraba el sepulcro de mi querido amigo. Lo primero que vi fue la cabeza de su estatua yaciente y sentí un escalofrío que me recorrió todo el cuerpo al ver su representación, como si estuviera allí vivo.

En la estatua estaba esculpido con su armadura pero sin guanteletes para indicar que no murió en batalla. Me adentré en la cámara para poder situarme frente a él. Había sido obra de Giuseppe Galeotti, realizada en mármol de Carrara, de gran realismo. En sus manos portaba la espada que le regaló el papa Pío V, antes de la batalla de Lepanto.

La imagen yaciente lo representaba con una docena de anillos en las manos. Habían llegado a mis oídos algunos de los rumores que corrían por Madrid al respecto de este detalle. Al parecer, se decía que se le había representado ostentando tantos anillos porque acostumbraba a llevarlos en vida, y que eran recuerdos de sus numerosas amantes. Me hizo gracia la leyenda, era una idea bonita, pero falsa. Don Juan, como muchos otros caballeros, usaba guanteletes de metal que castigaban enormemente sus manos, produciendo rozaduras. Algunos caballeros solían protegerse con un guante de cuero, pero otros preferían evitar que las manos les transpirasen y mantenerlas ventiladas. Por lo que no usaban ese guante y, en cambio, portaban en sus manos varios anillos, que suponían una barrera entre la piel y el metal. También me pareció gracioso verle con un león a sus pies, y no pude evitar recordar a Austria, aquel ejemplar que adquirió en Túnez.

Delante de su tumba, en aquel Panteón Real, volvieron a mi mente todos los recuerdos. No solo de don Juan, sino también de Isabel, del príncipe Carlos, de Sofonisba y de María. De Lepanto, Nápoles, Gembloux y Maastricht. Recorrí con la mirada su rostro esculpido en mármol y recordé con nostalgia aquel primer día en Alcalá, cuando bajé las escaleras del Palacio Arzobispal, nervioso y ansioso por conocerle.

Quien se había comportado como un rey en vida, merecía descansar como tal en la muerte.

ÍNDICE

PRIMERA PARTE

SEGUNDA PARTE